TOUT L'OR ENTRE NOUS

JADE LE BRIS

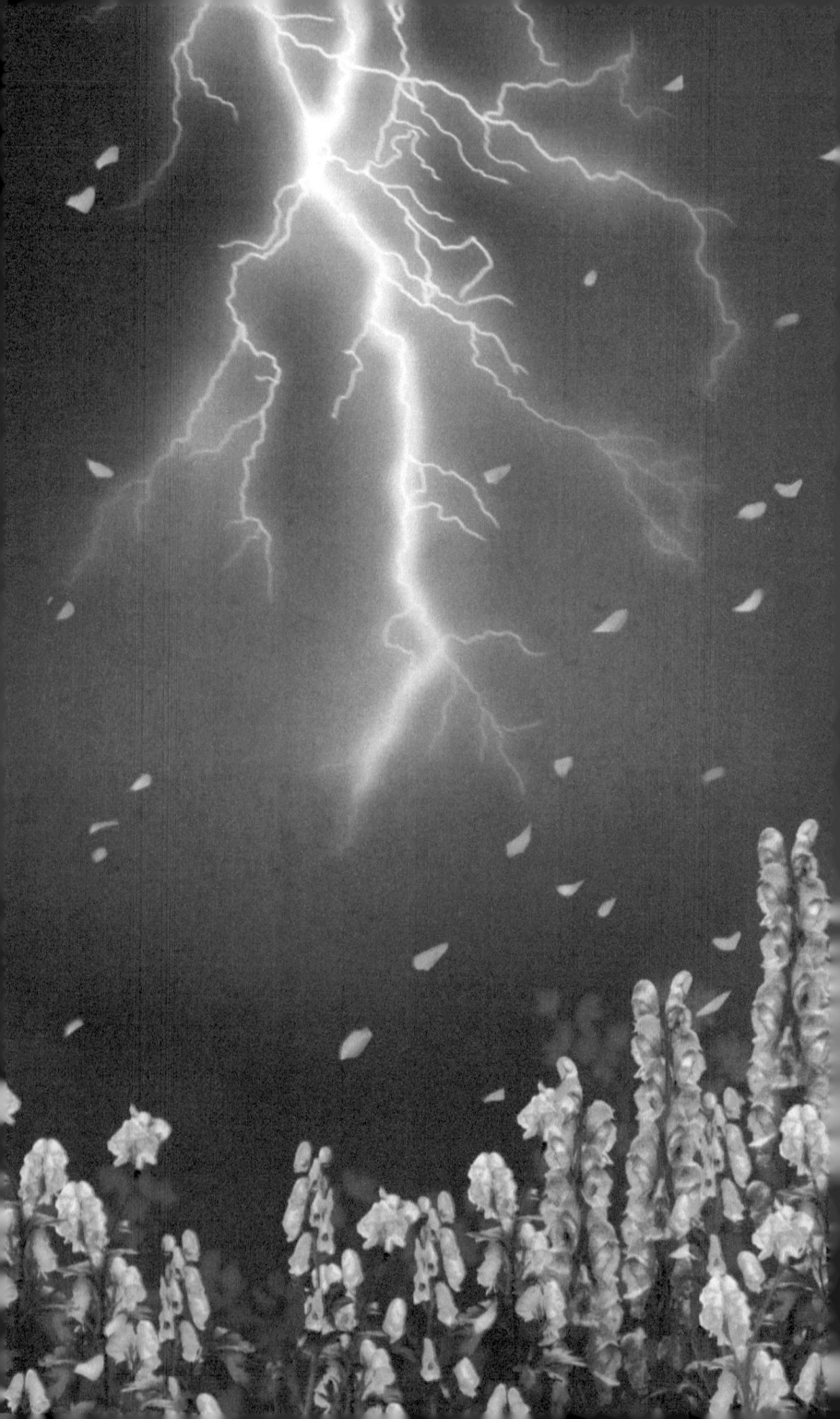

JADE LE BRIS

TRADUIT DE L'ANGLAIS PAR EMMA BERLEMONT

TOUT L'OR ENTRE NOUS

ISBN-13 papier : 979-8-9884041-2-5

ISBN-13 numérique : 979-8-9884041-3-2

Avertissement sur le contenu

Tout l'or entre nous est un livre de fantasy New Adult à propos d'une jeune femme qui se retrouve enrôlée par erreur dans un tournoi à mort contre les descendants des dieux grecs. Bien que plaisante, cette histoire comprend également des éléments qui pourraient ne pas convenir à certains lecteurs. Langage grossier, discours haineux, tentative d'abus sexuel, combat, violence et mort sont présents dans ce livre et abordés de manière crue et directe. Lecteurs susceptibles d'être sensibles à ces éléments, veuillez en prendre note.

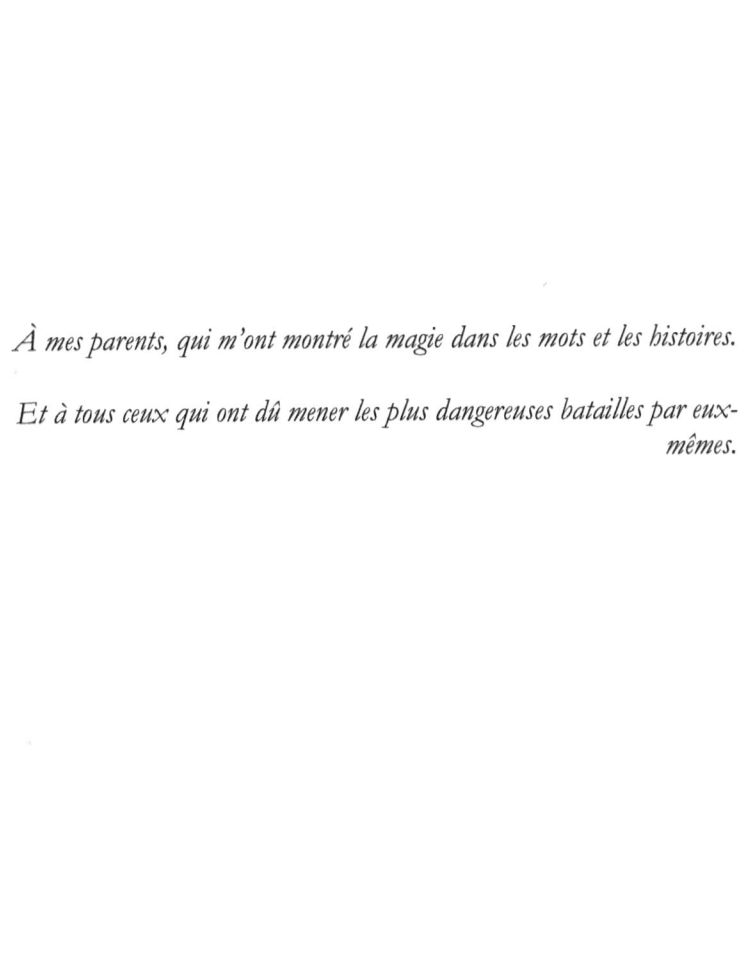

À mes parents, qui m'ont montré la magie dans les mots et les histoires.

Et à tous ceux qui ont dû mener les plus dangereuses batailles par eux-mêmes.

Prologue

Pour être claire, je n'avais pas de plan.

J'ai couru jusqu'à me retrouver face à la fille qui avait pris la vie de Charlie. La seule chose qui m'est venue à l'esprit a été de me jeter sur elle. J'avais pris beaucoup d'élan et nous avons toutes les deux décollé du sol. J'ai atterri sur elle, suffisamment loin du corps de Charlie pour que l'arme plantée dans son dos soit hors de sa portée. Et puis je l'ai frappée. En pleine face. À en juger par le craquement et son cri, je lui ai cassé le nez.

Ensuite, je l'ai frappée, encore. Et encore. Elle a mis quelques secondes à se remettre du choc avant de commencer à riposter. Elle m'a frappée aux côtes par en-dessous, arrachant l'air à mes poumons. En luttant pour respirer, j'ai pressé mon avant-bras gauche sur sa gorge et déplacé mon poids sur la gauche afin que mon corps l'empêche d'utiliser son bras droit pour m'atteindre. De la main droite, j'ai attrapé son poignet libre et l'ai bloqué contre le sol. Elle s'est débattue, essayant de respirer et de s'échapper. Mais je l'ai maintenue aussi fermement que j'ai pu.

Je n'avais aucune idée de jusqu'où j'étais prête à aller. Mais je savais que je devais la neutraliser rapidement si je ne voulais pas avoir affaire à son pouvoir. Au point où j'en étais, il fallait que je continue sur ma lancée.

Sauf que cette fille n'allait pas se laisser faire et rester allongée là. Ç'aurait bien évidemment été trop facile. Au lieu de ça, elle a fait glisser ses mains hors des miennes et est venue les placer de part et d'autre de mon corps. Elle a poussé et projeté ses hanches en avant, ce qui m'a fait perdre l'équilibre. J'ai dû tendre les mains pour me rattraper, ce qui a permis à la tueuse de sang-froid de se libérer de ma prise.

D'un coup, je me suis retrouvée sur le dos, avec elle sur moi, me frappant en pleine mâchoire. J'ai levé les mains pour me protéger le visage, laissant mes côtes exposées à ses coups. J'ai grogné et dû me forcer à souffler profondément. Merde. Ce n'était pas la meilleure situation dans laquelle se retrouver coincée.

Mais si j'ai pensé que ça n'aurait pas pu être pire, j'avais tort. Car j'ai vite découvert que l'assassin de Charlie avait un puissant tour dans son sac. Elle avait les mains gelées. Littéralement. La Reine des Glaces a mis la main sur ma poitrine, et elle était si froide qu'elle en était *brûlante*. En quelques secondes, mes contractions musculaires ont ralenti jusqu'à ce que respirer devienne difficile. La panique m'a envahie, parce que l'air que je forçais à pénétrer mes poumons se raréfiait tellement que la tête commençait à me tourner.

Je devais riposter. Je ne pouvais pas simplement abandonner maintenant. Rester fairplay n'allait pas m'aider à gagner, alors j'ai visé les yeux. Ça a dû être douloureux, car la Reine des Glaces a hurlé et m'a relâchée. Le froid s'est estompé juste assez longtemps pour que je l'étrangle dans un élan de désespoir.

Et j'ai serré mes mains autour de son cou.

J'ai senti le moment où son corps est devenu mou et inerte. Je ne sais pas combien de temps je l'ai maintenue ainsi, mais j'étais terrifiée à l'idée qu'elle puisse m'attaquer à nouveau si je la lâchais. Je ne voulais pas la tuer. Mais je savais très bien que si je lui donnais une autre chance de me faire du mal, je n'aurais plus été capable de me défendre. À ce moment-là, c'était l'instinct de survie pur qui me faisait tenir.

Chapitre un

Six semaines plus tôt

L a vie était emplie de bons et de mauvais jours. Les mauvais jours avaient une importance vitale, car ils nous permettaient d'apprécier les bons encore plus. Ou du moins, c'était ce que tout le monde disait. Le problème, c'était que dernièrement, j'avais connu une succession de journées particulièrement mauvaises.

Aujourd'hui ne faisait pas exception.

Le premier signe était mon manque total de patience. On penserait que des gamins seraient épuisés après quasiment une heure d'entraînement intensif de gymnastique. Eh bien non. Mes élèves étaient toujours pleins d'énergie, surtout pendant les entraînements. C'était comme si venir ici, s'exercer avec leurs amis, avoir un règlement, des attentes, un but et des gens qui se souciaient d'eux leur donnait un coup de boost.

Et ils devenaient tous des répliques d'Energizer Bunny.

D'habitude, j'adorais les voir heureux, si pleins de vie. J'adorais ce boulot. Leur apprendre la gym et pouvoir aider ces jeunes à oublier leur réalité pourrie, même si ça ne durait qu'une heure, m'emplissait de fierté et me donnait l'impression d'avoir une raison d'être. Et les faire rire et sourire était la meilleure partie de ce travail.

Mais pas aujourd'hui.

Aujourd'hui était une journée de merde. Encore. La plupart de mes journées n'étaient pas vraiment toutes roses, mais celle-ci avait été tout particulièrement mauvaise. Mon examen sur la physiologie animale de ce matin ne s'était pas bien passé, et ça faisait chier après une semaine passée à le réviser. Mon petit-copain, Brad, m'avait larguée sur l'heure du déjeuner. J'avoue que je n'étais pas si attachée à lui que ça. Mais quand même. Ça faisait mal. Donc, *évidemment*, mon ex petit-copain avait ruiné mon déjeuner, en partie à cause de toute cette histoire de rupture, mais surtout parce qu'il s'était énervé en voyant que je ne fondais pas en larmes. Croyez-moi. Ça avait été ma pire et ma plus longue pause déjeuner depuis longtemps.

Je pensais qu'on en avait fini pour la journée, que ç'aurait été difficile de faire pire. Mais ça n'a pas raté, parce que ça n'aurait pas été drôle sinon, hein ? Pendant mon premier cours de l'après-midi, j'avais dû passer l'heure et demie entière à faire tout le travail sur le projet de groupe (qui valait vingt-cinq pour cent de la moyenne, figurez-vous) pendant que mes partenaires chillaient devant Netflix. Super. Et, pour bien finir ma journée, j'avais crevé sans pneu de rechange dans mon coffre et dû marcher les cinq kilomètres qui me séparaient du gymnase.

Donc, ouais, ma patience atteignait ses limites pour aujourd'hui.

— Madame Kalani ! J'ai réussi !

Sierra est venue vers moi, tapant dans ses mains, un sourire s'étalant sur la moitié de son visage. Elle était trop mignonne et sûrement l'une mes élèves préférées. Et à tout juste neuf ans, elle savait déjà faire des choses assez impressionnantes.

— Beau travail, ma grande, cette sortie était parfaite ! Je suis très fière de toi ! lui ai-je souri en lui tapotant la tête, la faisant sourire tout grand.

Cette enfant vivait pour plaire ; je suppose que c'est normal quand tu as cinq frères et sœurs, que tes parents enchaînent trois boulots chacun et que tu vis dans le quartier le plus merdique de la ville. Tu veux que les gens te remarquent, qu'ils remarquent que tu *existes*.

— Très beau travail, tout le monde ! ai-je annoncé aux autres après avoir donné une pichenette taquine à la joue de Sierra.

C'est fini pour aujourd'hui ! Je vous reverrai tous mercredi à quatre heures tapantes, ai-je appuyé en lançant un regard à trois filles qui discutaient toujours dans les vestiaires jusqu'à être en retard.

Quelques minutes plus tard, le gymnase était redevenu désert et silencieux. Merci bien. En regardant mon téléphone, j'ai été soulagée de ne pas découvrir de nouveaux messages de maman ou Makaio, mon petit frère de neuf ans. Ça voulait dire que je n'avais pas à retourner à l'appartement en quatrième vitesse pour faire à manger à Makaio parce que maman avait oublié. Encore.

Avec un soupir, j'ai enlevé mon jogging et mon sweatshirt, ne gardant que mon short et ma brassière de sport. Il me restait deux heures avant de devoir partir travailler ; juste assez pour m'entraîner, manger et me rendre là-bas pour prendre mon service du soir. Heureusement, j'avais le quart de vingt heures à deux heures du matin ; je n'avais pas envie de devoir m'occuper de la marée de gens ivres morts qui envahiraient le bar après ça.

Lançant ma playlist préférée sur mon enceinte (je devais en mettre une autre pour les jeunes que j'entraînais), je suis allée m'échauffer sur le praticable.

L'entraînement était mon moment préféré de la journée. J'avais trois amours dans la vie : Makaio, la gymnastique et le surf. Alors, même si ce n'était plus comme avant, avoir l'occasion de pratiquer me faisait bien. Faisait du bien à mon âme.

J'ai mis tout mon cœur, toute mon âme et toute mon énergie dans mes vieux enchaînements pendant environ une heure. J'ai pivoté, bondi, rebondi, cabriolé, ai tourné et tourné encore. Et pendant quelques minutes, j'ai eu l'impression d'être redevenue celle que j'étais à dix-sept ans.

Bien trop tôt, j'étais au bar, prête pour mon service. C'était beaucoup moins amusant.

Relevant mes cheveux en ma queue de cheval habituelle, je me suis rendue derrière le bar, souriant à Maria. Cette fille était gentille, bien trop pour travailler en tant que barmaid dans ce trou pourri. Pourtant, elle avait réussi à survivre à ses trois derniers mois ici sans se faire dévorer par le patron ou les clients.

— Hey, Kalani ! a dit Maria avec son sourire emblématique, celui pour lequel beaucoup d'hommes venaient toutes les nuits. C'est assez animé ce soir, et il y a l'enterrement de vie de garçon, alors j'espère que tu es prête à passer une longue nuit !

Elle avait même l'air d'être sincèrement heureuse en le disant. Génial.

Les enterrements de vie de garçon étaient les pires.

En fait, non. J'ai menti. Les enterrements de vie de *jeune fille* étaient les pires. Les enterrements de vie de garçon n'étaient pas loin derrière, en deuxième position.

Je n'ai pas eu le temps d'y réfléchir ou de me plaindre, car les premiers clients ont crié par-dessus la musique pour attirer mon attention. Ensuite, ça a été un long flot de boissons à préparer et de tentatives d'endiguer le mal de tête qui montait à cause de la musique trop forte et des LEDs aux couleurs vives.

Quatre heures plus tard, après avoir servi d'innombrables verres, appelé la sécurité deux fois pour des hommes qui me harcelaient, et refusé des rendez-vous et de donner mon numéro de téléphone au moins vingt autres fois (les amis du futur marié étaient assez insistants et saouls), j'en ai enfin eu fini.

Callie, une motarde de trente-trois ans avec une répartie et des courbes à se damner, m'a libérée de mon poste, et j'étais impatiente de sortir de là.

— Repose-toi bien cette nuit, chérie. Je prends la suite !

Lui répondant d'un sourire et d'un signe de la main (je n'avais plus la force de crier), je suis partie vers les vestiaires du personnel. J'ai mis ma veste en cuir (parce que les nuits en Californie du Nord pouvaient être fraîches en avril) et ai préparé mes clés. Je ne voulais pas les chercher quand j'arriverai à mon immeuble ; mon quartier n'était pas le plus sûr et je n'avais pas envie de tenter ma chance avec les ivrognes et les gens potentiellement violents.

Le trajet jusqu'à mon appartement a été court et aussi calme que possible. Vu que ma voiture était coincée sur le campus avec un pneu crevé, je n'ai jamais été aussi heureuse de travailler aussi près de chez moi.

Tout était sombre dans l'appartement, et les chaussures de Makaio et de maman étaient dans l'entrée. Bien. Ça voulait dire que maman n'avait pas oublié de rentrer à la maison et de s'occuper de Makaio ; une première, cette semaine.

Je savais qu'elle faisait de son mieux. Elle était mère célibataire avec deux enfants, gérant deux boulots en même temps pour réussir à joindre les deux bouts, et toujours un peu déprimée depuis la mort de mon père. Elle faisait ce qu'elle pouvait, même si ça ne suffisait pas toujours.

Mon père avait été l'amour de sa vie. Papa, alias Keanu Hale, avait quitté Hawaï, où il avait vécu toute sa vie, pour la Californie afin de devenir professeur de surf et de plongée sous-marine. Ils s'étaient rencontrés à la plage, où ma mère prenait des leçons de surf avec des amis à elle. Ça avait été le coup de foudre. Bientôt, ils avaient pris un appartement, s'étaient fiancés, et m'avaient mise en route.

Puis il était mort dans un accident de voiture la semaine précédant leur mariage. Deux mois avant que je ne sois née.

Les quelques amis que ma mère conservait d'avant m'ont dit qu'elle n'a plus jamais été la même après ça. Le truc, c'était que je n'avais connu que la version « post-papa » de ma mère, avec la dépression qui allait et venait tous les ans et la douleur qu'elle ressentait à chaque fois qu'elle posait les yeux sur moi.

Parce que je *lui* ressemblais tellement.

J'étais presque certaine qu'elle ressentait la douleur déchirante de sa mort encore et encore chaque fois qu'elle posait les yeux sur mon visage. Ça devait être pour ça que je n'avais jamais eu une mère particulièrement aimante et attentionnée.

Au moins, elle aimait Makaio. Il était une erreur, né d'un coup d'un soir et d'un préservatif troué, mais il ne ressemblait pas à son âme-sœur perdue. Et elle tenait à lui à sa manière.

Il était la raison pour laquelle j'étais encore là, cependant. Il était ma petite lumière dans ce monde si sombre.

J'ai mangé le reste de pâtes à la sauce tomate et nettoyé les saletés de mon frère sur la table de la cuisine ; il en mettait toujours partout en mangeant.

Soudain, de petits bruits de pas ont résonné derrière moi. J'ai souri doucement. J'avais déjà deviné de qui il s'agissait avant de me retourner.

— Hey, mon grand, qu'est-ce que tu fais debout si tard ?

— Je voulais juste t'attendre, Lani.

Makaio me regardait avec de grands yeux bruns écarquillés, les bras croisés sur sa poitrine. C'était mignon, la façon dont il essayait de se faire passer pour un dur à cuire. Neuf ans, et il grandissait si vite.

— Tu as fait un cauchemar ?

Parce que c'était souvent pour cette raison qu'il m'attendait si tard, et pas uniquement par plaisir.

— Je suis plus un bébé, et je fais pas de cauchemars ! a dit Makaio, gonflant la poitrine et faisant les gros yeux, essayant de m'impressionner.

J'ai dû me mordre la lèvre inférieure pour m'empêcher de sourire.

— Bien sûr, mon grand. Allez, au lit.

Demain ne pouvait pas être pire qu'aujourd'hui.

Ça pouvait être pire.

Quand la sonnette a retenti, j'étais en train de laver la vaisselle en dansant sur *Single Ladies* de Queen B. Je n'avais plus entendu la sonnette depuis si longtemps que j'ai mis quelques secondes à identifier le bruit.

Maman était au travail ; Makaio, chez un ami pour toute la journée ; aucun de mes amis ne connaissait mon adresse, et on n'avait rien commandé en ligne depuis des années. Alors, quand la sonnette a retenti à nouveau, je me suis dit que quelqu'un s'était trompé de porte.

Baissant la musique, j'ai entrouvert la porte, n'enlevant pas la chaîne. Un mec, grand et super musclé, avec une tenue en cuir à l'aspect bizarre (un cosplayeur, peut-être) se tenait là.

— Salut ? ai-je demandé, haussant un sourcil.

Je n'avais aucune idée de qui était cet homme. Et il n'avait pas l'air d'un livreur Amazon, ni de quelqu'un de notre quartier. Étrange.

— Êtes-vous Mlle Mayfield ? a-t-il demandé avec une voix rauque et un accent que je n'arrivais pas à situer ; européen, peut-être ?

— Oui, c'est moi. Qui me demande ?

— Je vais devoir vous demander de me suivre.

Je me suis presque étouffée, tellement j'étais surprise. Qui était ce gars, putain ?

— Non merci. Je sais pas ce que vous me voulez, mais je vais vous demander de partir. Je veux rien avoir à faire avec ça, quoi que ce soit.

Et puis j'ai fermé la porte.

Ou j'ai essayé.

Car tout à coup, la porte était ouverte, il était à l'intérieur, et tout est devenu d'une blancheur aveuglante.

Quand j'ai ouvert les yeux, je n'étais plus chez moi.

Chapitre deux

Pour une raison quelconque, j'ai d'abord remarqué à quel point l'herbe était verte au-delà du patio de pierre blanche. On n'avait pas d'herbe verte et luxuriante en Californie, même au printemps. Quel que soit l'endroit où je me trouvais, ils devaient avoir de fantastiques jardiniers.

Ensuite, j'ai réalisé que j'étais dans un patio ouvert, de style grec, devant douze trônes. Genre, des vrais trônes, avec des dorures et des incrustations de pierres précieuses. Qui avait des putains de trônes, de nos jours ?

Peut-être que c'était un culte. Oh, merde, quelle chance j'avais.

Comment m'étais-je retrouvée ici, d'abord ? Cinq secondes auparavant, j'étais dans mon appartement, et je ne l'étais manifestement plus. Est-ce que c'était un truc de science-fiction ? Comme un téléporteur ou un truc du genre ? La seconde option était que ce mec en cuir m'avait droguée, d'une manière ou d'une autre, et que j'étais tellement shootée que j'hallucinais.

Je penchais pour la seconde option.

Après l'herbe et les trônes, j'ai porté mon attention sur les personnes assises sur lesdits trônes. Seuls trois étaient occupés sur les douze, par deux femmes et un homme. Tous trois avaient l'air de mannequins, leurs corps brillant d'une douce lumière dorée. L'éclairage devait être excellent.

L'homme assis au milieu avait des cheveux d'un blond doré, des yeux bleu clair et un corps taillé dans le marbre. Il portait une toge blanche et paraissait plutôt jeune, mais je n'arrivais pas à estimer précisément son âge. À sa droite se tenait une belle femme aux cheveux noirs et aux pommettes hautes, avec des yeux sombres, des cils très longs et des lèvres très pleines. Elle avait des courbes sublimes et son corps semblait être resté puissant sous sa toge bleu clair retenue par une épingle en or. Elle semblait avoir la vingtaine, mais ses yeux étaient ceux d'une femme sage et calculatrice. Enfin, l'autre femme était toute d'or ; peau, cheveux et yeux, tous dans des tons différents. Elle faisait tourner une flèche entre ses doigts, l'air ennuyée au possible. Et elle portait également une toge doré clair.

J'avais comme l'impression qu'il y avait un thème.

Enfin, j'ai remarqué la demi-douzaine de gardes armés se tenant au garde-à-vous en cercle autour du patio. Ça voulait dire que je ne pouvais probablement pas m'enfuir en courant.

Je commençais à me demander ce qui se passait quand le Mec En Cuir s'est soudain agenouillé, inclinant la tête comme si ces gens étaient de la royauté. *Sans aucun doute un culte.*

— Zeus, Artémis, Athéna, je suis honoré de vous servir. Je vous amène une nouvelle Bronze pour le Tournoi.

J'ai jeté un regard perplexe au Mec En Cuir. Une Bronze ? Qu'est-ce que c'était censé vouloir dire ? Et pourquoi ces gens avaient-ils des noms de divinités grecques ?

— Merci, Chasseur, a déclaré d'une voix forte l'homme sur le trône du milieu ; il avait beaucoup de charisme. Hécate !

Quelques secondes sont passées dans un silence gênant avant qu'une lumière blanche ne m'aveugle (encore), et puis une nouvelle femme remarquablement belle se tenait là. Cette drogue était puissante.

Elle avait les cheveux blancs, la peau chocolat clair, des jambes interminables et des yeux bleu-blanc fluorescent. Est-ce qu'ils avaient des promos de groupe sur les lentilles de contact colorées ?

Étonnamment, elle ne portait pas de toge, mais une robe noire moulante très courte et de hauts talons rouges. J'aimais bien, à vrai dire, même si ce n'était pas mon style, habituellement.

— Zeus, que t'ai-je déjà dit ? Je ne suis pas un chien que tu peux appeler à ta guise.

Les mains sur les hanches, elle avait une sacrée attitude. Je l'aimais bien.

— Hécate, a soupiré Zeus, je ne vais pas me lancer sur ce sujet. Tu sais pertinemment que ton contrat stipule que tu dois répondre à mon appel lorsque cela concerne les Bronzes.

La femme aux cheveux noirs s'est levée et a fait quelques pas vers nous. Elle a fixé ses yeux sur moi, comme si elle essayait de m'ouvrir pour révéler mes secrets les plus profondément enfouis.

— Hécate, nous devons tester cette jeune femme. Elle m'intrigue.

Le Mec En Cuir, se tenant toujours incliné à côté de moi, s'est tendu. Yep, j'ignorais pourquoi il m'avait amenée ici, mais c'était assurément une erreur. Rejoindre un culte ne m'intéressait pas du tout. Pas que tout ça était réel. Parce que les gens qui apparaissaient de nulle part n'étaient pas réels. J'étais juste sous l'emprise d'une drogue puissante. Évidemment.

Hécate s'est tournée pour me dévisager, et son regard était si intense qu'un frisson m'a traversée. Une lumière lavande a émané de ses mains, et après quelques secondes, ses lèvres se sont retroussées. J'ai croisé les bras sur ma poitrine, me sentant observée par toutes les personnes qui m'entouraient.

Un petit rire s'est échappé de la bouche d'Hécate, ses yeux ne quittant jamais les miens.

— Je suis désolée pour toi, Chasseur, mais il semblerait que tu aies fait une terrible erreur.

Elle a attendu quelques secondes, et j'espérais qu'elle allait annoncer que je n'avais pas ma place ici.

— C'est une humaine pure, pas une Bronze.

Le silence s'est prolongé, et le Mec En Cuir (Le Chasseur ? Je ne savais pas trop.) était aussi immobile que de la pierre à côté de moi. Yep, t'as foiré, mon petit gars. Je lui ai lancé un sourire narquois jusqu'à ce que je réalise qu'Hécate avait dit « humaine ». Ça n'avait pas de sens : on était tous humains, non ?

Culte chelou.

— Euh, ai-je finalement dit, extrêmement mal à l'aise face à tout ça. Maintenant qu'on a établi que je ne suis pas le matériau adéquat pour ce que vous fabriquez ici, je peux m'en aller ?

Un nouveau silence ébahi a suivi mes paroles, et tous les yeux me sont tombés dessus. « Zeus » a haussé un sourcil, apparemment choqué par mes paroles. Est-ce qu'il s'attendait à ce que je le vénère ?

C'était vraiment un mauvais trip.

En réalité, je n'avais jamais été défoncée auparavant, alors peut-être que c'était normal que notre imagination soit exacerbée quand on l'était.

— Je t'aime bien, petite humaine. Il est regrettable que tu doives bientôt mourir, a dit Hécate avec un sourire.

— Waouh ! Excusez-moi ? Je vais mourir ? Qu'est-ce que ça veut dire, au juste ? Pour quelle raison est-ce que je mourrais ? Et vous êtes qui, vous tous ? Juste pour info, ça, là (Je les ai toisés en pointant du doigt les environs.), c'est du kidnapping. Et je vais vous balancer aux flics si vous ne me ramenez pas dans mon appartement à la vitesse de la lumière !

On entendait le stress dans ma voix, et je commençais à flipper. Si par hasard tout ça était vraiment en train d'arriver et que ce n'était pas juste dans ma tête, ça commençait vraiment à ressembler à une situation dangereuse.

Reculant de quelques pas, j'ai commencé à réfléchir à mes options plus sérieusement. Les gardes se tenaient toujours au garde-à-vous, les mains posées sur le pommeau de ce qui ressemblait à des épées, et je devinais que je ne pourrai pas traverser leurs rangs. Ils portaient tous des tenues identiques à celle du Mec En Cuir à ma droite, et je me suis à nouveau demandé qui ils étaient.

— Comment oses-tu parler à tes dieux sur ce ton ? a hurlé Zeus, se levant dans un mouvement fluide.

Soudain, des éclairs ont fait éclater le ciel en un million de fragments et le tonnerre a retenti si fort que mes os en ont vibré. L'homme luisait et de minuscules étincelles s'échappaient de ses mains.

J'étais si choquée que je me suis figée une seconde. Mon cerveau s'est doucement rendu compte que ça n'avait pas l'air d'être une hallucination, et que c'était trop sophistiqué pour les effets spéciaux d'un culte.

Ça avait l'air trop réel. Trop réel pour mon bon sens.

— Papa, tu devrais te calmer. La fille ignore qui nous sommes et ce qui se passe. Ce n'est qu'une humaine. Elle n'aurait jamais dû être emmenée loin de chez elle.

La femme aux cheveux noirs avait une voix calme, et elle a efficacement réussi à apaiser l'homme à côté d'elle. Néanmoins, elle avait toujours l'air d'analyser la situation sous tous les angles, évaluant, soupesant, cherchant des solutions.

— Athéna a raison, a déclaré la femme entièrement dorée, paraissant toujours ennuyée au possible. Je pense que nous devrions régler cette affaire rapidement ; j'aimerais retourner à la fête de Dionysos. Cela n'a rien de compliqué, de toute façon. Elle est humaine, elle n'a rien à faire sur le mont Olympe. Soit elle devient notre servante, soit elle meurt. Avons-nous vraiment besoin de servantes supplémentaires ?

La Femme Dorée et le Type Aux Éclairs ont ensuite commencé à se disputer pour savoir quoi faire de moi, mais tout ça a été relégué au second plan, car le regard d'Athéna était fixé sur moi avec une telle intensité qu'il me faisait frissonner.

— Ce qui m'intrigue, c'est pourquoi cette humaine a été emmenée. L'ordre aurait dû être explicite, avec le nom et l'adresse de la Bronze à récupérer.

Athéna ne m'a pas lâchée des yeux, mais elle s'adressait à tout le monde sauf à moi. Le Mec En Cuir, qui était resté incliné tout ce temps (bon sang, ses genoux devaient lui faire mal), s'est levé et a placé ses deux poings sur son torse comme on aurait fait un « Wakanda pour toujours ».

— Déesse Athéna, je ne sais comment vous exprimer à quel point je suis désolé. L'ordre de récupération disait « Lena Mayfield, vingt ans, sexe féminin ». Et j'ai vérifié par deux fois qu'il s'agissait du bon immeuble d'appartements.

— Mon nom, c'est Kalani Mayfield, par contre.

Ce n'était qu'un murmure, mais le Mec En Cuir m'a entendue, puisqu'il s'est tourné vers moi plus vite que je ne pouvais battre des cils.

— Qu'avez-vous dit ? Vous n'êtes pas Lena Mayfield ?

— Eh bien, vous avez demandé Mlle Mayfield. Mais non, je ne m'appelle pas Lena. Je crois qu'une autre famille Mayfield vit dans mon immeuble, mais leur fille est morte le mois dernier. Une vraie tragédie.

Ses poings se sont fermés, leurs jointures blanchissant. Bon, il était en colère. Et je comprenais : ce malentendu pouvait lui coûter son travail. Mais comment j'aurais pu savoir ? Je pensais que ce n'était qu'un mec bizarre à ma porte.

— Comment as-tu osé, petite p…

Il s'est arrêté avant d'achever sa phrase, mais je n'ai pas eu besoin qu'il le fasse pour deviner ce qu'il avait en tête. J'ai presque répliqué, mais au dernier moment, j'ai décidé de ne rien en faire ; je n'avais pas besoin d'attirer plus d'attention sur moi qu'il n'y en avait déjà.

— Bon, ceci explique le pourquoi du comment. Tu as dû récupérer la mauvaise Mayfield. Et malheureusement, celle-ci ne peut participer au Tournoi. Cette situation est regrettable pour vous deux.

Et Athéna en avait vraiment l'air peinée. Ce n'était même pas elle qui était menacée de mort !

— Pardon ? Pourquoi est-ce que je ne pourrais pas rentrer chez moi ? Je vous promets que je ne dirai rien à propos de tout ça. Je veux juste retourner auprès de ma famille.

— Je suis navrée, petite humaine, mais j'ai bien peur que ce soit impossible. Lorsque les Chasseurs récupèrent les Bronzes sur Terre, ils les effacent également de la mémoire de tout le monde. C'est le protocole.

Oh. Mon. Dieu. J'étais si choquée que je ne savais même pas comment réagir. Ce… C'était ridicule. Avais-je atterri dans un remake d'*Harry Potter* après qu'Hermione a utilisé le sortilège d'amnésie sur ses parents ?

— Vous… Vous ne pouvez pas l'annuler ?

— C'est irréversible, stupide humaine.

Il y avait du dédain dans la voix du Mec En Cuir, ainsi qu'une satisfaction malsaine à me voir blessée. Comme si tout ça était une rétribution à ses yeux.

Et mon cœur s'est brisé. Tout ce à quoi je pouvais penser était mon petit frère, tout seul, avec une mère qui n'avait pas la force de faire correctement son boulot de parent. Comment allait-il s'en sortir sans moi ? Comment allais-je m'en sortir sans lui ? Makaio était ma raison de continuer à me battre dans cette vie.

Je supposais que je n'allais pas avoir ce problème : mon ancienne vie était bel et bien finie.

Ça m'a finalement percutée de plein fouet. Comment est-ce qu'on pouvait aller de l'avant en sachant que toute notre vie avait disparu ? Que nos proches n'avaient plus aucune idée de qui on était ? Comment pouvait-on survire à une telle perte ?

Mais j'avais toujours de l'espoir. Une toute petite lueur dans ma poitrine, luttant contre les ténèbres du désespoir qui me submergeait. Personne ne pouvait totalement effacer ceux qu'ils aimaient du cœur des gens, si ?

— … tu seras condamné à deux ans d'établissement de correction pour ton incompétence, et ton titre de Chasseur pour le Trône est dès à présent révoqué, a annoncé Zeus, se rasseyant sur son trône massif.

Je m'étais probablement perdue dans mes pensées pendant une partie du sermon, car le Mec En Cuir fulminait et ne cherchait même pas à s'en cacher.

Oh, bon. Tant pis pour lui.

— Et malheureusement, nous n'avons pas besoin de serviteurs supplémentaires. Par conséquent, nous allons, humaine, t'éliminer.

Zeus n'avait même pas fini sa déclaration qu'Artémis s'est levée, frappant dans ses mains, et s'est exclamée :

— Génial ! C'est l'heure de retourner faire la fête !

C'était tout ? C'était comme ça que ma vie allait se terminer ? Comme si elle n'avait aucune valeur ?

— Attendez ! N'y a-t-il pas une autre solution ?

J'avais l'air désespérée, mais je m'en fichais complètement.

— Eh bien… Il y a l'option de rejoindre le Tournoi, puisque tu as été récupérée dans ce but au départ.

— Hécate ! Ne sois pas stupide ! Elle est humaine. Elle n'est pas de taille à concourir avec les autres Bronzes.

Ignorant Artémis, Hécate a continué :

— Le Tournoi, c'est là que les Bronzes, les descendants au deuxième degré des dieux de l'Olympe, s'affrontent pour gagner leur liberté et le droit de vivre sur l'Olympe.

Puis, se tournant vers Athéna :

— Elle pourrait combattre. Je sais que tu sens qu'elle a quelque chose de spécial. Elle a du potentiel.

Artémis a de nouveau essayé de parler, mais Athéna a levé une main pour l'arrêter. Le silence est tombé sur le patio. Mon cœur battait si vite et si fort que je pouvais à peine entendre quoi que ce soit d'autre. C'était ma dernière chance de vivre et de récupérer ma vie.

— Elle va combattre.

Chapitre trois

—A lors, euh, en quoi consiste ce Tournoi, exactement ?

Ma voix était plus aiguë que d'habitude, mais je le mettais sur le compte de la folie de cette situation. En plus de ça, Hécate était une femme intimidante.

— Tous les Bronzes sont récupérés sur Terre et amenés ici. Chaque année se tient le Tournoi, et ils se battent pour leur droit de vivre. Le Tournoi consiste en des combats physiques, parfois à mort, ainsi qu'en des Épreuves qui testent l'intelligence, le courage et la magie des participants. C'est une évaluation complète du potentiel des Bronzes, a dit Hécate avec un sourire fier.

Déglutissant, j'ai essayé de me calmer. Ce Tournoi avait l'air extrêmement dangereux, en particulier pour une humaine sans pouvoirs et sans connaissance des arts martiaux. Mais au moins, j'avais une chance. Et une partie de moi espérait toujours que tout ça était l'effet d'une drogue hallucinogène.

— Et qui sont ces Bronzes, exactement ?

La déesse (puisque oui, ça devenait compliqué de continuer à nier qu'elle en était une) a fait un geste de la main, et les portes massives menant à l'intérieur du centre-d'entraînement-slash-dortoir des Bronzes se sont ouvertes sans un bruit. Impressionnant.

— Les dieux et les déesses ont eu des enfants avec des humains tout au long de l'histoire. Nous les appelons les Dorés, car leur sang est d'or, comme celui des dieux. C'est dû à la haute quantité d'ichor mêlée aux globules rouges de leur sang. Cependant, bien que les Dorés soient supposés être ramenés sur le mont Olympe afin que leurs pouvoirs n'affectent pas la Terre, soit nous n'en récupérons pas certains suffisamment tôt, soit ils s'enfuient pour s'accoupler avec des humains. Les bébés nés de Dorés et d'humains sont appelés les Bronzes. Là encore, ce nom reflète la couleur de leur sang. Et ils ne sont pas censés exister. De ce fait, les dieux ont d'abord décidé de les récupérer aussitôt qu'ils en découvraient l'existence et de les ramener ici. Le problème, c'est que les Dorés ont eu beaucoup d'enfants et que le mont Olympe n'est pas assez grand pour tous les accueillir confortablement.

La déesse a fait une courte pause pour m'indiquer que je devais tourner à droite et suivre un couloir de marbre blanc.

— La première option était de tuer tous les nouveaux Bronzes. Cependant, leurs parents Dorés ont protesté assez violemment. C'est pourquoi Zeus a créé le Tournoi.

Hécate a haussé les épaules comme si cette leçon d'histoire était la chose la plus banale au monde. Ça ne l'était pas pour moi. C'était un tout nouvel univers, et je devais le maîtriser, ou au moins le comprendre un minimum, pour survivre au Tournoi.

Hochant la tête, j'ai essayé d'assimiler toutes les informations qu'Hécate venait de me donner. Toute cette situation était surréaliste, mais je devais amasser le plus de connaissances possible. J'étais en train de décider de ma prochaine question quand une fille avec une magnifique chevelure rousse est venue vers nous.

— Mayfield ? a-t-elle demandé avec une voix douce comme le miel.

— Kalani, oui. Et toi, tu es… ?

— Le comité d'accueil. Malheureusement. Suis-moi.

Et elle s'était déjà mise en route dans le couloir. D'a-ccord. Soyons enthousiastes, alors.

— Eh bien ? a demandé Hécate, haussant un sourcil. Qu'est-ce que tu attends ?

Me donnant une tape dans le dos, elle m'a offert un sourire rassurant. J'étais terrifiée, et nous savions toutes les deux pourquoi. Mais j'ai quand même revêtu mon plus beau sourire, ai hoché la tête, et me suis élancée dans le couloir.

Après ce petit sprint, j'ai finalement rattrapé le « comité d'accueil ». Bon sang, elle avait de longues jambes.

— Alors, euh, tu participes au Tournoi ?

Cheveux De Feu a tourné la tête vers moi, me jetant un regard glacial.

— Oui. On y participe tous.

Un autre regard en arrière, et elle a à nouveau repris son chemin sans m'attendre. Waouh, quel accueil chaleureux.

Soupirant, j'ai repris de la vitesse (parce qu'elle avait des jambes interminables et, évidemment, moi pas), la suivant sans même prendre le temps d'observer mes alentours. Pourtant, cet endroit était immense et je savais que j'allais sûrement m'y perdre, en particulier compte tenu d'à quel point cette visite guidée était instructive.

On a mis une éternité à atteindre notre destination : une immense pièce qui ressemblait à l'une de ces arènes de la Rome antique, celles dans lesquelles on faisait s'affronter les gladiateurs. Enfin, c'était pareil, sauf que les personnes qui se battaient dans le sable n'étaient pas à moitié nues et munies d'épées. Je veux dire, certains se battaient avec des épées. Mais le point important, c'était que ces gens (ces Bronzes ?) se battaient avec des boules de feu et des tornades et se changeaient en putains d'animaux. J'ai dû me pincer pour m'assurer que je n'étais pas en train de rêver pour la énième fois d'un des romans de fantasy que je lisais occasionnellement pour me détendre.

Malheureusement, ça paraissait réel.

— Bienvenue dans la Fosse, a déclaré Cheveux De Feu avec un petit geste de la main.

Elle avait l'air énervée, mais je n'arrivais pas à déterminer si c'était parce qu'elle devait me faire visiter ou parce qu'elle n'avait pas envie d'être là. Dans tous les cas, en regardant la Fosse, je me suis vite rendu compte que j'étais *morte*. Il n'y avait aucune chance que je sorte vivante de combats m'opposant à des gens doués de pouvoirs magiques.

Mourir par le feu ou entre les mâchoires d'un loup-garou était peut-être pire qu'être « éliminée » par les dieux, quoi que ça ait pu signifier.

Avant que j'aie eu le temps de m'apitoyer sur mon sort et de me demander comment quelqu'un pouvait être aussi malchanceux, Cheveux De Feu m'a traînée à travers la Fosse vers un gars qui se tenait contre le mur. Est-ce qu'il pouvait vraiment être qualifié de « gars », cependant ? Il mesurait bien deux mètres, au moins (ça pouvait être difficile d'en juger quand on faisait un mètre soixante comme moi), et était aussi large qu'un tronc d'arbre. Un *vieux* tronc d'arbre. Et dernier point mais pas des moindres, il avait l'air menaçant avec sa barbe, ses longs cheveux noirs ramassés en chignon et ses yeux argentés qui semblaient capables de tuer. Ils l'étaient probablement, vu comme tout le monde dans cette arène avait l'air mortellement dangereux.

Ce gars ne recherchait pas la compagnie ; il était appuyé contre le mur, les bras croisés, l'air d'analyser tout ce qui se passait sous ses yeux.

J'aurais voulu demander à Cheveux De Feu pourquoi on se dirigeait vers lui, mais étant donné qu'elle ne répondait jamais à mes questions, ça m'a semblé inutile.

— Xander, voilà la dernière recrue, a annoncé Cheveux De Feu, une pointe de peur dans la voix.

J'ai rapidement compris pourquoi quand il (Xander) a tourné ses yeux argentés vers moi. C'était terrifiant, comme faire face à la mort en personne. J'ai instantanément été paralysée, mon cœur battant si fort que je me suis presque demandé si d'autres personnes autour de nous pouvaient l'entendre.

Xander n'a rien dit. Il s'est redressé et s'est approché jusqu'à être si près que je pouvais sentir la chaleur que son corps dégageait. Son regard m'a parcourue de haut en bas ; il m'évaluait, cherchait mes forces et mes faiblesses.

Xander a finalement parlé après ce qui m'a semblé durer des heures, mais n'avait probablement été que quelques minutes.

— Je suis l'un des entraîneurs ici, je forme la moitié des participants au Tournoi avant qu'ils y entrent, et tu m'as été assignée. Les séances d'entraînement ne sont pas obligatoires, mais elles sont fortement encouragées, tout particulièrement si tu espères survivre à ce Tournoi.

Il a scruté mon corps encore une fois avant de retourner s'appuyer contre le mur et de pointer la Fosse du menton.

— Maintenant, vas-y. Montre-moi ce avec quoi je vais travailler. Elena ! Entraîne-toi avec la nouvelle !

Me tournant légèrement pour voir à qui Xander avait parlé, j'ai découvert une femme de plus d'un mètre quatre-vingts qui marchait vers le centre de l'arène de sable. Les autres Bronzes avaient arrêté de s'entraîner, venant former un large cercle autour de ladite Elena.

Choquée, je me suis retournée vers l'entraîneur, incertaine. Est-ce que j'étais censée y aller et… quoi ? Me battre contre cette femme ? Elle faisait deux fois ma taille, avait des rochers à la place des bras et des jambes, et probablement des années d'expérience au combat. J'étais encore dans mon t-shirt trop grand et mon short en élasthanne, putain ! Je ne portais même pas de chaussures dignes de ce nom !

— Je… Quoi ? ai-je bredouillé, rougissant à la fois de gêne et à cause de la terreur qui m'envahissait doucement ; j'allais mourir moins d'une heure après mon arrivée ici. Je peux pas.

Cheveux De Feu a pouffé sur ma gauche et Xander a croisé les bras sur sa poitrine, haussant un sourcil. La Fosse était soudain sinistrement silencieuse, comme si tout le monde avait cessé de respirer, attendant la réaction de Xander.

— Si tu ne t'entraînes pas, si tu ne te bats pas, tu meurs. C'est aussi simple que ça. À toi de choisir.

C'est ainsi que j'ai combattu Elena, cette géante qui aurait probablement pu me réduire en miettes dans mon sommeil. Enfin, « combattre » était un peu exagéré. On n'avait commencé que depuis trente secondes que ma mâchoire me faisait déjà mal, mes côtes me faisaient souffrir, et j'étais un peu étourdie.

Ça se passait *super bien*.

— Est-ce que tu vas riposter, la nouvelle ? m'a provoquée Elena avec un sourire moqueur et un petit accent allemand.

Je voulais répondre que oui. Je voulais attaquer, me battre, et montrer à tous ces Bronzes que je n'étais pas la fille faible qu'ils avaient actuellement sous les yeux. Et j'ai essayé. J'ai essayé. Après avoir tourné autour d'Elena pendant quelques secondes, j'ai tenté de lui donner un coup de poing, mais elle l'a facilement esquivé, mon bras effleurant à peine le sien. Alors qu'elle reculait, elle a eu l'air amusée par la situation. Elle s'amusait avec moi comme si j'étais son jouet. Et je ne pouvais rien y faire, parce que j'étais trop faible et que je n'avais aucune idée de comment survivre dans cet endroit.

Et je l'ai su à ce moment-là, pendant qu'Elena me tournait autour et continuait à me taquiner, me frappant des poings et des pieds mais ne restant jamais assez longtemps au même endroit, m'empêchant de contre-attaquer. Je l'ai su quand elle m'a envoyé un coup de pied dans les jambes par derrière et que je suis tombée par terre. Je l'ai su quand elle a pressé sa botte sur ma gorge, appuyant juste assez pour me couper la respiration. Je l'ai su quand elle m'a ri à la figure, quand les autres Bronzes sont partis, et quand elle m'a jeté un regard plein de pitié.

Je l'ai su dans mes tripes. J'allais mourir. Je n'allais jamais revoir Makaio. Ni ma mère. Je n'allais plus jamais faire cours à mes gamins, ni aller en classe, ni faire de la gym. Ma vie allait s'arrêter avant que j'atteigne l'âge d'or des vingt-et-un ans.

Et je n'étais pas la seule à le savoir. Tous les Bronzes pouvaient déjà deviner que je ne faisais pas le poids face à eux. Une personne de moins à combattre. Une personne de moins entre eux et leur droit à vivre sur le mont Olympe.

Même Xander le savait. Après qu'Elena m'a laissée là, gisant sur le sol, essayant toujours de reprendre mon souffle, il a mis de longues secondes à s'approcher. S'accroupissant à côté de moi, il a secoué la tête, l'air profondément déçu.

— Tu es déjà morte, la nouvelle.

Étant gymnaste, j'avais été blessée plein de fois. La plupart des gens ne réalisaient pas à quel point ce sport était brutal. L'impact des articulations en atterrissant ; la force qu'il fallait pour se tenir à une barre tout en se balançant autour ; l'effort des étirements constants, toujours *plus loin* ; comment retomber sur une barre pouvait nous détruire les épaules. Les entraînements de gym étaient brutaux, tout particulièrement au niveau auquel j'en avais fait. Je m'étais fait mal, et j'étais allée aux entraînements avec des chevilles tordues, des tendons à moitié déchirés et des côtes fêlées.

J'avais fait tout ça parce que j'aimais ça de tout mon cœur.

Devoir arrêter à cause d'une blessure au genou pendant ma première année de lycée avait été la chose la plus dure que j'aie jamais eu à faire. C'était comme si on m'avait arraché une partie de mon âme. La douleur avait été terrible, mais je savais que si mon médecin m'en avait laissé l'occasion, j'aurais fait n'importe quoi, *n'importe quoi*, pour continuer.

C'est dingue, la douleur qu'on est capable d'endurer quand c'est pour quelque chose qu'on aime.

Mon seuil de tolérance à la douleur était considérablement différent maintenant, sans doute parce que je ne ressentais aucun plaisir à me trouver là, entourée de prédateurs qui allaient bientôt mettre fin à mes jours sans hésitation ni remords. C'était chacun pour soi, ici. Ils se battaient tous pour leur droit de vivre, tout comme moi.

À part que je n'avais aucun espoir. Sans surprise, je n'arrivais pas à trouver l'énergie de chercher les (infimes) points positifs de cette situation.

Grimaçant à cause de mes côtes douloureuses, je me suis assise à l'une des tables du réfectoire. Après avoir essayé de respirer à travers la douleur pendant quelques secondes, j'ai coupé le steak dans mon assiette. D'habitude, j'aurais apprécié ce bon repas (ce n'était pas tous les jours que j'avais l'occasion de manger de la viande rouge, et c'était de la *bonne* viande), mais tout avait le goût de cendre.

Me concentrant sur mon repas, j'ai fait de mon mieux pour ignorer les regards et les murmures des autres personnes aux alentours. La salle était pleine de Bronzes en train de dîner et, par bonheur, j'avais réussi à trouver une table inoccupée. Ce repas ressemblait étonnamment à ce premier jour de lycée, quand je ne connaissais personne et que j'avais dû rester toute seule durant la pause de midi. Je n'avais pas aimé le sentiment autrefois, et je ne l'aimais pas plus aujourd'hui.

Génial. C'était génial.

J'ai secoué la tête en soupirant. Non mais à quoi je pensais ? Je me préparais à participer à un Tournoi où j'allais me battre pour sauver ma vie, et tout ce qui me venait à l'esprit, c'était à quel point mon premier jour de lycée avait été gênant. Pas étonnant que même les entraîneurs aient pensé que je n'allais pas survivre plus d'une journée.

J'étais occupée à manger mon repas et à essayer de ne pas entendre les murmures de tous les Bronzes assis aux tables alentour quand quelqu'un s'est laissé tomber sur la chaise juste en face de moi. Le quelqu'un en question était une fille magnifique qui semblait avoir à peu près mon âge. Elle avait de longs cheveux blond miel et des yeux très bleus. Étonnamment, elle était aussi souriante, et pas d'une manière qui laissait entendre qu'elle voulait me dévorer. Ou me tuer. Ou les deux.

— Alors, c'est toi, la nouvelle ! Tu nous as fait un sacré numéro, tout à l'heure !

Son sourire s'est agrandi et ses yeux ont scintillé. Elle plaisantait, mais pas méchamment. Du moins, je ne pensais pas.

— Moi, c'est Sadie. Ravie de te rencontrer !

Un peu abasourdie par l'ouragan que semblait être cette fille, j'ai pris la main qu'elle m'offrait et l'ai serrée doucement. Cette fille, Sadie, était la première personne à être un peu sympa ou chaleureuse avec moi depuis que j'étais arrivée. Instantanément, j'ai dressé mes barrières. C'était trop beau pour être vrai.

Ces gens étaient là pour s'entretuer, pas pour se faire des amis.

— Kalani.

Sadie a hoché la tête, et je n'arrivais pas à faire abstraction de sa beauté inhumaine. Elle avait l'air d'une déesse de la beauté. Elle avait réellement du sang divin, j'imagine. Et sous sa peau pâle, ses yeux bleus, ses pommettes hautes et ses longs cheveux miel, elle était probablement capable de me tuer instantanément. *Comme toutes les autres personnes dans cette salle.*

— Eh bien, Kalani, tu as vraiment fait une entrée en grande pompe, a-t-elle ajouté avec un clin d'œil. Et puis, j'ai pas pu m'empêcher de remarquer que tu n'avais pas l'air d'avoir de vêtements de rechange. J'en ai qui seront sûrement un peu trop grands, mais ce sera mieux que rien, non ? Viens simplement me voir dans ma chambre ce soir quand tu auras fini de manger et de t'installer. Tu dois aussi être dans la chambre juste à côté de la mienne, vu que c'est la seule qui soit encore libre et que tu es la dernière concurrente à être arrivée.

Elle était sur le point de continuer son monologue quand quelqu'un a crié son nom à l'autre bout de la salle. On a tourné la tête vers l'homme qui agitait la main vers nous ; vers *Sadie*. Elle a grimacé avec un air désolé et s'est levée.

— Enfin bref, je vais devoir y aller. Les gars perdent vite patience. Tu sais comment ils sont !

Et puis elle est partie. Et je me retrouvais à me demander ce qui venait de se passer. Cette fille était un tourbillon de mots, et j'en étais toujours à essayer d'intégrer le sens de notre conversation. Enfin… surtout de *sa* conversation.

Je n'arrivais toujours pas à savoir si Sadie voulait vraiment m'offrir son aide ou non. On faisait tous partie du Tournoi pour sauver notre peau, pas pour se faire des amis. Toute cette conversation était peut-être un moyen de me tester et de détecter mes faiblesses. De me donner une fausse impression de sécurité.

En même temps, ce n'était pas comme si je représentais une menace pour qui que ce soit ici. J'étais le bébé lapin tout mignon entouré de trente dragons affamés. La métaphore était peut-être même littérale, pour ce que j'en savais.

Un frisson m'a parcourue, car tous les yeux posés sur moi avaient soudain l'air d'être ceux de prédateurs qui regardaient leur proie se vider de son sang.

Me regardaient, moi.

J'étais la proie qui se vidait de son sang.

Chapitre quatre

Je transpirais. Des paumes, en particulier. Je n'arrêtais pas de les essuyer sur mon t-shirt en faisant les cent pas devant la porte. Si j'avais été dans un film ou un livre, ç'aurait été une bonne idée, de faire ami-ami avec la fille sympa qui m'avait tendu la main le premier jour. C'était toujours le matériau de base de la meilleure amie.

Mais ce n'était pas un film.

C'était la vraie vie, et pas le premier jour de lycée. C'était *The Hunger Games* si les concurrents avaient eu des pouvoirs magiques dignes de dieux. Et on savait tous comment finissaient les amitiés là-dedans.

Cependant, même en sachant que c'était une mauvaise idée, je ne pouvais pas ne pas frapper à cette porte. Premièrement, je n'avais ni vêtements ni chaussures, et combattre dans ce Tournoi allait sûrement nécessiter des vêtements plus pratiques que mon t-shirt trop grand et mon short en élasthanne. Et deuxièmement, j'avais besoin d'informations. Je devais comprendre ce qui se passait autour de moi et comment la vie ici fonctionnait. Je devais survivre, au moins jusqu'à ce que le Tournoi à proprement parler commence.

Alors me voilà, faisant les cent pas devant la chambre de Sadie, essayant de retrouver mon sang-froid pour ne pas avoir l'air aussi effrayée que je l'étais à l'intérieur. Je me sentais tellement hors de mon élément ici ; toute ma vie avait changé si vite. J'avais besoin de reprendre un peu le contrôle de la situation, et ça commençait par maîtriser mes émotions.

C'était comme les compétitions de gym. Je n'avais qu'à imaginer que je montais sur la poutre. *Tu peux le faire, Kalani. Continue simplement de respirer et concentre-toi.*

Finalement, après ce qui m'a semblé durer une éternité, j'ai toqué. Quand la voix de Sadie a répondu en m'invitant à entrer, j'ai relâché mon souffle, que je ne m'étais même pas rendu compte avoir retenu. Je pouvais le faire.

Sa chambre était très semblable à la mienne, mis à part que dans la sienne, il y avait des photos sur les murs et l'armoire débordait de vêtements. Elle vivait là depuis un moment. Pendant combien de temps gardaient-ils les Bronzes ici ?

— Kalani ! Je suis contente que tu sois venue ! Tu es bien installée ? a à nouveau souri Sadie, se levant de son lit et posant son livre sur les couvertures.

J'ai hoché la tête et souri, mais ça m'a semblé forcé même à moi. Si elle l'a remarqué, néanmoins, elle n'a pas relevé, et s'est dirigée vers son armoire. Bon sang, même sa démarche et son maintien étaient super grâcieux. Elle a pris un carton à côté de sa montagne de vêtements et s'est tournée vers moi.

— Voilà ! J'espère ça t'ira à peu près, même en étant aussi petite…

Ensuite, elle m'a détaillée des pieds à la tête, l'air de procéder à une analyse clinique, fronçant les sourcils.

— Je suppose qu'on verra. On pourra trouver une autre solution si ça va pas.

Une fois le carton en mains, je me suis tout à coup sentie extrêmement mal à l'aise. Elle avait l'air contente. Elle essayait sincèrement de m'aider. Et mes tripes me disaient que ce ne n'était pas un piège. Qu'est-ce que j'avais à perdre à faire un minimum confiance à Sadie ? J'avais besoin d'informations et, quelle qu'en soit la raison, elle avait l'air de vouloir m'aider.

— Merci, Sadie. Ces vêtements vont bien me servir. Garder les miens pour les jours à venir n'aurait pas été agréable, ai-je achevé avec un petit sourire, essayant de montrer que j'étais vraiment reconnaissante.

Parce que je l'étais. Je n'avais rien, et cette fille me donnait ses vêtements sans rien me demander en retour. Enfin, pas encore.

— T'inquiète, ça me fait plaisir d'aider.

Tapotant la place à côté d'elle sur son lit, elle a souri chaleureusement. Elle était forte à ce truc du sourire amical.

— Tu veux rester un moment ? Tu dois avoir des questions à propos de tout ça. On en a tous eu, au début.

Hochant la tête, je me suis assise sur les couvertures toutes douces. La literie de Sadie était bien meilleure que celle que j'avais dans ma chambre, de l'autre côté du mur. Avec un petit geste de la main, elle m'a encouragée à lui poser des questions. Cependant, il y avait tant de choses qui avaient besoin d'être clarifiées que j'avais du mal à décider quoi demander en premier. Je devais commencer par les bases.

— Toutes les personnes ici sont des Bronzes, c'est bien ça ?

— Tout le monde est censé l'être, oui, a répondu Sadie avec un petit froncement de sourcils.

J'ai attendu qu'elle m'en dise plus, mais elle n'en a rien fait. Peut-être qu'elle savait que j'étais une anomalie qui n'aurait pas dû être là. Ça m'a mise un peu mal à l'aise.

— C'est quoi, ton pouvoir ?

— C'est une question très osée pour une première fois, Kalani.

Je me suis immédiatement tendue. Est-ce que j'avais déjà foiré ? Est-ce que demander à quelqu'un quel était son pouvoir était très impoli ?

Et puis le coin de sa bouche est remonté et ses yeux se sont plissés.

— Relax, je rigolais. Je contrôle les morts. C'est de la nécromancie. Je peux contrôler les cadavres et les squelettes, et leur faire faire ce que je veux. Ce genre de choses. C'est plutôt utile.

Je suis restée immobile, bloquée sur les mots qui étaient sortis de sa bouche.

— Les cadavres ? ai-je demandé d'une voix chevrotante, soudain consciente que j'étais seule dans une pièce avec la petite-fille d'une divinité qui pouvait contrôler les cadavres.

— À quoi tu t'attendais ? À des tournesols et des papillons ? a souri Sadie, riant de mon malaise.

Aussi discrètement que possible, j'ai glissé un œil vers la porte. À quelle vitesse pouvais-je l'atteindre s'il se passait quelque chose ? Pourquoi est-ce que j'envisageais même de pouvoir faire ça ? J'étais entourée de dieux et de déesses ; s'ils le voulaient, ils pouvaient me tuer en une demi-seconde.

— Détends-toi, Kalani, je suis non violente. La plupart du temps. Je ne me laisse emporter que quand un connard me tape sur les nerfs. Et je t'aime bien, a-t-elle ajouté en me donnant une petite tape sur le genou.

Le cœur battant, j'ai doucement hoché la tête. Ces gens, ces Bronzes, allaient me faire faire une crise cardiaque. Je ne savais pas comment j'allais faire pour survivre, ici. À ce rythme, j'allais mourir d'une crise cardiaque avant même que le premier combat du Tournoi ne commence.

À ce moment-là, je me suis demandé si j'allais partir ou non. Je ne savais pas comment mener cette conversation. Sadie était amicale, mais j'avais du mal à déterminer où tout ça allait nous mener. Pourquoi m'aidait-elle ? Est-ce que je pouvais même être sûre que c'était pour de vrai ?

Mais ensuite, j'ai vu le visage de Makaio dans mon esprit. Ce petit garçon était l'amour de ma vie. Il était plein de joie et d'énergie, et je ne voulais qu'une chose : retourner auprès de lui. Ce Tournoi était le seul chemin de retour possible. Je devais essayer, et même si les motivations de Sadie m'étaient inconnues, elle m'avait offert plus que quiconque.

— Oui, je suppose que je m'attendais pas à ce… genre de pouvoir, ai-je ri, mal à l'aise. J'aurais simplement imaginé qu'une personne qui contrôle les morts aurait plutôt ressemblé à, euh…

— Aurait plutôt été du genre sombre et mystérieux ? Eh ben, c'est le look de mon grand-père. Ça lui va bien. C'est Thanatos, le seul et unique dieu de la mort, a-t-elle dit, ironiquement.

Heureusement, j'ai pris les bons gènes de ma mère. Tyché soit louée !

Elle a ri doucement, et je me suis un peu détendue. Cette fille était bizarre, mais elle n'avait pas l'air méchante. J'étais en train d'ouvrir la bouche pour lui demander comment le Tournoi allait se dérouler quand la porte de la chambre s'est ouverte violemment.

— Pourquoi t'es pas venue au terrain d'entraînement, bon sang, Sadie ? Tu m'as laissé seul avec Søren et sa dernière conquête pendant une heure et-

Et je me suis retrouvée face au plus bel homme que j'aie jamais vu. Et ce n'était pas rien puisque j'avais passé tout l'après-midi entourée de dieux et de Bronzes. Mais cet homme… Il avait des cheveux d'un noir profond, coupés court sur les côtés mais suffisamment longs sur le haut pour effleurer son front et ses yeux. Des pommettes hautes reposaient sous ses yeux, d'un bleu qui était foncé autour de la pupille et plus clair sur le bord extérieur de l'iris. Sa mâchoire semblait avoir été taillée dans le marbre et il avait les lèvres les plus pleines que j'avais jamais vues chez un homme. Il était grand, et je pouvais voir qu'il était musclé juste comme il fallait, même alors qu'il portait un t-shirt noir. Il était tellement séduisant que mon cerveau a planté pendant une seconde, assez longtemps pour louper une partie de la réponse de Sadie.

— … t'ai dit que j'allais être occupée. Je suis en train de me faire une nouvelle amie, là. Et arrête de pleurnicher. C'est toujours à moi de supporter la compagnie féminine de Søren. C'est bien que ce soit toi qui t'y colles, pour une fois !

L'homme a toisé Sadie pendant un moment avant de rouler des yeux face à son air satisfait. Et puis il a tourné son regard vers moi, contemplant mon visage choqué. Pourquoi est-ce que j'agissais comme si je n'avais jamais vu un homme de ma vie ?

Il m'a regardée de haut en bas, très lentement.

— Jolie tenue, la nouvelle, a-t-il dit avec un sourire en coin.

Et, comme une écolière prépubère, j'ai rougi. Oh. Mon. Dieu. Je devais me ressaisir.

— Arrête de faire le con, Archer. La pauvre n'a pas eu le droit de prendre quoi que ce soit avant qu'on l'emmène.

Sadie s'est levée et tournée pour nous faire face à tous les deux.

— Et sois plus poli, tu n'as même pas dit bonjour. Kalani, voici Archer, l'un de mes meilleurs amis. Et Archer, voici Kalani, ma nouvelle voisine !

Archer (C'était vraiment un prénom, ça ?) a souri en coin et hoché la tête.

— Ravi de faire ta connaissance, la nouvelle.

Ça sonnait taquin ; pas vraiment méchant, mais pas sympa non plus. Ce gars était difficile à comprendre. Et mon corps avait des réactions extrêmement inhabituelles en sa présence. J'ai répondu d'un hochement de tête, ne faisant pas confiance à ma voix pour avoir l'air naturelle. Cette journée était trop éprouvante pour mon cerveau et mon corps, et j'étais en train de devenir dingue. C'était la seule explication plausible pour ces rougissements en série et ce court-circuit corporel.

Après quelques secondes de silence gêné, Archer s'est tourné vers Sadie.

— Est-ce que ça t'embête si je me pose ici ? Je ne veux pas savoir ce que Søren et son béguin de la semaine sont en train de faire dans notre chambre.

Sadie a ri comme si elle ne savait que trop bien ce que Søren et sa dame étaient en train de faire. (Qui était Søren, au juste ?) Et puis elle m'a regardée et a haussé un sourcil, comme pour me demander si j'étais d'accord. J'étais l'étrangère ici, alors je n'ai pas vu comment lui répondre autrement que par un hochement de tête. Encore. Parce que hocher la tête paraissait être la seule chose que je savais faire, dernièrement.

L'homme divin (littéralement, puisque c'était un Bronze) s'est assis sur une chaise rose mignonne dans un coin de la pièce et a sorti un livre de nulle part.

— Est-ce que tu as d'autres questions, Kalani ? J'imagine que tout ça doit être très étrange pour toi. Est-ce que tu as pu rencontrer tes parents Dorés ?

— Pas vraiment, non.

Sadie a froncé les sourcils.

— Oh, c'est bizarre. En général, c'est comme ça qu'ils t'accueillent ici. Avec le géniteur qui n'aurait pas dû t'engendrer. C'est qui ? Est-ce qu'ils t'ont dit quoi que ce soit ?

Cette conversation devenait accidentée. Je ne savais pas trop quoi dire, parce qu'il y avait eu une erreur monumentale et que je n'avais pas le moindre ancêtre divin.

— Tu sais, la rencontre a été rapide. Je crois qu'il y avait une fête en cours et tout le monde avait hâte de partir, du coup je n'ai pas vraiment eu d'infos ni rien. Même pas sur la manière dont le Tournoi fonctionne.

Là. C'était une bonne réponse, non ? Rester vague et rediriger la conversation sur un terrain plus sûr pour moi était un super plan. Personne ne m'avait dit ce que je devrais raconter aux autres Bronzes, et je ne voulais pas répandre le bruit que je n'étais pas comme eux.

— Je suis sûr que c'est Ron. Ce gars doit avoir une soixantaine d'enfants partout sur Terre, si ce n'est plus, est intervenu Archer.

— Oui, ou bien ça pourrait être Lee. Tu pourrais remplir trois éditions du Tournoi rien qu'avec ses enfants.

Sadie s'est de nouveau tournée vers moi.

— C'est quoi ton pouvoir ? Ça pourrait aider à réduire les options.

Et c'était la question fatidique, n'est-ce pas ? Parce que je n'en avais pas. Aucun. À part peut-être celui de faire des pancakes démentiels. Mais ce n'était pas ça qui allait me sauver lors du Tournoi.

Et maintenant, je devais décider ce que j'allais faire à ce propos. Je pouvais soit faire semblant et espérer réussir à survivre sans aide, soit faire confiance à ces deux-là et espérer que ça ne me tuerait pas plus vite que le Tournoi. Sacré dilemme, hein ? Arrivée là, cependant, je n'étais pas sûre d'avoir grand-chose à perdre à leur faire confiance. En plus, Sadie avait l'air de sincèrement vouloir m'aider, donc peut-être qu'elle y serait toujours encline quand elle aurait découvert que je n'étais qu'une petite humaine. Et, même si Archer m'intimidait énormément, quelque chose au fond de moi me poussait à leur faire confiance.

— Je… Je n'en ai pas, en fait, ai-je murmuré, regardant partout sauf en direction des deux Bronzes.

— Qu'est-ce que tu veux dire ? Tu ne l'as pas encore découvert ? a demandé Sadie.

— Non, je veux dire que j'ai pas de pouvoir. Et j'en aurai jamais. Parce que…

Je me suis arrêtée pour m'humecter les lèvres, nerveusement. C'était le grand moment. La grande révélation qui pouvait me sauver la vie ou signer mon arrêt de mort.

— Je suis pas une Bronze. Je suis humaine. Quelqu'un a fait une grosse connerie et ma seule chance de rentrer chez moi est de survivre au Tournoi.

Personne n'a répondu, et le silence s'est allongé, me pesant dessus et menaçant de me noyer. Voilà. J'avais confié mon plus grand secret à ces deux étrangers, et maintenant ils pouvaient s'en servir pour me faire du mal s'ils le voulaient. Mais pourquoi j'avais fait ça ? Pour ce que je savais, ils avaient un énorme préjugé à l'encontre des humains et allaient me tuer le sourire aux lèvres. Ou peut-être qu'ils allaient me dénoncer à tout le monde et que j'allais être virée du Tournoi, et que je mourrai, là encore. Hécate n'avait rien dit sur le fait que mon humanité devait rester secrète ou non. J'aurais probablement dû vérifier avant de le balancer aux deux premiers venus. Quelle idiote. Je n'allais pas passer la nuit.

Les minutes se sont égrenées (peut-être que ça a été plus court que ça, mais ça avait l'air incroyablement long) et mon cœur battait si fort que j'avais l'impression que j'allais vomir. Sadie et Archer se regardaient fixement, m'ignorant totalement. Quand j'ai senti que j'allais m'évanouir alors qu'aucun d'eux n'avait encore soufflé mot, j'ai attrapé le carton de vêtements de mes mains tremblantes.

— C'est bon. Je vais y aller. Merci pour les vêtements.

J'étais sur le point d'ouvrir la porte et de fuir pour sauver ma vie quand une main a attrapé mon bras. Je me suis à moitié tournée, puis me suis figée net, des images de mort traversant mon esprit à toute vitesse. Ça y est. J'étais foutue.

—Désolé pour ça. Sadie et moi devions discuter de la situation en privé.

Je n'ai même pas totalement intégré ce qu'Archer a dit à propos d'une conversation avec Sadie quand aucun mot n'avait franchi leurs lèvres (Pouvaient-ils se parler par la pensée ou quelque chose comme ça ?), car il était si proche que j'avais l'impression que tout l'air avait été aspiré hors de mes poumons. Être si près d'Archer était trop dur à supporter pour mon pauvre corps.

—Archer peut manipuler les esprits, a expliqué Sadie. Il est surtout connu pour faire ressentir aux gens d'atroces souffrances ou leur donner des hallucinations terrifiantes, mais c'est aussi assez pratique pour les conversations délicates.

Ça paraissait sensé. N'est-ce pas ? Mais je n'arrivais pas à réfléchir correctement parce que tout ce sur quoi je pouvais me concentrer était les yeux d'Archer dans les miens, sa main sur mon biceps, et combien j'avais envie qu'elle y reste. Ç'aurait aussi été bien qu'il ajoute son autre main sur ma joue et me pousse contre la porte et m'embra–

Attendez.

Merde.

Qu'est-ce qui m'arrivait ? Est-ce qu'il me manipulait le cerveau ? Me faisait fantasmer des trucs ?

—Elle est vraiment humaine. Elle n'a aucune défense mentale contre mes pouvoirs.

—Archer, arrête ça ! Elle est terrifiée, l'a réprimandé Sadie avec un froncement de sourcils, se levant du lit.

Il m'a libérée le poignet et j'ai dû ravaler une protestation. C'était complètement dingue. Je n'avais jamais ressenti quoi que ce soit de ce genre pour un mec.

Sadie est venue se planter devant moi et a posé ses mains sur mes épaules, me ramenant à la réalité.

— On va t'aider, Kalani. Tout va bien se passer, d'accord ?

J'ai froncé les sourcils. Vraiment ? Est-ce que ça allait être aussi simple ?

— Pourquoi ?

— Parce que je me sens proche de toi, et je crois que tu es ce qu'on attendait. Et puis, en tant que parias, on doit se serrer les coudes, pas vrai ?

Chapitre cinq

Je me suis réveillée avec l'impression qu'un train de marchandises m'avait roulé dessus avant de me laisser pour morte sur le bas-côté, dans le froid. Mes yeux étaient encroutés après que je m'étais endormie en pleurant, pensant à Makaio, et je n'avais pas réussi à dormir plus de deux heures d'affilée, trop effrayée que quelqu'un s'introduise dans ma chambre et me tue dans mon sommeil. Donc non, ça n'avait pas été la meilleure nuit de ma vie.

Même maintenant, après m'être douchée, avoir déniché des vêtements qui m'allaient à peu près dans le carton de Sadie et mangé la moitié de mon petit-déjeuner, je me sentais toujours très mal ; surtout parce que la situation s'était finalement enfoncée dans mon crâne. Plus de doute : je n'étais pas droguée, et ce n'était pas un trip. J'étais là, pour de vrai. Je ne sais comment, j'avais atterri dans un roman de fantasy et j'allais devoir trouver le moyen de survivre à ce Tournoi pour retourner auprès de mon frère.

J'étais donc là, mangeant un pancake (qui, je devais l'admettre, était délicieux) et observant les trente autres Bronzes dans le réfectoire. Je ne connaissais aucun d'entre eux puisque Sadie et Archer étaient absents, et il me restait encore à apprendre ce qu'on était censés faire pendant la journée. Est-ce qu'on avait un emploi du temps fixe ? Ou une sorte de liste de choses à faire ? Aucune idée ; en partie parce que la fille rousse avait fait le pire travail possible en tant que comité d'accueil. Mais je savais trois choses. Un, j'avais révélé mon secret et rien de terrible ne s'était produit ; j'étais toujours en vie et personne ne me regardait bizarrement. Alors je pouvais sûrement faire confiance à Sadie et Archer, du moins pour l'instant. Deux, à ce que j'avais compris lors de ma courte conversation avec Sadie après la grande révélation, j'avais huit semaines avant que le Tournoi ne commence. Huit semaines pour m'entraîner. Huit semaines pour apprendre tout ce dont j'avais besoin pour survivre. Et trois, je n'avais peut-être pas de magie ni de pouvoirs, et je n'étais peut-être plus la meilleure des gymnastes, mais je restais forte physiquement et super intelligente. J'allais donc me servir de ça. J'allais m'entraîner jour et nuit, veiller à avoir toutes les informations dont j'avais besoin, et puis j'allais me montrer plus rusée que tous les concurrents. C'était le plan.

Maintenant, il fallait simplement que j'obtienne toutes ces informations sauveuses de vie. Les seules personnes qui me paraissaient amicales étaient Sadie et, en quelque sorte, Archer. Et ils n'étaient pas là. La matinée avait l'air d'être assez avancée (personne ne m'avait donné de montre, alors je ne pouvais pas être sûre) et j'étais assise là depuis au moins une heure. S'ils ne se montraient pas, je ne savais pas trop quoi faire ni où aller.

Alors que j'observais un groupe de Bronzes parler avec animation d'un jeu quelconque, je n'ai pas réussi à empêcher mes pensées de retourner à la nuit précédente. Et, plus spécifiquement, à Archer. Jusqu'ici, tous les Bronzes que j'avais vus étaient sortis gagnants de la loterie génétique. Archer ne faisait pas exception. Il était probablement le plus bel homme que j'avais jamais vu. Mais au-delà de ça, sa présence faisait réagir mon corps d'une manière sans précédent. Les palpitations cardiaques, le fixer comme si je n'avais jamais vu d'homme auparavant, perdre ma voix et un peu de mon bon sens... Je n'avais jamais, et j'étais sérieuse, *jamais* réagi comme ça face à un garçon ! Et je n'étais pas sûre de savoir dans quelle mesure c'était l'effet de son don sur mon pauvre cerveau humain. Avec un peu de chance, ça l'était en totalité, comme ça, je n'aurai pas à me sentir gênée. Au moins, je n'avais pas eu de réaction physique aussi extrême avec qui que ce soit d'autre ici ; c'était une bonne chose.

Je m'apprêtais à prendre une autre bouchée de ce délicieux fruit à mi-chemin entre l'ananas et le melon quand quelqu'un a appelé la nouvelle. J'ai supposé qu'il s'agissait de moi.

C'était une fille aux longs cheveux noirs, aux yeux sombres et bridés, à l'air mignon et tout innocent. Et elle était petite. Genre petite, petite. J'étais peut-être même plus grande qu'elle. Et c'était assez rare ici ; jusque-là, je n'avais vu que des gens incroyablement grands. Elle avait sûrement un pouvoir terrifiant, et son apparence ne devait être qu'un déguisement destiné à tromper les gens en leur donnant l'impression qu'ils n'avaient rien à craindre d'elle.

Quoi qu'il en soit, elle marchait vers moi d'un pas énergique, et je ne savais pas trop pourquoi. Je ne la connaissais pas du tout et jusqu'à maintenant, à part Sadie et peut-être Archer, je n'avais pas rencontré les gens les plus accueillants qui soient ici.

— Te voilà ! Ça fait des heures que je te cherche, s'est-elle exclamée en atteignant ma table.

— Euh… Salut ? ai-je demandé, haussant un sourcil interrogatif.

— Pardon, c'était assez impoli de ma part, a-t-elle ri. Je m'appelle Mei. Enchantée ! Mon bébé m'a demandé de venir te chercher. Alors, me voilà ! a-t-elle achevé, levant une main en l'air comme une pom-pom girl.

J'avais plein de questions. Pourquoi était-elle aussi sympa avec moi ? Et qui était son *bébé* ?

— Je suis toujours un peu perdue, *Mei*. Pourquoi est-ce que tu me cherchais ?

Elle m'a dévisagée comme si j'étais complètement folle et a croisé les bras sur sa poitrine avant de répondre :

— Søren, mon petit-ami, m'a demandé de venir te chercher parce que sa sœur veut s'amuser avec son nouveau jouet. Et au cas où tu ne l'aurais pas compris, tu es le nouveau jouet tout brillant.

Tout à coup, son ton n'était plus amical, notamment lorsqu'elle parlait de celle que je devinais être Sadie. Alerte pétasse ? Déjà ? Merde, ça commençait vraiment à ressembler à un remake du lycée. En juste un tout petit peu plus meurtrier.

Je ne sentais pas trop cette fille, mais si elle pouvait me mener à Sadie, qui se trouvait être la seule personne en qui j'avais un peu confiance, alors j'allais tenter ma chance avec elle.

J'ai senti de nombreuses paires d'yeux sur moi tandis que je suivais Mei hors du réfectoire. Les autres concurrents se demandaient ce qui se passait. Et, à en juger par les quelques rires et commentaires méprisants que j'ai surpris, beaucoup pensaient que j'allais être « utilisée puis jetée par les Rois », qui que ça puisse être.

Mei a commencé à marcher et je l'ai suivie aveuglément parce que, soyons honnêtes, je m'étais perdue trois fois au cours de la matinée et n'avais aucune idée d'où je me trouvais dans ce bâtiment. Le trajet n'a duré que quelques minutes, et puis on s'est retrouvées à l'entrée de la Fosse.

J'avais tout à coup une furieuse envie de me retourner et de m'enfuir en courant.

Mais Mei a dû sentir mon malaise, car elle s'est postée de sorte à me bloquer toute retraite et a hoché la tête pour m'inciter à entrer. J'ai hésité une seconde (je m'étais fait *sévèrement* rétamer la dernière fois que j'étais venue ici), mais y suis quand même allée. Quel autre choix avais-je, de toute façon ? Je ne savais pas quel était le pouvoir de Mei et je préférais ne pas lui donner de raisons de s'en servir contre moi, quel qu'il soit.

Il y avait un couloir court et sombre, et puis l'entrée de l'arène de sable. La Fosse était encore plus grande sous le soleil aveuglant du milieu d'après-midi. Elle ressemblait au Colisée, ou du moins aux images que j'en avais vu en ligne. La Fosse était bien plus grande qu'un terrain de football, et les gradins étaient si hauts que je pouvais à peine voir les détails de leur sommet.

La Fosse était déserte. Quasiment, tout du moins. Il n'y avait que trois personnes dans tout le stade : Sadie, Archer et, si mon intuition était juste, Søren. Ils étaient à l'autre bout de l'arène, mais de là où je me trouvais, je pouvais quand même voir qu'ils étaient en train de se battre. Ils n'avaient pas l'air d'utiliser leurs pouvoirs (même si je ne pouvais pas en être sûre pour Archer), mais j'apercevais des épées, ou quelque chose du genre. Et ils n'y allaient pas de main morte. Même de là où je me tenais, je pouvais entendre le fracas du métal contre le métal. Après quelques minutes, il est apparu clairement que les jumeaux faisaient équipe contre Archer, et regarder leur danse compliquée m'a fait me rendre compte, encore une fois, d'à quel point j'étais dépassée.

C'étaient des *tueurs*.

Tout ce que je savais faire, c'était me retourner en l'air avec grâce.

J'étais foutue. Tellement, tellement foutue. Et l'élan de courage que j'avais eu un peu plus tôt retombait comme un soufflé. Quand j'ai vu Archer frapper dans la lame de Sadie si fort qu'elle en a été déséquilibrée, j'ai grimacé et fait un pas en arrière. Je savais d'ores et déjà, après le moment fantastique que j'avais passé dans la Fosse la veille, que combattre les pouvoirs des Bronzes allait être difficile, mais ça ? N'avais-je même pas une chance contre eux *sans* leurs pouvoirs ? Qu'est-ce que j'étais censée faire, dans ce cas-là ? Les combattre dans leur sommeil ?

— Bébé ! Je suis de retour ! a chantonné Mei d'une voix aiguë qui me tapait déjà sur les nerfs. Du coin de l'œil, j'ai estimé qu'il ne me fallait que quelques pas de plus pour atteindre le couloir et sortir de–

— Kalani ! m'a interrompue Sadie dans mes espoirs éphémères de fuite discrète.

Je me suis tournée vers elle et ai forcé les coins de ma bouche à remonter, espérant avoir l'air heureuse d'être là. Elle trottinait vers nous, tout en ayant l'air d'un top model.

— Je suis contente de te voir ! Désolée, j'ai pas pu venir te chercher moi-même, mais j'avais promis aux deux autres là-bas que je m'entraînerai avec eux, a-t-elle dit en désignant les deux hommes d'un signe de tête. Mais je suis heureuse que tu aies pu te joindre à notre première séance d'entraînement !

— Notre première séance d'entraînement ? me suis-je exclamée en haussant les sourcils, interloquée.

J'espérais qu'elle ne s'attendait pas à ce que j'aille prendre part à leur combat à l'épée, parce que ça allait être un massacre. Aucune personne saine d'esprit n'aurait voulu assister à ça.

— Archer, Søren et moi avons discuté hier soir, et on a décidé de t'aider à t'entraîner pour que tu sois mieux préparée au début du Tournoi. On a hâte de commencer !

Elle a posé ses mains sur ses hanches à la fin de sa phrase, l'air fière et sincèrement heureuse de m'aider. Les deux hommes qui marchaient derrière elle semblaient avoir beaucoup moins *hâte de commencer*. Archer me dévisageait comme s'il essayait de déchiffrer mes plus profonds secrets et Søren me jaugeait, l'air méfiant. Et Mei… eh bien, Mei n'était là que pour voir son *bébé*.

Ma bouche était tout à coup plus sèche qu'un désert, car je pouvais voir les épées de près et mon Dieu, elles avaient l'air encore plus grandes et dangereuses que de loin. Je n'avais aucune envie de me trouver où que ce soit à proximité de ces choses. Et d'ailleurs, je n'avais pas envie de « m'entraîner » avec eux si ça impliquait la même raclée que la veille.

— Tu sais, je suis sûre que c'est pas nécessaire. Je peux sûrement juste… (J'ai fait un geste vague pour désigner la Fosse.) regarder ?

— Tu plaisantes ? Ce sera tellement plus amusant !

Et Sadie m'a pris la main, me traînant vers le centre de la Fosse.

Les deux hommes s'étaient arrêtés au milieu de l'arène et avaient déjà l'air à la limite de l'ennui. J'ai essayé très fort de ne pas regarder Archer trop longtemps, car il m'empêchait vraiment de me concentrer ; encore plus que la nuit précédente, si c'était possible. Il ne portait pas de t-shirt et son torse brillait de sueur sous le soleil. Je n'arrivais pas à déterminer ce que représentait le tatouage sur son pectoral gauche (je refusais de le regarder assez longtemps pour ça), mais ça lui donnait un air de mauvais garçon que j'appréciais ; beaucoup. Trop.

43

J'avais vraiment besoin de me rappeler que je n'étais pas là pour lorgner sur un beau garçon. J'étais là pour survivre, afin de pouvoir retourner auprès de Makaio. J'ai fermé les yeux pour me recentrer, et sa petite bouille mignonne m'est apparue. Il était ma raison de me battre pour rentrer, et je devais m'assurer de ne pas me laisser distraire. En particulier par un gars que je connaissais à peine.

C'est pourquoi j'ai décidé de me concentrer sur Søren. Même sans savoir que lui et Sadie étaient jumeaux, j'aurais pu deviner qu'ils étaient de la même famille. Ils avaient la même peau or pâle, les mêmes yeux bleus perçants, et les mêmes cheveux blonds. Søren portait ses cheveux en chignon et l'ombre d'une barbe sur ses joues, lui donnant un air de Viking des temps modernes. Il aurait pu passer pour le quatrième frère Hemsworth, et je comprenais pourquoi Mei était si fière d'être avec lui ; c'était certainement une belle prise, même parmi tous ces beaux Bronzes.

Je traînais toujours des pieds derrière Sadie quand quelqu'un a heurté mon épaule. Sans surprise, Mei m'a dépassée et a presque sauté dans les bras de Søren. Elle l'a tout bonnement assailli en lui aspirant le visage et il a carrément commencé à lui peloter le cul. Croyez-moi. Je n'ai pas pu retenir un frisson face au degré de sans-gêne de cette démonstration d'affection publique.

— Ignore-les. Mon frère a des tendances exhibitionnistes avérées. (Sadie a secoué la tête en le regardant et s'est retournée vers moi avec l'un de ses fameux sourires.) Comment tu te débrouilles en combat rapproché ?

Bon, je ne m'attendais pas à un changement de sujet aussi brutal. Me remémorant la débâcle de la veille, j'ai fait la grimace. Je n'ai pas eu à répondre, car Archer s'en est chargé pour moi.

— Je pense que le combat catastrophique d'hier répond à la question. On ne serait pas là dans le cas contraire, si ?

Et bien qu'il ait raison, qu'il le dise m'a *vraiment* énervée.

— Sois pas méchant, Arch. On a tous dû commencer quelque part, non ?

La remarque de Sadie a fait rouler des yeux Archer. Puis, il s'est retourné vers moi.

— Bon, je suppose qu'on part d'un niveau assez bas, mais voyons voir à quel point c'est mauvais.

OK, c'était insultant. Oui, pas un seul de mes coups de poing de la veille n'avait atteint sa cible. D'accord. Mais pas besoin d'être aussi méchant. Mais je ne l'ai pas dit parce que... eh bien, il n'avait pas complètement tort non plus.

Archer s'est retourné et dirigé vers un cercle rouge peint dans le sable. Sans regarder derrière lui, il a aboyé :

— Søren, arrête de lui sucer le visage comme si c'était une paille et viens ici. Je vais avoir besoin de toute l'aide possible.

J'ai étouffé un rire parce que c'était vraiment une bonne analogie. Søren a écarté son visage de celui de Mei et a relâché ses fesses. Elle est retombée sur le sol avec plus de grâce que j'en aurais jamais eu et a pleurniché :

— Bébé, allez, on s'amusait bien !

— Désolé, poussin, le devoir m'appelle.

Il avait l'air tout sauf désolé. Je me suis demandé comment leur relation fonctionnait. Et depuis combien de temps ils étaient ensemble. S'étaient-ils rencontrés ici ou avant ? Et d'ailleurs, depuis combien de temps tous ces Bronzes étaient-ils là ?

Ignorant les yeux de chien battu que Mei faisait en s'éloignant, essayant de récupérer l'attention de Søren, je me suis tournée vers Sadie.

— T'es sûre que ça vous dérange pas ? Je vais vous ralentir. Je peux sûrement piger certains trucs par moi-même.

— T'inquiète pas pour ça, a-t-elle souri. Archer aime bien jouer les ronchons, mais c'est lui qui a proposé qu'on t'entraîne.

J'ai eu un moment de pause et, étrangement, ma poitrine s'est réchauffée. Je l'ai ignorée. Évidemment. Parce que je n'étais pas là pour avoir un crush sur un inconnu. J'étais là pour survivre.

Archer s'est mis en position dans le cercle, laissant son épée de côté ; Dieu merci. Je continuais à me retenir de regarder directement son visage, mais je pouvais sentir son regard me vriller. Et même si je ne voulais pas me faire botter le cul encore une fois, je savais que m'entraîner avec eux allait m'offrir ma meilleure chance de survie.

Je suis entrée dans le cercle. Après plusieurs profondes respirations, j'ai finalement relevé les yeux jusqu'à croiser ceux d'Archer. Son regard était si intense qu'il m'a donné des frissons. Pour une raison quelconque, cet instant avait l'air d'un moment décisif dans ma vie.

Et puis Archer m'a plaquée au sol.

Chapitre six

Tu dois davantage utiliser tes pieds. Ne reste pas là à attendre que je t'attaque. Je t'ai demandé d'arrêter d'être lâche, pas de rester plantée là et de te laisser faire.

Archer avait passé les trente dernières minutes à essayer de m'apprendre à me mettre dans une position de combat correcte et à conserver un jeu de jambes rapide ; disons que la grâce me venait plus facilement en gymnastique qu'en combat.

Il m'a décoché un coup de poing (un direct, je crois) et j'ai esquivé, préférant m'éviter un énième bleu. Entre la raclée d'hier et la « séance d'initiation » d'aujourd'hui, j'allais arborer un arc-en-ciel d'hématomes. Quelle perspective réjouissante !

De la sueur perlait sur tout mon corps, me brûlant les yeux. Le soleil était à son zénith, et sa réverbération sur le sable était presque aveuglante. Respirant plus fort que je ne l'aurais voulu après seulement une demi-heure, j'ai longé le bord du ring de fortune, essayant de garder autant de distance que possible entre Archer et moi. Cependant, je savais que je n'allais pas pouvoir courir indéfiniment ; Archer était incroyablement rapide.

Effectivement, je n'ai pas eu le temps de reprendre mon souffle qu'il était déjà sur moi. Il a commencé à bouger son torse et son bras droit. J'ai esquivé par la droite et, bien évidemment, son poing gauche m'a eue à l'épaule.

Je suis tombée.

Lourdement.

Et j'ai décidé que c'était une bonne idée de rester allongée là, sur le sable chaud. Comme si j'étais à la plage. Si je fermais les yeux, je pouvais presque entendre les vagues. Je pouvais presque sentir le sel dans l'air. Je pouvais presque m'imaginer que j'allais bientôt surfer sur les vagues.

— Peut-être qu'on devrait faire une pause.

Bénie sois-tu, Sadie.

Les yeux toujours fermés, j'ai entendu Archer piétiner jusqu'à sa bouteille d'eau. Mon incapacité à me battre l'énervait. Ça me donnait envie de le frapper ; son attitude allait très vite me fatiguer. Le problème, c'était que je devais à la fois me relever et trouver le moyen de réussir à l'atteindre, et ni l'un ni l'autre n'était possible actuellement.

— Tu as besoin d'aide pour te relever ?

J'ai ouvert un œil pour découvrir Søren en train de me regarder du haut de sa taille de géant. Il arborait un grand sourire, comme si me regarder me faire jeter dans tous les sens avait refait sa journée. C'était sûrement le cas, étant donné que tout le monde ici avait l'air d'aimer se battre.

La voix de Søren était étonnamment mélodieuse. Peut-être que son pouvoir, c'était de chanter ? Sans doute que non, mais bon, on avait le droit d'espérer.

— Ça devrait aller, merci, ai-je marmonné en me relevant sous son regard amusé.

— Tu sais, j'ai appris pour le bon moment que tu as passé avec Elena, et Sadie m'a raconté ton problème, être humaine, tout ça, mais je ne pensais pas que c'était si catastrophique. Ils ne vous apprennent plus rien, dans vos écoles humaines ?

— Je suppose qu'aujourd'hui on se concentre plus sur les maths, mais ça m'est pas d'une grande aide, hein ?

— Non, je pense que l'algèbre ne te sera d'aucun secours là tout de suite, malheureusement.

Il a souri tristement, puis a posé la main sur mon épaule.

— Une chance qu'on soit là, hein ? On va faire de toi la plus mortelle des petites humaines que ce Tournoi ait jamais connu.

Tout l'or entre nous

La manière dont Søren l'a dit, en me regardant lentement de haut en bas, avait quelque chose de très sexuel. Et il était soudain beaucoup plus près de moi, sa main descendant légèrement le long de mes omoplates.

— Tu sais ce qu'on dit à propos de ceux qui contrôlent les feux de l'Enfer comme moi, a-t-il murmuré d'un ton enjôleur.

En fait, je n'en savais rien (là encore, un manquement du système scolaire public), mais au moins, je savais que son pouvoir concernait les feux de l'Enfer, quoi que ça puisse être.

— Je pourrais t'apprendre une chose ou deux, si tu veux. Des choses avec lesquelles Sadie et Archer ne peuvent pas t'aider.

Je me suis rapprochée jusqu'à être presque contre lui et suis montée sur la pointe des pieds pour lui murmurer à l'oreille, posant une main sur son torse pour tenir en équilibre :

— Merci pour l'offre, Søren. Mais je suis pas sûre que ton *poussin* apprécierait beaucoup, si ?

Et puis, avec un sourire, j'ai reculé d'un pas, lui ai donné une tape sur le torse, et ai ajouté :

— En plus, t'es pas mon type.

Il s'est étranglé de surprise, et j'ai tourné les talons pour tomber face à une Sadie hilare.

— Je crois que c'est la première fois qu'une fille le remet à sa place. Tu viens de me refaire mon année ! a-t-elle ajouté, chassant une larme de son œil.

Søren lui a collé un poing amical (Je crois ?) dans le bras, et ils ont commencé à se battre comme des enfants. Comme un frère et une sœur. Ça m'a rappelé la manière dont je m'amusais avec Makaio, faisant semblant de me bagarrer avec lui jusqu'à ce qu'on ait des crampes à force de rire.

Mon Dieu, qu'est-ce qu'il me manquait.

Peut-être que je devrais dire « mes dieux » maintenant, puisqu'il y avait plein de divinités grecques tout à fait vivantes dans les environs.

J'essayais tellement de ne pas penser à ses sourires et à ses grands yeux marron qui me regardaient, si pleins d'amour et de fierté. J'espérais que maman prenait bien soin de lui. J'espérais qu'il allait bien et qu'il était aussi plein de vie qu'il l'avait toujours été. Et j'espérais que, quelque part au fond de son cœur, il se souvenait un peu de moi.

Mais j'allais revenir auprès de lui. J'allais revenir.

Sadie avait fait une prise d'étranglement à Søren et le couvrait d'injures tandis qu'Archer faisait la tête, comme à son habitude.

— Les enfants, est-ce qu'on peut se remettre au travail ou on va continuer à faire les imbéciles jusqu'à ce que le Tournoi commence ?

Sadie et Søren n'ont pas eu l'air émus par l'humeur exécrable de leur meilleur ami : tandis qu'ils se décrochaient l'un de l'autre, ils continuaient à déconner. Et j'ai bien vu au regard attendri qu'Archer a lancé en direction des jumeaux qu'il n'était pas fâché.

Honnêtement, je me méfiais toujours d'eux. Ils connaissaient déjà trop de mes secrets, et je n'étais pas sûre de leur faire suffisamment confiance pour leur en confier davantage. Après tout, je les connaissais à peine, et on évoluait sur des plans très différents. Mais malgré tout, les voir comme ça, avec cette belle amitié… Ça faisait un peu mal. C'était doux-amer, comme si j'allais toujours être à l'écart d'une relation incroyable.

Cinq minutes plus tard, j'étais assise en tailleur sur le sable face aux trois Bronzes. Sadie avait proposé que, maintenant qu'il était manifeste que je n'avais aucune aptitude au combat, ce serait une excellente idée de… Comment elle l'avait dit ?

Explorer d'autres horizons.

— Juste pour que ce soit clair, tu es certaine de ne pas avoir de pouvoirs ?

— Søren, on en a déjà discuté. Archer a vérifié, et elle est totalement humaine. Aucun doute là-dessus.

— Je me disais juste que ce ne serait pas aussi compliqué dans ce cas-là.

Sadie a roulé des yeux. Il nous avait déjà demandé plusieurs fois si on était absolument, complètement sûrs, à cent pour cent, que je n'avais pas de pouvoirs. On l'était. Et plus on en parlait, plus j'étais mal à l'aise. Je les connaissais à peine et j'avais déjà l'impression d'être un fardeau.

Ils étaient respectés ici ; des gens étaient venus dans la Fosse depuis qu'on avait commencé, mais ils avaient posé les yeux sur notre groupe et étaient repartis. J'étais tentée de penser qu'ils étaient intimidés par les trois Bronzes qui m'accompagnaient et non par moi. Quelqu'un les avait appelés « les Rois » au réfectoire. J'ignorais comment ils s'étaient vu donner ce surnom, et je n'étais pas sûre de vouloir le savoir.

— OK, alors quels sont tes talents, Kalani ?

La voix d'Archer m'a ramenée à la réalité, et j'ai fait la grimace.

— Je fais de la gymnastique, du coup je peux tourner en l'air et tenir en équilibre sur une poutre, je suppose. Je suis pas sûre que ça me soit d'une quelconque utilité, par contre. Sinon, je sais surfer et faire des super cocktails. Et je passe mon diplôme d'associée en biologie marine, donc je sais plein de trucs sur les poissons et les coraux ?

Mes mots ont été accueillis par un long silence. Ce n'était sans doute pas ce qu'ils espéraient. Même moi, je commençais à penser que ma mère aurait dû m'inscrire en escrime plutôt qu'en gym. Enfin bon.

Archer a été le premier à se remettre du choc.

— Super, bon, si on se retrouve à passer une épreuve d'équilibre et d'agilité, tu pourrais avoir l'avantage sur bon nombre des idiots du coin. Pour les épreuves d'intelligence et de logique, tu devrais t'en sortir. Mais pour ce qui est des épreuves de force, de combat et de magie…

Il a laissé sa phrase en suspens, et j'aurais presque souhaité qu'il ne l'achève pas.

— Eh bien, tu ferais mieux de commencer à prier Tyché, la déesse de la chance.

— Archer.

Sadie a haussé les sourcils en direction de son ami, son regard noir un avertissement clair.

Il a soupiré et ajouté :

— On va trouver une solution. Ne t'en fais pas.

J'ai hoché la tête, mais je ne me sentais pas vraiment réconfortée. Archer non plus n'avait pas l'air de croire en ses propres dires. Et Sadie et Søren étaient toujours silencieux.

— On devrait inventer quelque chose que tu pourras dire si on t'interroge sur ton pouvoir ou ton ascendance.

Archer avait l'esprit pratique, et honnêtement, j'aimais ça. Ça me permettait de me concentrer sur ce que je pouvais contrôler.

— Je peux pas faire semblant d'avoir des pouvoirs. Je peux rien faire qui soit magique de près ou de loin.

— Tu pourrais. Tous les pouvoirs ne sont pas visibles. Regarde celui d'Archer. On le ressent, mais la plupart des gens sont incapables de se rendre compte qu'il contrôle leurs pensées. Il peut te donner des hallucinations si réelles que tu as l'impression que c'est la vraie vie.

Les explications de Søren m'ont fait frissonner. Dans quel monde avais-je atterri ? Comment pouvais-je me sentir à l'aise à côté de quelqu'un qui pouvait me faire sentir ou ressentir ce qu'il voulait, quelqu'un qui pouvait relever les morts, et quelqu'un qui pouvait incendier toute cette arène d'une seule pensée (le pouvoir de Søren, que j'avais découvert quelques minutes plus tôt) ? Comment étais-je supposée rivaliser avec ça ?

— Tu n'as pas à t'inquiéter. Je ne te ferais pas ça, a dit Archer, doucement, en me regardant comme s'il voulait me dire quelque chose de plus ; mais ce n'était peut-être qu'une impression.

— Bien sûr. Je suis pas inquiète.

Je l'étais, cependant. Mais avec un peu de chance, le dire allait faire que ça se réalise. « Fais semblant jusqu'à ce que tu y arrives », hein ?

— Bref, ce que Søren a voulu dire, c'est qu'on pourrait trouver quelque chose que les autres ne pourraient pas vérifier facilement, a dit Sadie avec un froncement de sourcils. Quelque chose qui ne soit pas menaçant non plus, pour que personne ne pose de questions.

— Empathe.

— Une empathe ? Comme pour les émotions ? ai-je demandé à Archer.

— Oui, un empathe peut ressentir les émotions des gens. Je ne pense pas qu'il y ait d'autres empathes parmi les concurrents, et la seule télépathe est Sarah, mais elle se fiche pas mal des racontars. Personne n'en saurait rien.

Søren a hoché la tête et ajouté :

— Du moment qu'elle dit pouvoir ressentir les émotions et non les manipuler, tout devrait bien se passer pour elle.

— C'est une bonne idée, a dit Sadie avec un regard pensif. Les autres seront trop occupés à la plaindre pour poser des questions. Qu'est-ce que tu en penses, Kalani ?

Pourquoi pas ? Je n'avais pas envie de crier sur tous les toits que j'étais humaine. Prétendre avoir un pouvoir tel que celui-là était la meilleure chose à faire. J'avais fait partie de la troupe de théâtre de mon collège ; je pouvais probablement faire semblant d'être une Bronze pendant quelques semaines. Faire semblant d'être une empathe ne devrait pas être trop difficile. N'est-ce pas ?

— Ouais, ça marche, ai-je éludé en espérant avoir l'air bien plus sûre de moi que je ne l'étais vraiment.

Les trois Bronzes ont ensuite débattu de quel Doré je devrais prétendre être la fille perdue. J'ai rapidement cessé de les écouter parce que je ne connaissais aucune des personnes qu'ils évoquaient. Toute cette histoire de lignage était beaucoup plus compliquée que je ne pensais. Il y avait toute une hiérarchisation entre les pouvoirs.

Je connaissais déjà les bases grâce à Hécate : les dieux avaient trop de petits-enfants, et bien que leurs pouvoirs soient trop dangereux pour qu'on les autorise à rester sur Terre, il n'y avait pas non plus assez de place sur le mont Olympe pour tous les accueillir.

J'avais compris tout ça. Et même si ça avait l'air tout droit tiré d'un roman, ça faisait quand même sens.

Je découvrais maintenant à quel point le pouvoir et le lignage étaient importants pour les gens qui vivaient sur l'Olympe. Savoir de quel dieu ou déesse untel était le descendant lui valait plus ou moins de respect de la part des autres. Les petits-enfants des douze Olympiens majeurs étaient révérés, bien plus que les descendants des divinités mineures. La puissance magique était également déterminante, mais à ce que j'avais compris, la puissance d'un pouvoir était aussi surtout liée à la divinité dont on descendait.

La hiérarchie contrôlait tout dans cette société, y compris nos chances de gagner une place sur l'Olympe après le Tournoi.

— Je ne pense pas que j'en saurai assez sur ce monde pour être une menteuse convaincante. J'ai des notions de base sur les Olympiens, mais je n'ai aucune idée de qui sont les Dorés.

Sadie a acquiescé.

— C'est normal. Et puis, les Bronzes ici sont d'origines variées, alors ça va être dur de trouver un Doré que personne ne connaît.

— Apollon a eu plein d'aventures avec des humaines et a fait des tas de Dorés. Tu pourrais dire que ta parenté est inconnue et qu'Hécate a uniquement pu détecter que tu étais une descendante d'Apollon.

Sadie et Archer étaient plongés dans leurs pensées, soupesant l'idée de Søren. De mon point de vue, elle n'était pas mauvaise. J'avais quelques connaissances de base sur Apollon ; l'un des Olympiens, fils de Zeus, frère jumeau d'Artémis et dieu de la lumière, de la musique et de la divination. J'aurais aimé pouvoir faire quelques recherches Internet là-dessus.

— Je pense que ça devrait le faire. Et si quelqu'un devient trop curieux, on s'en occupera, a annoncé Archer.

Sadie a approuvé et c'est ainsi que je me suis retrouvée avec une toute nouvelle identité : une empathe, petite-fille d'Apollon. J'aurais ri si quelqu'un m'avait dit il y a semaine que ceci allait être ma nouvelle réalité.

— Pourquoi vous m'aidez ?

La question avait jailli hors de moi avant que je puisse la retenir.

— Je vous en suis reconnaissante, vraiment, ai-je expliqué, m'assurant qu'ils ne le prendraient pas dans le mauvais sens. Je me demande simplement ce qui peut bien vous pousser à m'aider. À aider une humaine.

Je me sentais bizarrement vulnérable en demandant ça. J'avais toujours été indépendante. Celle qui traçait sa propre voie dans le monde parce qu'elle n'avait pas le choix. Et c'était très bien comme ça ; j'étais habituée à être plus solitaire que la plupart des gens. Mais ça, c'était un monde complètement nouveau dans lequel je n'avais et ne savais rien. Ces trois personnes étaient les seules à m'avoir offert leur aide. Et, même si je désirais leur amitié et leur soutien plus que tout, une partie de mon cerveau continuait à murmurer que c'était trop beau pour être vrai.

— Tu sais, Kalani, je n'ai pas le pouvoir d'Archer sur les signaux électriques du cerveau, mais j'ai une bonne intuition. Et j'ai su dès que je t'ai rencontrée qu'on allait être de très bonnes amies, a dit Sadie, doucement, en serrant mes mains dans les siennes d'un air rassurant.

— Et puis Archer déteste quand des petits chiots sans défense comme toi se font persécuter. Il a un sérieux syndrome du sauveur, a ajouté Søren pour rigoler, avec un sourire en coin pour son ami. Et moi, je ne fais que suivre le mouvement.

Ils ont tous ri. Même Archer a ôté son masque de mauvaise humeur pendant un instant. J'ai ri aussi parce que je commençais à m'habituer au tempérament joueur de Søren.

Et quand on a repris l'entraînement, j'avais l'impression qu'un poids m'avait été ôté des épaules.

Je n'étais plus seule.

Chapitre sept

J e suis pas vraiment sûre que ce soit une bonne idée.

Søren a ri, moqueur, et a mis ses mains sur ses hanches, l'air offensé que je doute de son plan.

— Allons. Je contrôle parfaitement mes flammes ; tu n'as rien à craindre !

— Tu réalises que t'es en train de me demander de jouer à la balle au prisonnier avec du putain de feu ? Et je devrais te faire entièrement confiance pour ne pas me blesser ? Je n'ai ni vitesse surhumaine ni pouvoirs de guérison, Søren !

Il a commencé à se masser l'oreille en grimaçant comme si j'avais hurlé. D'accord, ma voix était partie dans les aigus sur la fin. Mais pour ma défense, cette idée était absolument terrifiante. Et oui, je flippais totalement. Mais qui aurait voulu savoir à quelle vitesse il pouvait esquiver une boule de feu ? Certainement pas moi.

— On l'a fait des centaines de fois avec Sadie et Archer et ils sont toujours bien vivants ! Tu verras. Ça va être marrant.

— Et rappelle-moi, Sadie et Archer sont humains ou pas ?

— Non, mais-

— Et combien de temps ça leur prendrait de guérir d'une grave brûlure ?

— Eh ben, ça dépend. Probablement quatre ou cinq heures. Je vois pas ce que-

— Et combien tu penses que ça me prendrait, à moi, de guérir d'une grave brûlure, Søren ?

Il a plissé les yeux et croisé les bras.

— Je vois ce que tu veux dire.

— Bon. Maintenant, on va mettre cette idée dans la poubelle des « peut-être-une-autre-fois » et essayer des méthodes d'entraînement plus conventionnelles, OK ?

Søren a soupiré et arrêté de suggérer qu'on fasse un barbecue avec moi pour ingrédient principal. Peut-être que je commençais à l'apprécier, mais je n'avais quand même pas envie de jouer avec ses feux de l'Enfer ; petite victoire. À la place, on a commencé à travailler mes compétences en combat au corps à corps ; recommencé.

Ça faisait cinq jours que j'avais commencé à m'entraîner avec mes nouveaux amis. J'étais à peu près sûre de pouvoir les appeler « amis » maintenant. On avait passé les cinq derniers jours à s'entraîner et à apprendre à se connaître. J'avais mal partout et étais couverte de bleus. Mais j'avais de plus en plus le sentiment d'avoir le contrôle de la situation à mesure que les jours passaient. Je pouvais voir que je progressais de jour en jour. Les gars et Sadie étaient d'incroyables professeurs puisque, comme Archer l'avait si joliment dit, je n'étais plus « un cas désespéré pour lequel tout le monde devrait prier ».

Quel poète, décidément.

Enfin bon, j'étais passée de courir autour de la Fosse, essayant désespérément d'éviter mes trois profs, à plus ou moins contre-attaquer. Il fallait encore que j'atteigne l'un d'entre eux avec mon poing, mais j'avais vraiment presque réussi, ce matin. J'espérais parvenir à en frôler un avant la fin de la semaine.

Aujourd'hui avait été une longue journée. On s'était entraînés pendant trois heures le matin, travaillant les bases du combat à l'épée. Et maintenant, Søren et moi étions en train de boucler deux heures supplémentaires passées à m'apprendre des combinaisons utiles de directs, de cross et de crochets. J'allais retourner à ma vie en étant devenue une véritable boxeuse, si

bien que les clients du bar n'oseraient plus jamais m'emmerder.
Le rêve !

— Peut-être qu'on pourrait dire que ça suffit pour
aujourd'hui ?

J'aurais voulu que ce soit une affirmation, mais ça avait plutôt
l'air d'une question. J'étais maintenant beaucoup plus à l'aise
avec les trois Bronzes, mais ils prenaient l'entraînement (le mien
comme le leur) très au sérieux. J'avais appris à ne pas contrarier
leur emploi du temps, même quand j'aurais donné mon rein
gauche pour qu'on arrête l'entraînement plus tôt.

Je m'attendais à ce que Søren dise qu'on devait encore
continuer pendant au moins une demi-heure (parce que, je cite,
« tu dois travailler dur pour être aussi beau ») mais il a souri et
haussé un sourcil.

— Pressée d'aller dîner ?

— Ben… j'ai entendu dire qu'il y avait du gâteau, ce soir.

Il a ri, pris mon bras et commencé à marcher vers la porte. Le
soulagement m'a envahie parce que cette journée – cette semaine
– avait été intense.

— Allons manger du gâteau.

J'en étais venue à adorer Søren, parce qu'il était très relax et
rendait amusantes les séances d'entraînement les plus éreintantes.

J'en avais beaucoup appris sur mes trois protecteurs-slash-
entraîneurs, cette semaine. J'avais appris que Søren jouait de son
personnage de tombeur ; il aimait faire rire les gens et être le type
cool avec lequel tout le monde a envie d'être ami. Il aimait aussi
flirter avec tout ce qui bougeait et qui ressemblait vaguement à
une femme. La pauvre Mei n'allait pas faire long feu… Mais à
part ça, Søren était un bon ami et un frère encore meilleur. Il
nous donnait toujours le sourire, et bien que ses idées ne soient
pas toujours des plus prudentes, il faisait tout ce qu'il pouvait
pour m'aider à mieux m'adapter à ce nouveau monde.

Sadie était la personne la plus adorable que j'aie jamais
rencontrée (même si ce truc de ramener les morts à la vie était
tout sauf adorable). Elle avait besoin d'amitié et de relationnel.
Elle aimait son frère et Archer, mais voulait une amie. Elle aimait

échanger des potins et offrir des cadeaux. Elle adorait le chocolat et aimait faire la fête ; je ne l'avais pas vu de mes yeux, mais j'avais entendu dire qu'elle pouvait y aller fort sur l'ambroisie. Je n'avais pas eu l'occasion de la voir utiliser son pouvoir, mais je voyais bien qu'elle était intrépide au cours des séances d'entraînement. Sadie était une mère poule. Mais elle était aussi vraiment badass. J'aurais aimé devenir comme elle, plus tard.

Je savais déjà que les jumeaux étaient les descendants de Thanatos, le dieu de la mort. Thanatos ne faisait pas partie des Olympiens majeurs mais des dieux primordiaux. À part un grand-père flippant, Thanatos était aussi tellement puissant qu'il conférait aux jumeaux une sacrée réputation parmi les autres Bronzes. Ce que j'ai appris, en revanche, c'est que leur mère s'appelait Emma Aska et vivait au Danemark. Elle était cheffe cuisinière. Les jumeaux étaient toujours tristes quand ils parlaient d'elle, alors je me retenais d'en demander davantage.

À l'inverse, Archer restait un mystère pour moi la plupart du temps. Il s'était mis à m'appeler Mayfield, et je ne pense pas que c'était très affectueux. Il le disait en général quand il était exaspéré par mes performances. J'ai appris que son nom de famille était Vasilias, mais je n'osais pas lui rendre la pareille du surnom. Du côté positif, j'avais (quasiment) réussi à maîtriser mes réactions physiques bizarres quand je me trouvais près de lui, mais j'étais toujours un peu trop intimidée pour lui poser des questions personnelles. À travers mes interactions avec les jumeaux, j'avais découvert qu'il se servait de sa mauvaise humeur comme d'un bouclier contre tout le monde à part ses deux plus proches amis. Et même s'il gardait son air sombre et mystérieux avec moi, j'avais remarqué des petites choses qui avaient légèrement fait évoluer l'image que j'avais de lui.

Archer souriait toujours aux blagues de Søren, même aux mauvaises ; souvent, ce n'était rien qu'un léger sourire au coin des lèvres qui montait à peine, mais c'était bien un sourire. Il prenait son entraînement particulièrement au sérieux, et je devinais que ça devait avoir un lien avec les cinq vilaines cicatrices sur ses omoplates. Cependant, je n'avais pas trouvé le courage de le questionner à ce propos. Je n'avais rien demandé non plus sur son tatouage ; le tatouage d'un oiseau de proie en vol que je n'avais pas arrêté de lorgner un peu trop longtemps ces derniers jours. Il était aussi très protecteur avec Sadie ; je supposais que c'était parce qu'il avait remarqué à quel point elle pouvait se sentir seule, parfois, même avec lui et Søren. Et enfin, j'avais découvert qu'Archer était le descendant de Zeus, ce qui était très logique, étant donné qu'il pouvait contrôler les impulsions électriques du cerveau.

Je ne savais pas trop pourquoi, mais ils ne se mélangeaient pas aux autres Bronzes. Ils avaient plus en commun avec eux qu'avec moi, ça c'était certain. Mais au cours des cinq derniers jours, il était devenu évident qu'ils formaient un groupe à part ; c'était eux et tous les autres. Ce n'était pas tant qu'il y avait de l'animosité entre eux et les autres Bronzes. Non, il y avait cette barrière invisible qui séparait les deux groupes, et les autres Bronzes traitaient mes protecteurs comme les rois et reines du coin.

— Je ne t'intéresse pas, chérie ?

— Qu'est-ce que je t'ai déjà dit, Søren ? Je suis pas et je serai jamais ta chérie, ai-je souri à ses bêtises.

— Tu me brises le cœur.

Il a fait la moue, me faisant rire. Søren aimait bien faire comme si mes refus lui brisaient le cœur, mais on savait tous les deux que c'était pour rire. Les tombeurs, ce n'était pas mon truc, de toute façon. Et il aimait trop sucer le cou de Mei.

On est arrivés au réfectoire, qui était déjà rempli de monde. La plupart des Bronzes avaient fini leur séance avec leurs entraîneurs il y a un moment. Les jumeaux, Archer et moi étions allés à la Fosse après que tout le monde était parti. C'était très bien comme ça, car je ne tenais pas spécialement à voir Xander, mon ex-entraîneur (s'il pouvait prétendre à ce titre après ne m'avoir vue que vingt minutes). Il avait mentionné que les séances avec notre entraîneur étaient facultatives, alors je n'étais pas revenue après la première. La honte de mon combat contre Elena était encore trop récente.

Tout l'or entre nous

Archer et Sadie avaient quitté notre séance d'entraînement un peu plus tôt, ce qui était bizarre, mais ils avaient mentionné une affaire personnelle. Søren avait écopé de mon babysitting. Quand on est entrés dans la pièce bondée, Archer et Sadie étaient déjà là.

Søren et moi nous sommes servis à manger aux buffets puis sommes allés nous asseoir à côté des autres aussi vite que possible. M'entraîner m'avait donné terriblement faim. Voir ce beau gâteau au chocolat sur mon assiette à dessert ne m'était d'aucune aide. Souvent, je ne savais pas ce que je mangeais (la plupart des ingrédients m'étaient inconnus et je doutais même qu'ils aient existé sur Terre), mais ce gâteau ressemblait à quelque chose que j'aurais pu trouver chez moi.

Pour chasser la maison (Makaio) de mes pensées, j'ai reporté mon attention sur Sadie, assise en face de moi.

— Comment ça s'est passé ? Est-ce que tout allait bien ?

Elle a hoché la tête un peu trop vite, puis a répondu d'un ton désinvolte :

— Yep. Nickel. Juste des trucs de famille à régler.

Ensuite, les trois Bronzes ont échangé un regard et Archer a fait un signe de tête affirmatif à Søren avant de fourrer un nouveau morceau de viande dans sa bouche. Il se passait quelque chose, là. Je le sentais. Mais je n'ai rien demandé, parce que ç'aurait été déplacé de ma part. Je ne les connaissais que depuis cinq jours. Ils avaient fait plein de choses ensemble avant que je ne les rencontre. Et ça ne faisait rien.

De plus, même si je leur faisais maintenant à peu près confiance, ce n'était pas encore suffisant pour que je leur confie mes secrets les plus profonds et les plus sombres. Ça ne faisait rien si eux non plus ne me faisaient pas entièrement confiance.

Après tout, faire confiance à la mauvaise personne pouvait nous faire tuer dans un endroit pareil.

— Comment s'est passé le reste de l'entraînement ? a demandé Archer, changeant ostensiblement de sujet.

Je pensais qu'il avait posé la question à Søren, mais quand le Bronze blond n'a pas répondu, j'ai levé la tête, et les yeux bleu foncé d'Archer ont plongé droit dans les miens. J'étais si choquée par notre contact visuel (on avait tous les deux évité autant que possible d'en avoir pendant les cinq derniers jours) que j'ai mis quelques secondes à reprendre mes esprits.

— C'était… C'était bien. Je crois que je m'améliore pour faire des combinaisons sans oublier mon jeu de jambes.

— C'est bien. Tu t'en tires bien.

Je me suis presque étouffée au compliment d'Archer. En soi, il n'était pas méchant comme prof, mais il ne faisait pas de compliments. Surtout en étant assis à côté de moi et en me fixant aussi intensément ; j'avais l'impression qu'il regardait au fond de mon âme.

Pourquoi est-ce qu'il faisait aussi chaud, tout à coup ?

— Euh… o-oui, merci.

Bons dieux. Quel bordel. Était-ce seulement possible d'avoir davantage l'air d'une adolescente gênée ? Je ne pense pas. J'ai senti le rouge me monter aux joues, et j'espérais que ma peau hâlée allait le cacher.

Parce que Sadie était la meilleure, elle a posé une question à Archer, un sourire entendu aux lèvres. J'étais trop occupée à fixer mon repas pour comprendre ce sur quoi la question portait. Mais tout ce qui comptait, c'était que mes trois amis s'étaient mis à parler et que j'ai eu l'occasion d'essayer de me ressaisir, ce qui était sacrément dur parce que la chaleur corporelle d'Archer était un feu contre mon côté gauche.

Pourquoi est-ce que je réagissais comme ça ? Archer ne m'aimait pas ; il disait tous les jours que j'étais « exaspérément humaine », et ne me regardait ni ne me touchait que s'il ne pouvait pas faire autrement. Si ma mère m'avait appris quoi que ce soit d'utile en vingt ans, c'était que les hommes ne jouaient pas les inaccessibles.

J'ai finalement réussi à ramener mon rythme cardiaque à peu près à la normale pour pouvoir écouter quand Sadie s'est penchée au-dessus de la table.

— Il y a une rumeur qui tourne selon laquelle la première Épreuve se fera en équipes.

— Pourquoi tout le monde en fait tout un plat ? a demandé Søren en fourrant une drôle de frite verte dans sa bouche.

— Quiconque répand cette information a dit que l'équipe des perdants serait éliminée d'office.

On savait tous ce que « éliminée » voulait dire, je pouvais donc comprendre pourquoi tout le monde flippait. *Je* flippais, tout à coup.

— Tu as un tuyau là-dessus ?

— Pas vraiment, a répondu Archer à la question de Søren d'un ton pensif, mais maman m'a dit qu'ils voulaient écourter le Tournoi, faire en sorte qu'il dure deux semaines maximum. Éliminer une bonne partie d'entre nous dès maintenant irait dans ce sens.

J'ai essuyé mes paumes moites sur mon short de sport. Pourquoi est-ce que respirer devenait difficile, tout à coup ?

— Bref, cette rumeur se répand comme une traînée de poudre, et je n'ai pas encore découvert qui l'a lancée. (Sadie a soupiré et rajusté sa queue de cheval.) Ce qui m'inquiète, c'est qu'il reste cinq semaines avant la première Épreuve et que les tensions montent déjà.

Personne n'a répondu immédiatement, car une bagarre a éclaté à trois tables de la nôtre. Elena, la montagne humaine que j'avais combattue une semaine plus tôt, se disputait avec un jeune garçon qui ne paraissait pas avoir plus de quinze ans. Je n'avais pas réalisé qu'il y avait des participants aussi jeunes. Il se tenait droit face à Elena, mais je pouvais voir de là où je me trouvais qu'il n'avait aucune assurance.

— Tu n'as pas besoin de faire ça, Elena, s'il te plaît, suppliait le garçon, sa voix se brisant sous le coup de l'émotion. Je te promets que je ne suis pas un boulet.

— Tu n'as pas remporté un seul combat malgré des semaines d'entraînement, a craché Elena avec dédain. Je ne vais pas me risquer à avoir un faiblard dans mon équipe. Je suis là pour survivre. Je ne mourrai pas parce que quelqu'un est incapable de faire sa part.

La guerrière a commencé à s'approcher du garçon tandis qu'il battait en retraite, les yeux écarquillés. Bientôt, il allait être arrêté par le mur. Tout le monde les fixait sans s'en cacher, mais personne n'a bougé ou dit quoi que ce soit. C'était comme regarder une série morbide. C'était le véritable début du Tournoi ; le moment où les participants commençaient à se retourner les uns contre les autres avant que quelqu'un n'ait à les y forcer.

Le garçon a buté contre le mur. Elena a continué à avancer, ne s'arrêtant que quand elle a été si proche qu'ils se touchaient presque.

— Je refuse de perdre à cause de petites brindilles chétives comme toi qui ne savent pas utiliser leur magie. Alors, si je dois te tuer au préalable pour m'assurer que ça n'arrive pas, je vais le faire. Et peut-être que je devrais le faire maintenant, histoire de commencer cette purge.

La pièce était si silencieuse que je pouvais entendre la respiration alourdie du garçon aussi clairement que si j'avais été à côté de lui. Allait-elle vraiment faire ça ? Allait-elle le tuer ? Et personne n'allait rien faire pour empêcher ce meurtre de sang-froid ?

Quand la main d'Elena est devenue une gigantesque patte blanche dotée des griffes les plus longues que j'avais jamais vues, j'ai cru rêver. Elle a porté une griffe au cou du garçon, et j'aurais voulu me lever et lui crier d'arrêter. J'aurais voulu être la fille forte, capable d'arrêter une brute. Mais qu'aurais-je pu faire ? Je n'avais aucun pouvoir et Elena m'avait déjà démolie une fois. Et la peur qu'elle me prenne pour cible à la place du garçon me clouait sur le banc en bois dur. Alors, au lieu d'aider celui-ci, j'ai continué à regarder, mon esprit ruminant tout ce que je ne pouvais pas faire.

Une perle de sang étrangement cuivrée est apparue sur le cou du garçon. Pas tout à fait rouge. Pas tout à fait humain. Pour une raison que j'ignore, j'ai continué à fixer la goutte de sang. C'était comme si le monde avait cessé de tourner. Mon cœur battait si fort que je pouvais le sentir dans mes bras, ma tête et mes oreilles.

Le garçon a gémi de peur. La main d'Elena s'est avancée vers le cou du garçon. Elle allait lui trancher la gorge. J'aurais voulu fermer les yeux, mais je n'ai pas pu. Au lieu de ça, un halètement m'a échappé.

Le charme s'est rompu.

Ensuite, tout s'est passé très vite.

La main d'Archer est tombée sur mon bras. La griffe d'Elena s'est arrêtée. Le garçon est tombé au sol. Et, soudain, Elena marchait dans ma direction.

— Peut-être qu'au lieu de ce cher petit Charlie, je devrais m'occuper de la nouvelle en premier. Après tout, s'il y a une personne que je ne veux vraiment pas risquer d'avoir dans mon équipe, c'est toi.

La panique a commencé à me gagner. Elle allait me faire du mal. Ou me tuer. Et personne n'allait lever le petit doigt. Personne n'allait l'arrêter. Tout comme personne ne l'avait empêchée de blesser le garçon ; Charlie.

Et j'allais être la première victime de ce Tournoi.

Sauf que Sadie et Søren se sont levés. Elena a légèrement défailli. Mais elle était trop déterminée, assez désespérée et partie trop loin dans son trip de pouvoir pour s'arrêter. Un pas. Deux pas.

— Un pas de plus et tu es morte, Elena. (La voix d'Archer était presque trop calme, mais la salle était si silencieuse qu'elle y résonnait.) Mayfield est avec nous. Et si toi, ou qui que ce soit d'autre, se retourne contre nous, tu vas le regretter.

Elena s'est figée. Elle avait raison de prendre la menace au sérieux ; mes trois amis Bronzes pouvaient faire peur. Même à moi, parfois. La femme a reculé d'un pas. Puis elle s'est arrêtée, voulant apparemment donner l'air de ne pas être effrayée.

— À vous trois, vous ne faites pas le poids contre nous tous, a-t-elle craché, du venin dans la voix.

Archer a haussé un unique sourcil, comme si la Bronze-qui-pouvait-se-changer-en-ours-polaire n'était qu'un insecte dans ses préoccupations ; à peine une nuisance.

— Je ne vois personne qui soit prêt à nous prendre, les Aska et moi, là tout de suite. Toi, si ?

Si je n'avais pas bien heureusement été dans son camp, j'aurais effacé son sourire arrogant d'une baffe. Au lieu de ça, Elena a jeté un regard à ses sbires et s'est dégonflée en voyant que personne n'avait un tant soit peu l'air de vouloir lui venir en aide.

— Tu sais, tu ne pourras pas toujours la protéger, Archer. Le Tournoi commence dans cinq semaines. Il peut se passer plein de choses pendant les Épreuves. Des erreurs sont commises. Des gens meurent.

— Dans ce cas, tu ferais mieux de veiller à ne pas faire d'erreur qui coûterait la vie à Mayfield.

Et puis Archer s'est détourné d'elle et a recommencé à manger.

Chapitre huit

Les mots d'Archer tournaient en boucle dans ma tête une heure plus tard, alors que j'étais assise sur le lit de Sadie. Sadie était à côté de moi, Søren, sur la chaise de bureau et Archer, appuyé contre le mur. Sadie nous avait convoqués pour une réunion de crise après la débâcle du dîner. J'étais toujours un peu secouée d'avoir failli être attaquée et assister à un meurtre de sang-froid. Mais ce qui m'avait le plus marquée était la réaction de mes amis. Jusque-là, je n'avais pas vraiment cru qu'ils tenaient à moi. Certes, ils m'aimaient comme une connaissance-en-passe-de-devenir-une-amie, mais je n'étais pas sûre qu'ils tenaient à moi au point d'assurer mes arrières dans une situation délicate.

— On doit voir comment on va faire pour gérer cette situation, a dit Sadie après un long silence.

— Je suis sûre qu'on va s'en sortir. Arrête de stresser, a répondu Søren avec un geste nonchalant de la main.

— Tu rigoles ? l'a raillé Sadie. La crise de nerfs d'Elena n'était qu'un début. Quand elle était avec Charlie, j'ai jeté un œil à la salle, et peu de gens avaient l'air choqués. Les Bronzes ont peur, ils veulent désespérément survivre, et la pression monte. Plus la première Épreuve se rapprochera, plus ils seront tendus. Et d'autres auront la même idée qu'Elena et commenceront à se débarrasser de la concurrence plus tôt, pendant qu'ils ont encore le contrôle de la situation.

C'était une bonne analyse de la situation. Je n'en avais jamais connu de pareille, mais je pouvais facilement imaginer à quel point les tensions pouvaient être fortes. Tout le monde ici se battait pour sauver sa vie. Et quand la survie était impliquée, les gens pouvaient faire des folies.

— Tu ne penses pas que l'avertissement d'Archer suffira ? ai-je demandé, sans le regarder. (J'avais évité son regard depuis sa grande déclaration parce que c'était trop déroutant pour mon pauvre petit cœur.)

— Je pense que ça va peut-être marcher quelques jours. Mais quand la prochaine rumeur se répandra ou que les gens commenceront à se fritter, les choses risquent de dégénérer. On peut te défendre, mais on peut pas rester toute la journée avec toi.

Archer a opiné du chef.

— Je suis d'accord. On a besoin d'une solution plus permanente. Les autres doivent comprendre que Mayfield est hors d'atteinte.

— À quoi tu penses exactement, alors ? a demandé Søren, haussant un sourcil interrogatif.

Archer a haussé les épaules et croisé les bras.

— Je ne sais pas encore. C'est pour ça qu'on y réfléchit, non ?

Pendant que les gars discutaient, j'ai deviné que Sadie avait eu une idée. Son visage avait cette expression, comme si elle hésitait à dire quelque chose. Elle remuait nerveusement aussi. D'après ce que j'avais vu jusqu'ici, Sadie n'était pas du genre anxieuse. Elle aimait garder le contrôle, mais appréciait aussi la liberté et les possibilités de l'inconnu. Son attitude a donc retenu mon attention.

Pendant que les garçons se chamaillaient sur le fait d'utiliser la force brute pour inciter les autres concurrents à me laisser tranquille, j'ai croisé le regard de Sadie. J'ai haussé les sourcils en une question silencieuse. Un petit sourire est apparu sur ses lèvres et elle a hoché la tête. Je n'étais pas tout à fait sûre de la raison pour laquelle elle hochait la tête, mais j'espérais qu'elle allait parler de son idée. Elle ne pouvait pas être pire que la proposition de Søren de casser le bras de quiconque me lancerait un regard inamical. Quoique, son sourire s'élargissait à vue d'œil et elle devenait un peu flippante.

— Les gars ! s'est exclamée Sadie, suffisamment fort pour que Søren et Archer se taisent. Je sais exactement ce qu'on va faire.

— Et ? a demandé Archer.

— Tu vas te mettre en couple avec elle. Faire semblant d'être en couple avec elle, plus précisément.

— Me mettre en couple avec qui ?

— À ton avis, crétin ? (Sadie a penché la tête dans ma direction.) Kalani.

— Comment est-ce que ça va régler quoi que ce soit ?

— C'est plutôt simple, en fait. Une relation, ça veut dire de l'engagement. De l'engagement, ça veut dire de la loyauté, ce qui veut dire que si on attaque l'un, on attaque l'autre. Que vous fassiez semblant d'être en couple va lui donner un niveau de protection qu'elle n'avait pas jusqu'ici. Les amitiés peuvent être fugaces et temporaires. Mais une relation d'amour, dévouée ? Ça prouvera à tout le monde que Kalani fait vraiment partie de notre groupe et qu'elle est partie pour y rester.

Archer a battu des paupières plusieurs fois, comme s'il était un peu dépassé par l'idée.

— Mais- Je ne- Qui va se mettre en couple avec elle ? Søren ?

— Bien sûr que non. Tout le monde sait que mon frère est un tombeur. Ses relations ne durent pas. Les gens ne prendraient pas cette nouvelle relation plus sérieusement que celle dans laquelle il est actuellement avec Mei.

— Je veux dire, ça se tient, mais-

— Il faut que ce soit toi, Archer.

Ça l'a laissé sans voix. Søren a ri pour se moquer de son ami ; il ricanait presque. Sadie avait l'air de beaucoup trop apprécier cette conversation. Et moi ? Eh bien, j'étais abasourdie à la fois par la suggestion de Sadie et la réaction d'Archer.

Premièrement, qu'est-ce que c'était que cette idée ? Est-ce que Sadie était fan de ce genre de romans où le mauvais garçon et la petite fille bien sage faisaient semblant de sortir ensemble ? Ne réalisait-elle pas qu'Archer et moi n'étions pas les personnages d'une romance et n'allions pas changer une fausse relation foireuse en l'histoire d'amour de toute une vie ?

Et deuxièmement, l'idée d'être en couple avec moi était-elle si dégoûtante ? Certes, les Bronzes de ce Tournoi étaient tous beaux ; même Elena, en un sens. Être un descendant des dieux et déesses grecs semblait avoir ses avantages, parmi lesquels les gênes d'un physique remarquable. Et non, je n'étais ni le genre grande mannequin, ni le genre petite et mignonne. En tant que gymnaste, j'étais trop musclée pour les standards de beauté occidentaux habituels. Mais quand même. Il ne pouvait même pas faire semblant une minute ? L'expression horrifiée sur son visage commençait vraiment à devenir insultante.

— Je ne pense pas que ce soit une bonne idée, a finalement dit Archer après une existence entière de silence.

— Et pourquoi ça ?

Je ne sais même pas pourquoi j'ai posé la question. Je n'avais pas plus envie que lui de suivre ce plan. Je commençais à penser que l'idée de Søren de casser des bras avait un certain charme.

— Je ne fais pas dans les couples. Je ne fais pas dans l'engagement, ni dans les relations.

— On ne te demande pas de m'épouser, don Juan. Juste de faire semblant de sortir avec moi.

— J'avais compris. Et c'est non.

— T'as peur ou quoi ?

— Pourquoi est-ce que j'aurais peur ?

— À toi de me le dire, l'ai-je défié du regard.

C'en devenait une affaire personnelle. Son rejet touchait un peu trop directement à des problèmes avec ma mère que j'avais essayé d'ignorer pendant des années.

Il n'a rien dit pendant un long moment, se contentant de me fixer. Il avait un regard étrange, comme s'il menait une lutte intérieure. Le silence a duré si longtemps que j'ai pensé qu'il n'allait rien dire du tout. Mais il a baissé les yeux en premier et a regardé Sadie.

— Comment est-ce que ça marcherait ?

J'ai cligné des yeux de surprise aux mots d'Archer. Est-ce que ça allait vraiment se faire ? Est-ce que je voulais que ça se fasse ? Est-ce que ça avait la moindre importance, si c'était le seul moyen de s'assurer que je reste en vie et à peu près en sécurité ? Søren avait un sourire jubilatoire aux lèvres, savourant ouvertement le spectacle. Et Sadie… Eh bien, je voyais clairement que Sadie faisait tout ce qu'elle pouvait pour garder une expression neutre après notre désaccord.

— Comme une véritable relation. Vous vous tiendriez la main, vous vous souririez, vous vous feriez des petits câlins, et vous vous embrasseriez une ou deux fois en public. Vous feriez semblant d'être amoureux.

Pour une raison ou une autre, mon esprit a bloqué sur le mot « embrasseriez » et mes yeux ont volé jusqu'à la bouche d'Archer. Ses lèvres étaient si pulpeuses, si roses. Comment ce serait, de l'embrasser ? Qu'est-ce que je *ressentirais* ? Ce serait sûrement mieux que ça ne l'avait été avec Brad, mon ex. Mais bon, n'importe quoi aurait été mieux que Brad. Et Archer… J'avais le sentiment que l'embrasser serait une expérience que je ressentirais dans tout mon corps. Quelque chose que je ne pourrais jamais oublier et qui me ruinerait pour tous les prochains Brad de ma vie. Parce que, soyons honnêtes, j'allais probablement finir avec un Brad, pas un Archer.

— Kalani ?

La voix de Sadie m'a tirée hors de mes pensées. Elle et son jumeau me regardaient, les yeux pleins d'espoir. Pour sa part, Archer fixait le sol, perdu dans ses pensées. Je n'avais pas entendu sa question, mais je savais ce que je voulais.

— Je… euh, oui. Je veux dire, je ferai tout ce qu'il faudra pour rester en vie. Même… (Je me suis éclairci la gorge et ai fait un geste vague en direction d'Archer.) faire semblant de sortir avec lui.

Sadie a hoché la tête, visiblement satisfaite. Søren arborait maintenant un sourire digne du chat du Cheshire ; il était beaucoup trop enthousiaste à cette idée. J'étais presque tentée de regarder autour de moi pour chercher la caméra cachée.

— On n'attend plus que toi maintenant, mon gars, a quasiment chantonné Søren.

Les yeux bleu foncé d'Archer ont plongés dans les miens. D'ordinaire, il laissait très peu transparaître ses émotions, mais à ce moment-là, j'ai presque pu lire la peur dans ses yeux. Mais ça ne pouvait pas être ça, puisque pour quelle raison un Bronze super puissant qui pouvait contrôler les esprits aurait-il été effrayé par l'idée de faire semblant d'être en couple avec la bonne vieille *moi* ? Était-ce le désir de préserver sa réputation ? Ou était-ce quelque chose de plus profond, en lien avec ses cicatrices et le fait qu'il ne montrait jamais aucune faiblesse ?

— Je vais le faire.

Chapitre neuf

J'avais fait la grasse matinée. Ça n'arrivait pas souvent. Ces six derniers jours, je m'étais entraînée tôt, tous les matins. Et chez moi, je me levais souvent de bonne heure, que ce soit pour aller en cours, donner une leçon de gym ou me faire plaisir avec une séance de surf. Et lors de mes rares jours de congé, je devais m'occuper du petit-déjeuner de Makaio. Bons dieux, que ce petit bonhomme me manquait. Je me suis accordé trente secondes pour penser à lui, me souvenir de ses adorables sourires, de la manière dont il faisait semblant d'être un dur à cuire et aimait que je lui fasse un câlin après ses mauvais rêves, avant de reléguer tout ce qui concernait l'*avant* derrière une porte blindée fermée à double tour.

Bref. J'avais fait la grasse matinée, ce qui signifiait que Sadie n'était pas dans sa chambre quand je suis partie. J'aurais aimé faire le trajet pour aller prendre le petit-déjeuner avec elle ; elle m'aurait sûrement aidée à me calmer. Au lieu de ça, j'étais seule, plantée dans le couloir près de l'entrée du réfectoire, en train de m'encourager moi-même à entrer.

— Tu peux le faire, Kalani, ai-je murmuré, les yeux fermés, battant des bras contre mes côtes. Imagine que c'est Brad. Rien de plus que Brad.

Un gars m'a dépassée et jeté un regard en biais. Oh, et puis bon. J'étais déjà la fille qui ne savait pas se battre pour sauver sa peau. Je pouvais aussi bien devenir la folle qui se sermonnait avant le petit-déjeuner. Ça m'était égal.

Après quelques profondes respirations, j'ai finalement tourné au coin du couloir et suis entrée. La plupart des Bronzes étaient déjà en train de prendre leur petit-déjeuner et de parler avec animation, se rejouant sûrement les événements de la nuit précédente. J'ai soigneusement évité la table de mes amis du regard. Je savais déjà où ils étaient installés. Et je savais que j'allais devoir assumer les conséquences de ma décision de la nuit dernière. Je m'étais tournée et retournée dans mon lit toute la nuit à ce propos. Ma nervosité était montée de manière exponentielle au fil des heures, au point que quand je m'étais finalement endormie, je n'avais fait qu'un trop long sommeil sans rêve.

Et me voilà, prenant tout mon temps pour choisir entre la pomme violette que j'hésitais à goûter depuis quelques jours et une carotte sucrée que je savais déjà bien aimer. Décisions, décisions.

— Je n'aurais pas cru que des fruits puissent être aussi intéressants. Devrais-je te laisser afin que tu puisses fixer amoureusement ton futur repas plus longtemps ?

La voix d'Archer est venue de juste derrière moi, si proche que j'en ai eu la chair de poule.

— C'est sûr que ces fruits sont plus intéressants que certaines personnes de ma connaissance, ai-je répondu avec un petit sourire.

Je me suis accordé quelques secondes supplémentaires pour retrouver mon sang-froid et le contrôle de mes émotions avant de me retourner vers Archer.

— Bonjour, mon cœur.

Archer a grimacé et secoué la tête.

— On va éviter les surnoms mièvres.

— Oh, allez, t'es pas drôle !

J'ai fait semblant de bouder, juste parce qu'il avait l'air de bonne humeur, contrairement à son habitude. Ça me paraissait être le bon jour pour le titiller, ne serait-ce qu'un peu.

Tout l'or entre nous

— Arrête de faire l'enfant, Mayfield. On a une mascarade à mettre en scène, des gens à impressionner et des rendez-vous à honorer dans très peu de temps. Agite-toi.

Avant que j'aie eu le temps de faire quoi que ce soit, il a posé les deux fruits sur mon plateau, l'a soulevé d'une main et a passé son autre bras sur mes épaules. Je me suis tout de suite tendue. Je pouvais sentir les gens nous regarder, se demandant ce qui se passait. C'était beaucoup trop bizarre et j'avais soudain envie de m'enfuir en courant.

— Calme-toi, Mayfield, a murmuré Archer à mon oreille, son souffle chatouillant mon cou. Détends-toi et avance. Laisse-moi m'occuper du reste.

Qu'est-ce que ça voulait dire, au juste ? Le laisser faire quoi ? Jusqu'où est-ce qu'on allait pousser la comédie ? Sadie avait mentionné des baisers la nuit précédente. Est-ce que ça allait arriver ? Ce matin ? Mon cœur s'est mis à battre de plus en plus fort. Et ce n'était pas parce que j'avais envie d'embrasser Archer. Ce n'était pas parce que je voulais savoir ce que ça faisait dans la vraie vie. Pas du tout.

Quelle idée.

Je pensais toujours à ce baiser potentiel quand on est arrivés à la table. Sadie et Søren étaient déjà là et, à mon grand désarroi, Mei également. Elle était tellement collée au côté de Søren que j'avais presque peur qu'on doive s'y mettre à trois pour les séparer. Je ne comprenais toujours pas pourquoi Søren était avec elle. D'après ce que j'avais pu voir jusqu'ici, elle n'était ni sympa, ni intéressante. Son pouvoir (contrôler les oiseaux) était cool, mais pas spécialement puissant. Elle était magnifique, certes, mais je voulais croire que les hommes désiraient plus qu'un corps vide.

Sadie m'a fait un petit signe de la main mignon tandis que je m'asseyais. Elle était trop exaltée par cette histoire ; je n'aimais pas ça. Søren nous a salués, mais Mei a presque immédiatement attrapé son visage pour l'embrasser, ou lui aspirer toute force vitale. Était-elle un vampire en secret ? Est-ce que les vampires existaient ?

Concentre-toi, Kalani.

Archer s'est assis à côté de moi, assez près pour que je puisse sentir la chaleur qui émanait de lui. Il a pris la pomme bizarre et croqué dedans. Ensuite, il a posé sa main sur la mienne, en plein sur la table, et a commencé à jouer distraitement avec mes doigts.

— Comment ça va, ce matin, Kalani ? a demandé Sadie, remarquant mon malaise.

Je n'avais jamais été trop à l'aise avec les démonstrations d'affection publiques, probablement parce que je n'avais encore jamais été qu'avec des Brad. On ne tombait pas fou amoureux des Brad.

— Bien. Super. (J'ai hoché la tête pour essayer de donner plus de force à mes mots.) J'ai tellement bien dormi !

— Ton rêve était-il si beau que tu n'as pas entendu ton réveil, chérie ? a demandé Søren en faisant bouger ses sourcils d'une manière bizarrement impressionnante.

— Dans tes rêves, Søren.

Il m'a lancé un regard plein de sous-entendus et j'ai levé les yeux au ciel. Mei n'avait pas l'air de se soucier que son petit-ami flirte avec moi ; elle continuait à lui jeter des œillades concupiscentes.

— Je suis sûre qu'elle rêvait de son nouveau petit-copain, a dit Sadie, un peu trop fort pour que ce soit naturel.

Mei a soudain arrêté d'essayer d'agresser sexuellement son petit-ami et a froncé les sourcils en me regardant.

— Quel petit-copain ?

La manière dont elle l'a demandé faisait penser que c'était une question qu'elle n'aurait jamais imaginé poser.

— Lui, ai-je dit avec une étrange fierté, regardant intentionnellement la main d'Archer posée sur la mienne.

Mei a marqué un temps d'arrêt sur la main d'Archer, puis s'est mise à rire au point d'en avoir les larmes aux yeux, et les gens ont commencé à se retourner. Je ne savais pas trop comment réagir face à ça ; pas plus que les autres, semblait-il. Ce n'est qu'au bout d'une minute ou presque de fou rire que Søren a dit à sa copine :

— C'est pas une blague, bébé.

Elle s'est arrêtée d'un seul coup et a battu des paupières plusieurs fois pour remettre de l'ordre dans ses idées.

— Attends, pour de vrai ? *Elle* sort avec Archer ? (Elle nous a regardés tour à tour avant de fixer son regard sur mon prétendu petit-ami.) Ça va ? Est-ce qu'elle…

Elle n'a pas fini sa phrase, mais je savais ce qu'elle voulait dire. J'ai étouffé un rire. Elle était vraiment inquiète pour Archer. Qu'est-ce qu'elle pensait que j'avais fait ? Que je l'avais menacé pour qu'il sorte avec moi ? Hilarant.

— Mei, tu dois savoir que c'est lui qui m'a suppliée, et non l'inverse. (Je me suis penchée vers elle et ai continué en faisant semblant de murmurer.) Il me fendait le cœur, tu sais. Il était si plein d'espoir. J'étais obligée de dire oui.

Mei a hoqueté, une main allant couvrir sa bouche. Elle était si investie ; j'adorais.

— Non ?! Vraiment ?

Archer m'a serré la main d'une façon qui signifiait que je devais cesser ce que j'étais en train de faire. Le truc, c'était que je ne m'étais pas autant amusée depuis des jours. Avant qu'il puisse dire quoi que ce soit, j'ai répondu à Mei :

— Oui ! Archer est un grand sensible, au fond, tu sais. Je l'adore pour ça.

— Oh, et je suis sûre que tu peux le ressentir avec ton pouvoir d'empathie, non ? Oh, je veux en savoir plus ! Est-ce que vous allez emménager ensemble ? Oh, attendez ! (Elle a commencé à se taper dans les mains d'un air excité.) Est-ce que vous l'avez déjà fait ? Tu dois me dire comment c'est, Kalani ! Toutes les filles se demandent comment il est au lit et je veux tous les potins !

La vache, cette fille vous sautait directement à la gorge, hein ? Et puis, quand étions-nous devenues meilleures amies ? Elle était super amicale, tout à coup, après m'avoir ignorée toute la semaine. J'ai également remarqué que beaucoup de gens écoutaient notre conversation, et pas de manière très subtile. Intéressant de voir à quelle vitesse le plan de Sadie prenait.

— Chérie, enfin ! C'est pas des choses qu'on demande au petit-déjeuner, a dit Søren en lui donnant une bourrade joueuse dans l'épaule. En plus, on sait tous qu'Archer tient tout ce qu'il sait de moi.

J'ai ouvert la bouche, mais Archer m'a doublée.

— Écoute, Mei, Mayfield et moi apprécions que tu te soucies autant de tout ça, mais nous aimerions que notre relation reste aussi privée que possible. Y compris notre intimité physique. Mais je dirais que Mayfield est plus que satisfaite. N'est-ce pas, bébé ?

Son ton est soudain devenu séducteur, et il s'est tourné pour plonger ses yeux dans les miens en posant sa question. Son regard était si intense que mon amusement s'est envolé. Et puis, à ma grande surprise, il s'est penché vers moi et m'a embrassée dans le cou, juste en dessous de l'oreille. De la chaleur s'est répandue dans tout mon corps et j'ai frissonné. J'ai à peine entendu le hoquet d'excitation de Mei parce que toute mon attention s'était focalisée sur la sensation des lèvres d'Archer sur ma peau. Comment pouvais-je ressentir un si petit contact *dans tout mon corps* ?

— Tout va bien, Mayfield ?

La voix d'Archer était si basse que j'étais certaine d'être la seule à pouvoir l'entendre. Sa voix était rauque et… Était-ce de l'amusement ? Je me suis écartée et, pour sûr, son sourire en coin arrogant était de sortie. Il me rendait la monnaie de ma pièce. Il savait ce qu'il faisait. Il savait très bien quel effet il me faisait. Et ça m'énervait ; son petit jeu et ma réaction me mettaient en colère. Contre moi-même, surtout. C'était pour de faux, et je devais m'en souvenir.

Je lui ai quand même jeté un regard qui, je l'espérais, suffirait à lui faire comprendre que je n'appréciais pas son petit jeu. Il savait que je ne pouvais rien dire puisqu'on devait tenir nos rôles.

— Alors, a dit Sadie après un long silence. Sur quoi on travaille aujourd'hui ?

Sadie arrivait toujours quand j'avais besoin d'elle. Cette fille était un ange.

— Je pense que c'est l'heure de s'entraîner un peu à la magie, a dit Archer avant de reprendre une bouchée de la pomme.

— Yes ! s'est exclamé Archer, brandissant un poing victorieux. Ma discipline préférée !

Il était tout excité ; c'était mignon, dans le genre petit-garçon-auquel-on-donne-son-jouet-préféré. Sachant qu'il avait voulu jouer à la balle au prisonnier avec des boules de feu la veille, je n'étais pas sûre de vouloir jouer aux mêmes jeux que Søren. Ni aux jeux des autres, à vrai dire. Je ne pensais pas qu'Archer avait réutilisé son pouvoir sur moi après cette toute première nuit, mais je me souvenais encore de la manière dont il avait manipulé mes pensées. Si ce n'était que la partie émergée de l'iceberg, je n'avais pas envie de faire l'expérience de son don plus en profondeur.

— Fais pas cette tête, Kalani. On va pas te dévorer vivante.

Søren m'a fait un clin d'œil.

— Et c'est pas comme si nous autres Bronzes, on pouvait se faire tuer si facilement, hein ? a ajouté Mei en riant.

Bien sûr. Heureusement que je n'en étais pas une.

Chapitre dix

Tu es prête ?

J'ai levé les yeux pour découvrir que Sadie me dévisageait, les yeux pleins d'inquiétude. Toujours aussi mère poule, elle s'assurait que le plan me convenait. Était-ce le cas ? Pas vraiment. Mais est-ce que j'allais le faire ? Ça oui.

J'ai acquiescé d'un signe de tête et elle a souri avant de reculer de quelques pas. Nous étions tous les trois dans la chambre de Sadie ; Søren était allé à la Fosse s'entraîner avec Mei et quelques autres. Et j'étais assise sur le lit de Sadie, en face d'Archer, prête à laisser mon esprit se faire envahir.

Il était assis sur la chaise de bureau de Sadie, dans un calme olympien.

Un calme que je ne partageais pas.

J'avais toujours essayé de me montrer courageuse pour mon frère, surtout quand maman n'était pas très présente. Mais je n'étais pas du genre intrépide ou audacieuse. Je connaissais mes forces et mes faiblesses, et je savais très bien que je n'étais pas invincible. La blessure au genou que je m'étais faite au lycée en était un rappel cuisant. Ce que je voulais dire, c'était que je n'étais pas le genre de fille qui faisait volontairement quelque chose en sachant qu'elle n'avait aucun contrôle dessus. Et, soyons honnêtes, je n'avais aucun contrôle sur quoi que ce soit quand les pouvoirs des Bronzes étaient impliqués. Surtout ceux d'Archer.

— On peut récapituler encore une fois ?

Archer a soupiré, clairement agacé ; par moi. Oui, bon.

— Je vais te plonger dans une illusion et je veux que tu en sortes. La clé, c'est la force de ta volonté et de tes barrières mentales contre mon pouvoir. Rien de bien compliqué.

Rien de bien compliqué. Bien sûr. Il était clair comme le jour qu'il n'avait jamais été la proie dans une pièce remplie de prédateurs dotés de pouvoirs magiques.

— OK.

J'ai pris une profonde inspiration et ai imaginé la petite bouille de Makaio et son grand sourire. Je faisais tout ça pour revenir auprès de lui.

— Je suis prête.

Archer s'est penché en arrière sur la chaise sans dire un mot. Je lui ai rendu son regard, essayant désespérément de rassembler mon courage. J'étais quasi certaine qu'il n'allait me faire aucun mal. Mais quand même. Que quelqu'un envahisse mon esprit était à la fois terrifiant et beaucoup trop intime. Mon esprit avait toujours été mon refuge et je ne voulais pas que quelqu'un voie toutes mes pensées. C'était privé.

Les secondes se sont écoulées et rien ne s'est produit. L'impatience est montée, et je n'ai pas pu soutenir le regard d'Archer plus longtemps. J'ai tourné les yeux vers Sadie. Elle m'a offert un petit sourire pour me redonner du courage. Je n'ai pas pu y répondre, cependant, car je me suis soudain retrouvée dans un désert.

Il y avait du sable partout. Des kilomètres et des kilomètres de dunes, et une solitude infinie. Le soleil était à son zénith, si chaud que je sentais déjà de la sueur couler le long de mon cou et de mon dos. Il y avait une très légère brise ; assez forte pour faire s'envoler le sable, mais bien loin de suffire à me rafraîchir. L'odeur était la même qu'à la plage, fraîche et terreuse, mais sans le sel de l'océan. Et aussi loin que j'essayais de porter mon regard, tout ce que je parvenais à voir était le soleil se reflétant sur le sable doré.

Une part de moi savait que ce n'était pas réel ; c'est l'unique raison pour laquelle je n'ai pas complètement paniqué. Mais ça avait l'air si *réel*. Je pouvais voir, entendre, sentir et humer le désert ! Ça me rappelait la sensation que j'avais eue après avoir été téléportée sur le mont Olympe ; à part que ce jour-là, j'avais pensé que tout ça n'était qu'un trip provoqué par la drogue. Finalement, tout s'était avéré bien trop réel.

Un coin de mon esprit n'arrêtait pas de me rappeler que je devais sortir de là, que tout l'intérêt était de m'échapper pour retourner à la réalité. Je me suis assise sur le sable chaud, me disant qu'il fallait peut-être que je médite pour revenir au monde réel. J'ai fermé les yeux, essayant de sentir mon lit ou le regard noir et critique d'Archer. Mais plus le temps passait, plus le désert paraissait réel. Bientôt, je n'arrivais même plus à me rappeler ce à quoi j'étais censée penser.

Tout ce qui existait, c'était le désert.

Le sable brûlait mes mollets et mes cuisses ; le soleil, mon visage et mes bras. Le sifflement du vent entre les dunes était hypnotique et m'aurait presque endormie, seulement brisé par le picotement du sable charrié par la brise qui frappait ma peau. Et je commençais à avoir vraiment, vraiment soif.

Il fallait que je me bouge.

Alors, je me suis mise à marcher. Il fallait que je découvre quelle était la bonne direction à suivre pour trouver de l'eau. J'ai commencé par m'éloigner du soleil ; il était trop brillant pour que je l'aie en face de moi continuellement. Un pas après l'autre, j'ai continué à marcher. Mes baskets, qui étaient un tout petit peu trop grandes, n'arrêtaient pas de frotter désagréablement contre ma peau. L'irritation était accentuée par le sable qui remplissait mes chaussures à mesure que j'avançais.

La marche était sans fin. J'avais l'impression que des heures s'étaient écoulées, mais le soleil était toujours aussi haut que quand tout ça avait commencé. Combien de temps cela faisait-il ? Mes jambes commençaient à trembler d'épuisement. Mes yeux me brûlaient à cause du soleil et du sable qui les frappaient. Ma vue devenait floue. Et ma gorge… Ma gorge était comme du papier de verre. Avaler était extrêmement douloureux, parce que je n'avais presque plus de salive. Je ne savais pas qu'il était possible d'avoir aussi soif.

Et dans la brume de mon cerveau, je n'avais aucune idée d'où je venais, ni d'où j'étais censée aller. Ma seule pensée était : « De l'eau. »

Cependant, mon corps entier cessait de fonctionner. Je le sentais venir. Ma vue devenait très floue à cause du sable qui était entré dans mes yeux. Ma peau me faisait terriblement souffrir à cause du soleil qui la brûlait. Et mes jambes étaient si fatiguées que je titubais vers l'avant plus que je ne marchais. C'était un miracle que je ne sois pas encore tombée.

Mais j'ai continué à marcher. Un pas. Deux pas. Un pied devant l'autre. Jusqu'à ce qu'un scintillement attire mon regard. Là. À ma droite. Je pouvais presque voir l'eau, juste derrière une petite dune. J'ai senti un léger afflux d'énergie me traverser et j'ai presque couru vers l'eau. J'ai dépensé toute mon énergie pour grimper dans le sable, désespérée de boire ne serait-ce qu'une gorgée de liquide. Monter jusqu'au sommet de la dune m'a totalement vidée.

Et il n'y avait rien.

Mon regard n'a rencontré que du sable. Du sable à l'infini. Et pas une seule goutte d'eau.

Je suis tombée, gisant dans le sable, sentant mon corps rendre les armes. Mon esprit aussi a rendu les armes.

C'était la fin. J'allais mourir ici, dans un désert, toute seule. Et je n'avais même plus ni la force, ni l'eau nécessaires pour pleurer.

— Que c'est décevant.

Ça m'a tellement surprise d'entendre une voix dans cet environnement isolé que j'ai presque tressailli. Ou du moins, je l'aurais fait si j'en avais encore eu la force. Ma réaction a plutôt ressemblé à un soubresaut.

Archer était là, dans le désert. Les bras croisés comme si tout ça n'était qu'un désagrément à ses yeux. Moi y compris.

— Que-

J'ai essayé de parler, mais ma gorge était si sèche que je n'ai pu en tirer qu'un croassement.

—Je ne sais pas pourquoi je m'attendais à de meilleurs résultats, a marmonné Archer, juste assez fort pour que je puisse l'entendre.

Il jaugeait mon corps recroquevillé sur le sable d'un regard clinique. Et j'ai eu honte. Parce que j'avais un vague souvenir de la chambre de Sadie. D'accepter de suivre un entraînement de résistance mentale.

Et puis le désert a commencé à disparaître autour de moi. C'était comme arracher du papier peint. Des bandes entières de désert ont disparu pour révéler la chambre de Sadie. Et bientôt, j'étais de retour sur son lit, allongée sur le côté, sur une couette toute douce et non du sable rêche et brûlant. Tout ça pouvait-il vraiment n'avoir été qu'une hallucination ? Mais ça avait eu l'air tellement *réel* ! La sensation de soif avait été viscérale et dévorante. Et maintenant ? Maintenant, ma gorge était de retour à la normale, comme si rien ne s'était passé.

Et ça a décuplé ma crainte des pouvoirs d'Archer. Parce qu'il ne s'agissait plus simplement de lire dans mes pensées ou de jouer avec mes émotions. Non, cette expérience m'avait vraiment ouvert les yeux sur la dangerosité de ses pouvoirs. J'imaginais aisément que quelqu'un puisse devenir fou en restant trop longtemps dans une telle hallucination.

J'ai mis quelques secondes à retrouver mes repères avant de pouvoir me redresser. D'instinct, je me suis reculée un peu plus loin d'Archer. Il me fixait toujours de son regard scrutateur. Je devinais qu'il voyait ça (qu'il me voyait, moi) comme une expérience ratée.

—Est-ce que ça va, Kalani ?

La voix de Sadie m'a sortie de la spirale d'angoisse dans laquelle mes pensées s'étaient enfoncées et mes yeux ont bondi à la rencontre des siens. Elle fronçait les sourcils, visiblement inquiète.

—Je...

Je me suis interrompue parce que je m'étais attendue à ne plus avoir de voix, comme dans le désert. Mais je l'avais récupérée ;

pas le moindre signe que j'avais eu l'impression de mourir de déshydratation quelques secondes auparavant.

— Je sais pas.

Et c'était la réponse la plus honnête que je pouvais lui donner, car cette expérience m'avait ébranlée. Je n'étais pas sûre que ça valait même la peine de continuer. Comment pouvais-je espérer survivre face à quelqu'un qui pouvait manipuler mon cerveau si totalement que je n'arrivais plus à distinguer ce qui était réel ou non ? Comment aurais-je pu rivaliser avec quelqu'un qui pouvait me donner l'impression que j'étais en train de mourir sans même me toucher ?

Je ne pouvais pas.

J'ai bougé mes mains pour repousser mes cheveux hors de mes yeux et ai réalisé qu'elles tremblaient. En fait, tout mon corps tremblait. J'ignorais si c'était dû au changement de température en sortant du désert ou si j'entrais en état de choc.

— Je pense pas pouvoir recommencer.

Ma voix s'est brisée sur la fin, et une part de moi-même était furieuse que je sois si faible. Mais au bout d'un moment, il y avait une différence entre garder espoir et être irréaliste et entêtée.

Sadie et Archer n'ont rien dit pendant un long moment. Du moins, pas à voix haute. Je devinais qu'ils discutaient mentalement à leurs changements d'expression. D'ordinaire, ça m'énervait au plus haut point, mais aujourd'hui, je ne ressentais qu'une légère irritation. Je n'avais pas l'espace mental nécessaire pour ressentir de plus fortes émotions.

J'étais sur le point de me lever (mes jambes avaient finalement arrêté de trembler) quand Archer s'est éclairci la voix.

— Je suis désolé, Mayfield. Pour une première fois, j'aurais dû commencer par quelque chose de plus simple. (Il avait l'air de chercher ses mots et je me suis demandé s'il lui arrivait souvent de s'excuser.) Je veux que tu saches que je n'utiliserai jamais mes pouvoirs sur toi sans ton consentement. Jamais.

J'ai hoché la tête parce que j'appréciais ses mots gentils, mais je ne savais pas trop quoi répondre. Étais-je prête à recommencer ? Non. Je ne l'étais pas.

— Écoute, on peut arrêter si tu veux, mais tu dois savoir qu'Archer n'est pas le seul à avoir des pouvoirs psychiques. (Sadie s'est approchée et assise à côté de moi sur le lit.) Amara peut donner vie à tes plus grandes peurs, Sarah peut lire dans tes pensées et Alexei est un maître en séduction ; il peut te faire tomber amoureuse de lui et te pousser à te suicider pour lui faire plaisir. Ils n'hésiteront pas à utiliser leurs pouvoirs pendant les Épreuves. Archer et moi, on pense que t'appendre à barricader ton esprit pour combattre leurs pouvoirs est la meilleure chose à faire. Ça pourrait te sauver la vie dans la Fosse. Mais on ne va pas te forcer la main non plus. (Elle a serré ma main dans la sienne pour me rassurer.) Je ne peux qu'imaginer comme ça doit être effrayant pour toi d'être ici. Mais je *sais* que tu en es capable.

— Sadie et moi avons une théorie : elle pourrait te servir d'ancrage, pour t'aider à combattre mon pouvoir et revenir à la réalité plus facilement.

— Un ancrage ?

— Si elle te tient la main pendant que je te plonge dans une vision, ça devrait agir comme un filin et t'aider à te souvenir que ce n'est pas la réalité.

J'ai dévisagé Archer pendant quelques secondes à la suite de son explication. Est-ce que j'avais confiance en la réussite de ce plan ? Est-ce que j'avais confiance en *lui* ? Je savais que Sadie avait raison ; je devais me préparer à combattre des Bronzes qui pouvaient contrôler mon esprit. Je n'avais aucun moyen de me défendre contre le feu, les animaux plus grands que nature ou les morts-vivants que certains Bronzes pouvaient contrôler. Mais l'esprit, c'était le terrain sur lequel j'avais une chance de m'en sortir. Potentiellement. Si je continuais à m'entraîner.

À ce moment-là, je devais choisir entre le combat et la fuite. Ce moment était comme un tournant décisif, parce que pour la première fois, j'allais vraiment voir à quel point le Tournoi pouvait être dangereux. Mais les petites fossettes de Makaio et l'amour qui brillait dans ses yeux quand on passait du temps ensemble me revenaient sans cesse à l'esprit. Je me battais pour lui. Ça n'avait pas changé. Et qu'est-ce qu'abandonner allait m'apporter ? Rien, sinon la mort. Je n'avais pas le choix.

Il était peut-être temps de devenir plus courageuse, au lieu de me laisser aller à la peur.

J'ai pris une profonde inspiration. J'ai serré la main de Sadie. Je n'avais peut-être pas totalement confiance en Archer, mais j'avais appris à faire confiance à Sadie au cours de la semaine passée. Je savais qu'on ne se connaissait pas depuis très longtemps, et j'étais généralement très lente à me laisser aller à faire confiance aux autres. Mais c'était comme si tout allait plus vite ici, comme si la perspective d'un combat à mort imminent nous poussait à vouloir tisser des liens plus profonds.

— OK. Je vais réessayer. Mais pas de désert.

J'étais si fière de la fermeté et de l'assurance apparentes de ma voix. J'étais totalement en mode « fais semblant jusqu'à ce que tu y arrives ».

— Je connais l'endroit parfait, a dit Archer avec un sourire en coin plein de malice.

J'ai senti mon cœur accélérer d'avance et ma main est devenue moite dans celle de Sadie. Elle a posé sa main sur mon bras et je me suis tournée pour la regarder. Elle me souriait d'un air rassurant, essayant de me dire avec les yeux que tout allait bien se passer.

— Concentre-toi sur ma main, d'accord ? Tout va avoir l'air différent et tu vas te sentir submergée, tu ne me verras pas, mais je te promets que tu sentiras ma main tenir la tienne. Et je ne te lâcherai pas.

J'ai hoché la tête, ne répondant pas par peur de vomir. Dieux, que j'étais stressée. Je flippais complètement. Archer m'a demandé si j'étais prête, et j'ai hoché la tête. Une grande inspiration. Les yeux d'Archer ont scintillé pendant une seconde.

Et puis je me suis retrouvée sous l'eau.

Quelle ironie. J'avais eu l'impression que j'allais mourir de soif quelques minutes plus tôt, et maintenant, j'étais sous l'eau sans bouteille d'oxygène. Je n'avais pas prévu de me noyer aujourd'hui, mais j'imagine qu'on ne pouvait pas toujours se préparer à la journée à venir.

Pendant une seconde, j'ai commencé à paniquer. Mais ensuite, la voix de Sadie a résonné dans ma tête. *Concentre-toi sur ma main. Je ne te lâcherai pas.* Alors, je l'ai fait. J'ai fermé les yeux, ignorant les poissons qui nageaient autour de moi, et me suis concentrée sur ma main gauche.

Au début, je me suis sentie vide, ne sentant rien que de l'eau contre ma main. Mais je me suis concentrée dessus, petit à petit, et j'ai commencé à la sentir : la forme fantôme d'une main gracile dans la mienne. Mes poumons me brûlaient. Mais ce n'était pas la première fois que j'étais coincée sous l'eau ; en tant que surfeuse, j'étais déjà tombée et restée sous une vague si longtemps que j'avais eu peur de ne jamais réussir à remonter. Même quand mes poumons ont commencé à se contracter, je savais que j'avais encore le temps. Me concentrant sur ma main, j'ai laissé filer quelques petites expirations, faisant croire à mon corps que tout allait bien. Au bout d'un certain temps, la main de Sadie a eu l'air si réelle dans la mienne que je l'ai serrée en retour. Et puis j'ai tiré. J'ai tiré si fort sur sa main que j'ai craint de la blesser. J'ai continué à tirer même quand je n'ai plus eu d'air à expirer. J'ai continué à tirer même quand j'ai commencé à ressentir un étourdissement.

Et, dans un dernier instinct de survie, j'ai ouvert la bouche. Inspiré.

De l'air. J'ai inspiré de l'air. Choquée, j'ai ouvert les yeux, et j'étais de retour sur le lit de Sadie, lui comprimant la main.

— Putain de merde, j'ai réussi !

Un rire surpris m'a échappé. Face à moi, Archer avait l'air étonné, ses yeux revenant doucement à la normale. Et Sadie… Je me suis tournée pour lui faire face et me suis surprise à l'attirer dans mes bras.

Bons dieux, mais qu'est-ce que j'étais en train de devenir ? Câline ?

Sadie n'a pas rendu la situation bizarre, cependant. Elle m'a serrée dans ses bras en retour, et j'ai senti que ça lui faisait plaisir de le faire. C'était une victoire d'équipe ; je n'aurais pas réussi sans elle. Mais même en sachant ça, c'était tellement *bon* de me sentir compétente. De ne plus me sentir totalement impuissante.

Alors que je me détachais de Sadie, j'ai vu Archer croiser les bras sur sa poitrine. Je n'arrivais pas à savoir ce qu'il pensait ; il gardait toujours ses émotions et ses pensées bien cachées.

— Beau travail, Mayfield, a-t-il dit. (Allais-je vraiment recevoir des félicitations de la part d'Archer ?) Je suppose que tu n'es pas aussi incompétente que je l'imaginais. (Ah, non rien en fait.)

— Ne gâche pas sa joie, Archer, l'a interrompu Sadie. (Puis, en se tournant vers moi :) Tu t'en es super bien tirée, je suis très fière de toi. On va simplement devoir continuer à s'entraîner jusqu'à ce que tu puisses le faire sans moi !

Fantastique. J'avais hâte. J'étais sûre qu'Archer allait trouver plein de manières de me faire souffrir jusqu'à ce que je parvienne enfin à l'arrêter.

— Au fait, Archer, quand j'ai dit « Pas de désert », je n'ai pas voulu dire que j'avais envie de finir au bord de la noyage en plein milieu de l'océan.

Je l'ai affronté du regard, le mettant au défi de s'excuser. Pourquoi les hallucinations ne pouvaient-elles pas être de petites balades en forêt ?

— Ne fais pas l'enfant, Mayfield. Je savais que ça allait marcher. Ça a marché. Fin de l'histoire.

Il a haussé les épaules comme si tout allait bien et que c'était moi, la folle.

Mais bien sûr.

D'une manière ou d'une autre, j'allais trouver le moyen de lui rendre la pareille.

Chapitre onze

Comment tu te sens réellement ?

Je me suis tournée vers Sadie et l'ai découverte en train de me regarder plus sérieusement qu'avant. On n'avait pas eu l'occasion de parler seule à seule depuis un moment ; c'était toujours entraînement, repas, entraînement, dodo, et rebelote.

— C'est, euh... C'est pas facile. J'espère tous les jours que je vais finir pas m'habituer au fait d'être ici, mais ça vient pas.

J'ignorais pourquoi c'était aussi facile d'être honnête avec Sadie. Je sentais qu'elle n'allait pas me juger.

— Et la maison me manque. C'est fou comme on ne se rend pas compte à quel point on aime une chose avant de la perdre. J'aimerais revoir mon frère, rien qu'une seconde. Pour m'assurer qu'il va bien.

Sadie n'a rien dit pendant un moment. Ce silence n'était pas pesant du tout. Je me sentais bien à ses côtés.

— Tu veux voir un truc cool ?

J'ai froncé les sourcils, me demandant si la définition de « cool » des Bronzes était la même que la mienne.

— Ouais ?

Sadie a presque sauté du lit et m'a fait signe de la suivre. On a traversé les salles désertes du bâtiment. J'étais quasiment sûre que tout le monde était en train de s'entraîner dans la Fosse ou l'un des autres espaces dédiés à l'entraînement. Avais-je mentionné à quel point j'étais heureuse que Sadie et les autres m'aient prise sous leur aile pour que je n'aie pas à subir les entraînements en groupe ?

Bientôt, j'ai été à nouveau perdue, comme d'habitude. J'étais là depuis une semaine, et je n'arrivais toujours pas à retrouver mon chemin quand il s'agissait d'aller ailleurs que dans ma chambre, le réfectoire ou la Fosse. Cependant, Sadie avait l'air de connaître cet endroit comme sa poche. Elle a emprunté tournant après tournant jusqu'à ce qu'on atteigne une partie du complexe où les torches étaient peu nombreuses et très espacées, et les couloirs, plus sombres. Et puis, après ce qui m'a semblé une éternité, on est arrivées face à un escalier raide. Sadie a commencé à monter, et je l'ai suivie, curieuse de savoir où tout ça allait nous mener.

On est arrivées sur le toit du bâtiment alors que le soleil commençait à se coucher. Toute la journée était passée sans que je m'en aperçoive. L'air frais sur mon visage était délicieux, surtout après toutes les émotions de cette journée. Et la vue. La vue était époustouflante. D'un côté, je pouvais voir la face d'une montagne. Elle était belle, des manoirs de style grec ancien saillant hors de son versant. Les bâtiments ressemblaient à un mélange entre les villas contemporaines qu'on trouve à Hollywood et les vieux temples grecs qu'on voit à Athènes. J'apercevais des vignes et des jardins pleins d'arbres couverts des plus belles fleurs que j'avais jamais vues. C'était tout simplement… un autre monde. C'était magique. Si j'avais dû imaginer un jardin d'Eden moderne, c'est à ça que j'aurais pensé.

Mais le plus beau est apparu quand je me suis retournée. Une mer de nuages. On était au-dessus des nuages, notre regard plongeant dans une mer de blanc duveteux. C'était incroyable, digne d'un rêve.

— On n'est pas censés monter ici, mais j'ai pensé qu'un peu d'air te ferait du bien. Ainsi qu'une petite remise en contexte.

— C'est incroyable ce que c'est beau.

— N'est-ce pas ? Les dieux et les déesses sont très fiers de leur caillou. (Elle a secoué la tête, les yeux sur l'horizon, au-dessus des nuages.) Ça remet tout en perspective, tu trouves pas ? De voir l'endroit pour lequel tout le monde se bat.

Je voyais ce qu'elle voulait dire. Je savais que les Bronzes se battaient pour leur vie dans le Tournoi. J'avais compris. Mais je n'avais pas encore pris toute la mesure de leurs espoirs. Le mont Olympe était le plus bel endroit où j'étais jamais venue, du moins vu de loin. Et je savais très bien qu'on ne devait pas juger un livre à sa couverture ; les beaux endroits pouvaient être remplis de gens horribles. Mais quand même. J'imaginais bien que le mont Olympe, avec ses airs de Paradis, avait de l'attrait pour tous ces Bronzes. Gagner le Tournoi ne voulait pas simplement dire survivre, mais aussi gagner le droit de vivre dans ce qui était probablement le plus bel endroit sur Terre.

Mais est-ce qu'on pouvait vraiment considérer qu'on était sur Terre ?

— Où est-ce qu'on est, en fait ? Comparé à la Terre, je veux dire.

— Le mont Olympe n'existe pas sur le même plan que la Terre. Tu vois ces films qui parlent d'univers parallèles ? C'est un peu pareil. La Terre est une dimension, le mont Olympe en est une autre. Il y a quelques ponts entre les deux, ce qui explique que de véritables dieux puissent voyager entre les royaumes.

C'était difficile à concevoir. Comment avais-je atterri dans un univers parallèle à la Terre ? Ça ressemblait à un scénario de science-fiction.

— Tu as toujours rêvé de vivre ici ? Sur le mont Olympe ?

Sadie n'a pas répondu tout de suite, semblant hésiter sur sa réponse.

— Ce n'est pas tant que j'ai rêvé de vivre sur le mont Olympe. Je savais simplement que c'était le seul endroit où on m'accorderait le droit de vivre pour le restant de mes jours. (Elle a attendu quelques secondes avant de continuer.) Tu ne le réalises peut-être pas, mais ça peut être très dangereux que des Bronzes ou des Dorés vivent dans le monde des humains. Les émotions fortes peuvent déclencher nos pouvoirs, et les Dorés et les Bronzes ont causé de nombreuses catastrophes naturelles.

Dès notre naissance, nous savons que vivre sur Terre n'est pas une situation durable. Ce n'est pas tant un choix qu'une conséquence connue de notre venue au monde.

C'était difficile pour moi de l'imaginer ; savoir depuis ma naissance qu'un jour, j'allais devoir me battre pour mon droit à rester en vie. Il me paraissait ignoble d'imposer cette certitude à tous ces enfants. Aucun d'eux n'avait demandé à naître. Et pourtant, ils se préparaient tous à se battre et à mourir à cause d'une chose sur laquelle ils n'avaient aucun contrôle.

J'ai regardé le complexe qui s'étalait à nos pieds. On pouvait voir la Fosse où quelques Bronzes s'entraînaient encore ; je n'aurais pas été surprise qu'Archer y soit allé s'entraîner avec Søren. Il avait l'air d'aimer l'entraînement plus que la vie elle-même. Mais tout le monde semblait si petit, vu d'ici. Après avoir passé la semaine à me sentir insignifiante, ça faisait bizarre.

Il y avait un petit lac que je n'avais encore jamais vu. Il avait l'air tout droit sorti d'un rêve, avec une petite île au milieu et des buissons luxuriants tout autour. Ce qui avait attiré mon œil, c'étaient des taches violet vif ; on aurait dit de petits champs de fleurs.

— Si j'étais toi, je n'irais pas me baigner là-bas. J'ai entendu dire que des tisichtes vivent dans ce lac. Crois-moi, ils ne ressemblent pas à Ariel et ont tendance à noyer et dévorer les visiteurs.

— Des tisichtes ?

— Oui, avant les gens les appelaient sirènes et tritons, mais ensuite il y a eu ce gros débat sur le fait d'être inclusif avec les personnes non-binaires et fluides de genre, alors voilà.

— Et c'est quoi, ces fleurs violettes ? Elles sont si belles !

— Ne t'approche pas d'elles non plus. Ce sont des fleurs d'aconit ; très belles, mais aussi fortement empoisonnées. Des rumeurs racontent qu'Athéna a empoisonné Arachné avec de l'aconit et l'a changée en araignée. Tout ça parce qu'Arachné était meilleure tisseuse qu'elle. Les dieux et les déesses sont parfois si orgueilleux ! Enfin, personne n'a été transformé en araignée depuis, mais l'aconit a causé la mort de beaucoup de gens.

— Merci du conseil.

Plus on en savait… On aurait dit que chaque fois que je posais une question à propos de ce monde, je découvrais une nouvelle chose qui pouvait me tuer. Ou me noyer. Ou me dévorer. Ou mettre fin à mes jours d'autres manières tout aussi horribles. Ce monde était aussi beau que mortellement dangereux.

— Mais passons, on était venues ici pour parler de toi. Je ne peux qu'essayer d'imaginer ce que ça doit être, pour toi, d'être jetée ici contre ta volonté. Mais j'aimerais que tu saches que tu m'impressionnes chaque jour. Je ne pense pas que beaucoup d'humains s'adapteraient aussi bien que toi.

J'ai pouffé à ces mots. Je n'avais pas l'impression de bien m'adapter du tout. La plupart du temps, j'arrivais à peine à tenir le coup.

— Je sais pas trop, Sadie. Je me sens tellement dépassée, tout le temps. Et j'ai l'impression que peu importe combien je m'entraîne et combien j'apprends dans les semaines à venir, ça va pas faire une grande différence pendant les Épreuves.

— Pourtant, si. Premièrement, les gars et moi, on va t'aider, parce que franchement, tu le mérites bien plus que les autres. Et tu es intelligente. Les Épreuves, c'est pas toujours du combat en un contre un. Beaucoup peuvent en réalité être gagnées en utilisant sa tête plutôt que ses muscles.

J'ai hoché la tête et me suis tue un instant, contemplant l'incroyable spectacle que j'avais sous les yeux. Les nuages étaient peints dans de belles teintes d'orange et de rose tandis que le soleil se couchait. Bons dieux, j'aurais aimé que Makaio soit là pour voir ça.

— Qu'est-ce que tu vas faire quand tu auras gagné ce Tournoi ?

— Je veux aller quelque part où je serais près des gars, mais pas si près qu'ils se sentiraient obligés de continuer à me protéger. Comme si j'en avais besoin, a dit Sadie en riant.

Je n'aurais pas pu être davantage d'accord avec elle. Cette fille était une guerrière et pouvait relever les morts. Elle n'avait besoin de l'aide d'aucun homme, merci bien.

— Et ensuite, je ne sais pas. Ma mère était cheffe cuisinière au Danemark. Peut-être que je vais suivre ses traces et ouvrir un restaurant sur l'Olympe.

— Ça te manque ? Le Danemark ?

Sadie est restée silencieuse quelques instants, regardant droit devant elle, en direction de la mer de nuages qui s'étendait à l'infini.

— Tous les jours.

Ses yeux brillaient, et je me suis demandé si elle allait se mettre à pleurer. J'aurais compris qu'elle le fasse ; être loin de chez soi, c'était terrible. Au lieu de ça, elle a pris une grande inspiration et m'a offert un petit sourire.

— Je vais cuisiner danois et ramener un peu de chez moi ici.

— Ça m'a l'air d'être une bonne idée. Peut-être que je viendrai goûter ça, quelquefois.

— Bien sûr que tu vas venir. Bien sûr.

Et le regard que Sadie et moi avons échangé signifiait plus que des promesses de manger au restaurant ; ça signifiait que j'allais vivre assez longtemps pour le faire.

Le silence s'est étiré entre nous, mais aucune de nous ne s'est senti le devoir de parler. C'était bien d'avoir quelqu'un avec qui je pouvais m'asseoir et simplement *être là*. J'aimais à penser que si on s'était rencontrées sur Terre, Sadie et moi aurions été de très bonnes amies. Elle aurait compensé mon introversion par son extraversion, aurait été ma Nairobi là où j'étais Tokyo, ma Max là où j'étais Eleven. J'aurais aimé lui faire rencontrer mon frère et mes gamins de la gym. J'aurais aimé qu'on soit deux amies normales, vivant une vie normale.

Alors que le soleil disparaissait sous les nuages, Sadie a repris la parole.

— J'ai bien vu que tu avais peur d'Archer, tout à l'heure.

Elle me sautait à la gorge directement, hein ? Et elle avait raison, comme d'habitude. J'ai marmonné évasivement et ai attendu. On savait toutes les deux qu'elle avait quelque chose de plus à dire.

— Il n'est pas si mauvais, tu sais. Il est juste… La vie n'a pas été tendre avec lui, et il n'accorde pas sa confiance facilement. Et je sais qu'il a un don qui peut faire très peur. Mais il ne l'utiliserait jamais pour faire du mal à un innocent. C'est aussi en partie pour ça qu'il n'a pas eu une vie facile.

Elle a contemplé le vide pendant quelques secondes avant de se tourner vers moi. Elle a repris d'une voix très sérieuse :

— C'est mon meilleur ami. C'est un bon gars. Et il se soucie des autres, même s'il ne sait pas toujours comment le montrer. Donne-lui une chance. OK ?

J'ai pris une grande inspiration, hésitant sur ma réponse. Je comprenais. Elle connaissait Archer depuis si longtemps qu'elle le connaissait d'une manière dont moi, je ne le connaîtrai jamais. Et j'imaginais bien que ces cicatrices dans son dos faisaient partie de ce passé difficile. Alors je comprenais que Sadie veuille protéger Archer. Mais leur relation n'avait pas le même déséquilibre de pouvoir que la nôtre. Je ne serai jamais l'égale d'aucun d'entre eux.

— OK. Je vais garder l'esprit ouvert.

Elle a hoché la tête, semblant comprendre que c'était le mieux que je puisse faire.

Des heures plus tard, quand j'ai été de retour dans ma chambre après avoir dîné avec Sadie (Søren et Archer étaient déjà partis quand on était descendues), je pensais toujours à ce que m'avait dit Sadie. Allongée dans mon lit, fixant le plafond dans le noir, je me suis repassé en boucle ses mots dans ma tête. À propos d'Archer. Et bons dieux, j'étais tellement en colère contre moi-même de ne pas pouvoir arrêter d'y penser. Et pourtant me voilà, m'imaginant ce qui avait pu lui arriver autrefois. L'imaginant enfant, en souffrance. Et l'imaginant se soucier des autres. De moi.

Chapitre douze

Les jours suivants ont filé à toute vitesse. Mes journées étaient pleines à craquer entre l'entraînement, apprendre tout ce que je pouvais sur le Tournoi et exercer mes défenses mentales avec Sadie et Archer. C'était bien, car ça m'empêchait de trop m'inquiéter. Et j'avais beaucoup de raisons de m'inquiéter. Parmi lesquelles, en premier lieu, la tension qui montait entre les participants du Tournoi. Des groupes avaient commencé à se former, et certains avaient des idéologies extrêmes. On faisait une véritable étude de cas sur l'effet de groupe, ici. La clique d'Elena devenait de plus en plus disposée à faire usage de la violence à mesure que les jours passaient. C'était une bombe à retardement, et on ne faisait qu'attendre que l'explosion survienne.

La pièce à conviction la plus récente sur cette théorie de la bombe à retardement était apparue hier au petit-déjeuner. Deux personnes avaient commencé à échanger des coups, bientôt suivies par d'autres. Pourquoi ? Parce qu'elles n'étaient pas d'accord sur le fait qu'être un loup-garou était plus dangereux qu'être un élémentaire de l'eau. Un débat stupide. Mais un débat qui, dans les circonstances actuelles, avait pris des proportions démesurées.

Le seul bon point était que le plan de fausse relation amoureuse de Sadie fonctionnait, jusqu'ici. Personne n'avait plus osé me menacer depuis ce soir-là au réfectoire. Cependant, je voyais bien les regards qu'on me lançait. Beaucoup de gens ne voyaient pas d'un bon œil ma proximité avec les trois Bronzes les plus puissants du coin. Mais qu'Archer et moi fassions semblant d'être fous amoureux tenait tout le monde à l'écart. J'espérais juste que ça allait continuer ainsi pendant les quatre semaines qui nous séparaient encore du début du Tournoi.

Aujourd'hui avait été une journée stressante. L'entraînement matinal s'était bien passé ; je m'améliorais énormément en combat au corps-au-corps et pouvais à peu près me défendre face aux jumeaux. Mais je m'étais fait botter le cul pendant l'entraînement d'escrime. Je m'étais également débrouillée pour développer un certain talent pour mettre fin aux hallucinations d'Archer au cours des derniers jours, on avait donc essayé sans Sadie pour me servir d'ancrage cet après-midi. J'avais lamentablement échoué et paniqué quand je n'avais plus pu trouver la main de Sadie. J'avais été à deux doigts de perdre connaissance quand Archer m'avait ramenée. Ensuite, j'avais quitté la chambre sans un mot après une remarque d'Archer selon laquelle j'apprenais « exaspérément lentement » et que je devrais « faire plus d'efforts ». Qu'est-ce qu'on s'amusait.

En conséquence, j'ai décidé de prendre un peu de temps pour moi et d'essayer de me détendre. C'est pourquoi je suis allée à la Fosse cette nuit-là, toute seule. Les torches qui bordaient l'arène éclairaient juste assez l'espace pour que je puisse y voir tout en ménageant une ambiance très tamisée. Je n'appréciais pas spécialement cet endroit, mais c'était le seul auquel j'avais pu penser qui me permettrait de m'amuser un peu.

Je n'avais pas fait de gym au cours de mes deux semaines ici. Dire que ça me manquait aurait été un euphémisme. La gym était mon moyen de m'exprimer, de respirer dans une vie souvent étouffante. Et j'avais grandement besoin d'une bonne bouffée d'air frais.

C'était étrange de m'échauffer pour quelque chose qui n'impliquait pas de se battre. Mes habitudes me sont néanmoins revenues rapidement, et bientôt, je faisais des étirements dynamiques comme si je n'avais jamais quitté mon ancienne vie. Je me sentais super bien.

Le premier enchaînement a été bizarre. Je ne m'en étais pas rendu compte, mais mon corps avait changé depuis que j'étais arrivée sur le mont Olympe. J'avais toujours été musclée grâce à la gym, mais l'entraînement constant que j'avais suivi ces deux dernières semaines avait affûté mes muscles différemment. Et je me sentais bizarre quand je m'envolais au-dessus du sol. Comme si j'avais perdu tout mon équilibre.

Mais j'ai continué. Enchaînement après enchaînement, saut après saut, je me suis retrouvée. Bientôt, c'était presque comme si j'étais de retour dans mon gymnase, m'entraînant seule après le cours de mes gamins. J'avais l'impression d'être revenue chez moi. C'était libérateur.

Essoufflée, je me suis arrêtée et ai posé les mains sur mes hanches. Je n'avais aucune idée de combien de temps j'avais passé à m'entraîner, mais j'étais agréablement épuisée.

— Impressionnant, Mayfield.

J'ai sursauté et me suis retournée pour découvrir Archer, appuyé à l'entrée de la Fosse. Il était aussi beau que d'habitude, dans un t-shirt noir et un pantalon sombre. Il savait, lui aussi, qu'il était agréable à regarder.

— Combien de temps ça fait que tu m'espionnes ?

Il a eu un petit rire moqueur avant de se décoller du mur et de s'approcher de moi.

— Je n'irais pas jusqu'à appeler ça de l'espionnage. Ça impliquerait que je m'intéresse beaucoup plus à toi que ce n'est le cas en réalité.

Haussant un sourcil, j'ai affronté son regard. Il voulait voir si j'allais mordre à l'hameçon. Il essayait toujours de me provoquer.

— Ça te plaît alors, de faire la tête dans l'ombre ? Sans aucun intérêt pour moi, bien sûr.

— Beaucoup. L'obscurité s'accorde bien avec mon aura de mystère.

J'ai secoué la tête. Il avait l'air d'être plus ou moins de bonne humeur, ce soir. Ce qui pouvait être soit de très bonne, soit de très mauvaise augure pour moi.

— Je n'avais pas réalisé que tu étais vraiment gymnaste.

— Et qu'est-ce que tu croyais que j'étais ?

— Tu ne donnais pas l'impression d'être une athlète de haut niveau quand on a commencé l'entraînement. On aurait eu du mal à t'imaginer faire plus que quelques flips.

Je me suis retrouvée sans voix pendant quelques secondes. Je savais que j'aurais dû me fâcher contre lui. Mais je voyais bien qu'il ne disait pas ça méchamment. Il était juste… trop honnête. Et trop habitué à être entouré de personnes surnaturelles. Ça m'a rappelé à quel point j'étais ordinaire, ici.

— Merci pour tes encouragements. Tu as vraiment l'art de donner aux autres le sentiment qu'ils sont spéciaux.

Archer a souri, pas froissé pour deux sous, et a continué à avancer jusqu'à ce qu'on ne soit plus séparés que par quelques dizaines de centimètres. Mains dans les poches, il avait l'air détendu. Où était passé l'Archer qui broyait du noir ?

— Tu te sens mieux, maintenant ?

J'ai été surprise qu'il ait remarqué mon humeur d'un peu plus tôt. Je n'aurais pas dû, cependant. Archer était discret, mais c'était souvent lui, le plus observateur d'entre nous.

— Tu peux pas lire dans mes pensées pour avoir ta réponse ?

C'était sorti avant que j'aie pu le retenir, et je l'ai immédiatement regretté ; à la fois mes mots et la dureté de mon ton. Je ne voulais pas me disputer avec lui. Mais je ne pouvais faire semblant de pas être un peu mal à l'aise face à son pouvoir après la débâcle de cet après-midi.

— Tu sais que je ne ferai jamais ça. (Pour la première fois depuis que je l'avais rencontré, Archer avait l'air mal à l'aise.) Je suis venu m'excuser pour tout à l'heure. J'ai tendance à oublier que tu es humaine et bien plus fragile que nous. Je m'excuse pour ce que je t'ai dit. C'était insensible et pas nécessaire. (Il s'est interrompu brièvement avant d'ajouter :) Et faux, bien entendu.

— Bien entendu, ai-je dit d'une voix traînante avec un petit hochement de tête. T'es pas très fort en excuses, hein ?

Il a grimacé.

— Non, disons ce n'est pas ma spécialité.

On est restés silencieux un petit moment. Je ne savais pas trop quoi dire. C'était bizarre d'être là, seule avec lui. Il n'y avait rien ni personne pour faire tampon entre nous. Rien pour nous empêcher de nous chamailler. Ou pour m'empêcher d'être bizarrement attirée par lui.

— Tu veux t'entraîner ?

— M'entraîner à quoi ? ai-je demandé, confuse, ne sachant pas s'il parlait de gymnastique ou d'autre chose.

— À te battre, évidemment.

— Il doit être minuit.

— Oui, et ?

— On s'est déjà beaucoup entraînés, aujourd'hui.

— On pourrait s'entraîner encore. Ce n'est pas comme si tu n'en avais pas besoin.

Bon sang. Il était toujours si sympa…

— Pourquoi ?

— Pourquoi tu en as besoin ? Tu as vraiment besoin que je te fasse un dessin ?

— Non, *Archer*, pourquoi tu voudrais t'entraîner avec moi au beau milieu de la nuit ?

Il a fait une courte pause, semblant se retenir de dire quelque chose. J'ai aussi réalisé que c'était la plus longue conversation que j'avais jamais eue avec Archer. Comme c'était étrange que ça arrive dans la Fosse au beau milieu de la nuit.

— Je me sens généreux, ce soir. (Et après un instant :) Aucun de nous ne va dormir de sitôt, de toute manière. On ferait aussi bien d'être productifs.

Et c'est ainsi qu'on s'est retrouvés à s'entraîner au combat ensemble. Je m'étais beaucoup améliorée, mais Archer était une vraie bête. Je n'ai jamais pu ne serait-ce que l'effleurer. Mais quand même, vous savez, j'ai fait de mon mieux et tout ça. J'ai essayé de mettre en pratique tout ce que j'avais appris au cours de ces deux dernières semaines qui avait plus ou moins fonctionné contre Søren et Sadie. J'étais particulièrement fière de certains combos, qui comprenaient des feintes qui marchaient bien, d'habitude. J'avais aussi amélioré mes coups de pied et ai essayé d'en faire passer quelques-uns. Mais en vain. La cinquième fois que je suis misérablement tombée sur les fesses, Archer m'a offert sa main pour m'aider à me relever.

— Ta position devient merdique dès que tu commences à bouger.

— Merci pour ce retour constructif.

J'ai soufflé sur une mèche de cheveux pour la chasser de mes yeux. De la sueur coulait partout sur mon corps et j'avais la sensation d'être dégoûtante. Avec un peu de chance, j'allais me retrouver tellement couverte de sueur dans les minutes à venir qu'Archer allait perdre toute prise sur moi.

— Mets-toi en position. On va faire le prochain au ralenti.

J'ai haussé un sourcil en une question silencieuse, mais me suis mise en position ; pied gauche en avant, pied droit en arrière, les mains près de mon visage. Il l'a fait également, et a haussé le menton pour m'indiquer quand commencer. J'ai soufflé un grand coup, espérant que ça me donnerait du courage, et ai cherché un moyen d'*enfin* réussir à atteindre le Bronze. Je me suis rapprochée, gardant les yeux rivés sur le visage d'Archer. Je lui ai lancé un direct du gauche, mais il a esquivé, comme d'habitude, et s'est déplacé en demi-cercle sur ma droite. Il n'a pas attaqué, m'observant simplement et attendant mon prochain mouvement. Décidant d'essayer un combo classique de direct et de crochet, j'ai feinté sur la droite et lancé un direct du gauche. Il a vu clair dans mon jeu et a esquivé, ce qui l'a rapproché de mon crochet du droit. Il s'est penché en arrière et le crochet est passé bien au-dessus de son torse. Il s'est redressé et j'ai essayé de reculer, mais il s'est tendu en avant, m'a attrapé l'épaule et a crocheté ma cheville antérieure avec la sienne. Il n'a pas tiré, mais on savait tous les deux qu'il me tenait.

— Là. Tu vois ? Tu mets tout ton poids sur ton pied avant pour le crochet, mais ensuite, tu ne te rééquilibres pas sur ta jambe arrière. Après c'est très facile pour moi d'utiliser ton manque d'équilibre pour te mettre à terre.

J'ai hoché la tête, incapable de dire quoi que ce soit. Premièrement, parce qu'il avait raison et que je n'avais rien à redire. Et deuxièmement, parce que son corps était très près du mien et que ses yeux… ses yeux étaient plongés dans les miens comme s'ils cherchaient mes secrets et mes désirs les plus profonds. Ma bouche était soudain très sèche.

— OK. Maintenant, ne bouge plus. Je vais venir t'aider à ajuster ta position.

J'ai obéi sans un mot. J'ai retenu ma respiration tandis qu'Archer me tournait autour, sa main toujours sur mon épaule. Sa respiration était chaude dans mon cou et me donnait des frissons. Sa seconde main s'est posée sur ma taille. Bas sur ma taille. Et puis son autre main est doucement descendue de mon épaule jusqu'à ma hanche. Je sentais ces deux points de contact entre nos corps d'une manière très aiguë. Ils étaient presque brûlants.

— Recule un peu ton bassin. Bien.

Les doigts d'Archer se sont resserrés sur ma taille, la faisant reculer centimètre par centimètre. Les vêtements de sport de Sadie étaient si fins que j'aurais aussi bien pu ne rien porter du tout. Est-ce que c'était… sensuel ? Ce n'était vraiment pas un toucher du genre « pédagogique ». Les implications potentielles de ce moment faisaient tourbillonner mon esprit.

— Maintenant, plie légèrement ton genou arrière…

Son genou a touché l'arrière du mien, et ma jambe a presque cédé en-dessous de moi. Il a dû se rapprocher pour que ma jambe épouse la sienne, et je pouvais presque sentir l'électricité dans le mince volume d'air qui nous séparait.

— C'est la position dans laquelle tu dois revenir après chaque mouvement vers l'avant. Tu comprends ?

La voix d'Archer était épaisse et rauque, si près de mon oreille que j'en ai frissonné. Je pouvais sentir son odeur. La sueur, l'océan et l'air juste avant une tempête.

— Oui. Euh… (J'ai ravalé le nœud que j'avais dans la gorge.) J'ai pigé.

Archer a acquiescé d'un son guttural et grave. J'ai senti mes poils se dresser sur mes bras. Je ne pouvais pas le voir, regardant toujours devant moi, mais j'avais le sentiment qu'il était si près de mon dos qu'il aurait été impossible de passer une main entre nous.

L'idée malvenue de reculer juste de ce qu'il fallait pour que mon dos rencontre son torse, jusqu'à ce qu'il n'y ait plus aucun espace entre nos corps, m'a traversé l'esprit. Comment ce serait ? Son torse et ses cuisses devaient être durs et puissants. Je sentais la chaleur que son corps irradiait même à cette distance, alors être plaquée contre lui aurait été comme avoir un radiateur individuel.

Et d'un coup, il est parti. L'air était froid (glacial, en fait) sur ma taille et au creux de mon genou. Mes jambes étaient faibles et je suis presque tombée par terre. Mais what the f-

— Très bien. Allez, on recommence.

La voix d'Archer était redevenue froide et professionnelle. Comme si rien ne s'était passé. Comme si j'avais tout imaginé.

Chapitre treize

Søren était en train d'expliquer quelque chose à propos d'épées enflammées, ou peut-être de katanas enflammés. Un truc coupant et mortel. Il avait l'air passionné. Je ne l'écoutais pas ; toute mon attention était concentrée sur la présence d'Archer à côté de moi. Pour être claire, je ne le regardais pas comme une adolescente enamourée l'aurait fait de son premier crush. Non. Mon regard était fermement fixé sur mon assiette, et je relevais parfois la tête pour sourire et hocher la tête à l'histoire de Søren. Mais je sentais sa présence à côté de moi, si proche que si j'avais écarté un tout petit peu mon coude gauche, j'aurais effleuré le sien.

J'étais toujours perdue quant à ce qui s'était passé la nuit dernière. Après ce... cet *incident*, on s'était entraînés pendant dix minutes de plus. Ensuite, j'avais à nouveau fini dans le sable, Archer avait déclaré qu'on en avait terminé et m'avait abandonnée là, dans le sable.

Des heures plus tard, allongée sur mon lit, je sentais encore l'empreinte de ses mains sur ma peau. Et tandis que je m'endormais, j'avais l'impression qu'elles parcouraient mon corps. Qu'elles allaient partout. Et ensuite, les rêves... Bons dieux, les rêves que j'avais faits la nuit dernière n'étaient pas le genre de rêves qui auraient dû impliquer un gars que je connaissais à peine. Et un gars qui ne ressentait clairement pas la même attirance que moi. Je perdais la boule.

— Kalani, tu dois trancher, s'est exclamé Søren en lançant un regard à sa sœur.

Merde. J'étais de retour au lycée, prise en faute après avoir passé tout le cours à dessiner.

— Je dois trancher quoi, exactement ?

Søren a hoqueté comme si je venais de frapper un chiot sous ses yeux.

— Meuf ! Comment tu as pu ne pas m'écouter ? C'était super important et un débat très réfléchi. (Il s'est passé les mains dans les cheveux, la jouant hyper dramatique.) Douces étoiles, comme je me sens mal-aimé, parfois !

— Arrête, Søren, t'es ridicule, a soupiré Sadie face aux pitreries de son frère.

Elle s'est tournée pour me regarder.

— Søren pense qu'utiliser des armes enflammées est super efficace. Je pense qu'elles sont incommodes ; on risque de se brûler soi-même aussi facilement que son adversaire. Je pense que c'est une idée stupide. Et Archer se croit au-dessus de tout ça, alors il ne nous a pas fait la grâce de nous donner son opinion.

Søren a pris une bouchée de viande (pour une fois, elle ressemblait à du poulet terrestre et avait un goût remarquablement similaire) et m'a regardée, s'attendant à ce que je parle.

— Alors ?

Qui aurait cru que j'aurais à trancher dans un débat entre deux quasi-divinités jumelles sur l'efficacité des armes enflammées ? Pas moi, en tout cas.

— En général, j'essaie de rester à distance du feu. Alors je dirais contre.

Sadie a brandi un poing en signe de victoire tandis que Søren secouait la tête.

— Je suppose que je vais devoir te montrer à quel point le feu peut être sexy.

Il m'a lancé un regard suggestif, faisant bouger ses sourcils.

— C'est censé me chauffer ?

Sadie s'est presque étranglée avec son eau avant de rire pour se moquer de son frère. Avant qu'on puisse ajouter quoi que ce soit, Mei s'est glissée sur le banc à côté de son petit-ami. Elle portait un crop top rose très mignon et un short rose, sa longue chevelure noire relevée en une queue de cheval haute, donnant l'impression qu'elle s'apprêtait à faire quelques soulevés de terre devant tous les gym bros à la salle du coin plutôt qu'à aller s'entraîner pour un Tournoi mortel. Toutefois, Søren la déshabillait du regard, alors j'imagine que ça avait son utilité.

La minute suivante a été consacrée aux efforts de Mei et Søren pour nous offrir le meilleur spectacle de démonstration d'affection publique possible, avec plein de langue et beaucoup trop de gémissements pour le petit-déjeuner. Quand ils ont enfin arrêté de s'inhaler l'un l'autre, Mei a daigné dire bonjour au reste de la tablée.

— Comment va mon couple préféré ? a-t-elle demandé avec un sourire entendu dans ma direction et celle d'Archer.

— Tu nous connais, on vit notre meilleure vie ! a dit Archer avec un peu trop d'énergie dans la voix pour que ce soit sincère. Il a passé son bras autour de moi, sa main se posant sur ma hanche, et m'a tirée à lui jusqu'à ce que mon flanc gauche soit pressé contre le sien. Il a ensuite embrassé ma tempe, et j'ai eu l'impression que quelque chose fondait à l'intérieur de moi.

Kalani, ressaisis-toi. C'est juste pour faire semblant. Vous sortez ensemble pour de faux. J'insiste sur le « pour de faux » !

C'en était trop, surtout après tout ce qui s'était passé la nuit dernière. Mais ce n'était pas comme si je pouvais bouger. On avait un rôle à tenir, et je n'avais certainement pas envie de donner aux Bronzes ici présents des raisons de venir m'attaquer.

Alors je suis restée là, au creux du bras d'Archer, respirant par la bouche pour éviter de sentir son odeur. Je me suis concentrée sur ma nourriture, Sadie et le couple, même sur les autres Bronzes assis aux tables jouxtant la nôtre ; sur tout et n'importe quoi, en fait, sauf sur *lui*.

— Ça va, Lane ? Tu as l'air un peu… bizarre.

Mei a tendu sa main au-dessus de la table pour tapoter la mienne.

J'ai retenu une grimace à l'entente du surnom ; elle s'était mise à m'appeler Lane et j'avais beau lui répéter que mon nom était Kalani, elle n'en démordait pas.

— Yep, ai-je répondu en appuyant sur le « p ». Tout va super bien. Impec'.

Tandis que je hochais la tête (peut-être avec un peu trop d'enthousiasme), j'ai jeté un regard par-dessus l'épaule de Mei, et mes yeux ont croisé ceux d'Alexei. Comme la plupart des Bronzes ici, c'était un beau mec, et c'était l'un des petits-fils d'Aphrodite. C'était l'un des Bronzes qui possédaient un pouvoir lié à l'esprit ; il pouvait utiliser la séduction pour laver le cerveau de ses proies et les pousser à faire n'importe quoi pour lui, y compris se suicider s'il en avait envie. Alexei était l'un des partisans d'Elena, faisant partie d'un groupe de Bronzes qui voulaient éliminer la concurrence avant la première Épreuve. Ils prétendaient que c'était parce qu'ils ne voulaient pas avoir à supporter des poids morts pendant la première épreuve en équipes, mais on savait tous que c'était juste parce qu'il était plus simple de tuer les gens quand ils s'y attendaient le moins. Ils n'avaient encore rien fait, mais je sentais que leurs discours de haine allaient bientôt se changer en actes. Et Alexei regardait droit dans ma direction, l'air extrêmement énervé. C'était quoi, son problème ? Je ne lui avais jamais parlé, même pas en passant. Et je n'avais eu aucun problème avec son petit groupe d'extrémistes depuis l'incident de la semaine dernière.

Alexei et moi étions plongés dans ce duel de regards bizarre quand Archer a chuchoté à mon oreille pour demander ce qui n'allait pas. Surprise, je me suis tournée pour le découvrir en train de froncer les sourcils.

— Rien, enfin je crois. Alexei me fixait. Mais je suis sûre que c'était rien.

Archer a hoché la tête, mais n'a rien dit. Au lieu de ça, il s'est penché légèrement pour jeter un œil en direction d'Alexei. En suivant son regard, j'ai trouvé le Bronze toujours occupé à me fixer et Elena, assise à côté de lui, qui regardait dans notre direction également. Je pouvais sentir les vagues de haine qui émanaient d'eux, et j'étais bien contente d'être assise avec trois des plus puissants Bronzes du coin ; la supériorité numérique et tout ça.

— Je crois qu'ils ont besoin qu'on leur rappelle quelle est la hiérarchie ici.

Archer ne regardait pas dans ma direction en le disant, mais les jumeaux et Mei étaient plongés dans leur conversation, alors j'ai supposé que ça m'était adressé.

— Comment ça ? Tu vas aller leur casser la gueule simplement pour m'avoir regardée ? Je crois pas que ce soit justifié. Tu peux pas agresser quelqu'un à cause d'un regard ; peu importe la durée du regard. Et puis, c'est une si belle matinée. On devrait sortir profiter du soleil.

Je bredouillais. Pourquoi est-ce que je bredouillais ? Et avec Archer ?

J'ai regardé Archer, cherchant à savoir s'il était ouvert à l'idée de ne pas frapper les gens, et l'ai découvert en train de me regarder. Il avait un sourcil haussé et son sourire en coin moqueur.

— Tu as fini ?

Qu'est-ce qu'il était méchant. Il me faisait passer pour une hystérique qui lui crevait les tympans. Je n'ai pas eu le temps de lui répondre avec une remarque bien pensée parce que d'un seul coup, son visage était *juste là*. Genre, vraiment proche. Sa main était sur ma mâchoire, ses yeux vrillaient les miens et son souffle effleurait mes lèvres. Et puis, ses lèvres ont touché ma peau. Elles n'étaient pas vraiment sur les miennes, plutôt sur le coin de ma bouche. Et j'étais choquée ; complètement, profondément choquée. Si choquée que j'ai gardé les yeux grands ouverts, comme une biche dans les phares d'une voiture.

— Détends-toi, Mayfield, a-t-il murmuré contre ma peau.

Ça a agi comme s'il avait actionné un interrupteur. Mes yeux se sont fermés et j'ai penché la tête pour que ce soit plus confortable. Et j'ai eu l'impression que c'était la première fois que quelqu'un m'embrassait. Pas que c'était la première fois ; Brad et moi nous étions embrassés plein de fois, et j'avais eu d'autres petits-copains avant ça. Et puis, ce n'était même pas un vrai baiser, plutôt un bisou sur la joue. Et la façon dont mon corps a réagi ? Ça ressemblait à l'une de ces scènes dans les livres de romance que je lisais quelquefois. De l'électricité est passée entre nos corps. Les battements de mon cœur ont accéléré ; du sang a afflué *partout*. Et tout s'est effacé pour ne laisser que lui, ses lèvres, et sa main tenant ma mâchoire en coupe.

Des secondes ou des minutes sont passées avant qu'Archer ne commence doucement à reculer. J'ai ouvert les yeux pour le découvrir en train de regarder mes lèvres, un petit sourire aux siennes.

— Douces étoiles, allez faire ça dans une chambre ! s'est exclamé Søren avec un air dramatique, se cachant les yeux d'une main.

Mei souriait tout grand, ses yeux allant et venant entre Archer et moi. J'ai évité de regarder Sadie parce que je ne voulais pas qu'elle voie dans mes yeux à quel point j'étais chamboulée. À la place, je me suis concentrée sur Alexei et Elena entre les têtes de Mei et Søren. Ils me dévisageaient toujours, mais ils avaient l'air circonspects plutôt que pleins de haine.

Archer avait entamé la conversation avec les jumeaux quand je suis revenue au moment présent. Il riait à une blague de Søren, l'air indifférent à ce qui venait de se passer et pas décontenancé par notre presque-baiser. Mais moi, je l'étais.

Je me suis repassé la scène en boucle dans ma tête. Ses mots, ses regards, son sourire, son baiser ; ou demi-baiser. C'était comme si j'avais un disque rayé dans la tête. Et je ne savais pas pourquoi j'en faisais une obsession. Parce que je savais, je *savais* que ça n'avait été qu'une manière pour Archer d'envoyer un message à Elena et sa clique. Ce baiser avait été un moyen de lui dire que j'étais sous sa protection. Ça faisait partie du plan, partie de notre comédie de relation amoureuse. Mon cœur aurait mieux fait de percuter, parce que j'étais la seule qui n'arrivait pas à séparer mes sentiments de notre petit jeu. Une part de moi (disons que c'était mon cœur, ou la partie de mon cerveau qui avait toujours rêvé d'une romance qui bouleverserait mon existence) continuait d'espérer que c'était plus que ça.

Alors, quand son genou a touché le mien (sûrement par accident), je me suis posé la question. Quand son petit doigt a effleuré le mien, je me suis posé la question. Quand il a regardé dans ma direction après avoir ri à un truc que Sadie venait de dire, je me suis posé la question. Je me suis demandé s'il y aurait jamais quelque chose de plus.

Vingt minutes plus tard, on a quitté le réfectoire, marchant derrière les jumeaux qui se poussaient en se chamaillant. Archer avait passé son bras sur mes épaules. Sûrement pour jouer la comédie. Pour rappeler aux autres Bronzes que je faisais vraiment partie du groupe. Mais mon cœur battait toujours douloureusement dans ma poitrine. Parce qu'à mesure que les jours passaient, j'en apprenais de plus en plus sur son compte. Pas des infos claires sur son passé ni ses désirs les plus profonds. Mais j'avais appris ce qui le faisait tiquer et ce qui le faisait rire. J'avais appris ce qu'il préférait prendre au petit-déjeuner et quel était son style de combat favori. J'avais tout appris à propos des expressions de son visage ; son sourire en coin quand il était amusé mais ne voulait pas le montrer ou ces fossettes qui apparaissaient quand il souriait pour de vrai, en commençant par celle de gauche. J'avais appris à faire la différence entre les moments où il était méchant et ceux où il se montrait juste d'une franchise brutale. J'ai appris à apprécier les rares moments où il baissait sa garde et s'amusait avec les jumeaux, ou quand il se moquait de moi, car j'avais l'impression qu'il commençait à m'apprécier. Et j'ai appris à reconnaître la vulnérabilité dans ses yeux, comme lorsqu'il s'était excusé la nuit dernière.

J'avais appris à le connaître dans une certaine mesure. Ce n'était plus un inconnu. Ce n'était pas non plus uniquement un monstre aux pouvoirs terrifiants. Certes, il avait toujours ces pouvoirs. Et j'avais toujours peur de ce qu'ils pouvaient me faire. Mais je commençais à percevoir les différentes couches de sa personnalité. Et à cause de ça, ça devenait vraiment difficile de ne pas réagir quand il me touchait, et me souriait, et agissait comme si… comme s'il m'aimait bien.

On a passé les portes, suivi le couloir, et tourné au coin. On a continué à marcher pour rejoindre la chambre de Sadie, de couloir en couloir. Et puis il n'y a plus eu que nous quatre. Archer a laissé retomber son bras. Il s'est décalé de deux pas, puis a accéléré pour rattraper les jumeaux. Il s'est retourné au dernier moment, me lançant un « Beau boulot, au fait ! Très convaincant ! » avant de se retourner vers ses amis.

Et il n'y a plus eu que moi.

Chapitre quatorze

Après quelques semaines sur l'Olympe, je pouvais affirmer avec assurance qu'avoir des gênes divins n'empêchait pas les hommes d'être des imbéciles. Je pensais au départ que si l'ichor dans leur sang rendait les Bronzes plus beaux et plus forts, il en faisait aussi et surtout des êtres plus intelligents et plus gentils. Eh bien, ce n'était pas vraiment le cas.

J'avais eu plein d'exemples pour corroborer ma théorie selon laquelle l'adage « les garçons seront toujours des garçons » était, malheureusement, valable partout. Le dernier en date avait lieu sous mes yeux.

Alors que Sadie abattait une autre de ses cartes (celle-là avait une Aphrodite souriante au milieu, sous un pique rose), elle m'a jeté un regard plein d'agacement. Au même moment, un grognement a résonné sur ma droite, et mon amie a levé les yeux au ciel, si haut que je me suis demandé s'ils allaient rester coincés.

— Douces étoiles, j'ai envie de le pousser du haut d'une falaise.

— Me tente pas. Je pourrais bien te filer un coup de main.

Pendant une seconde, j'ai cru que Sadie allait accepter mon offre de l'aider à assassiner notre voisin indésirable. Pour être honnête, je ne plaisantais qu'à moitié.

Juste au moment où nous avons toutes les deux décidé que le recours au meurtre était un peu trop drastique, Gym Bro a grogné de nouveau à côté de nous, et j'ai dû retenir un cri de frustration. Peut-être que le meurtre était la meilleure solution dans le cas présent.

Vous voyez, Sadie et moi avions décidé de conclure notre journée productive d'entraînement avec un petit après-midi détente à se dorer au soleil et à jouer aux cartes. Alors, nous en étions rendues là, allongées sur des serviettes moelleuses sur la colline verdoyante, essayant de nous détendre entre amies, quand Gym Bro avait débarqué.

Je n'avais aucune idée de comment il s'appelait, mais je l'avais déjà vu dans le mess. Le Bronze n'était pas si grand, faisant sans doute à peu près la même taille que Sadie, mais il était bâti comme un mur de briques. Je ne savais pas trop qui était son ancêtre divin, mais j'aurais parié sur Arès ou Héphaïstos. Dans tous les cas, le gars était effroyablement musclé, et il le savait.

Alors maintenant, imaginez-vous la scène. Sadie et moi étions allongées là, essayant de passer un bon moment dans un silence confortable et amical. L'espace autour de nous était, par bonheur, désert. Et voilà que Gym Bro était arrivé, choisissant de faire son entraînement au poids du corps juste à côté de nous. Il était si proche qu'on pouvait compter ses lourdes respirations et voir la sueur sur son front.

Aucun savoir-vivre.

Nous étions donc maintenant soumises à sa présence, à ses grognements entre deux répétitions et aux regards séducteurs qu'il nous lançait. Je ne savais pas si le mec espérait être subtil ou sexy, mais il n'était ni l'un ni l'autre.

Le mec était un red flag sur pattes avec un égo aussi gros que l'Olympe lui-même. Comment je le savais ? C'était très simple : Gym Bro en était actuellement à sa douzième série de pompes avec applaudissement et s'assurait de gonfler chacun de ses groupes de muscles après chaque série.

Sadie et moi avions décidé de commencer une partie de cartes, parce que les bains de soleil nécessitaient le silence et une paix d'esprit relative, mais même les explications de Sadie sur les règles ne parvenaient pas à noyer les bruits que Gym Bro n'arrêtait pas d'émettre à notre intention.

Un nouveau grognement suivi d'un applaudissement retentissant, et Sadie a posé ses cartes sur la table. Elle en avait assez ; ça se voyait sur son visage.

Au moment où Gym Bro a fini sa dernière pompe, elle s'est tournée vers lui.

— Elle était bien cette série, James ? a-t-elle demandé avec un regard inquiet.

J'ai dû me mordre l'intérieur de la joue pour m'empêcher de sourire quand Gym Bro, ou plutôt James, lui a jeté un regard alarmé. Je pouvais presque voir les rouages de son esprit tourner en se demandant s'il avait mal fait une pompe ou si sa position était vraiment mauvaise. On voyait très clairement la panique dans ses yeux.

— Euh, oui ?

— Ah, OK, non rien alors. Beau travail, mon chou.

Ensuite, après avoir levé les pouces avec un sourire bienveillant, elle a reporté son attention sur notre partie. Son sourire était devenu un sourire en coin satisfait et j'ai été aux premières loges pour voir le moment où la confiance de Gym Bro (il méritait son surnom) s'est complètement effondrée. Voir ses joues rosir et comment il s'est levé et sauvé comme si quelqu'un était à ses trousses a été magnifique.

Aussitôt qu'il a été hors de portée de voix, j'ai laissé éclater le rire que je retenais. Je n'avais jamais vu un homme adulte remettre toute son existence et son sex appeal en question à cause de deux petites phrases.

— Bonnes étoiles, ça m'a fait du bien !

— Oui, hein ? C'était incroyable ! J'aimerais être une mouche sur le mur de sa chambre quand il y retournera. Pour voir combien de temps il passe devant son miroir pour se convaincre qu'il est toujours beau et fort.

J'ai même dû essuyer une larme, tellement je riais.

— Ça marche toujours.

— Tu fais ça souvent ? Lâcher une bombe sur l'égo des hommes avec un sourire ?

Sadie a souri avec regret et honnêtement, j'aimais découvrir cet aspect de sa personnalité.

— Oui, j'aime trop contrarier les hommes pour mon propre bien. Selon le contexte, j'ai des dizaines de répliques toutes prêtes, mais ma préférée, c'est de leur demander s'ils ont besoin que je les aide à ouvrir ou à porter quelque chose pour eux ; quelque chose de petit, comme une bouteille ou un livre. Ensuite, quand ils s'énervent, j'aime bien continuer avec un petit : « Tu as l'air de ressentir beaucoup d'émotions en ce moment. Respire, chéri. » Ça marche du tonnerre.

— T'es violente, Sadie.

— Et j'en suis fière.

On s'est tapé dans la main et ça faisait du bien d'avoir l'impression d'être deux filles ordinaires rigolant des conneries d'un mec bizarre.

Ensuite, Sadie s'est lancée dans une histoire à propos de leur enfance, à elle et Søren ; la manie qu'il avait de toujours vouloir traîner avec les gars les plus bizarres, qui se comportaient comme s'ils étaient des cadeaux envoyés aux femmes par les dieux. On a passé le reste de cette fin d'après-midi à rire en échangeant des histoires à propos de notre adolescence et de combien les garçons (et les hommes) pouvaient être énervants.

De retour dans ma chambre, je me sentais rafraîchie. C'était bon d'avoir une amie ici.

Chapitre quinze

J'étais sur une corde raide. Haut dans le ciel. Si haut que le sol paraissait minuscule. Tellement, tellement minuscule.

La corde était longue. Elle faisait trente mètres de long. Peut-être plus. Et j'étais pile au milieu. La corde était dangereuse, principalement en raison du vent. Et le vent était sacrément fort, comme s'il soufflait exprès pour me faire perdre l'équilibre. Et tomber. Et mourir.

Je n'avais aucune idée de comment j'avais atterri ici. Je n'étais pas funambule. Certes, je me débrouillais super bien sur une poutre. Mais une corde raide ? Aussi haut au-dessus du sol ? Et sans corde de sécurité, en plus. Non, je n'avais pas pu me retrouver sur cette chose de mon plein gré. Mon instinct de survie était trop fort pour ça.

Une idée me trottait dans la tête. Il y avait quelque chose dont je devais me souvenir. Quelque chose que je devais me rappeler à moi-même. Quelque chose d'important.

Une puissante rafale de vent a fait se balancer la corde vers la droite. Seuls des réflexes rapides et des années à perfectionner mon sens de l'équilibre m'ont sauvée d'une chute mortelle. Mon cœur a battu très fort tandis que je me tenais là, les genoux fléchis, les yeux rivés sur l'horizon et les bras tendus pour retrouver l'équilibre. Je n'allais pas pouvoir rester là. Et il y avait peu de chance que j'atteigne l'autre bout de la corde. Mais il y avait plus de chance que je m'en sorte si je me mettais à marcher, alors je l'ai fait.

Pas à pas, j'ai avancé. Le pied gauche d'abord, le droit ensuite. Gauche. Droite. Gauche. J'ai maintenu la cadence, priant le dieu de la chance (Y avait-il un dieu de la chance ? Ou une déesse de la chance ?) de me laisser la vie sauve.

Sauf que la divinité de la chance n'avait pas l'air de vouloir m'aider, car la rafale suivante a fait trembler la corde si fort que je n'ai rien pu faire. Je suis tombée. Et la chute m'a semblé infinie, comme si je n'allais jamais atteindre le sol. La panique est montée, vite et fort. Je devais faire quelque chose. Je ne pouvais pas simplement rester là à attendre de m'écraser sur le sol et de mourir. Je ne pouvais pas abandonner. Je ne pouvais-

Concentre-toi sur ma main. Je ne te lâcherai pas.

Concentre-toi sur ma main. Je ne te lâcherai pas.

Concentre-toi sur ma main. Je ne te lâcherai pas.

Concentre-toi sur ma main.

J'entendais en boucle la voix de Sadie dans ma tête, comme un écho. J'avais un endroit où retourner ; quelqu'un qui m'attendait. Je me suis concentrée sur ma main, essayant de sentir quelque chose. Il n'y avait rien. Rien du tout. Mais je n'ai pas paniqué, car je savais, au fond de mon cœur, que Sadie m'attendait toujours.

Alors que le vent hurlait à mes oreilles et que le sol se rapprochait de plus en plus, mon esprit s'est accroché à un souvenir d'Archer qui me demandait de construire un mur. Ce n'était pas réel. C'était juste une hallucination. Peu importe combien ça avait l'air vrai, il n'allait rien m'arriver.

Fermant les yeux, j'ai tout bloqué ; le vent, la sensation de chute, la peur. J'ai tout bloqué, et mis toutes ces émotions et ces sensations derrière un mur. J'ai construit ce mur comme une véritable forteresse, de sorte qu'il soit si haut et si épais que rien ne pourrait le traverser. J'ai repoussé tout ce que j'avais vu et ressenti ces dernières minutes derrière le mur, et ensuite, dans le vide qui est resté, j'ai cherché ce que mon corps sentait pour de vrai. La douceur des draps de Sadie sous mes jambes croisées. La douce odeur fruitée du parfum qu'elle portait tous les jours. Le bruit lointain de quelqu'un qui claquait une porte dans le couloir.

J'ai ouvert les yeux et j'étais de retour sur le lit, faisant face à trois Bronzes très surpris. Et moi ? Eh bien, j'étais sacrément fière de moi. J'avais réussi. J'étais parvenue à sortir de l'hallucination d'Archer sans l'aide d'aucun ancrage. Toute seule.

— T'as tout déchiré !

Søren a sauté sur ses pieds et levé une main pour me faire un high-five. J'ai tapé dans sa main en riant, toujours sous le coup de l'adrénaline. Et ç'aurait été mentir de dire que je n'appréciais pas l'explosion de joie de Søren. C'était tellement bon d'être celle qui faisait quelque chose d'impressionnant, pour une fois.

— Félicitations, Kalani ! C'est une grande victoire !

Sadie m'a offert un sourire chaleureux et a posé une main sur mon épaule.

J'ai remercié les jumeaux, ma poitrine se réchauffant. Après des semaines à avoir l'impression d'être nulle, réussir quelque chose était libérateur. Et c'était génial de voir la fierté sur le visage de mes amis.

Pour une raison que j'ignore, mes yeux ont échappé à mon contrôle et sont allés à la rencontre de ceux d'Archer. Je n'avais pas besoin de son réconfort ou de son approbation. Je savais que j'avais géré. Ce qu'il pensait n'avait pas d'importance. Du tout.

— Tu as joué avec le feu ; j'étais sur le point de te ramener. Mais… oui, c'était pas mal.

Je voyais bien qu'il essayait de rester impassible, mais l'un des coins de sa bouche est très légèrement remonté.

— Qu'est-ce que ça fait d'être battu par une humaine, hein, mon gars ? l'a taquiné Søren avant de le bousculer d'un air joueur, jusqu'à ce que ça tourne à la bagarre.

Sadie a soupiré affectueusement en regardant les deux gars jouer à se battre sur le sol et s'est assise à côté de moi.

— Tu peux être fière de toi. C'était quasiment une grande déclaration de succès, venant d'Archer.

— Bien sûr, ai-je ri.

On savait tous qu'Archer ne faisait pas de compliments à la légère. « Pas mal », dans sa bouche, équivalait souvent à « impressionnant » chez la plupart des gens.

— C'est grâce à toi, par contre. Je savais que tu étais avec moi, même si je ne sentais pas ta main. Ça m'a beaucoup aidée.

Son regard s'est adouci. Un sourire a éclairé tout son visage, plissant ses yeux et réhaussant ses joues. C'était toute la beauté de Sadie ; elle ressentait et montrait pleinement ses émotions. Elle ne se retenait jamais. Ça me donnait envie de montrer, moi aussi, que j'étais heureuse et rassurée. J'ai donc relâché mes épaules nouées, respiré profondément, et me suis autorisée à savourer pleinement cette victoire.

Les épées ont résonné si fort l'une dans l'autre que j'en ai senti les vibrations dans tout mon bras. Mais j'ai tenu bon. La lame était toujours dans ma main, et je n'étais pas tombée. C'était déjà une victoire en soi.

Søren m'a souri à regret, manifestement ravi que je commence à devenir une adversaire digne de ce nom. Je lui ai lancé un regard de défi en réponse. Il n'allait pas reculer, et moi non plus.

Le bras me picotant toujours à la suite du choc, je me suis remise en position juste à temps pour parer un nouvel assaut de Søren. J'ai bloqué son coup et bondi en arrière, tentant d'enfin prendre une respiration complète. Le Bronze ne m'a pas laissé une seconde pour souffler, cependant. Il m'a acculée, avançant pas à pas, m'obligeant à battre en retraite et à rester sur la défensive. Je savais que je devais mettre fin à cette série défensive. Voyant que Søren s'habituait un peu trop au schéma répétitif de notre combat, j'ai feinté sur la gauche avant de me glisser sur la droite et d'avancer pour porter un coup. La pointe de ma lame a effleuré le flanc de Søren, trouant son t-shirt. Le Bronze blond a pivoté vers l'avant et s'est avancé pour me frapper. J'ai bondi en arrière pour me remettre en garde, parvenant tout juste à parer son coup avec ma lame.

— Déjà fatiguée, bébé ?

— Qu'est-ce que je t'ai déjà dit, Søren ? Ta drague ne fonctionne pas. T'es pas mon type.

Je lui ai soufflé un baiser pile au moment où je faisais une fente pour l'érafler à la cuisse antérieure. Il a bloqué mon coup, mais j'ai laissé filer, laissant ma lame glisser contre la mienne sans en changer la trajectoire, et ai vu une ouverture pour faire une petite technique que Sadie m'avait enseignée. J'ai bondi en arrière, faisant semblant de m'effacer dans une position défensive, mais ai immédiatement fait une fente en avant à la place, pointant mon bras armé et touchant Søren au bras. Un mince filet de sang à la couleur dorée a coulé le long de son bras.

Putain de merde.

— Et le vainqueur est Kalani… Mayfield ! s'est exclamée Sadie, imitant une présentatrice de combats d'arts martiaux.

Je m'attendais presque à ce qu'elle brandisse mon bras en l'air et qu'une fille à moitié nue apparaisse pour me faire revêtir une énorme ceinture. Tout ce qui s'est passé, c'est qu'un groupe de Bronzes à l'autre bout de la Fosse s'est tourné pour nous toiser.

— Bon sang, K. (Søren a rapidement essuyé le sang sur son triceps.) Je me sens blessé dans ma masculinité.

Cependant, vu la moue qu'il faisait, j'étais sûre qu'il allait bien. Je savais qu'il s'était bien battu mais n'avait pas donné son maximum. Moi, j'avais donné mon maximum. Et encore plus que ça.

J'ai posé mon épée à côté de ma serviette et attrapé ma bouteille d'eau. Ici, la météo était toujours celle d'un agréable printemps tardif ou d'un début d'été (rien que le meilleur pour les divinités), mais aujourd'hui, la brise avait été un tout petit peu trop chaude. C'était l'une des choses qui me surprenaient toujours ici ; deux semaines et demie sur le mont Olympe et pas une seule goutte de pluie en vue. Et pourtant, les fleurs, les arbres et l'herbe étaient verts, luxuriants et d'une perfection digne d'un magazine. Ils le devaient sûrement à Déméter ou à la déesse des fleurs (Thalie, si ma mémoire était bonne). Pas que j'adorais la pluie, mais comment pouvait-on apprécier les journées ensoleillées si on n'avait jamais droit aux nuages ?

Une ombre est passée au-dessus de moi, et j'ai levé les yeux pour découvrir Archer en train de me dévisager. Bras croisés sur la poitrine, jambes écartées et campé sur ses appuis, il avait l'air aussi inflexible qu'une statue grecque antique.

— Alors ?

— Alors quoi ?

J'ai posé mes mains sur mes hanches, essayant toujours de reprendre mon souffle mais voulant rester dressée de toute ma hauteur. J'étais déjà suffisamment petite comme ça, je n'allais pas en rajouter.

— Alors, que penses-tu de ta performance ?

J'avais l'impression de me retrouver en face de mon prof de gym au lycée et en club.

— Eh ben je pense que je m'en suis pas trop mal tirée. J'ai réagi plus vite que d'habitude pour bloquer les attaques de Søren et j'ai réussi à voir quand il laissait des failles dans sa défense. Mais je pense qu'il y a encore beaucoup de choses sur lesquelles il faut que je travaille. Mon jeu de jambes n'était pas toujours assez rapide et j'ai failli tomber plusieurs fois.

Archer a doucement hoché la tête.

— Bien.

— C'est tout ? « Bien » ? C'est tout ce que tu as à dire sur mon combat ?

— Non, c'est tout ce que j'ai à dire sur ton analyse.

Un rire m'a échappé ; évidemment qu'Archer allait dire ça. Je n'aurais pas dû en attendre moins de sa part.

— Mais je dois dire... (Il a haussé un sourcil, ses yeux me parcourant lentement des pieds à la tête.) que tu t'es bien débrouillée.

Puis il s'est retourné et est parti voir Søren.

— Archer ! ai-je crié pour attirer son attention.

Il s'est retourné et j'ai croisé les bras sur ma poitrine avec un air de défi.

— Un jour, je vais tellement gérer que tu seras obligé de me dire que j'ai été impressionnante.

— J'ai hâte, Mayfield. J'ai hâte.

Chapitre seize

J'étais en train de rêver. Je savais que j'étais en train de rêver pour deux raisons. Premièrement, je n'étais pas courbaturée. C'était un indice indubitable ; j'avais toujours des courbatures ces derniers jours. Et deuxièmement, Archer me souriait. Sans se moquer ni être arrogant. Non, il me souriait pour de vrai, avec ses deux fossettes qui ressortaient et ses dents blanches et brillantes visibles. Il n'y avait personne aux alentours ; rien que nous deux. Et je n'avais jamais vu ce sourire m'être adressé.

C'était forcément un rêve.

Mais je ne me suis pas pincée. Je ne voulais pas me réveiller. Je ne voulais pas revenir à une réalité dans laquelle Archer me regardait à peine, hormis dans les moments où on faisait semblant d'être amoureux. Je savais que c'était stupide d'espérer plus, mais ce rêve alimentait tous les désirs que je développais sans pouvoir les contenir.

— Tu viens, Mayfield ?

Sa voix était sexy, et la manière dont il avait dit mon nom… Bons dieux, ç'aurait dû être illégal d'avoir l'air si sensuel.

Je n'avais aucune idée d'où on allait, mais je n'ai pas hésité un instant avant de placer ma main dans la sienne. Il a gentiment entrelacé nos doigts. Il a brièvement serré ma main. J'ai serré la sienne en retour. Et puis on a commencé à marcher ensemble.

J'ai regardé autour de moi pour la première fois et ai vu qu'on était dans un beau jardin. On était sur un chemin de pierres blanches plates, longé des deux côtés par des buissons luxuriants couverts de fleurs fraîches roses, blanches et dorées. À quelques mètres se trouvaient des arbres couverts de fruits charnus. De petites lumières voletaient dans le jardin, seule source de lumière autre que la lune.

— Ce sont des faes, m'a expliqué Archer, ayant remarqué ma fascination pour ces lumières mouvantes. Elles sont petites mais puissantes, mais si tu ne les déranges pas, elles ne te feront rien.

— C'est si beau, ici.

— Oui, c'est vraiment beau.

Sauf qu'il me regardait moi, et non le jardin. En temps normal, j'aurais ri de cette réplique cucul. Mais c'était agréable d'être seule avec lui dans un endroit féérique. Ça avait l'air… sincère.

— Pourquoi on est là, Archer ?

Il a continué à me tirer vers un belvédère charmant, qui ressemblait à celui où Edward et Bella partagent leur première danse dans ce film de vampires. On a monté les marches lentement, jusqu'à atteindre le centre du pavillon. Il y avait des guirlandes de fleurs partout et la lumière argentée de la lune donnait au lieu un air éthéré.

Archer m'a fait tourner sur moi-même plusieurs fois, m'arrachant un rire. J'aimais ce côté libre et détendu chez lui. Ensuite, il m'a attirée plus près de lui. Assez près pour que ma poitrine effleure la sienne quand je respirais trop profondément. Une main s'est posée sur ma hanche, l'autre dans ma nuque. Me sentant plus d'audace que je n'en avais d'habitude avec lui, j'ai passé mes bras autour de sa taille ; il était bien trop grand pour que je puisse confortablement atteindre son cou.

— J'avais envie de passer un peu de bon temps avec toi. (Il m'a embrassée sur le front.) Pourquoi as-tu l'air si surprise ?

Pourquoi étais-je si surprise ? Parce qu'il n'avait généralement pas l'air de vouloir passer plus de temps avec moi que nécessaire. Et je savais que mon esprit me jouait des tours, donnant vie à une chose que j'espérais secrètement. Une chose que j'essayais de nier depuis un moment.

J'étais attirée par Archer ; plus que je n'aurais dû. Plus qu'il n'était sain, sachant qu'il n'y aurait jamais rien entre nous. Il était le roi des petits-enfants des dieux, et moi, j'étais une fille normale.

Mais même en sachant tout ça, je n'étais pas contre l'idée de m'autoriser à rêver. Rien qu'une fois. Rien que cette nuit. Après ça, j'allais me remettre à enterrer tous ces sentiments indésirables sous la montagne, qui ne cessait de grandir, des raisons pour lesquelles entretenir ces pensées était une très mauvaise idée.

— Rien. Je suis simplement heureuse d'être là. Avec toi.

J'ai levé les yeux pour trouver ceux d'Archer. Ils étaient d'un bleu plus sombre que d'ordinaire, probablement à cause de la faible luminosité. C'était comme plonger son regard dans les profondeurs de l'océan ; j'aurais pu m'y noyer.

Il m'a souri doucement, avec tant d'affection que mon cœur a saigné. J'ai dû baisser les yeux pour contenir mes émotions. Au lieu de ça, je me suis rapprochée et ai posé ma tête contre son torse. Les battements de son cœur (calmes et stables, comme lui) étaient apaisants à mes oreilles.

— Tout va bien, Mayfield. On est ensemble. Rien ne peut t'atteindre ici.

J'aurais aimé que ce soit vrai. J'aurais voulu pouvoir rester là, dans ce rêve, pour toujours. Mais toutes les inquiétudes qui m'empoisonnaient quand j'étais éveillée me poursuivaient jusqu'ici.

— Danse avec moi, a murmuré Archer à mon oreille.

J'ai hoché la tête, même si je ne savais pas danser du tout. Je n'avais jamais été une grande fêtarde ; la gym, le travail scolaire, mes boulots et m'occuper de Makaio ne m'avaient jamais laissé le temps de faire la fête toute la nuit. Et je n'avais jamais eu de petits-amis qui aimaient danser le slow non plus. Mais ça me semblait être la meilleure chose à faire. On était dans un rêve, dans un jardin magnifique. Comment aurais-je pu mieux vivre mon rêve d'être avec Archer qu'en dansant un slow au clair de lune avec lui ?

— Mais il n'y a pas de musique.

— Je sais. (Je pouvais entendre l'amusement dans sa voix.) Ça ne fait rien. On peut inventer notre propre rythme. Si tu tombes, je te rattraperai.

Et puis il a commencé à me guider. On a tournoyé doucement, décrivant des cercles sous le belvédère. Au bout d'un moment, j'ai presque pu entendre une mélodie lente en fond. Mais ensuite, la musique s'est changée en murmures. Je n'ai pas bien saisi leur sens au départ, comme on tournait et tournait encore sur nous-mêmes. C'était mon nom. Qu'on répétait, encore et encore. Et on aurait dit la voix de mon frère.

De surprise, je me suis dégagée de la prise de mon partenaire de danse et me suis retournée pour fouiller la forêt des yeux. Tout à coup, ce n'était plus un endroit beau et paisible. Les faes avaient disparu, et la lumière de la lune avait l'air plus terne, incapable de disperser l'obscurité. Et maintenant, les murmures gagnaient en puissance, comme si des centaines de personnes se cachaient dans les ombres de la forêt. Un frisson m'a parcourue. Ça commençait à ressembler au début d'un cauchemar, et j'étais de plus en plus tentée d'essayer de m'échapper de cet endroit.

— Lani ! À l'aide !

J'ai tourné brusquement la tête vers ce qui semblait être mon petit frère. Et il était là, au milieu du chemin. Une silhouette haute et musclée se tenait derrière lui, tenant un couteau contre sa gorge, son autre main enserrant sa petite poitrine. Je ne voyais pas son visage, ni de quelconque signe distinctif, tout était enveloppé de ténèbres, mais je pouvais très clairement voir la terreur sur la figure de Makaio. Et elle reflétait celle qui me serrait le cœur.

— Lani, je t'en prie ! Sauve-moi !

Je pouvais voir des larmes briller sur son visage, le long de ses joues potelées. Et j'ai commencé à avancer, cherchant désespérément à l'atteindre. À tout arranger.

— Un pas de plus et je le tue.

Je n'ai pas reconnu la voix. Je ne savais même pas s'il s'agissait d'un homme ou d'une femme. Mais j'ai bien senti qu'elle était sérieuse. Je me suis arrêtée net, dix mètres seulement me séparant de mon frère. Sa petite main a bougé très légèrement, comme pour essayer de m'atteindre.

— Tout va bien, mon grand. Je suis là. Il ne va rien t'arriver.

J'ai essayé d'avoir l'air confiante et rassurante. Cependant, je pouvais voir à la panique dans les yeux de Makaio qu'il ne s'y trompait pas.

— Qu'est-ce que vous voulez ? ai-je demandé à l'agresseur.

J'ai fait un rapide état des lieux de la situation. Nous nous trouvions dans un endroit qui m'était inconnu. Je n'avais aucune arme et aucune idée de si nous étions seuls ou non. Et la personne qui tenait mon frère en otage était à la fois plus grande et plus forte que moi. Je n'avais aucune marge de manœuvre, aucune information ni aucun moyen de pression pour prendre l'avantage.

Je n'avais rien.

Absolument rien.

Et la vie de mon frère était en jeu.

— Tu n'as rien à faire parmi nous. Tu n'es qu'une sale humaine déméritante. Et tu n'aurais jamais dû être autorisée à poser le pied sur la terre des dieux. Tu dois payer pour ton hubris.

La personne était en colère. Je l'ai entendu à la manière dont elle a presque craché le mot « humaine ». Et je ne connaissais que trop bien la manière dont la haine pouvait pousser les gens à faire des choses terribles. Makaio ne devait pas devenir la victime collatérale d'un tel crime haineux. Je n'allais pas le permettre.

Le couteau a appuyé sur le cou de mon frère. Une goutte de sang a perlé le long de sa peau. Il a crié.

— S'il vous plaît, ne faites pas de mal à mon frère. Il n'a que neuf ans, il n'a rien fait de mal. Je ferai tout ce que vous voulez. Mais s'il vous plaît, relâchez-le.

Ma voix s'est brisée sur la fin. Je détestais voir mon frère dans une telle détresse. J'avais déjà failli envers lui en n'étant pas capable de lui revenir des semaines plus tôt. Je n'allais pas faillir à nouveau.

— Quelqu'un doit mourir. Si ce n'est pas lui, alors ce sera toi.

La voix était venue de derrière moi. Je me suis retournée, prête à affronter le nouvel attaquant. La vue de son visage m'a complètement prise par surprise. Archer. Ses yeux étaient entièrement noirs et ne contenaient aucune trace de l'affection de tout à l'heure. Il me regardait comme si j'étais une ennemie sur un champ de bataille.

— Arch-

Je n'ai pas eu le temps d'essayer de lui parler, car il s'est déplacé, et un couteau a plongé dans mon abdomen. C'était son couteau. Son visage était au-dessus du mien quand la douleur m'a frappée comme un tsunami. Son corps était au-dessus du mien quand j'ai glissé jusqu'au sol. Ses yeux étaient brûlants de haine quand j'ai perdu connaissance.

J'ai hoqueté, ouvrant les yeux sur une obscurité complète. La panique m'a envahie et mes mains ont volé jusqu'à mon ventre, essayant de contenir l'hémorragie. Sauf qu'il n'y avait pas de couteau. Pas de blessure. Pas de sang.

Un rêve. Ça n'avait été qu'un rêve.

Mon corps n'avait pas encore reçu le message. Mon rythme cardiaque s'était emballé et j'avais transpiré à travers le t-shirt que j'avais enfilé pour dormir. Ça avait eu l'air si réel. Au début, j'avais su que c'était un rêve, mais quand Makaio était apparu, toute conscience que ce n'était pas la réalité avait disparu.

J'aurais voulu avoir un moyen de parler à Makaio. Un moyen de voir son visage et d'entendre sa voix, sans qu'elle contienne de terreur. J'aurais juste voulu le serrer dans mes bras encore une fois. Juste une.

Des larmes me sont montées aux yeux, à cause de toutes les émotions qui venaient de me traverser et de la perte que j'avais fait de mon mieux pour ignorer durant les trois semaines précédentes. J'ai tâtonné pour trouver la table de chevet et attraper mon téléphone sans allumer la lumière. Je l'avais éteint le premier jour parce qu'il n'y avait pas de réseau dans cet endroit et que j'avais voulu conserver ma batterie pour un jour où j'aurais désespérément besoin d'un lien avec ma vie normale. Ce jour était arrivé.

J'ai allumé mon téléphone, attendant nerveusement que l'écran d'accueil apparaisse. Ouvrant l'application photo, j'ai dû faire défiler de nombreuses photos de notes prises en cours avant de trouver un selfie de Makaio et moi. Il portait tout son attirail de skate, sa planche rayée sous le bras. Je l'avais emmené à un skate-park plus grand, à près d'une heure de chez nous. Il était si heureux, ce jour-là. Je l'avais encouragé alors qu'il s'entraînait à faire ses tricks, et on avait mangé des sandwichs et bu du Coca, assis en haut de la rampe. Je me souvenais encore du grand sourire de mon frère ; il était resté accroché à son visage toute la journée.

J'avais l'impression que tout ça m'était arrivé dans une autre vie.

Sur la photo suivante, Makaio avait de la farine plein sa petite figure. J'ai mis une seconde à me souvenir de quand elle datait. Il me demandait un gâteau au chocolat depuis un moment, alors j'avais acheté tout ce qu'il fallait pour qu'on puisse en faire un ensemble. Ça avait été un sacré boulot par rapport aux préparations en sachets, mais on s'était tellement bien amusés. Évidemment, on avait fini sur une petite bataille de farine et passé l'heure suivante à essayer de tout nettoyer avant que maman ne rentre. Ça avait été un si bel après-midi.

J'ai fait défiler des photos de Makaio pendant un moment, je ne sais pas combien de temps exactement. Certaines m'ont fait sourire ; d'autres m'ont presque fait éclater en sanglots. Il me manquait tellement. Les petits frères pouvaient être incroyablement énervants, mais les perdre, c'était comme perdre l'usage d'un membre. Cependant, le voir sourire sur ces photos et me souvenir des bons moments m'aidait à arrêter de penser à cette vision de lui avec un couteau sous la gorge.

Quand est apparue une notification selon laquelle mon téléphone n'avait plus que 20 % de batterie, je me suis forcée à l'éteindre. Je devais conserver le peu de batterie qu'il me restait ; malheureusement, le mont Olympe n'avait pas de technologie terrienne, et donc pas de chargeurs. J'avais besoin de cette batterie au cas où j'aurais à nouveau besoin de soutien émotionnel. Ce qui serait probablement le cas.

Plutôt que de me torturer l'esprit dans mon lit, j'ai décidé d'aller faire quelques figures dans la Fosse. Ça m'avait aidée la dernière fois ; peut-être que ça allait aussi m'aider aujourd'hui.

Je me suis changée, fouillant dans les vêtements pour dénicher l'un des shorts qui étaient à peu près à ma taille. (Sadie était tellement plus grande que moi.) Puis je me suis retrouvée dehors, à marcher dans les couloirs sombres et silencieux en direction de la Fosse. Le complexe d'entraînement était un peu effrayant la nuit, en particulier après le cauchemar que je venais de faire. J'ai marché un peu plus vite que d'ordinaire, les oreilles aux aguets pour pouvoir détecter de quelconques bruits inhabituels. Mais j'ai atteint la Fosse et rien ne m'était arrivé, pas de bruits bizarres ni d'ombres étranges à signaler.

Il y avait de la magie dans la Fosse, comme dans la plupart des endroits ici : dès que j'ai posé le pied dans l'arène, les torches sur les murs se sont allumées pour éclairer l'espace. Au-dessus, le ciel était noir comme de l'encre, rempli d'innombrables étoiles scintillantes. Je n'avais jamais vu autant d'étoiles avant de venir ici. Les villes animées de Californie n'étaient pas les endroits les plus indiqués pour les observer. Sans compter tout le reste, je devais admettre que je n'avais jamais vu de lieu aussi beau que le mont Olympe. Ç'aurait été une super destination de vacances, s'il n'y avait pas eu les Bronzes et les divinités meurtriers.

J'ai commencé mon échauffement, essayant de me remettre dans le bain. Ce soir, ça a été plus difficile que d'habitude. Mon esprit revenait sans cesse à mon rêve. Ou à mon cauchemar. Peu importe. Ma partenaire de laboratoire en cours d'anatomie de l'année dernière, Sammy, était à fond dans les théories sur le subconscient et l'interprétation des rêves. Elle disait toujours que nos rêves révélaient nos désirs et nos peurs les plus profonds. Si vous faisiez un cauchemar dans lequel vous vous noyiez, vous étiez sûrement terrifié par l'eau ou l'idée de perdre le contrôle sur votre environnement, que vous en soyez conscient ou non. Ce que je voulais dire, c'était que si je décidais de la croire, j'étais vraiment dans la merde. Sammy aurait dit que je désirais Archer avec la force du désespoir et qu'en même temps, j'étais terrifiée à l'idée qu'il puisse me poignarder dans le dos et me tuer, en plus d'être terrifiée à l'idée que je puisse blesser mon frère.

Ouais, Kalani Mayfield ou comment avoir une dichotomie intérieure.

J'ai essayé de me vider la tête pendant mes étirements, mais je ne me sentais toujours pas très bien. Je n'arrivais à me sortir de la tête ni les appels désespérés de mon frère, ni le regard assassin d'Archer. Et je n'arrêtais pas de me demander si j'avais eu raison ou non de décider de placer ma confiance en Archer et les jumeaux. Est-ce que je fonçais droit dans un mur ? Est-ce que ce n'était qu'un jeu pour eux, un petit délire qu'ils se tapaient avant de me poignarder dans le dos et de se débarrasser de moi juste avant le début du Tournoi ? Étais-je un jouet à leurs yeux ?

Et une fois que la graine du doute était plantée, il n'y avait plus moyen de la déraciner. Les minutes sont passées, les heures peut-être, et les doutes ont grandi et grandi jusqu'à ce que je me retrouve à tout remettre en question. Chacune des interactions que j'avais eues avec les trois Bronzes qui m'avaient offert leur aide. Chaque fois qu'on avait ri ou qu'on s'était amusés ensemble ; est-ce que ça avait été réel ? Avais-je été assez naïve et idiote pour ne pas me rendre compte qu'ils jouaient avec moi ?

Mais après tout, ce n'était qu'un rêve, non ? Je n'avais pas la moindre preuve qu'ils aient fait quelque chose de mal ou qu'ils me feraient quoi que ce soit à l'avenir. Tout était dans ma tête. Et je devenais folle à cause d'un rêve stupide qui prenait des proportions pas possibles. Moi qui étais d'habitude si logique et réaliste, voilà que maintenant, je devenais dingue à cause d'un rêve.

J'en ai eu marre de moi et du cycle sans fin de mes idées noires, alors j'ai tracé une ligne dans le sable avec ma chaussure. Je n'avais pas de poutre, alors une ligne allait devoir faire l'affaire. La poutre, c'était dur, mais ça m'avait toujours aidée à me recentrer. Alors, voilà tout.

Je me suis placée à une extrémité de la « poutre » et ai fermé les yeux. Je devais imaginer que j'étais à une compétition. J'ai respiré profondément plusieurs fois, m'ancrant dans le moment présent. Ça m'a pris un moment, mais je n'ai rouvert les yeux que quand j'ai senti que j'étais bien dedans. Que j'étais prête à m'abandonner totalement à mon sport.

J'ai fait le premier enchaînement qui m'est venu à l'esprit. Il datait du lycée, quand j'étais encore pleine de l'espoir que la gym allait m'emmener loin. Avant la blessure au genou qui m'avait coincée en rééducation si longtemps que tout le monde était passé à autre chose sans m'attendre.

Je m'en souvenais encore par cœur. Je l'ai effectué comme on chante une vieille chanson. C'était bon pour mon âme. Les sauts, les figures, les flips. Ça me faisait me sentir vivante, comme l'ancienne moi.

Quand j'ai arrêté, je me sentais mieux. Pas complètement bien. Mais pas trop mal. Mieux. Un peu moins angoissée par les implications potentielles de mon cauchemar.

Alors, j'ai recommencé. Et recommencé. Et recommencé. Jusqu'à ce que mes jambes tremblent d'épuisement et que je sois essoufflée. Jusqu'à ce que je me sente à nouveau moi-même. Ou aussi proche de l'être que possible. Parfois, j'avais l'impression d'avoir trop changé au cours des dernières semaines pour encore savoir qui j'étais vraiment.

— Ne serait-ce pas le petit agneau sans ses grands méchants gardes du corps ?

Je me suis retournée, surprise d'entendre autre chose que moi et le bruit du vent. Une femme se tenait à l'entrée de la Fosse, deux autres personnes dans l'ombre derrière elle. Elena. Et je devinais à leur corpulence que les deux ombres étaient Alexei et Nathan, tous deux adeptes des idées extrémistes d'Elena.

Elena arborait un sourire en coin. Pas un gentil sourire. Plutôt un sourire meurtrier et sadique.

— Il n'y a personne pour te protéger cette fois-ci, je me trompe ?

J'étais foutue.

Chapitre dix-sept

J e devais trouver un moyen d'éviter la catastrophe en approche. J'étais seule, avec trois Bronzes qui avaient passé les deux dernières semaines à se chauffer pour attaquer les participants les moins puissants du Tournoi. Faire semblant d'être avec Archer m'avait protégée jusqu'ici en me plaçant sous la protection de gens plus puissants qu'Elena et sa clique. Mais la nuit et l'isolement relatif pouvaient donner aux gens l'impression qu'ils étaient invincibles et intouchables.

L'obscurité rendait les gens plus courageux que d'habitude.

Ou, du moins, elle les rendait *eux* plus courageux que d'habitude. L'obscurité et moi, on n'avait jamais été très amies. Et j'étais bien consciente du déséquilibre des forces en présence et de combien les chances que je m'en sorte indemne étaient minces.

— Vous savez quoi, les gars ? Je vais juste retourner dans ma chambre, vous laisser à votre entraînement et tout ça, ai-je déclaré avec beaucoup trop d'enthousiasme.

J'ai attrapé ma bouteille d'eau et ai commencé à me diriger vers la sortie. Malheureusement, ça impliquait aussi de m'approcher d'eux. Mais j'espérais que mon offre de partir allait avorter toute tentative de violence à mon encontre.

Les deux sbires d'Elena sont sortis du couloir obscur et, effectivement, je me suis retrouvée face à Alexei et Nathan. Je ne savais pas trop ce que Nathan pouvait faire, mais je savais que la séduction d'Alexei ne serait pas une partie de plaisir. Avec en plus Elena qui était capable de se transformer en putain d'ours polaire, je n'étais pas trop sûre de mes chances.

Avec quelle force allais-je devoir crier à l'aide avant que quelqu'un ne vienne ?

— Non, je ne pense pas, chérie, a dit Alexei d'une voix traînante et faussement gentille.

Il me foutait les jetons. J'ai réprimé un frisson quand ses yeux ont parcouru mon corps des pieds à la tête.

— Écoutez, je ne veux pas d'ennuis.

J'ai légèrement levé les mains, d'un geste que je voulais apaisant. C'est ce qu'ils faisaient dans les séries policières quand ils essayaient d'arrêter le serial killer alors qu'il s'apprêtait à tuer sa dernière victime. Sauf qu'en général, il y avait d'autres policiers derrière eux, tenant le méchant en joue.

— Le truc, petite empathe, c'est que ta présence ici suffit. Tu es presque aussi impuissante qu'une mortelle. Tu mérites de rester dans la poussière avec eux, m'a craché Elena avec tant de dédain que j'ai presque pu en sentir le goût.

Apparemment, la haine et le racisme (« L'espècisme » ? Les humains et les Bronzes étaient-ils considérés comme deux espèces différentes ?) irraisonnés existaient dans tous les mondes.

Bon, ils avaient donc l'air de vouloir me faire du mal. Me faire payer le simple fait d'être là. C'était probablement le moment de sortir les seules armes dont je disposais.

— Vous voulez risquer de mettre Archer Vasilias en colère ? Ou les jumeaux Aska ? Parce que je pense pas qu'ils apprécieront le petit jeu auquel vous êtes en train de jouer.

J'ai essayé d'avoir l'air assurée. Je ne sais pas trop si j'ai réussi ou non. À mes mots, Nathan a semblé se figer, hésitant. Et Alexei ? Eh bien, je commençais à croire qu'il était surtout impliqué dans tout ça parce qu'il avait envie d'utiliser mon corps pour son plaisir. Génial.

Elena a effectué un 360 dramatique, caricaturant le fait de balayer les alentours du regard.

— Où sont-ils, cependant ? Pas ici, en tout cas. Il n'y a que toi et nous. Personne ne saura que c'était nous si on te tue maintenant. Pas même tes protecteurs adorés.

Un point pour elle.

Je devais vraiment arrêter de venir ici en plein milieu de la nuit. Je n'étais pas autant en sécurité que je le pensais. Archer et les jumeaux ne faisaient pas non plus aussi peur aux autres Bronzes qu'ils le pensaient. Au moins, quelques mauvaises estimations étaient rectifiées. C'était bon à savoir pour la prochaine fois, s'il y en avait une.

— On peut pas faire un deal ou quelque chose comme ça ? Je suis sûre qu'il y a quelque chose que vous voulez plus que me voir mourir. J'ai des amis importants ; je pourrais vous obtenir plein de choses.

Je tentais de me raccrocher à n'importe quoi et je le savais. Mais qu'aurais-je pu faire d'autre ?

— Merci, mais non. Je veux survivre à tout ça. Il est temps qu'on commence à se débarrasser de ceux qui ne méritent pas de survivre. Les gars !

Les deux gars ont commencé à avancer, la distance entre nous diminuant rapidement. Soudain, j'étais en train de reculer, me demandant comment j'allais bien pouvoir réussir à échapper à ce piège mortel.

Du coin de l'œil, j'ai analysé les sièges qui entouraient l'arène. J'allais devoir escalader un mur avant de pouvoir les atteindre. Et je n'étais jamais allée là-haut, alors j'ignorais où se trouvaient les sorties. Mais me lancer là-dedans à l'aveuglette valait probablement mieux que rester sur le sol où je n'avais aucun moyen de me défendre.

Gardant un œil sur les trois Bronzes extrémistes, j'ai attendu d'avoir suffisamment reculé pour être presque au centre de l'arène avant de m'élancer. J'ai lâché tout ce que je tenais (serviette, bouteille d'eau) et ai couru à toute vitesse vers le mur le plus proche. J'ai mis quelques secondes à l'atteindre (je n'avais jamais couru aussi vite) et ai immédiatement sauté pour attraper le haut du mur. Poussant mes omoplates en arrière, j'ai tiré aussi fort que j'ai pu sur mes grands muscles dorsaux pour me hisser jusqu'en haut. Ça m'a pris plus longtemps que d'habitude, à cause de ma prise bizarre et des pierres inégales sous mes doigts. Mais j'y suis parvenue juste au moment où les deux hommes atteignaient le mur à leur tour. Je me suis jetée par-dessus et me suis mise à courir aussitôt que mes pieds ont touché le sol à côté de la première rangée de sièges.

J'ai entendu les deux Bronzes s'élancer à ma poursuite. Leurs pas résonnaient derrière moi. Ils avaient les jambes bien plus longues que moi et couraient plutôt vite. Alors, j'ai commencé à monter aussi, serpentant entre les rangs. Mon plan de changer brusquement de direction a fonctionné pendant un moment, mais j'étais fatiguée. Je venais de passer plus d'une heure à m'entraîner ; tout mon corps était épuisé. Je n'allais pas être capable de maintenir ce rythme très longtemps.

J'apercevais ce qui ressemblait à un cadre de porte vide à l'extrémité de l'arène vers laquelle je me dirigeais. Ça pouvait le faire. Je devais juste l'atteindre. C'était tout ce que j'avais à faire.

Sauf que soudain, un gigantesque ours polaire escaladait le mur et venait se mettre en travers de mon chemin. Elena était entre moi et la porte ; mon salut potentiel.

Si je continuais, j'allais lui foncer droit dedans. Si je m'arrêtais, j'allais percuter ses deux copains derrière moi. C'était l'exemple parfait d'une situation où on devait choisir entre la peste et le choléra.

Dans un geste désespéré, j'ai escaladé les dizaines et les dizaines de rangs.

— Où est-ce que tu vas, chérie ? Il n'y a rien pour toi, là-haut ! Tu devrais redescendre, a appelé Alexei derrière moi. Je te promets que tu vas bien t'amuser.

Je n'avais pas envie de savoir ce que « bien m'amuser » voulait dire, surtout avec lui.

Bientôt, j'en étais à l'avant-avant-dernier rang. Puis à l'avant-dernier. Puis au dernier. Je pouvais entendre leurs bruits de pas se rapprocher de plus en plus, venant de la droite et de la gauche. Je n'avais nulle part ailleurs où aller. Nulle part où me cacher.

J'étais foutue.

Un petit mur entourait le périmètre extérieur. Il était à hauteur de taille. Assez bas pour voir le vide en-dessous. C'était beaucoup trop haut pour que je survive à la chute. Une voix dans ma tête m'a soufflé qu'il valait peut-être mieux tomber que découvrir ce que les trois Bronzes avaient prévu pour moi.

Une voix grave est venue de derrière moi, ressemblant à une version déformée de celle d'Elena.

— Alexei ! Utilise ton pouvoir, bon sang ! Rends-toi utile !

Merde. Merde, merde, merde. La panique est montée, et j'ai essayé de dresser le mur dans mon esprit. J'ai essayé de me rappeler les conseils d'Archer et ai fermé mon esprit à tout contrôle extérieur. Mais ma concentration était effilochée ; j'étais terrifiée et épuisée. C'était plus une clôture pleine de trous qu'un mur.

Et Alexei est passé droit au travers. Je pouvais le *sentir* dans mon esprit, sa présence mielleuse me donnant envie de vomir pendant un instant. Ensuite, tout a changé.

Je me suis retournée parce que je voulais le voir. J'avais besoin de le voir. Et quand mes yeux se sont posés sur son visage, je me suis sentie soulagée. Il était si beau. Si charmant. L'homme le plus parfait que j'avais jamais rencontré.

Je me suis instantanément éloignée du mur d'enceinte, me demandant pourquoi j'avais tant voulu m'enfuir. Il n'y avait aucune raison. Je voulais être aussi près d'Alexei que possible. Il était comme le soleil ; grand, d'une lueur radieuse, et m'attirant comme la force gravitationnelle la plus intense de l'univers.

Courant presque vers lui, j'ai crié son nom. Sourire éblouissant, dents parfaites, yeux dorés luisants ; je n'aurais jamais pu me rapprocher suffisamment. Tout à coup, j'étais pressée contre lui. J'étais vaguement consciente de la présence d'un ours polaire et d'un autre gars lambda à côté de nous, mais toute mon attention était concentrée sur Alexei. J'avais tellement de chance qu'il me regarde. J'aurais fait n'importe quoi pour lui.

— Te voilà, chérie. Je me suis inquiété pendant un instant, m'a-t-il susurré.

J'ai levé la tête, et nos yeux se sont croisés. La façon dont il me regardait, comme s'il avait envie de me dévorer toute entière, a fait accélérer les battements de mon cœur. J'ai senti le rouge me monter aux joues. Il a dû le voir, car il a eu un petit rire.

— Je vais très bien m'occuper de toi, petite fille.

Sa voix m'a donné des frissons. Et pour lui, je voulais être une très bonne fille. J'aurais fait tout ce qu'il me demandait, parce que je l'aimais. Et je voulais vraiment, *vraiment* lui faire plaisir.

J'ai vaguement entendu quelqu'un dire à Alexei de se dépêcher et d'en finir. Mon regard est resté fixé sur lui. Mon corps était attiré par le sien comme si on était des aimants aux polarités opposées : deux moitiés d'un tout.

Alexei m'a pris la main et m'a guidée pour redescendre jusque dans l'arène. Il a dit qu'on serait mieux installés en bas. Je n'étais pas sûre de savoir ce qu'il voulait dire, mais je n'allais pas poser de questions. Il me dirait tout ce que je devais savoir. J'avais confiance en lui. J'aurais fait n'importe quoi pour lui.

— Tu sais ce que je veux, là, maintenant, ma mignonne ?

— Qu'est-ce que c'est ? Qu'est-ce que je peux faire pour toi ?

J'avais une conscience aiguë de la proximité entre nos corps. Et j'attendais en retenant mon souffle qu'il me dise ce qu'il voulait. Je devais faire tout ce qu'il fallait pour lui faire plaisir.

Une caresse de la main d'Alexei est descendue le long de ma joue, de mon cou, jusqu'au bord de ma brassière de sport, légèrement visible sous mon débardeur.

— Je te veux, toi.

Je n'ai pas eu besoin de plus pour comprendre ce qu'il voulait dire. Et le soulagement m'a envahie parce que ça, je pouvais le lui donner. Je voulais me donner à lui. Il pouvait m'avoir tout entière s'il le voulait.

Alors que je commençais à enlever mon débardeur, j'ai entendu une voix masculine marmonner :

— Putain, on est vraiment obligés de supporter ça ? On peut pas juste se débarrasser d'elle ?

Et une voix féminine a répondu que ça allait si Alexei s'amusait pendant un petit moment, que ça ne ferait que parfaire le résultat final. Je ne savais pas trop ce qu'ils voulaient dire exactement. Mais je m'en fichais pas mal. Je voulais juste satisfaire mon soleil personnel.

Alexei a marmonné son approbation après que mon débardeur est tombé dans le sable, et j'ai souri de joie. Je faisais ce qu'il fallait. Sans parvenir à réprimer un sourire, je me suis penchée pour enlever mon short. Alors que je me redressais, Alexei a posé sa main sur mes fesses et les a pelotées.

— Bonne fille, m'a-t-il félicitée.

Et ça m'a rendue heureuse.

Avant que je ne commence à enlever ma brassière de sport, il m'a attirée dans ses bras et m'a embrassée. J'ai été honorée qu'il me choisisse pour un baiser et plus encore. Et j'ai fait de mon mieux pour le satisfaire en ouvrant la bouche et en laissant sa langue entrer. Il a eu l'air d'aimer ça, car un grondement sourd a résonné dans sa poitrine.

Sa main sur mes fesses s'est déplacée jusqu'à ce que ses doigts commencent à passer sous ma culotte, caressant ma peau nue. J'aurais déjà dû l'enlever. J'allais commencer à le faire quand une voix a retenti dans l'arène.

— Non mais qu'est-ce qui se passe, ici ?

Alexei a immédiatement retiré ses mains. J'ai gémi, assoiffée de son toucher, de lui. Mais alors, un instant après, mon désir pour le Bronze a disparu ; il s'est évanoui comme on aurait soufflé une bougie. Et, soudain, l'horreur de ce qui était en train de se passer m'a saisie. J'étais en culotte et en brassière de sport, et j'avais été sur le point de me faire violer puis tuer par trois Bronzes.

J'ai reculé de plusieurs pas, mon corps entier tremblant de manière incontrôlable. Je devais mettre de la distance entre moi et l'homme qui m'avait presque agressée. J'aurais voulu disparaître plutôt que de devoir affronter la honte d'avoir échoué à me protéger contre son pouvoir et tout ce qui s'était passé ensuite.

Devant déterminer si cette nouvelle voix était également une menace, j'ai bougé légèrement pour regarder dans la direction du nouveau venu. Je ne savais pas exactement qui je m'étais attendue à voir, mais ce n'était pas Hécate. Se tenant là dans une robe en cuir noir et une paire de talons hauts rouges à plateformes, elle avait l'air d'être en route pour une boîte de nuit.

— On ne faisait rien de mal, Maîtresse Hécate, a déclaré Alexei d'une voix qui tremblait légèrement. Kalani et moi étions simplement en train de nous amuser un peu.

— Vraiment ? Parce que, de mon point de vue, on aurait dit que tu utilisais tes pouvoirs pour agresser quelqu'un sexuellement.

Le visage parfait d'Hécate avait un air sombre. Sa voix était froide comme la glace. Elle était en colère. Et j'ai remercié les étoiles qu'elle le soit. Elle s'est avancée, me dépassant avant de s'arrêter bien en face d'Alexei.

— Je ne tolère *pas* les violeurs ici, qui que soient leurs parents et leurs grands-parents. Est-ce bien compris ?

Alexei a hoché la tête un peu trop vite. Je voyais bien qu'il voulait se donner un air assuré mais échouait lamentablement. Ses mains tremblaient, son visage avait perdu toutes ses couleurs et ses yeux étaient écarquillés de peur. J'ai ressenti une satisfaction malsaine à le voir effrayé. Il méritait de ressentir chaque once de la terreur que j'avais ressentie à sa merci et celle de ses amis.

— Bien. Alors, maintenant, tu vas présenter tes excuses à cette jeune femme. Et puis tu vas jurer sur ta vie de ne jamais plus agresser quelqu'un sexuellement.

Alexei a ouvert la bouche, sûrement pour protester, mais l'a immédiatement refermée face au regard glacial d'Hécate. À la place, il a tourné la tête vers moi. Sa pomme d'Adam est remontée quand il a dégluti nerveusement.

— Je suis désolé, Kalani. Je n'aurais pas dû me servir de toi comme ça. Ça n'arrivera plus.

Hécate a pouffé aux mots d'Alexei. Elle et moi savions que ces excuses étaient aussi réelles que le Père Noël. Avant qu'Alexei ne puisse dire ou faire quoi que ce soit d'autre, une dague s'est matérialisée dans la main d'Hécate et elle a entaillé l'avant-bras d'Alexei. Du sang cuivré a coulé le long de son bras. D'une main qu'on voyait trembler, il a enduit ses doigts de sang et a tendu la main. Hécate l'a serrée.

— Je jure sur mon sang et sur ma vie que je n'agresserai plus jamais de femmes.

— Ou tout autre être vivant, l'a corrigé Hécate.

— Ou tout autre être vivant.

De la sueur coulait sur son front à cause de tout ce stress. J'aurais voulu pouvoir le frapper pour ce qu'il avait fait et essayé de faire. Mais je voulais aussi rester loin de lui. Si je pouvais ne plus jamais recroiser son chemin, ce serait encore trop tôt.

— Et si tu agresses quelqu'un sexuellement, tu mourras dans d'atroces souffrances. Suis-je claire ?

Alexei a hoché la tête si vigoureusement que ça a dû lui faire mal au cou.

J'ai eu l'impression que les étoiles tournaient au-dessus de nos têtes. Elles se sont alignées pour former un symbole que je n'avais jamais vu, et une lumière éthérée venue du ciel a éclairé Alexei. À mes yeux, ça ressemblait presque à une caresse. Mais vu comme la figure d'abruti d'Alexei s'est tordue, ça a dû lui faire mal. Tant mieux pour lui.

— Maintenant, disparais. Et que je ne revoie plus jamais ton visage.

Alexei a opiné du chef avec emphase aux mots d'Hécate, et elle l'a chassé d'un geste. Il ne s'est pas fait prier et a détalé hors de l'arène. Elena et Nathan s'apprêtaient à suivre leur ami, mais Hécate les a interpellés.

— Pensiez-vous vous en tirer sans subir de conséquences, vous deux ?

Les deux Bronzes se sont figés, sachant qu'ils n'avaient aucune chance d'échapper à une titane.

Hécate a commencé à marmonner à voix basse, ses yeux luisant d'un violet fluorescent. De la fumée couleur lavande s'est élevée de ses mains et a flotté vers les deux Bronzes. Leurs yeux ont suivi la progression de la fumée, s'écarquillant tandis qu'elle s'approchait de plus en plus, jusqu'à atteindre leur peau. Elle est remontée jusqu'à leur visage et dans leur nez et leur bouche. Ils se sont étouffés avec, hoquetant et cherchant désespérément à respirer. Il a fallu presque une minute pour que toute la fumée pénètre leur poumons. À ce stade, ils étaient au sol, convulsant de douleur. Ç'aurait été mentir que de dire que je n'étais pas un peu contente de les voir souffrir.

Après les avoir observés se tordre de douleur, Hécate a hoché la tête d'un air satisfait et a claqué des doigts. Instantanément, les deux Bronzes ont arrêté de s'agiter et de crier. Cependant, leurs visages étaient toujours couverts de larmes. C'était plutôt effrayant de voir le peu d'effort qu'Hécate avait à fournir pour faire souffrir deux puissants Bronzes. Je n'avais aucune envie de me mettre la déesse à dos.

— Maintenant qu'on s'est bien amusés, je veux que vous vous rappeliez ce qui arrive à ceux qui se rendent complices d'une agression sexuelle.

Hécate s'est accroupie jusqu'à se tenir juste au-dessus de leur visage. Elle ne ressentait aucune pitié pour eux. Son visage était plein de dédain et de colère.

— Sommes-nous bien d'accord ?

Les deux Bronzes ont acquiescé moins d'une seconde après qu'elle a achevé sa question. J'ai presque ri de voir combien ils avaient peur d'elle. Après les avoir vus faire étalage de leur supériorité sur moi, c'était ironique que maintenant, ils se recroquevillent de honte et de douleur.

La déesse s'est levée et leur a tourné le dos, signifiant clairement qu'elle en avait fini. Ils sont partis si vite qu'ils auraient pu rivaliser avec Usain Bolt.

Lorsqu'Hécate a finalement porté son attention sur moi, j'ai eu extrêmement peur pendant une seconde. Je n'avais aucune idée de ce que la titane me voulait. Mais à en juger par le grand sourire qu'elle m'a fait et sa posture détendue, je tendais à croire qu'elle ne me voulait pas de mal.

— Kalani ! Quel plaisir de te voir ! s'est-elle exclamée avec un enthousiasme complètement à l'opposé de sa rage glaciale d'un peu plus tôt.

Elle est venue vers moi, les bras ouverts comme si elle allait me serrer contre elle, avant de s'arrêter net.

— Oh, rhabille-toi d'abord, on parlera ensuite.

Mon esprit avait été tellement occupé à surveiller la situation entre la titane et les trois Bronzes qui m'avaient agressée que ma nudité relative avait été reléguée au second plan. Mais maintenant ? Maintenant que la pression redescendait, je prenais conscience de manière aiguë du fait que j'avais été pratiquement nue pendant tout ce temps. Des souvenirs des mains d'Alexei sur mon corps et de sa bouche sur la mienne m'ont donné envie de vomir.

J'ai remis mes vêtements le plus rapidement possible. Ils étaient trempés de sueur, mais je n'en avais rien à faire. J'aurais voulu avoir quelque chose d'autre pour me couvrir. Ma serviette était quelque part dans l'arène, mais je ne voulais pas tourner le dos à la titane à côté de moi. Elle m'avait été d'une grande aide jusqu'ici, mais je me méfiais des sautes d'humeur des divinités.

— Merci pour votre aide.

J'espérais qu'elle entendrait la gratitude dans ma voix. Elle m'avait sauvé la vie.

— Aucun problème ! Je hais profondément les violeurs, alors c'était une très bonne occasion de m'assurer que ce bâtard apprenne sa leçon. Par ailleurs, ça m'avait manqué de lancer des malédictions sur les gens, a-t-elle ajouté avec un soupir et une main sur le cœur.

— Vous, euh… Vous l'avez maudit ?

Je savais qu'elle était la déesse de la magie, de la nécromancie et de la nuit. Mais je n'avais pas réalisé que ça incluait les malédictions.

— Oh que oui, chérie ! Je les ai maudits tous les trois ! Le premier ne pourra pas même désirer quelqu'un sexuellement sans se mettre à vomir de manière incontrôlable. Et les deux autres ? Ils ne pourront pas être témoins d'une agression sexuelle ou y participer sans avoir la sensation d'être poignardés dans les parties intimes. Je suis particulièrement fière de celle-ci. Il est parfois difficile de trouver de bonnes malédictions sur le coup, mais je trouve que je m'en suis très bien sortie.

Elle a posé les mains sur ses hanches, l'air fière. On aurait dit l'expression de quelqu'un qui venait de recevoir une promotion ou de finir un semestre avec vingt de moyenne. Sauf qu'elle venait de maudire trois Bronzes.

Dans quel monde avais-je atterri ?

— Mais passons, j'étais à l'une des fêtes de Dionysos et quelqu'un a mentionné la présence d'une humaine dans la compétition. Je ne sais pas qui a éventé le secret ; je parierais sur Artémis, elle est plus rancunière que personne, et depuis la débâcle de la décennie dernière… eh bien, disons simplement que nous ne sommes pas les meilleures amies. Ce que j'essaie de te dire, c'est que certains concurrents risquent de te porter une attention particulière une fois qu'ils auront appris cette petite information. Et ils l'apprendront, car l'Olympe est rempli de dieux et de déesses qui n'ont rien de mieux à faire de leur temps qu'échanger des potins et parier sur qui survivra au Tournoi.

Elle s'est mise à marmonner quelque chose sur le fait d'être la seule à faire son boulot dans le coin, mais j'étais bloquée sur l'idée que les Bronzes pourraient apprendre que j'étais totalement dénuée de pouvoirs. Je n'osais pas imaginer ce qu'Elena, Alexei et Nathan pourraient faire en représailles de ce qui venait de se passer, surtout s'ils apprenaient que j'étais totalement humaine et sans défense face à leurs pouvoirs.

— J'ai entendu dire que tu étais devenue amie avec les jumeaux et le petit Archer, donc ça devrait aller ! Je suis sûre qu'ils t'aideront ; ces enfants sont extraordinaires. Tu devrais peut-être arrêter de traîner seule dehors la nuit.

Venait-elle sérieusement de qualifier Archer de « petit » ? Quelle partie de lui était petite ? Et comment ça se faisait qu'elle ait l'air de si bien les connaître, tous les trois ? Je croyais que les Bronzes qui participaient au Tournoi étaient directement amenés ici depuis la Terre.

— Merci du conseil, Hécate. J'apprécie vraiment.

J'étais sincère. Elle avait peut-être des arrière-pensées ; peut-être pas. Dans tous les cas, j'étais désormais en possession d'une information capitale pour pouvoir continuer à assurer ma sécurité.

— Avec plaisir, chère Kalani.

Hécate a claqué des doigts, et une horloge aux airs d'antiquité est apparue de nulle part. Elle a regardé l'heure, et l'horloge a disparu.

— Je suis désolée de devoir partir si vite, mais je veux que tu saches que j'ai parié sur toi. Et pas seulement parce que je veux faire suer Artémis. Je pense vraiment que tu peux réussir.

Et puis elle était partie. Pouf. Disparue dans un nuage d'air pailleté.

Et je me suis retrouvée assise là, seule dans la Fosse, à me demander comment j'étais passée d'un entraînement de gym à ce qu'une déesse me dise que j'étais le cheval sur lequel elle avait misé.

Chapitre dix-huit

— **D**onne-moi une seconde, que j'intègre tout ça.

Sadie a commencé à se masser les tempes dans une tentative de bien tout comprendre.

On était dans sa chambre depuis près d'une heure. Elle et moi étions assises sur le lit tandis que Søren et Archer l'étaient sur son petit tapis confortable. Comment diable avait-elle mis la main sur un tapis ? Je n'en avais aucune idée. Ma chambre était aussi nue qu'une cellule de prison.

J'avais rassemblé tout le monde après le petit-déjeuner pour une réunion de crise. Ça m'avait pris un moment de tout raconter, et j'avais passé sous silence certains détails du moment que j'avais passé sous l'emprise d'Alexei. J'avais toujours honte de la facilité avec laquelle il avait enfoncé mes défenses mentales. Après des semaines à travailler dessus avec Archer, j'avais l'impression d'être une ratée. Et ça piquait. Mon égo en avait pris un coup, mon corps était blessé, et ma confiance en moi était brisée. Je n'avais pas besoin de regards apitoyés par-dessus le marché.

J'avais aussi décidé de ne pas mentionner le rêve. Parce que ce n'était que ça : un rêve. Je ne voulais pas que les choses deviennent bizarres entre Archer et moi ; ou du moins, pas plus bizarres qu'elles ne l'étaient déjà. Et toute cette spirale de doute dans laquelle j'étais tombée après ce cauchemar était ridicule. Vu tout ce qui s'était passé ensuite, je n'avais pas d'autre choix que de continuer à accorder ma confiance aux trois Bronzes.

Les deux gars étaient restés inhabituellement silencieux tout au long de mon monologue. Sadie avait seulement posé deux questions. C'était surtout moi qui avais parlé. J'avais eu du mal à continuer par moments, mais je m'étais forcée à le faire, car je savais qu'ils devaient avoir toutes les informations en main si on devait travailler ensemble.

Cependant, maintenant que j'avais fini mon récit et que le silence était de plomb, j'étais très mal à l'aise. Je ne savais pas comment ils allaient réagir à ce que je venais de leur balancer. Et maintenant qu'ils savaient que l'info selon laquelle j'étais humaine allait bientôt se répandre parmi les concurrents comme une traînée de poudre, allaient-ils décider que m'aider était une trop grande prise de tête ?

— Je vais aller griller de la vermine, a sifflé Søren.

Il s'est levé et a fait craquer ses articulations d'une façon assez agressive. Son expression, d'habitude toujours joueuse, était sombre et sanguinaire. Il avait déjà franchi la moitié de la distance qui le séparait de la porte quand Sadie l'a interpelé.

— J'ai envie de les tuer autant que toi, mon frère. Mais on doit réfléchir à tout ça avec précaution. On ne peut pas prendre le risque que la situation empire encore plus.

Søren a serré les poings, et je pouvais voir les muscles de son cou se contracter. Il n'avait pas envie de se rasseoir, mais il l'a fait, sous le regard autoritaire de sa sœur. Je devais l'avouer, ça me réchauffait le cœur de voir que Søren tenait suffisamment à moi pour vouloir me venger.

— À quoi tu penses ? ai-je demandé à Sadie pendant que Søren se rasseyait.

— Je pense qu'on devrait montrer à tout le monde quelles sont les conséquences quand on te fait du mal ; sinon, ça pourrait donner des idées à d'autres gens. Mais on doit s'assurer de ne pas s'attirer de problèmes non plus. (Elle a jeté un regard lourd de sens aux deux garçons.) Vous savez tous les deux qu'on ne peut pas se le permettre.

Je n'étais pas sûre de savoir à quoi elle faisait référence, mais eux devaient le savoir, car Søren a hoché la tête à contrecœur. Archer se tenait toujours immobile, l'air impassible. L'absence d'inquiétude sur son visage m'a fait un pincement au cœur. Mais c'était bien. Ça me rappelait qu'Archer ne nourrissait aucun sentiment amoureux à mon égard. Aucun. Il fallait que je me ressaisisse au plus vite.

— Pourquoi ?

J'ai posé la question sans m'en rendre compte, mais tant pis. Je n'avais jamais rien demandé de trop personnel aux Bronzes qu'ils ne m'avaient offert d'eux-mêmes. Je n'avais pas voulu m'imposer. Mais maintenant, je commençais à avoir l'impression qu'ils savaient tout de moi et que je ne connaissais que la bande-annonce de leur vie. J'en voulais plus. J'avais besoin de plus.

J'avais besoin de sentir que je faisais vraiment partie du groupe. Que je n'étais pas juste l'outsider qu'ils gardaient comme un animal de compagnie.

Les trois Bronzes ont échangé un long regard, puis Sadie a émis un son approbateur.

— On est dans l'incapacité physique de tout te dire, mais l'important, c'est qu'on est là à cause d'un petit malentendu avec les dieux. Et on est en période probatoire ; on n'est pas censés faire de vagues. Si on en fait, on pourrait être obligés de concourir dans un deuxième Tournoi. Ou pire.

Y avait-il quoi que ce soit de pire que de traverser tout ça deux fois ? Et bien que cette explication soit encore trop vague à mon goût, elle m'apprenait quelque chose. S'ils étaient là à cause d'un « malentendu avec les dieux », ça signifiait qu'ils étaient sur le mont Olympe avant de devenir des participants du Tournoi. Et ça collait avec le fait qu'Hécate m'ait dit bien les aimer la veille. Mais s'ils avaient déjà gagné leur place sur l'Olympe et y vivaient, pourquoi se retrouvaient-ils à nouveau ici ?

— Mais ce n'est pas la priorité, là tout de suite. On doit se concentrer sur nos prochains mouvements. (Sadie a fait une pause avant de se tourner vers moi.) Tu vas avoir besoin de protection supplémentaire et constante. Elena et Alexei vont vouloir se venger ; ça ne fait aucun doute. Tu ne peux pas rester seule. Jamais.

— Euh… Enfin, bien sûr, je peux rester collée à vous toute la journée, mais il y aura toujours des moments où je serai seule. Même la nuit, je suis seule.

— J'y viens. Tu vas devoir changer de chambre et t'installer avec l'un de nous. Je ne serais pas surprise que ces bâtards essaient d'entrer dans ta chambre pendant que tu seras endormie, alors ce serait mieux si tu pouvais avoir une protection supplémentaire la nuit.

Ma chambre était le seul endroit où je pouvais me recharger. Néanmoins, je voyais où Sadie voulait en venir. J'étais sûre qu'Alexei et Elena allaient vouloir me faire payer la manière dont ça avait fini pour eux la nuit précédente. Et je ne doutais pas qu'ils soient assez sournois pour essayer de me tuer dans mon sommeil. Alors, même si je n'avais pas envie de devenir la colocataire de qui que ce soit, je savais que c'était la meilleure décision.

— OK, ai-je dit en hochant la tête après avoir soupesé cette décision un moment. Je vais chercher mes affaires pour m'installer ici cette nuit.

— Oh non, je ne voulais pas dire dans ma chambre ! s'est exclamée Sadie. Je pourrais aller chercher un ou deux corps à stocker dans la pièce, mais même avec ça, mon pouvoir ne serait pas des plus utiles si quelqu'un venait à s'introduire ici la nuit. Tu peux pas aller avec Søren ; ce serait bizarre, vu qu'il est avec Mei. Le plus logique, ce serait que tu ailles avec Archer. De nous trois, c'est lui qui a le pouvoir le plus puissant, et vous êtes déjà censés sortir ensemble. Les gens vont même voir ça comme un signe que votre relation progresse. Ça montrera que tu es toujours sous notre protection.

Ça devait être une blague. C'était obligé. J'essayais désespérément de prendre de la distance émotionnellement vis-à-vis d'Archer, et voilà que Sadie voulait que j'emménage avec lui ? La moitié logique de mon cerveau comprenait que c'était la meilleure solution ; en plus, les deux gars avaient eu l'une des seules chambres doubles de tout le complexe, alors j'allais avoir un lit dans lequel dormir. Mais la moitié liée aux émotions était en panique totale.

J'ai tourné les yeux vers l'homme en question, essayant de voir s'il allait refuser ce nouvel arrangement de cohabitation. Il n'avait encore rien dit, je m'attendais donc à ce qu'il le fasse. À part qu'il était en train d'acquiescer.

— D'accord. Ça me va.

Søren a renchéri.

— Cool. Je vais aller passer un peu de temps avec Mei. Elle n'a qu'un lit double, mais ça fait un moment qu'elle veut qu'on s'installe ensemble. Elle va pas s'en plaindre.

À en juger par son expression, il était lui aussi assez enthousiaste à cette perspective.

Je voulais dire non. Je le voulais vraiment. Mais je ne voulais pas être *cette* fille qui refusait de faire quelque chose de totalement logique pour des raisons stupides et finissait par connaître une mort atroce. J'avais trop à perdre. Et je pouvais survivre à quelques nuits dans la même chambre qu'Archer. J'avais plus de sang-froid que ça, bon sang.

— Très bien. Je déménagerai mes affaires plus tard dans la journée.

Sadie a tapé dans ses mains, l'air satisfaite.

— Bien. Maintenant que c'est réglé, réfléchissons à la manière dont on va montrer à ces chers Elena, Alexei et Nathan qu'ils se sont frottés aux mauvaises personnes.

— Pas besoin. Je sais exactement ce qu'on va faire. Et ça va être extrêmement douloureux pour eux, a déclaré Archer d'une voix pleine de venin.

Bons dieux, est-ce qu'il faisait plus chaud, tout à coup ?

Une demi-heure plus tard, on est entrés dans la Fosse pendant l'une des séances d'entraînement de groupe. Fouler le sable de l'arène me mettait plus que mal à l'aise. C'était beaucoup trop tôt. Je n'avais pas dormi du reste de la nuit, trop nerveuse et terrifiée à l'idée de ce que j'aurais pu voir derrière mes paupières closes.

Entrer dans l'arène, juste à côté de là où je m'étais fait agresser, était difficile à supporter. J'espérais simplement que j'allais pouvoir passer l'après-midi sans vomir ou avoir besoin de sortir. Je devais montrer à ces pourritures que j'étais toujours debout et que je n'allais pas leur faire le plaisir de craquer après ce qu'ils m'avaient fait. Je devais prouver à tout le monde, moi y compris, que j'étais plus forte que ça.

Xander, l'entraîneur qui n'avait pas été des plus serviables lors de mon premier jour, se tenait au centre de l'arène, observant ses apprentis faire des exercices de lutte en un contre un. Les mains dans les poches de son pantalon en cuir, il avait l'air tout aussi menaçant et intimidant que la première fois. Je devais le remercier de m'avoir fait affronter Elena en ce premier jour sur l'Olympe ; si on ne s'était pas battues à ce moment-là, elle n'aurait peut-être pas été si déterminée à me tuer avant même que le Tournoi commence.

À ce que j'avais compris, Xander était l'un des deux Dorés qui avaient été recrutés pour apprendre aux Bronzes à se défendre avant le début du Tournoi. Vu à quel point notre première séance s'était bien déroulée, j'étais infiniment reconnaissante aux jumeaux et à Archer de m'avoir aidée à sa place.

Certains des Bronzes qui s'entraînaient ont remarqué notre entrée et reporté leur attention sur nous. Ce n'était pas courant de nous voir lors des séances de groupe. Les jumeaux et Archer ne pensaient pas que Xander ou l'autre entraîneur aient quoi que ce soit d'important à leur apprendre. Je ne connaissais pas encore grand-chose de ce monde, mais j'étais tentée de les croire, en particulier si une déesse telle qu'Hécate les respectait.

Xander avait dû remarquer qu'un nombre grandissant de ses élèves se déconcentrait, car il s'est retourné. Il a écarquillé les yeux en nous voyant. Ou en voyant mes compagnons ; je ne pense pas qu'il ait été très impressionné de me voir.

— Quelle surprise ! Les jumeaux Aska et le grand Archer Vasilias ont-ils finalement décidé de nous faire grâce de leur présence ?

Je n'avais pas besoin de bien connaître cet homme pour savoir qu'il se moquait de moi.

— On est venus pour lancer un défi, en fait.

Le ton d'Archer était très neutre, comme s'il lançait des défis tous les dimanches après l'apéro et quelques bières.

— Enfin il se passe quelque chose d'intéressant dans ce trou perdu ! s'est exclamé cette montagne d'homme avec un peu trop d'enthousiasme.

Avoir un peu de sang divin dans les veines devait rendre les gens excités à l'idée d'un combat. Je ne comprenais vraiment pas.

— Avancez-vous et nommez votre adversaire.

Tout le monde s'était tu dans la Fosse et retenait son souffle. Archer s'est avancé et a appelé le nom d'Alexei en lui jetant un regard noir. L'autre gars avait l'air d'être sur le point de se pisser dessus, mais il s'est quand même avancé jusqu'à entrer dans le cercle que les Bronzes avaient formé autour de nous. Tout le monde s'est mis à murmurer, et Xander s'est apprêté à reprendre la parole quand Søren s'est avancé et a appelé Elena. Ses yeux se sont écarquillés comme si elle était surprise d'avoir été nommée. Elle aurait dû s'en douter. Dans le rang formé par les Bronzes, j'ai entendu Mei hoqueter de surprise à voir son petit-ami défier quelqu'un en duel.

Cette fois, quand Elena s'est avancée, personne n'a rien dit. Les gens autour de nous se sont demandé si on en avait fini ou si d'autres défis allaient être lancés. Sadie a pris tout son temps, laissant la tension monter. Ensuite, elle s'est avancée et a regardé droit vers Nathan. Il n'a pas eu besoin qu'elle dise son nom pour savoir qu'elle le défiait. Alors, mes trois amis se sont retrouvés en face à face avec mes trois assaillants de la nuit dernière. Au début, j'ai eu du mal à *les* regarder, mais une fois que je l'ai fait, j'ai refusé de baisser les yeux et de m'effacer. Je voulais les voir effrayés. Tout comme je l'avais été.

J'ai mis un moment à réaliser que tout le monde attendait encore. Xander me dévisageait, m'interrogeant du regard. Il m'a fallu un instant pour comprendre ce qu'il attendait.

— Oh non, je suis juste là en spectatrice.

— Hmm, c'est ce que je pensais.

Xander s'est ensuite tourné en me dédaignant. Sympa. Je n'avais pas besoin qu'il souligne à quel point il aurait été improbable que je défie quelqu'un d'autre en duel. Je ne me suis pas attardée là-dessus, car l'entraîneur avait repris la parole.

— Bien, avant qu'on établisse les règles, acceptez-vous tous les trois de relever ce défi ?

Les trois salauds qui m'avaient attaquée la nuit dernière n'avaient plus l'air aussi sûrs d'eux, désormais. Alexei paraissait toujours sur le point d'être malade et Nathan jetait des coups d'œil autour de lui comme s'il se demandait s'il avait le droit de fuir ou non. Elena était la seule à avoir l'air relativement consentante ; elle était un peu plus pâle que d'habitude, mais avait vraiment l'air prête à en découdre. Malgré tout, ils ont tous les trois hoché la tête pour signifier leur accord. D'après ce que Søren m'avait expliqué un peu plus tôt, refuser de relever un défi était l'une des choses les plus honteuses qu'un Bronze puisse faire. Je devinais que tous trois avaient encore assez de fierté pour continuer.

— Bien. Maintenant, revoyons les règles ensemble. Étant donné que nous en sommes toujours à la phase préparatoire du Tournoi, ces duels ne seront pas des duels à mort. Il faudra une mise hors combat ou un abandon pour être déclaré vainqueur. Il vous est interdit d'arracher les membres de vos adversaires ou de les blesser aux yeux. Aucune aide extérieure ni aucune arme n'est autorisée. Des questions ?

Xander a regardé les six Bronzes les uns après les autres, s'assurant qu'ils comprenaient les règles du combat. Personne n'a répondu, mais Xander a dû prendre ça pour un assentiment. La seconde suivante, une force invisible nous a repoussés, moi et les autres spectateurs, jusqu'à ce que nous soyons tous derrière une ligne de touche invisible. Tout s'est passé si vite que je n'ai même pas eu le temps d'avoir peur. Quand j'ai tendu le bras, ma main a rencontré un dôme invisible. Et mes trois amis étaient dedans, avec les trois Bronzes qui avaient attenté à ma vie.

Depuis l'extérieur, Xander a crié qu'ils pouvaient commencer. J'ai retenu mon souffle. Était-ce la bonne solution ? Je devais commencer à me faire plus de souci pour mes trois amis que je ne le pensais, car j'avais peur pour eux.

Ensuite, l'Enfer s'est déchaîné.

Mon regard a d'abord été attiré vers Søren. Il faisait face à Elena, qui s'était déjà changée en ours polaire. Un sourire excité et assoiffé de sang lui est monté au visage. Elena l'a chargé. Une seconde plus tard, du feu a explosé hors du Bronze blond. Il était entouré de tentacules de feu, qui ont frappé Elena comme des fouets. Elle a essayé de les esquiver, mais plus elle se rapprochait de mon ami, plus elle subissait de coups. Bientôt, sa fourrure blanche brûlait en de multiples endroits, et elle s'est mise à boîter. Avec un rugissement, elle s'est approchée davantage et a abattu sa patte avant sur le torse de Søren. Ses énormes griffes ont déchiré son t-shirt, mais n'ont pas atteint la peau. Avec un rire qui m'a fait douter de sa santé mentale, Søren a dirigé ses tentacules de feu de façon à les enrouler autour de l'une de ses pattes arrière. Il a tiré. Elle est tombée. Le tentacule qui tenait sa patte s'est resserré. Elle a poussé un rugissement de douleur.

Søren s'est agenouillé à côté d'elle et a posé une main enflammée sur sa gorge. J'ai pu voir ses lèvres bouger, mais pas entendre ce qu'il disait. Cependant, quelques secondes plus tard, il l'a relâchée et s'est relevé. Aucun de nous n'a eu besoin que Xander l'annonce pour savoir que Søren avait gagné. Et facilement. Il n'avait qu'une égratignure sur le torse, qui n'avait même pas percé la peau. C'était presque énervant de voir à quel point ça avait été facile pour lui.

À l'autre bout du dôme, Mei a acclamé Søren, criant que son petit-ami était le meilleur et l'homme le plus sexy du monde. Je n'ai pas pu m'empêcher de sourire quand Søren lui a répondu en faisant un cœur avec ses mains et a tiré sa révérence pour tous les spectateurs. Trouvant mes yeux dans la foule, Søren m'a adressé un clin d'œil et a levé les pouces. Je me suis sentie un peu mieux.

Ensuite, mon attention s'est portée sur le combat qui se tenait sur ma droite. Sadie affrontait la musculature décuplée de Nathan. Les jumeaux m'avaient appris un peu plus tôt que Nathan était le descendant d'Arès, le dieu de la guerre, et s'était avéré être un Hulk version vraie vie. Il était incroyablement fort et probablement capable de casser quelqu'un en deux ou de fissurer un tronc d'arbre d'un seul coup de poing. Ça m'avait beaucoup inquiétée pour Sadie.

Je n'avais encore jamais vu Sadie utiliser ses pouvoirs. Je me l'étais imaginé quelquefois, mais faire se relever les morts n'avait rien à voir avec ce que j'aurais pu m'inventer. Elle avait dû commencer à invoquer les morts dès le début du combat, car trois squelettes presque complets se battaient déjà contre Nathan. Et à en juger par les monticules de sable et de terre retournés, ils sortaient directement de sous l'arène. Ils étaient morts ici. Étaient-ce d'anciens concurrents du Tournoi ? Ce n'était pas rassurant.

Nathan a essayé tant bien que mal de broyer à mort les squelettes, mais sans succès. On ne pouvait pas vraiment tuer quelque chose qui était déjà mort. Et Sadie pouvait faire bouger les squelettes même quand leurs os étaient fracturés en de multiples endroits et à moitié réduits en poudre. Ces trucs étaient inarrêtables. Invincibles. Et ils avaient une mission : blesser Nathan. Quand le Bronze cassait leurs os, les squelettes utilisaient les bouts pointus comme des lames. Ils ont coupé, frappé, attrapé et distrait ; les bons petits soldats obéissants de Sadie. Je ne pouvais qu'imaginer ce qui se passerait si elle avait un millier de ces squelettes à ses ordres.

Le combat qui se déroulait le plus loin de moi était celui d'Archer. Lui et Alexei se battaient au corps à corps, sans utiliser leurs pouvoirs ; pour autant que je sache, du moins. Alexei avait le nez cassé, un sourcil en sang, et des hématomes fleurissaient partout sur sa mâchoire et ses côtes. Ce gars avait du sang cuivré sur toute la moitié inférieure du visage. Archer saignait, lui aussi, mais seulement des articulations. Ça devait être la lumière, mais on aurait dit que son sang brillait comme de l'or.

D'un coup rapide comme l'éclair, Archer a frappé Alexei au genou. J'ai presque pu entendre le craquement de là où j'étais ; la manière dont son genou s'est plié à un angle impossible m'a fait frissonner. Alexei est tombé au sol, et je pensais qu'Archer allait l'achever d'un coup de pied ou de poing à la tête. Mais non.

Il a fait bien pire.

Ses yeux se sont mis à luire. Fortement. Plus qu'ils ne l'avaient jamais fait en ma présence. Alexei s'est tendu. Et puis il s'est mis à hurler. De douleur. Une douleur atroce.

J'ai détourné le regard une seconde pour voir Nathan déclarer forfait face à Sadie, un combattant squelette tenant un humérus sacrément pointu sous sa gorge. Mais je n'ai pas pu me concentrer sur eux plus longtemps.

Sans mon consentement, mon attention est revenue sur Alexei. Il hurlait toujours, se contractant et convulsant sur le sol sous la pression du pouvoir d'Archer. L'arène était devenue silencieuse, les spectateurs n'échangeant même pas un murmure. Et il était glaçant d'entendre l'écho de ces hurlements dans l'arène et de les sentir résonner dans mes os.

Puis les hurlements ont cessé. Alexei n'avait soit plus assez de force, soit plus assez d'air pour continuer à émettre de quelconques sons. Il s'agitait toujours sur le sable, la bouche grande ouverte mais silencieuse. Et Archer se tenait toujours là. Le dévisageant. Le traquant.

J'ai eu l'impression qu'une éternité s'était écoulée avant que Xander ne dissolve le dôme de protection et s'avance pour signifier à Archer que c'était fini.

C'en était fini de tout ça.

C'était très décevant de voir avec quelle facilité ils avaient gagné. Le peu d'effort qu'ils avaient eu à fournir pour écraser les trois Bronzes sous leur talon.

À en juger par le silence qui enveloppait la Fosse, tout le monde était du même avis que moi.

Ces trois Bronzes étaient si incroyablement puissants que c'en était terrifiant.

J'étais sacrément contente qu'ils soient mes amis.

Chapitre dix-neuf

C'était gênant. Très gênant. Pour moi. Pour lui. Même pour nos voisins ; j'étais sûre qu'on pouvait sentir la gêne à travers les murs.

Je tenais toujours le carton de vêtements de Sadie, mon téléphone trônant sur le dessus ; mes seules possessions. Et j'étais pétrifiée sur le pas de la porte, parcourant la chambre des yeux. Elle était assez grande, avec un lit, une armoire et un bureau de chaque côté. Ils avaient aussi une fenêtre entre les deux lits, avec une belle vue sur la mer de nuages. Søren avait rangé la plupart de ses affaires dans des boîtes sous son lit pour que j'aie de la place. Et le côté d'Archer était... étonnamment ordonné. Les draps bleu foncé de son lit étaient parfaitement bordés et tirés. Il y avait deux livres sur sa table de chevet et toute une pile au pied de son lit. Ses vêtements étaient soigneusement pliés ou suspendus sur des ceintres en bois. C'était si élégant mais également si normal, c'était comme regarder dans un magazine de décoration d'intérieur contemporaine.

C'était la première fois que j'entrais dans la chambre d'Archer et Søren. Ou peut-être la chambre d'Archer et moi, je suppose. J'avais l'impression de m'immiscer dans l'intimité d'Archer, comme si je franchissais une limite invisible entre nous. Comme si voir son lit et son armoire pleine de vêtements était quelque chose de profondément intime.

Je me prenais trop la tête.

— Est-ce que tu vas entrer ou te contenter de rester à la porte toute la nuit ?

Il se tenait sur le côté, appuyé dans l'encadrement de la porte de leur salle de bain privative. Il portait des vêtements confortables, et ses cheveux étaient encore mouillés après qu'il avait pris sa douche. Un sourcil haussé, il a croisé les bras sur sa poitrine et m'a regardée comme pour dire que j'étais ridicule à rester plantée là. Je le savais déjà. Je n'avais pas besoin qu'il me le rappelle. Mais entrer dans sa chambre et fermer la porte derrière moi… c'était comme faire un pas en avant dans notre relation inexistante.

— Je ne faisais qu'examiner ton antre de mâle, ai-je répondu, espérant avoir l'air désinvolte.

Finissant d'entrer dans la chambre, j'ai laissé la porte se refermer derrière moi. Le petit clic a résonné dans mes oreilles. Essayant de paraître décontractée et sûre de moi, j'ai avancé jusqu'à atteindre le lit de Søren. Mon lit.

J'ai posé le carton sur le sol, au pied du lit. Ai joint les mains. Les ai croisées. J'ai pris mon temps pour me retourner, comme si j'allais pouvoir éviter de *le* regarder.

— Qu'est-ce qui ressort de ton examen, alors ? Mon « antre de mâle » fera-t-il l'affaire pour sa majesté Kalani Mayfield ?

Son ton moqueur m'a donné envie de l'étrangler ; et ça ne m'arrivait pas souvent d'avoir envie d'étrangler les gens.

— Je suppose que ça fera l'affaire. Il faudrait juste peut-être faire un peu de ménage. Ces plis dans tes draps, ça fait vraiment désordre.

Archer a réagi comme par réflexe, tournant légèrement la tête pour vérifier l'état de son lit. Ah ! Un point pour Kalani ! Je n'ai pas pu me retenir de rire en le voyant plonger tête la première à mes paroles.

— Très drôle, Mayfield. Søren me manque déjà.

— T'es une vraie source de joie, hein, rayon de soleil ? l'ai-je raillé, souriant de son ton grognon.

— Seulement avec toi, Mayfield.

Archer voulait me faire croire qu'il était énervé, mais je ne m'y suis pas trompée. La fossette sur sa joue gauche pointait le bout de son nez. Il était amusé, et curieusement, cette petite plaisanterie m'avait un peu détendue. Peut-être que ça allait bien se passer.

Un silence confortable s'est installé dans la chambre tandis que je rangeais mes affaires et qu'Archer lisait son livre, allongé sur son lit. Aucun de nous n'était très bavard, alors ça ne nous a pas semblé bizarre de ne pas meubler le silence. C'était apaisant, comme quand deux amis se connaissaient suffisamment bien pour apprécier un moment de calme ensemble. Côte à côte.

J'ai pris le temps de ranger tous mes vêtements dans les coins que Søren avait dégagés pour moi. J'ai posé mon téléphone sur ma table de nuit pour l'avoir à portée de main ; les vieilles habitudes ont la vie dure. Et puis, une fois que je n'ai plus rien eu d'autre à faire, je me suis assise sur mon matelas et ai tourné les yeux vers Archer pour la première fois depuis près d'une heure. Il était toujours en train de lire son livre. Maintenant que j'y faisais attention, le titre était dans une langue que je ne savais pas lire ; je ne savais même pas de quelle langue il s'agissait exactement.

— Je ne t'aurais pas cru lecteur.

Tout en le disant, j'ai réalisé que ça pouvait être perçu comme une critique. Merde.

— Je dis pas ça pour être méchante ou comme si c'était bizarre. Je suppose que c'est juste que j'ignorais que tu aimais ça.

Archer n'a pas fermé son livre ; il l'a penché juste assez pour que nos yeux puissent se croiser.

— Il y a un tas de choses que tu ignores sur moi, Mayfield.

Pas faux. Il a relevé son livre, me signifiant qu'il voulait poursuivre sa lecture sans être dérangé. J'ai attendu quelques secondes tout en le regardant. Je devais être d'humeur à jouer avec le feu, car j'ai décidé de lui poser une autre question.

— C'est quoi, cette langue ?

Le livre est redescendu de quelques centimètres. Ses yeux ont transpercé les miens. Il a haussé un sourcil, sa manière bien à lui de me demander si je voulais *vraiment* continuer à le faire chier. Et je suppose que je le voulais, car je n'ai pas cédé et ai soutenu son regard. J'allais me mettre à lui expliquer que je voulais simplement le connaître un peu mieux, étant donné qu'on allait partager une chambre pendant un moment, mais il s'est finalement décidé à me répondre.

— C'est du grec ancien. La langue que les dieux et les déesses parlent, le plus souvent.

— Où est-ce que t'as appris ça ?

Peut-être que cette conversation allait être un moyen détourné d'en apprendre plus sur son éducation.

— Disons que mon père s'est assuré que j'aie les meilleurs professeurs. J'ai suivi des cours intensifs de grec ancien et de latin jusqu'à mes vingt ans. Un vrai plaisir, crois-moi.

— Waouh. Combien de langues tu parles ?

— Beaucoup.

— Et c'est quoi, ta langue maternelle ?

— Pas le grec ancien, ça c'est sûr.

— Est-ce qu'à un moment tu vas me donner une réponse claire ?

Archer n'a pas répondu tout de suite. Au lieu de ça, il a fermé son livre, s'est assis, et s'est tourné jusqu'à être au bord du lit, face à moi.

— Tu ne t'es jamais demandé pourquoi tout le monde parlait la même langue que toi, ici ? Même si certains Bronzes viennent de pays dont l'anglais n'est pas la langue officielle ?

C'était une drôle de façon de changer de sujet, mais OK. S'il voulait parler de ça, ça m'allait. J'allais le suivre. Voir où il voulait en venir.

— Je suppose que ça m'a traversé l'esprit une ou deux fois, mais en général, j'ai des choses plus urgentes à faire que de réfléchir à ça.

— Eh bien, différents sorts ont été jetés sur le mont Olympe afin d'aider tout le monde à s'entendre un peu mieux. L'un de ces tours de magie est que tout le monde peut se comprendre. Tu peux te figurer que c'est comme si tes paroles étaient traduites dans la langue maternelle de chaque Bronze. Ou plutôt, comme si tes paroles étaient traduites dans une langue commune. Tu devras demander les détails à Hécate, puisque c'est elle qui a créé le sort. Dans tous les cas, ça demande beaucoup de volonté de parler en dehors du sort. Ce que je veux dire, c'est que la nature de ma langue maternelle n'a aucune importance : elle m'a été arrachée dès l'instant où j'ai posé le pied sur le mont Olympe. Tout comme la tienne.

Je suis restée sans voix pendant une minute, car c'était fou de penser que j'avais discuté avec des gens qui n'avaient jamais prononcé un mot d'anglais de leur vie. Et que j'avais pu comprendre leur langue maternelle comme s'il s'agissait de la mienne. Encore une chose qui me faisait réaliser à quel point l'Olympe était différent de la Terre.

Mais ce qui m'a vraiment choquée dans les mots d'Archer, c'est le mépris qui avait teinté ses dernières paroles. Sa rancœur. Il était toujours si stoïque et fort, si déterminé à être le meilleur, que je n'avais jamais vraiment pris le temps de me demander ce qu'il pensait du fait d'être ici. Il était facile d'oublier que même les plus forts d'entre nous pouvaient parfois avoir du mal à accepter certaines choses.

— Est-ce que ça te manque ? Ta vie d'avant le Tournoi, je veux dire.

Je savais qu'Archer n'allait probablement pas répondre à ma question, mais je voulais quand même lui montrer que je voulais apprendre. Je voulais en savoir plus sur lui. C'était ce que faisaient les amis.

Archer a froncé les sourcils comme si on ne lui avait pas posé la question depuis longtemps.

— Oui. Tous les jours. (Il s'est arrêté une seconde, hésitant à s'arrêter là ou à continuer.) Le temps où je n'avais pas besoin de cacher qui je suis à chaque instant me manque.

— Je comprends.

Je n'ai rien ajouté parce que je sentais qu'Archer avait atteint la limite de ce qu'il était prêt à partager avec moi. Et ça m'allait.

Peut-être qu'il se sentirait plus à l'aise de m'en confier davantage d'ici quelques jours ou semaines.

Un long moment est passé au cours duquel on s'est contentés de rester assis là, en silence. J'ai tourné mon regard vers la fenêtre, derrière laquelle le soleil se couchait, colorant les nuages de belles teintes orange et rose. J'aurais voulu avec mon appareil pour prendre des photos de cette vue époustouflante et l'immortaliser. J'aurais pu prendre une photo avec mon téléphone, mais ça n'aurait pas été pareil, et je ne voulais pas gaspiller la batterie. Alors, à la place, j'ai essayé de prendre une photo avec mon esprit.

— Et toi ?

La voix d'Archer a brisé le silence si soudainement que j'ai sursauté. Ça faisait si longtemps qu'on avait arrêté de parler que j'ai dû me remémorer nos derniers mots avant de pouvoir répondre.

— Ça me manque aussi. Surtout mon petit frère, Makaio. Il est la lumière de mon existence.

J'ai dû m'arrêter pour contenir mes émotions. Je n'allais pas pleurer devant Archer.

— Mais mes cours me manquent aussi, et enseigner la gym et le surf. Être ici m'a fait réaliser à quel point certaines choses sont importantes. Elles l'étaient déjà avant, mais je ne me rendais pas compte à quel point.

— Et tes parents ?

Un rire m'a échappé à la question d'Archer. Mes parents ? Je n'étais même pas sûre qu'ils entraient dans la catégorie des choses qui me manquaient.

— Mon père est mort deux mois avant ma naissance dans un accident de voiture, alors je ne l'ai jamais connu. Mais on m'a raconté des tas d'histoires, et ça avait l'air d'être un mec super. Et ma mère…

J'ai laissé ma phrase en suspens, les yeux dans le vide, tandis que je me la représentais : des cernes sous ses yeux tristes, les cheveux en bataille, trop fatiguée ne serait-ce que pour sourire.

— Elle n'a pas eu une vie facile. Mais elle nous aime, même si la plupart du temps, elle ne sait pas comment nous le montrer.

Archer a hoché la tête comme s'il comprenait ce que je voulais dire. Peut-être qu'il comprenait. Pour ce que j'en savais, ses parents avaient été aussi émotionnellement indisponibles que ma mère. J'espérais que non. Et j'espérais bien que ma mère trouvait la force d'être là pour Makaio maintenant que je ne l'étais plus.

— Tu veux regarder la télé ?

— Attends, il y a une télé ici ? Je pensais qu'il n'y avait pas d'électricité ni de technologie sur l'Olympe !

Archer a ri de mon enthousiasme et a pressé un bouton sur sa table de chevet. Les lumières se sont éteintes et un hologramme est apparu près de la porte.

— Hécate est fan de la Terre, et elle aime créer des choses avec sa magie pour que les habitants de l'Olympe puissent en profiter. Mais il n'y a pas d'électricité. Seulement de la magie.

J'allais devoir remercier Hécate la prochaine fois que je la verrai. Une série a commencé, un truc que je n'avais jamais vu. Mais vu les décors et les costumes, qui avaient tous l'air tout droit venus de l'Olympe, je me suis dit qu'ils devaient avoir leur petit Hollywood à eux, ici.

Archer n'a rien ajouté, et moi non plus. On est restés assis en silence, à regarder ce que les scientifiques de la Terre s'échinaient encore à créer. Je n'ai rien compris à ce qui se passait entre les personnages, manquant de contexte, mais ça n'avait pas d'importance. C'était un moyen d'échapper à la réalité. Un moyen de me sentir de nouveau normale, comme si j'étais de retour à la maison, regardant une série dans mon canapé.

Je me suis endormie en écoutant les acteurs et Archer qui riait aux blagues d'initiés. Et je n'ai pas fait de rêves indésirables. Il n'y a eu que l'obscurité.

Chapitre vingt

Les jours ont passé, puis les semaines. Des semaines ponctuées d'entraînement physique, au combat, et mental. Je n'avais pas vraiment le temps de souffler, mais ça m'allait très bien comme ça. Ça m'aidait à oublier que le début du Tournoi approchait plus rapidement que je ne l'aurais voulu. Il ne restait maintenant plus que quatre jours et la tension montait, à la fois en moi et chez les autres concurrents du Tournoi.

Je m'améliorais beaucoup en combat à mains nues et à l'épée ; j'étais devenue assez bonne pour me défendre face aux jumeaux, et même face à Archer, dans les bons jours. J'étais loin d'être la meilleure dans quelque discipline de combat que ce soit, mais j'étais maintenant assez compétente pour espérer que ça passe lors des Épreuves. Mon entraînement mental contre le pouvoir d'Archer aussi se passait très bien. Je pouvais maintenant sortir de ses illusions en moins de vingt secondes. J'avais encore du mal à empêcher Archer de prendre le contrôle total de mon esprit, mais je pouvais le sentir venir et le ralentir suffisamment pour prévenir la majeure partie des dégâts. J'avais pris nos séances d'entraînement plus au sérieux après avoir frôlé la mort grâce à l'aimable intervention d'Elena, Alexei et Nathan. Et je voyais bien que mes efforts payaient.

En parlant d'Elena et de ses sbires, ils n'avaient plus rien tenté d'autre contre moi. Je pouvais sentir leurs regards chargés de haine sur moi une fois de temps en temps, mais ils gardaient leurs distances, ce qui m'allait très bien. Si je pouvais rester sous le radar pendant les prochaines semaines et jusqu'à la fin du Tournoi, j'aurais été vachement contente.

Bien que mes trois ennemis jurés aient arrêté de m'embêter, ils n'avaient pas ralenti dans leur descente vers la haine. Charlie, le gamin qu'Elena avait menacé presque un mois plus tôt, était arrivé avec un bras cassé et un visage sévèrement contusionné quelques jours auparavant. Et à en juger par le sourire fier d'Elena, c'était son œuvre. J'avais essayé de parler à Charlie une fois que la plupart des gens avaient eu quitté la salle, mais le jeune Bronze avait refusé mon aide, déclarant qu'il « n'était pas faible et n'avait besoin de personne, et surtout pas d'une lâche qui se cachait derrière les autres ». Ça avait fait mal, mais j'avais essayé de ne pas trop le prendre pour moi, puisque le gars n'était clairement pas dans son assiette.

Et Charlie n'avait pas été la seule victime de leurs violences. Une poignée d'autres Bronzes s'étaient fait tabasser par le groupe extrémiste qu'ils formaient. Personne n'avait encore été tué, mais j'ai entendu dire que ça n'était pas passé loin pour une fille ; l'infirmière était arrivée et l'avait sauvée avant que le pire n'arrive. La fille n'était pas revenue au réfectoire ni aux entraînements de groupe depuis. Petit aparté : ça avait l'air bien plus cool d'être un professionnel de santé sur le mont Olympe que sur Terre, car l'infirmière n'intervenait qu'en cas d'urgence vitale et n'était d'aucune aide le reste du temps.

Certaines choses avaient évolué pour le meilleur au cours des deux dernières semaines. Premièrement, ma situation d'hébergement était devenue beaucoup moins stressante. J'avais passé les premiers jours à repousser toute once de sentiments et de fantasmes plus qu'amicaux impliquant Archer derrière une porte blindée dans les recoins les plus profonds de mon esprit. Et ça avait marché. Je ne fixais plus son torse quand il enlevait son t-shirt dans la chambre ou la Fosse. Je ne me perdais plus dans ses yeux. Et je ne m'autorisais certainement plus à rêver éveillée (ou pire, à rêver pour de vrai) de l'embrasser. Je devenais forte pour être son amie. Et seulement son amie.

Mais le plus bizarre dans tout ce qui s'était passé ces deux dernières semaines, c'était que je m'étais rapprochée de Mei. C'était plutôt incroyable. On n'était pas les meilleures amies du monde ni rien, mais j'avais commencé à… l'apprécier. Elle était drôle quand elle le voulait bien, et c'était une source intarissable de potins plus que divertissante. Elle était au courant de tout à propos de tout le monde, je ne sais pas comment. Et maintenant que j'étais la fausse petite-amie d'Archer, j'avais accès aux infos les plus fraîches. Je devais admettre que c'était amusant. Et je commençais à comprendre ce qui attirait Søren chez elle : elle pouvait être sympa quand elle le voulait bien. Quoiqu'elle ne considère que seules les personnes puissantes étaient dignes de son intérêt.

C'était quand même toujours un peu une connasse. Elle ne l'était simplement plus avec moi.

— Tu m'écoutes, Lane ?

La voix de Mei m'a tirée hors de mes pensées, et je me suis tournée pour la regarder. Je lui avais répété plein de fois que « Lane » n'était pas mon surnom, mais elle soutenait que ce n'était pas à moi d'en décider. Depuis, j'avais arrêté de me battre avec elle sur le sujet.

On était dans les jardins principaux du complexe. Les jumeaux et Archer avaient dû partir pour une « urgence familiale » et Mei s'était proposée de m'apprendre à faire du yoga. Me voilà donc, essayant de copier chacun de ses mouvements et me demandant sérieusement comment on pouvait trouver ça relaxant.

— Oui, désolée, je me suis perdue dans mes pensées pendant une seconde, mais je suis de retour.

Mei n'a pas eu l'air vexée du tout et a opiné du chef avant de continuer.

— Bien. J'étais en train de dire qu'on devrait accorder nos tenues.

— Nos tenues ?

— Oui, pour la fête.

— Quelle fête ?

Je commençais à avoir l'impression de ressembler à un perroquet, mais j'étais complètement perdue. Est-ce qu'on faisait la fête avant le début du Tournoi ? Ç'aurait été plus logique de faire la fête après. Une fois qu'on était sûrs de rester en vie pendant un moment.

— La Cérémonie d'Ouverture, bien sûr !

Bien sûr. Évidemment. Je n'étais pas au courant qu'il y avait une cérémonie d'ouverture. Est-ce que ça allait être comme les cérémonies au début des Jeux Olympiques ? J'avais toujours rêvé d'en voir une de mes propres yeux. Mais étant donné que les divinités de l'Olympe avaient des goûts assez particuliers, je n'étais pas certaine que la cérémonie allait être très agréable pour nous autres, les participants.

— Rappelle-moi ce que ça implique, la Cérémonie d'Ouverture ?

Mei m'a regardée depuis sa position de yoga compliquée. (Cou et bras sur le sol, elle avait le dos à la verticale, les jambes tendues puis redescendant en angle par rapport au sol. J'essayais de l'imiter, et même si j'étais très souple, je n'étais pas très à l'aise à l'idée de mettre autant de poids sur mon cou.)

— Tu devrais faire un peu plus attention à notre calendrier d'événements, chérie. Tu as un statut social à tenir, maintenant ! Tu ne peux pas te contenter de passer tes journées à te battre et te ficher de ta réputation.

Elle l'a dit avec un sourire charmant, adoptant une autre position compliquée. Bientôt, ses jambes étaient tendues tout droit en l'air, et elle faisait un drôle de poirier où seuls sa tête, son cou et le haut de ses épaules touchaient le sol.

Venu de n'importe qui d'autre, ce commentaire condescendant m'aurait énervée. Mais je savais qu'elle ne disait pas ça pour me rabaisser. Elle n'était juste pas consciente du fait que certaines personnes ne partageaient pas ses centres d'intérêt. Et, à sa manière, je suppose qu'elle m'aimait bien. Un petit peu.

— Mais bref. C'est la fête que les dieux et les déesses donnent en notre honneur ! Elle a lieu la nuit qui précède la première Épreuve, soit dans trois jours. Il est fortement recommandé de porter une tenue formelle, mais je suis sûre que mon bébé va y aller en armure, comme d'habitude. Je n'arrête pas de lui dire que les armures en cuir, c'est complètement dépassé de nos jours, mais il est un peu têtu. C'est pas grave ; je l'aime quand même. Mais il n'empêche : je n'aurai personne avec qui m'assortir. Et soyons honnêtes, ton amoureux va sans doute porter une affreuse armure, lui aussi. Donc, je pense que nous, les filles, on devrait assortir nos tenues les unes aux autres !

Elle a quasiment poussé un cri de joie suraigu à la fin, et j'ai frissonné.

Super idée. Génial, vraiment. Pile ce que j'avais besoin d'entendre par un si bel après-midi. Le sens de la mode de Mei était très perché. Elle aimait les robes courtes et sexy, les hauts à paillettes et les mini-shorts. Elle voulait se sentir belle, et ça ne la dérangeait pas d'attirer les regards au passage. Elle portait ses vêtements et son maquillage comme des armes ; si une tenue sexy pouvait l'aider à atteindre ses objectifs, elle en porterait une sans hésitation.

Je respectais ça.

Cependant, je ne me sentais pas à l'aise quand ma peau était trop visible. Il y avait des stéréotypes et des modèles à suivre dans le monde de la gymnastique, et bien que je n'aie jamais été en surpoids, je n'étais pas non plus la plus fine de mon équipe. Les commentaires sournois et les blagues laissaient leur marque, même quand les gens prétendaient qu'ils ne les pensaient pas. Alors, oui, je portais des shorts et des robes. Mais ça me mettait mal à l'aise de montrer plus de peau que nécessaire.

En plus, elle adorait les paillettes, les froufrous et toutes les teintes de rose possibles et imaginables.

J'avais peur de ce à quoi allaient ressembler ces looks assortis.

— J'ai même pas de jolie robe, Mei. Je pense pas que je vais porter quoi que ce soit de différent de d'habitude.

Mei a secoué la tête, ce qui était une sacrée performance, dans cette position de poirier bizarre.

— T'inquiète pas pour ça ! On n'est pas autorisés à sortir du complexe pour pas que les gens essaient de s'enfuir, mais des couturiers et des marchands de vêtements vont venir demain. Ils seront là pour s'assurer qu'on ait des tenues appropriées pour rencontrer les dieux. Et le meilleur dans tout ça, c'est que ça ne nous coûtera rien ! C'est un cadeau avant qu'on commence le Tournoi.

Comme c'était excitant. Et comme c'était généreux de la part des dieux et des déesses de nous offrir une jolie petite robe à porter le soir avant qu'on aille se battre pour nos vies. Le pire, c'était que je n'avais aucun argument à opposer à Mei. Résignée, j'ai haussé les épaules et lui ai offert un sourire pincé, le genre de sourire que je faisais quand j'échangeais un long regard avec un inconnu dans la rue.

— Génial ! J'ai trop hâte ! On va tellement bien s'amuser, tous ensemble !

Je savais que je n'aurais pas été convaincante si j'avais essayé de faire semblant de partager son enthousiasme, alors je suis restée silencieuse. À la place, je me suis concentrée pour essayer d'imiter les mouvements de yoga sophistiqués de Mei. Elle m'avait dit qu'on pouvait y aller doucement, mais je doute qu'elle se souvienne de ce à quoi elle ressemblait la première fois qu'elle avait fait du yoga.

Quand on a *enfin* atteint la dernière salutation au soleil, j'étais à *ça* de feindre une déchirure musculaire pour que ça s'arrête. Par chance, je savais plutôt bien faire la salutation au soleil, alors ça m'a permis de finir cette séance de yoga « débutant » sur une note à moitié positive.

— Ah, s'est extasiée Mei, l'air rajeunie. Ça m'a fait tellement de bien ! Je suis contente qu'on ait pu faire ça ensemble. Le yoga rapproche les gens, tu sais ?

Mon premier réflexe a été de lever les pouces. Bons dieux, lever les pouces. Heureusement, Mei n'a pas fait de commentaire sur ma bizarrerie ; ou plus probablement, ne l'a pas remarquée.

On a pris nos affaires et été au réfectoire. Mei a fait le plus gros de la conversation pendant le trajet, et elle attendait uniquement de moi que je hoche la tête ou marmonne mon approbation aux bons moments pour continuer. Et, croyez-moi, j'appréciais grandement ça, car j'étais trop fatiguée de ma journée pour tenir le genre de conversations sans fin que Mei appréciait.

On avait parcouru la moitié du couloir menant au réfectoire quand j'ai entendu le vacarme. Au départ, on aurait dit des conversations bruyantes, mais ça s'est rapidement changé en cris et en bruits de chair frappant la chair. Mei et moi avons échangé un regard inquiet, nous demandant ce qui se passait.

Je n'étais pas du genre à courir à la rencontre du danger, d'habitude. Un mois plus tôt, j'aurais probablement fui ou me serais cachée en entendant les cris. Je tenais beaucoup trop à ma vie et à mon intégrité physique pour prendre des décisions stupides, en particulier en ne connaissant rien aux arts martiaux. Mais quatre semaines ici m'avaient changée de bien des façons. Sachant que mes trois amis étaient censés nous retrouver dans le mess, j'ai couru d'instinct dans cette direction pour m'assurer qu'ils allaient bien.

Mei et moi avons couru jusqu'à la lourde double porte. Elle était légèrement entrebâillée, et on n'a eu qu'à la pousser de quelques centimètres pour se retrouver face à une vision surréaliste. La plupart des Bronzes dans la salle étaient en train de se battre. Genre, un véritable combat de rue où on se tirait les cheveux, on se frappait dans les dents et on collait son genou dans les organes génitaux des hommes. Venant de combattants surentraînés, c'était presque comique.

— Bonnes étoiles, mais qu'est-ce qui se passe ici ?

Les mots de Mei ont parfaitement reflété ma profonde confusion. La bagarre n'impliquait qu'à peu près un tiers des participants (les autres devaient être en route pour aller manger ou toujours en train de s'entraîner), mais c'était incroyablement chaotique et impressionnant.

La première chose que j'ai faite une fois le choc passé a été de chercher mes amis des yeux pour m'assurer qu'ils allaient bien. De là où j'étais, je ne voyais aucun d'entre eux. J'ai été traversée par un soulagement viscéral. Je ne savais même pas pourquoi je m'étais inquiétée, vu la puissance létale des jumeaux et d'Archer.

Mais il apparaissait que je m'étais davantage attachée à ces trois idiots que je ne l'avais anticipé.

— Je sais pas, mais ça n'annonce rien de bon.

J'ai avancé d'un pas, me demandant si j'aurais dû essayer de faire cesser ce combat ou non. Je ne savais même pas comment j'aurais pu faire, de toute façon. La pièce était trop bruyante pour que mes cris couvrent les leurs, et je n'allais pas séparer les gens un par un. Et en y pensant vraiment, je ne m'en souciais pas assez pour essayer. Mei a dû parvenir à la même conclusion que moi, car on s'est toutes les deux appuyées contre le mur près de la porte. Il ne me manquait plus que du popcorn et du Coca, et ç'aurait été comme au cinéma.

Bientôt, les Bronzes ont commencé à utiliser leurs pouvoirs. Entre les coups de poing, les coups de pied et autres mouvements de lutte, certains combattants ont commencé à utiliser des tornades à taille humaine, des vignes qui s'enroulaient autour des membres de leurs ennemis ou encore des plantes carnivores géantes. C'était à la fois perturbant et stupéfiant de voir autant de pouvoirs différents en action en même temps. Et, pendant un moment, ça a été divertissant, parce que je voyais que personne ne frappait pour tuer. On aurait dit que la plupart des Bronzes ne faisaient que relâcher un peu la pression ; d'une manière totalement malsaine, certes, mais la thérapie, sur l'Olympe, ça n'avait pas trop l'air d'être leur truc.

J'ai même eu le plaisir de voir Alexei se gerber dessus après avoir fixé un peu trop longtemps la fille qu'il maintenait au sol. Son esprit avait dû dérailler. J'ai eu une pensée reconnaissante pour Hécate et sa créativité en matière de malédictions.

Cependant, le combat a cessé d'être aussi divertissant quand mes yeux ont accroché un reflet métallique. Portant mon attention dans cette direction, j'ai vu une fille tirer un couteau de sa botte. On n'avait normalement pas accès aux armes en dehors de l'arène d'entraînement ; un sort sur l'entrée nous empêchait de quitter l'arène en en portant une. Et nos couteaux pour déjeuner et dîner n'étaient pas assez coupants pour causer des dégâts importants. Je n'avais donc aucune idée de comment cette fille avait pu mettre la main sur un poignard de trente centimètres de long.

Pour le moment, la fille ne se battait contre personne, se tenant simplement aux limites du tas de Bronzes, analysant ses environs du regard. Je ne savais pas comment elle s'appelait, mais je me souvenais l'avoir vue traîner avec Elena, la regardant avec des étoiles plein les yeux, comme si elle était sa déesse. Si je me fiais à l'expression de la fille (un enthousiasme sanguinaire), elle n'était pas bien intentionnée.

J'ai vu le changement dans ses yeux quand elle a repéré sa proie. La fille a souri alors que son regard se braquait sur le dos d'un gars qui haletait dans un coin après avoir assommé l'un des potes d'Alexei. En un coup d'œil, j'ai reconnu Charlie. Et il n'avait aucune idée du danger qui le guettait. La fille s'est avancée derrière lui, poignard en main, les yeux écarquillés d'excitation.

J'ai essayé de crier à Charlie de faire attention. J'ai crié son nom, mais la pièce était trop bruyante pour qu'il m'entende. Mes jambes se sont mises à courir vers lui avant que je réalise que je n'étais plus à côté de Mei. J'ai couru aussi vite que j'ai pu. Mais il était loin. Trop loin.

Et j'ai vu le moment où la fille a poignardé Charlie dans le dos. Elle a dû avoir de la chance en visant et passer pile entre ses côtes, car son mouvement a été très propre, le poignard transperçant la chair sans rencontrer la moindre résistance. Un cri s'est échappé de la gorge du gamin ; je ne l'ai pas entendu, mais je l'ai vu sur son visage, et il a résonné dans tout mon corps, jusque dans mes os, comme si je m'étais trouvée juste à côté de lui. J'ai vu le moment où la panique s'est allumée dans ses yeux. Sa main est allée à sa poitrine, à travers laquelle la pointe de la lame était ressortie. Il est tombé à genoux. La fille a retiré sa lame et l'a poignardé une seconde fois. Du sang couleur de bronze s'est écoulé de la première blessure. Ses yeux sont devenus vitreux. Et j'étais toujours trop loin.

Le monde est devenu flou autour de moi alors que je courais vers Charlie. J'ai maudit la taille de cette salle, car j'étais encore si loin. Trop loin. Je n'allais jamais l'atteindre avant... avant qu'il ne soit trop tard. Quand bien même, j'ai poussé mon corps à ses limites, zigzagant entre les combattants et les explosions de magie.

Quinze mètres nous séparaient encore quand j'ai vu la lumière s'éteindre dans les yeux de Charlie. La fille se tenait au-dessus de lui, tout son corps barbouillé de sang. Et elle souriait.

Je n'avais jamais été proche de Charlie. On n'était pas amis. Même pas des connaissances amicales. Mais je sentais comme un lien entre nous. On avait été deux parias ici, deux personnes à qui on n'avait pas distribué les bonnes cartes dans la vie. J'avais vu l'espoir fou dans ses yeux, le même que dans les miens. Et je le respectais d'avoir, à son âge, osé décider de se battre malgré tout.

Alors le voir étendu sur le sol, une mare de sang se formant sur le carrelage autour de son corps, me brisait le cœur. Ça me donnait envie de faire payer cette lâche pour l'avoir tué sans lui donner la moindre chance de se défendre. Elle avait usé des avantages déloyaux d'être armée et de frapper par derrière. Et elle allait le payer.

Pour être claire, je n'avais pas de plan.

J'ai couru jusqu'à me retrouver face à la fille qui avait pris la vie de Charlie. La seule chose qui m'est venue à l'esprit a été de me jeter sur elle. J'avais pris beaucoup d'élan et nous avons toutes les deux décollé du sol. J'ai atterri sur elle, suffisamment loin du corps de Charlie pour que l'arme plantée dans son dos soit hors de sa portée. Et puis je l'ai frappée. En pleine face. À en juger par le craquement et son cri, je lui ai cassé le nez.

Ensuite, je l'ai frappée, encore. Et encore. Elle a mis quelques secondes à se remettre du choc avant de commencer à riposter. Elle m'a frappée aux côtes par en-dessous, arrachant l'air à mes poumons. En luttant pour respirer, j'ai pressé mon avant-bras gauche sur sa gorge et déplacé mon poids sur la gauche afin que mon corps l'empêche d'utiliser son bras droit pour m'atteindre. De la main droite, j'ai attrapé son poignet libre et l'ai bloqué contre le sol. Elle s'est débattue, essayant de respirer et de s'échapper. Mais je l'ai maintenue aussi fermement que j'ai pu.

Je n'avais aucune idée de jusqu'où j'étais prête à aller. Mais je savais que je devais la neutraliser rapidement si je ne voulais pas avoir affaire à son pouvoir. Au point où j'en étais, il fallait que je continue sur ma lancée.

Sauf que cette fille n'allait pas se laisser faire et rester allongée là. Ç'aurait bien évidemment été trop facile. Au lieu de ça, elle a fait glisser ses mains hors des miennes et est venue les placer de part et d'autre de mon corps. Elle a poussé et projeté ses hanches en avant, ce qui m'a fait perdre l'équilibre. J'ai dû tendre les mains pour me rattraper, ce qui a permis à la tueuse de sang-froid de se libérer de ma prise.

D'un coup, je me suis retrouvée sur le dos, avec elle sur moi, me frappant en pleine mâchoire. J'ai levé les mains pour me protéger le visage, laissant mes côtes exposées à ses coups. J'ai grogné et dû me forcer à souffler profondément. Merde. Ce n'était pas la meilleure situation dans laquelle se retrouver coincée.

Mais si j'ai pensé que ça n'aurait pas pu être pire, j'avais tort. Car j'ai vite découvert que l'assassin de Charlie avait un puissant tour dans son sac. Elle avait les mains gelées. Littéralement. La Reine des Glaces a mis la main sur ma poitrine, et elle était si froide qu'elle en était *brûlante*. En quelques secondes, mes contractions musculaires ont ralenti jusqu'à ce que respirer devienne difficile. La panique m'a envahie, parce que l'air que je forçais à pénétrer mes poumons se raréfiait tellement que la tête commençait à me tourner.

Je devais riposter. Je ne pouvais pas simplement abandonner maintenant. Rester fairplay n'allait pas m'aider à gagner, alors j'ai visé les yeux. Ça a dû être douloureux, car la Reine des Glaces a hurlé et m'a relâchée. Le froid s'est estompé juste assez longtemps pour que je l'étrangle dans un élan de désespoir.

Et j'ai serré mes mains autour de son cou.

J'ai senti le moment où son corps est devenu mou et inerte. Je ne sais pas combien de temps je l'ai maintenue ainsi, mais j'étais terrifiée à l'idée qu'elle puisse m'attaquer à nouveau si je la lâchais. Je ne voulais pas la tuer. Mais je savais très bien que si je lui donnais une autre chance de me faire du mal, je n'aurais plus été capable de me défendre. À ce moment-là, c'était l'instinct de survie pur qui me faisait tenir.

Au bout d'un moment, le froid qui émanait toujours d'elle à l'intérieur de moi a sapé mes forces. Bientôt, mes bras n'étaient plus capables de maintenir la pression, et j'ai dû lâcher. Je m'attendais à ce que la Reine des Glaces se remette immédiatement à me frapper, mais elle ne l'a pas fait. Au lieu de ça, elle tombée mollement sur moi, inconsciente.

Ou *morte*.

Bons dieux, j'espérais que ce n'était pas le cas. Je la méprisais et la haïssais pour avoir assassiné Charlie de sang-froid, mais je ne voulais pas qu'elle meure. Je ne voulais pas la tuer. Je n'aurais plus jamais pu me regarder dans une glace si je l'avais fait.

Elle était toujours immobile, et le seul signe qu'elle était (probablement) toujours en vie était le froid que son corps diffusait dans le mien. J'étais doucement gagnée par une panique silencieuse. Je savais que je n'allais pas bien, et que mon corps entrait lentement en hypothermie. J'allais mourir de froid si je n'éloignais pas rapidement la Reine des Glaces de moi.

Forcer sur mes muscles raidis pour repousser la Reine des Glaces m'a pris les dernières forces qu'il me restait. Quand j'en ai eu fini, le soulagement a été instantané ; plus de froid s'écoulant à l'intérieur de moi. Cependant, je n'étais pas encore en sécurité.

Je ne me réchauffais pas assez rapidement.

Le combat avait l'air lointain à mes oreilles, étouffé par des murs épais. Doucement, ma vue est devenue sombre et trouble. Je ne pouvais pas m'empêcher d'être déçue de moi-même. Après tout, j'avais passé un mois à m'entraîner dur pour devenir une vraie combattante. Premier combat en situation réelle, et me voilà. Sur le point de mourir. Même pas au cours d'une Épreuve, mais au milieu du putain de réfectoire.

Quelle mort nulle ce serait ; gelée dans un pays où il faisait toujours agréablement chaud.

Bientôt, mon corps a été si épuisé de se battre pour survivre avec de faibles ressources en oxygène que je n'ai plus été consciente de ce qui se passait autour de moi. Pendant un instant, j'ai eu l'impression que Makaio était juste là, à côté de moi. Ses yeux étaient brillants de joie, comme à chaque fois que je l'emmenais faire du skate. Et je lui ai demandé pardon, même si je savais qu'il ne pouvait pas m'entendre. Il ne se souvenait même plus de moi.

Et puis, juste au moment où ce qui restait de ma conscience s'est demandé combien de temps il fallait à quelqu'un pour perdre connaissance pendant une hypothermie prolongée, j'ai senti une chaleur contre moi. Je me suis sentie légère, comme si je volais, et la chaleur s'est étendue dans le côté gauche de mon corps depuis cette présence inconnue.

C'était tellement agréable. Comme si je fondais au soleil.

Jusqu'à ce que la douleur revienne. Une douleur aiguë, terrible. Mes côtes, mes poumons et ma mâchoire me brûlaient là où j'avais pris des coups. Tout mon corps était douloureux à cause du manque d'oxygène et de l'accumulation de dioxyde de carbone dans mes muscles et mes tissus. Et ma gorge me faisait mal là où l'avait serrée la fille que j'étais parvenue, je ne sais comment, à vaincre, mais pas avant qu'elle m'ait changée en glaçon.

Après un long moment, j'ai suffisamment repris conscience de mon corps pour réaliser que je n'étais pas en train de flotter. J'étais dans les bras de quelqu'un. Ce quelqu'un marchait. Et ce quelqu'un était aussi la source de chaleur qui m'avait fait tant de bien.

Ouvrir les yeux m'a demandé beaucoup, beaucoup de force. Et quand j'y suis parvenue, je me suis retrouvée face à face (face à cou, en fait) avec Archer Vasilias. D'une manière ou d'une autre, il a dû sentir mon regard, car il a baissé les yeux sur moi. Il n'a pas souri. Il n'a pas détourné le regard. Il a contracté ses bras pour me tenir plus près de lui. J'ai mis sur le compte de mes blessures le fait que je me suis blottie encore davantage contre son torse.

— Pourquoi est-ce qu'à chaque fois que je te laisse toute seule, tu te fais tabasser, Mayfield ?

— Je sais pas, rayon de soleil. Je suppose que j'aime le danger.

Mes mots n'étaient qu'un croassement douloureux.

Archer a doucement ri à son surnom. Il disait toujours qu'il ne l'aimait pas, mais je trouvais que ça lui allait étrangement bien. Et je savais qu'au fond de lui, ça lui plaisait.

— Je devrais peut-être te surveiller d'un peu plus près, alors.

— J'ai hâte de voir ça, ai-je dit d'un ton impassible avant de refermer les yeux.

Chapitre vingt-et-un

Le jour suivant, j'ai souffert le martyre. C'était comme si un train de marchandises m'avait roulé dessus plusieurs fois d'affilée. J'avais eu du mal à dormir, alors j'avais aussi l'impression de ne pas avoir dormi depuis des années. Et j'avais encore honte de n'avoir vaincu mon adversaire que de justesse et d'avoir frôlé la mort.

Mon moral n'était donc pas au top quand je suis sortie pour l'essayage de la robe.

Mei et Sadie étaient arrivées dans ma chambre trop tôt à mon goût et m'avaient traînée jusqu'à l'endroit où la torture vestimentaire allait avoir lieu. Mei avait, je ne sais comment, réussi à réserver une couturière pour deux heures et était encore plus exaltée que d'habitude, me crevant les tympans en décrivant les tenues qu'elle avait imaginées.

Quant à moi, j'étais trop occupée à tituber sur mes jambes douloureuses de bébé girafe pour réfléchir à quelle couleur irait le mieux avec mon teint.

— Archer t'a emmenée avant que je puisse venir voir comment tu allais, hier soir. Comment tu te sens ? m'a demandé Sadie, l'inquiétude dans la voix.

Je ne pouvais pas m'empêcher de repenser à la nuit précédente. À Archer. À être dans ses bras. Il avait essuyé le sang sur ma figure avec une serviette humide. Il avait été si doux. Ça avait fait battre mon cœur contusionné un peu trop fort. Tout s'était passé dans le silence. Il n'avait rien dit et ne m'avait pas réprimandée pour m'être comportée d'une manière aussi stupide. Je n'avais pas soufflé mot non plus, encore trop affaiblie par tout ce qui s'était passé.

Archer avait fermé les yeux en m'aidant à enfiler des vêtements propres. Ensuite, il m'avait mise au lit, s'assurant que je sois bien bordée dans les couvertures. Et j'avais passé les heures suivantes à écouter sa respiration, régulière et douce, pendant qu'il dormait. Je ne m'étais pas endormie avant un long moment, coincée quelque part entre être éveillée et revivre les événements de la soirée.

— J'ai connu des jours meilleurs. Mais ça va aller. Rien de cassé.

Sadie a hoché la tête doucement.

— Je suis désolée qu'on n'ait pas pu arriver plus tôt.

— C'est pas votre faute. C'est moi et moi seule qui ai pris la décision stupide d'attaquer quelqu'un qui avait une arme et un pouvoir mortel. Je suis simplement heureuse que vous ayez pu me donner un coup de main sur la fin.

— Enfin, on n'a pas fait grand-chose. Archer s'est occupé de Maeve, et Søren a aidé à te réchauffer.

Son nom était donc Maeve. Je m'étais attendue à quelque chose à l'air un peu plus dangereux.

— Est-ce qu'elle est toujours…

Je n'ai pas terminé ma question, mais Sadie a compris.

— Non. Mais ce n'est pas à cause de toi. Elle s'est réveillée pendant que Søren te réchauffait et a essayé de nous attaquer. Archer s'en est occupé et y est peut-être allé un peu trop fort sur la douleur. Mais il y a eu quatre autres victimes. Personne ne nous a vraiment prêté attention, alors on ne devrait pas trop avoir de problèmes.

Cinq personnes étaient mortes. Cinq. Au cours de ce qui ressemblait au départ à un combat de sitcom. Je n'arrivais pas à croire que ça ait pu être aussi meurtrier. L'une des victimes était Charlie. Et j'aurais très bien pu être la sixième.

J'ai mis un moment à digérer cette nouvelle information. Il ne restait que trente-cinq d'entre nous. Trente-quatre Bronzes toujours en vie. Et moi. On s'entretuait déjà et il restait trois jours avant la première Épreuve.

Avant que je puisse demander à Sadie qui était mort exactement, Mei nous a arrêtées devant une porte richement décorée et a frappé dans ses mains avec excitation.

— Nous y voilà, les copines ! C'est parti !

Priant les dieux pour survivre avec une santé mentale intacte, j'ai emboîté le pas à Mei et Sadie. À l'intérieur, la pièce avait littéralement été transformée en dressing. Il y avait des portants de vêtements et encore des portants partout où je posais les yeux. Un mur entier était dédié, du sol au plafond, à des centaines de chaussures. C'était assez impressionnant. Je n'avais jamais vu autant de vêtements dans un même endroit.

Une petite femme se tenait au centre de la pièce sur un piédestal rond. Elle était plus petite que moi. Ce qui était quelque chose, étant donné que la plupart des gens sur l'Olympe me dépassaient d'au moins trente centimètres. Mais cette femme était très petite et toute en formes. Elle avait également l'air d'être en fin de cinquantaine ; étrange, quand beaucoup de divinités et de Dorés décidaient d'arrêter de vieillir bien plus jeunes. On aurait dit la version miniature de la marraine la bonne fée dans Cendrillon ; ce qui s'accordait remarquablement bien avec son métier.

— Bonjour, mesdames ! Je suis Honora, fille d'Hestia, déesse du foyer, de la terre et de la vie domestique. Je serai votre couturière ce matin afin de vous préparer pour la Cérémonie d'Ouverture.

Honora avait une voix mélodieuse, pleine d'enthousiasme. Je sentais déjà qu'elle et Mei allaient s'entendre à merveille.

On s'est présentées chacune notre tour, sans partager notre parenté, toutefois. Je n'ai pas donné la mienne parce qu'elle se fichait sûrement de savoir que mes parents étaient Nicole Mayfield, serveuse, et Keanu Hale, surfeur décédé. Et mes deux amies ont décidé de ne pas dire la leur non plus, je ne sais pas trop pourquoi.

— Bien, maintenant, qui veut commencer ?

Honora avait à peine fini sa phrase que Mei bondissait en avant et sur le piédestal. A suivi une éternité à regarder Mei essayer robe après robe. Elle s'était décidée pour « l'or de la victoire », thème qu'on devait suivre, les robes qu'elle essayait n'étant donc qu'une succession sans fin de divers tissus dorés.

Je m'étais figuré quelque chose du style de ces galas huppés lors desquels les célébrités portaient des tenues extravagantes. Les robes qu'Honora présentait à Mei n'étaient pas le genre de tenues que les vedettes de cinéma auraient portées sur un tapis rouge. C'étaient des versions modernes des robes que portaient les déesses des millénaires plus tôt.

La robe que Mei a choisie était d'une belle couleur or, avec des fils d'argent apparaissant ici et là. Elle avait une coupe sirène et était maintenue sur une seule épaule par une épingle en or massif. Une fente courait sur le côté, permettant à sa jambe de se montrer jusqu'à la cuisse au fil de ses mouvements.

Honora a passé étonnamment peu de temps à ajuster la robe au corps de Mei. C'était impressionnant parce qu'elle ne touchait même pas les aiguilles. Elles flottaient autour d'elle, filant là où elle voulait qu'elles aillent dans une danse compliquée.

Puis ça a été au tour de Sadie. La Bronze blonde a choisi une robe bleu foncé avec un ruban doré autour de la taille qui mettait ses yeux en valeur. La forme était magnifique sur ses jambes interminables, et la couleur allait très bien avec son teint bronzé et ses cheveux clairs. Elle était radieuse dedans.

Quand ça a finalement été mon tour de monter sur le piédestal, j'étais à la fois prête à en finir et nerveuse. Je n'avais jamais vraiment porté de robes aussi sophistiquées que celles qu'Honora avait apportées aujourd'hui. Maman n'avait jamais eu l'argent pour se permettre de m'acheter une robe élégante pour le bal de promo ou celui des anciens élèves. J'étais allée acheter des robes en friperie et avait utilisé de vieilles tenues dont l'une de nos voisines, Mme Lopez, s'était servie pour ses filles plus âgées. Elles étaient mignonnes, mais pas faites sur mes mesures ni des plus belles soies.

J'étais nerveuse parce que je n'avais aucune idée de ce que je voulais. Aucune idée de quelle couleur aurait le mieux convenu. Est-ce que porter telle ou telle couleur était un affront aux dieux ? Aurais-je dû porter une tenue qui me faisait davantage ressembler à une Bronze, ou opter pour quelque chose qui pouvait convenir à une humaine ? Quelque chose qui me donnait l'air farouche ou quelque chose de plus discret pour ne pas être vue dans la foule ? Est-ce que ça avait une quelconque importance ?

La rumeur selon laquelle j'étais une mortelle ne s'était pas encore propagée parmi les participants, ce qui était extrêmement étrange. Les jumeaux, Archer et moi nous étions attendus à ce qu'au moins quelques Bronzes aient eu des contacts avec leurs parents, qui auraient reçu l'information de leurs connaissances sur l'Olympe. Mais non. Personne ne m'avait même soufflé la moindre question sur ma parenté. Pour tout le monde, je restais l'empathe qui n'avait quasiment aucune puissance.

Mais maintenant qu'on allait à une fête où tous les dieux et déesses seraient présents, j'avais peur que l'information sorte. Et je craignais la réaction des autres participants, surtout après ce qui s'était passé dans le réfectoire la veille au soir.

Je ne voulais pas attirer l'attention. Mais en même temps, si je perdais le contrôle de la situation, si tout le monde découvrait que je n'étais pas l'une des leurs, je voulais pouvoir contrôler tout le reste. Je voulais que les gens sachent que je n'avais pas peur.

Ainsi, cette tenue dépendait potentiellement de beaucoup de choses.

Honora m'a regardée pendant une minute, tournant doucement autour de moi et examinant mon corps sous tous les angles. Ça a pris si longtemps que j'ai dû me retenir de gesticuler inconfortablement sous son regard.

— J'imagine quelque chose de léger et d'aérien, comme la brise sur l'océan et la lumière d'un soleil d'hiver.

Honora a fait de grands gestes avec ses mains comme si elle pouvait voir ladite brise. J'étais perplexe. Quel genre de robe pouvait représenter le vent et la lumière du soleil ? Pas quelque chose que j'avais déjà porté, ça c'était sûr.

— Euh… D'accord ? À quoi ça ressemble exactement ?

— Ma chère, préparez-vous à être ébahie ! Enchantée ! Oserais-je le dire, époustouflée !

Oh. Eh bien, dans ce cas. J'étais de plus en plus curieuse de voir ce que la petite mais puissante Dorée me réservait.

Elle avait à peine fini de parler qu'elle était déjà en train de courir d'un bout à l'autre de la pièce, chantonnant pour elle-même tout en cherchant, j'imagine, des robes qui correspondaient à sa vision très abstraite. Pendant tout ce temps, je me suis attendue à ce qu'elle se mette à chanter « Bibbidi bobbidi boo » d'un instant à l'autre.

Elle est revenue vers moi avec une unique robe sur le bras. Ça m'a surprise, étant donné que Mei et Sadie avaient essayé au moins quinze et dix robes, respectivement.

— J'ai le vêtement parfait pour vous, jouvencelle.

Sans attendre de commentaire de ma part, Honora a agité les mains, et un brouillard pailleté s'est élevé autour de moi, cachant mon corps tandis que de minuscules papillons de tissu faisaient flotter la robe vers moi et me la faisaient enfiler de force. Le processus avait l'air cool vu de l'extérieur, mais c'était incroyable ce que ces petites choses avaient de force pour soulever et rabaisser mes bras, enlever mes vêtements et me passer la robe.

Aussi vite qu'ils étaient venus, le brouillard et les papillons de tissu ont disparu. Il y avait un miroir face au piédestal, et quand j'ai regardé dedans, je ne me suis pas reconnue. La fille dans le miroir était majestueuse. La robe était blanche, avec un dégradé tirant vers le bleu clair dans le bas de la robe. Elle descendait jusqu'au sol, tombant en petites vagues autour de mon corps. Le bustier était plus serré, avec des tresses dorées soulignant le bas de ma poitrine et de mes côtes. Le tissu, de la soie blanche et délicate, s'amassait pour passer sur mes épaules avant de devenir un drapé qui s'enroulait autour ma taille par la droite et de remonter devant moi pour s'attacher à mon épaule gauche avec une belle épingle dorée. Je ne la voyais pas très bien comme elle reposait près de mon cou, mais l'épingle ressemblait à un soleil. Le reste du tissu pendait devant mon dos nu, me chatouillant la peau.

Elle était belle. Et je pouvais voir ce qu'Honora avait voulu dire avec toute cette métaphore de brise et de soleil. La robe était aérée et légère comme une plume autour de mes jambes, accompagnant les mouvements de mon corps sans jamais coller à ma peau de trop près. Et le dégradé blanc et bleu clair rappelait les couleurs vives mais froides des matins d'hiver quand il n'y avait aucun nuage et que le soleil était de sortie, illuminant le monde sans le réchauffer.

Plus je me regardais, plus je me sentais puissante et indomptable. Peut-être pas comme une Bronze, mais cette tenue me rendait fière de moi-même et du chemin que j'avais parcouru ; fière de mon sang rouge rubis.

— Elle est magnifique, K. Tu es magnifique, s'est exclamée Sadie d'une voix douce, une main sur le cœur.

Mei a acquiescé et ajouté quelque chose à propos d'Archer qui allait tomber à la renverse en la voyant. Mais je ne pouvais pas décrocher les yeux de mon reflet. Comment une simple robe, peu importe combien elle était incroyable, pouvait-elle me donner l'air si différent de celle que j'étais habituellement ?

— Qu'en pensez-vous ? Votre cœur est-il comblé par cette robe ?

J'ai regardé Honora, arrachant mon regard au miroir, et ai hoché la tête. J'étais comblée par cette robe. Je me sentais belle et sexy et capable de tout. Je me sentais forte d'une manière que j'avais ardemment recherchée depuis que j'avais atterri sur l'Olympe.

— C'est la bonne.

Mon cœur a tant accéléré à ses mots que j'ai eu l'impression de dire « oui » à une robe de mariée. Mais pour la plupart des gens, c'était sans doute tout aussi important qu'une robe de mariée ; la Cérémonie d'Ouverture allait être le symbole du début d'une nouvelle vie. Cette robe allait être mon armure face au début du reste de ma vie.

Chapitre vingt-deux

C'était le jour J. Le grand jour, le moment où tout cet entraînement et mes semaines de préparation allaient s'achever. Ce soir se tenait la Cérémonie d'Ouverture d'un Tournoi auquel j'avais très peu de chances de survivre. Un Tournoi qui allait être déterminant pour le reste de ma vie ; littéralement.

Et ce soir, je devais être impressionnante. Je devais prouver que je faisais partie de ce monde même si la plupart des gens sur l'Olympe n'accepteraient jamais que les gens comme moi, les mortels, s'approchent d'eux.

Ce soir, je me produisais en spectacle. J'allais faire semblant d'être une Bronze. Faire semblant d'être aussi forte et sûre de moi que n'importe quel autre participant, peu importe quelles informations étaient révélées au grand jour. La couleur de mon sang ne déterminait pas ma valeur.

Peut-être que si je me le répétais assez souvent, ça allait devenir réel.

Sadie et Mei se préparaient derrière moi, se plaignant de ce que Søren et Archer avaient décidé de porter ; l'armure en cuir, bien sûr. Elles étaient toutes les deux énervées par le manque de sens de la mode des garçons et se demandaient pourquoi ils continuaient à refuser de porter de beaux vêtements.

À part faire les bons bruits aux bons moments, j'étais concentrée sur la touche finale à apporter à ma tenue. Je n'avais jamais mis autant de temps à me préparer auparavant, mais aujourd'hui me semblait être un jour important. Je voulais que mon apparence soit parfaite, ne présenter aucune faille. La robe allait bien sûr y aider, mais je devais encore peaufiner mon maquillage. Heureusement, Sadie m'avait je ne sais comment dégoté des ustensiles de maquillage terriens.

J'en remerciais les dieux, car je n'avais aucune idée de comment utiliser ces poudres bizarres qui changeaient de couleur et ces pinceaux animés.

Fond de teint. Correcteur. Poudre bronzante. Highlighter. Blush. Fard à paupières. Rouge à lèvres. J'avais tout sorti et étais actuellement en train de me battre avec mon eyeliner. Réussir à faire en sorte que les deux côtés soient symétriques était toujours compliqué.

— Qu'est-ce que tu fais, K ? a demandé Sadie quand j'ai enfin lâché un bruit satisfait.

— Comme l'a un jour dit la reine, j'essaie de « dessiner l'œil de chat assez pointu pour tuer un homme ».

— La reine d'Angleterre ?

J'ai ri à l'image que les paroles de Sadie ont fait surgir dans mon esprit. J'aurais payé pour voir la reine d'Angleterre mettre de l'eyeliner.

— Non, je pense pas qu'Elizabeth II porte de l'eyeliner ou écrive des poèmes dessus.

— Alors qui est la reine ?

J'ai haussé un sourcil en la regardant.

— Taylor Swift, bien sûr.

Mei a commencé à chanter l'une des chansons les plus connues de Taylor Swift, et je l'ai suivie en riant. Sadie a souri, mais n'a pas fredonné l'air avec nous, et encore une fois, je me suis demandé comment elle pouvait ne pas connaître les chansons pop les plus célèbres de ces dernières années. Elle aimait le vieux rock, d'accord, mais personne ne pouvait grandir au vingt-et-unième siècle et ne pas connaître les chansons les plus connues de Taylor Swift.

On était encore en train de rire et d'humeur radieuse quand on est sorties de la chambre. J'avais réussi à dessiner mon eyeliner super pointu, et avec la touche finale de mascara, je me sentais prête à repousser tous mes ennemis. Ou presque.

— Merde, les filles, vous avez mis le paquet !

Søren a même sifflé sa copine, et elle a poussé un cri perçant de plaisir et presque couru vers lui. Il a essayé de l'embrasser, mais elle l'a arrêté d'un « tu-tu-tu » et a tourné la tête pour qu'il embrasse sa joue à la place.

— Tu peux pas m'embrasser ! Tu vas ruiner mon maquillage !

Je ne me suis pas intéressée à l'heureux couple très longtemps, cependant. Au lieu de ça, mes yeux ont été attirés vers Archer comme par un aimant. Je m'étais attendue à une armure hideuse, mais la tenue qu'Archer portait était plutôt belle. Son corps était recouvert de cuir des épaules aux chevilles, et le matériau était serré de sorte à mettre en valeur ses muscules fins. Des pièces de métal étaient attachées sur son torse pour protéger les organes les plus importants, et plusieurs couteaux étaient accrochés à sa taille et à ses cuisses.

Il était beau à en avoir l'eau à la bouche.

Et j'avais un mal fou à détourner mon attention tellement son corps avait l'air fort dans cette tenue de cuir.

— Ça te va bien, Mayfield.

Sa voix a fait naître des frissons dans tout mon corps. À en croire le sourire en coin confiant qui est apparu sur son visage, il a dû le remarquer.

— Attention, rayon de soleil. On croirait presque que tu me fais un compliment.

— Bonnes étoiles, j'adore ce surnom, hein rayon de soleil ? l'a taquiné Sadie en riant.

Il lui a fait un doigt, faisant redoubler son rire.

La chamaillerie de frère et sœur qui s'est ensuivie a au moins eu un avantage : elle m'a donné le temps de me reprendre. J'ai passé presque une minute à me rappeler à moi-même que je n'étais pas là pour baver sur Archer. C'était mon ami. Mon faux petit-copain. Et c'était tout ce qu'il serait jamais. Lui et moi, ça n'avait aucun sens. Et il ne m'aimait pas de cette manière ; je ne le savais que trop bien.

J'avais juste besoin que mon corps comprenne ce point capital.

— Est-ce qu'on y va ?

Søren m'a regardée curieusement, me faisant réaliser que tout le monde avait déjà commencé à marcher et que j'étais restée figée sur place.

Secouant la tête dans l'espoir que ça m'aiderait à chasser les pensées indésirables qui l'habitaient, j'ai emboîté le pas à mes amis.

On était tous parcourus par cette énergie électrique bizarre. C'était en partie de l'excitation à l'idée de la fête (rencontrer les dieux et les déesse, ce n'était pas rien), en partie de la nervosité à l'idée que le Tournoi commençait le lendemain, et le reste, c'était l'inquiétude que tout se passe bien au cours de la fête. Et ce dernier élément prenait toute la place.

L'une des bombes potentielles était que Mei n'était pas encore au courant pour mes pouvoirs non-existants et mes parents très très humains. Ce n'était pas tant que moi ou les autres ne lui fassions pas confiance plus que le fait qu'elle aimait échanger des potins, et qu'on ne voulait pas qu'elle fasse fuiter l'information sans même s'en rendre compte. De plus, ça faisait si longtemps qu'on était là que ça semblait bizarre d'aborder le sujet maintenant.

Mais le fait était qu'elle allait probablement l'apprendre ce soir, en même temps que des dizaines de Bronzes que je serai supposée affronter au cours du Tournoi.

J'ignorais comment elle allait réagir. J'aurais voulu avoir eu le cran de lui dire avant la fête, mais j'avais été lâche et préféré profiter au maximum de ces derniers jours.

Maintenant qu'on s'approchait du lieu de la fête, je sentais une boule dans ma gorge, qui grossissait encore et encore. J'avais commencé à apprécier Mei, ses manies et ses sourires contagieux. Elle était drôle. J'avais appris à bien la connaître ces deux dernières semaines, et je ne voulais pas que notre amitié s'achève sur une mauvaise note.

— Tu as l'air stressée, Mayfield. C'est inconvenant.

J'ai lancé un regard ennuyé à Archer. C'était un commentaire vraiment très constructif, merci beaucoup. Et, comme d'habitude, il était d'un calme olympien, ce qui m'exaspérait ; fortement.

— Oh, allons, je ne le disais pas comme ça. Tu es bien plus tendue que d'habitude. Ce ne sera pas aussi terrible que tu le penses.

— Je n'ai pas besoin de mots vides pour me réconforter, Archer.

— Je ne fais pas de promesses en l'air. Tu le sais très bien. Je ferai en sorte que tout se passe bien. (Ensuite, il m'a jeté un regard appuyé et a ajouté :) Je te le promets.

J'ai plongé mon regard dans le sien pendant quelques secondes, assez longtemps pour voir qu'il était extrêmement sérieux. Savoir qu'Archer Vasilias couvrait mes arrières était agréable, je ne pouvais pas le nier. Mais que je sois damnée plutôt que de lui montrer à quel point je lui étais reconnaissante pour ses mots et sa présence. Alors j'ai hoché la tête avec raideur et ai reporté mon attention sur ma marche.

On se dirigeait vers un portail qui allait nous transporter jusqu'au lieu des festivités. C'était le même procédé que celui qu'avait utilisé sur moi le Chasseur-machin-chose pour m'emmener du pas de ma porte d'entrée sur Terre jusque sur l'Olympe, en plus stable et capable de transporter plus de personnes. J'étais un peu nerveuse à propos de toute cette histoire de voyage dans l'espace, mais les jumeaux m'avaient assuré que c'était « très amusant ». Évidemment, ça n'avait pas aidé.

Le portail avait été ouvert dans la Fosse par l'une des filles d'Hermès. Quand on est arrivés dans l'arène, je n'ai pas pu m'empêcher d'être impressionnée par la masse tourbillonnante bleu et violet de trois mètres de haut qui flottait silencieusement au-dessus du sable. Des Bronzes ont marché droit au travers et ont disparu. Pouf. Juste comme ça, ils étaient partis. C'était comme regarder un film de fantasy ou de superhéros ; ça avait l'air totalement impossible et irréel.

Mei et Søren discutaient toujours avec animation alors qu'on s'engageait dans la file. Quelques groupes de Bronzes nous précédaient, et j'ai eu largement le temps d'observer le processus. C'était assez simple. On devait juste marcher droit dans le portail. Qui n'aurait pas voulu faire l'expérience du quai 9 ¾ ? Mais malgré tout, alors que la file s'amoindrissait jusqu'à disparaître et qu'on était les prochains, j'ai dû respirer profondément pour calmer mon cœur qui battait la chamade.

Sadie est passée droit à travers, suivie de Søren et Mei. Et puis le portail a été en face de moi, imposant et intimidant.

— Tout va bien se passer, Mayfield. Tu n'as qu'à avancer et ne pas t'arrêter. Arrête de trop réfléchir ; tu me donnes mal à la tête.

— Archer Vasilias, toujours aussi pédagogue, hein-

Je me suis arrêtée net, car il a traversé le portail en riant, et je me suis retrouvée seule.

Quelqu'un derrière moi à grommelé que ça devenait long. Et, oui, je faisais bouchon dans la file. Mais j'avais encore besoin de quelques petites secondes.

J'ai fait un pas en avant, le portail n'étant plus qu'à quelques mètres. Les couleurs tourbillonnantes étaient presque hypnotiques. Si belles.

Un pas. Un son doux émanait du portail, comme s'il y avait quelqu'un à l'intérieur, chantant une berceuse et m'appelant.

Un pas. De l'électricité statique sortait de la masse mouvante. Je la sentais sur ma peau, dans mes cheveux.

Un pas. J'étais si près que seuls quelques centimètres me séparaient de l'inconnu.

Un pas.

Ma jambe est passée à travers le portail, puis le reste de mon corps. Je ne me suis pas arrêtée. Je n'ai pas ralenti. J'ai simplement continué à avancer. Passer à travers le portail était comme entrer dans un bain parfaitement à température, suivi de l'impression d'être dans des montagnes russes pile au moment où ça accélérait pour la première fois.

Et puis ça a été fini.

Le portail m'a recrachée et j'ai trébuché, réussissant de justesse à rester debout.

Une fois mon équilibre stabilisé, j'ai levé les yeux pour découvrir le plus bel endroit où j'avais jamais été. On était au milieu de ce qui ressemblait à un jardin exotique. La clairière était entourée d'arbres épais aux grandes feuilles, des plantes grimpantes pendant de leurs branches, et de fleurs colorées. Je pouvais voir des oiseaux aux couleurs vives et de petits animaux dans les arbres et les buissons, aucun d'eux ne ressemblant à quoi que ce soit qu'on ait sur Terre. Au-dessus de nous, le ciel était du beau bleu d'une claire journée d'été.

Et je n'ai pas été déçue par la fête non plus. Il y avait un petit orchestre dans un coin, en train de jouer une mélodie captivante. Des serveurs se déplaçaient dans la foule avec des plateaux de petits amuse-bouche et des flûtes remplies d'un liquide doré ; de l'ambroisie. Il y avait de petites faes lumineuses partout, flottant au-dessus de la tête des invités et donnant à la scène un air enchanté.

Et les invités.

Les invités étaient parmi les plus belles personnes que j'avais jamais vues. Les Bronzes étaient en général sublimes. Mais les divinités ? Les dieux et les déesses, c'était autre chose. Ils avaient des corps parfaits et une lueur intérieure les rendait magnétiques. Leurs vêtements ressemblaient à de la lumière lunaire et solaire tissée, brillant comme des joyaux. Leurs tenues étaient extravagantes, somptueuses et, parfois, plus déshabillées qu'il n'aurait été convenable sur Terre. Il était presque impossible de ne pas les regarder.

J'avais oublié combien Zeus, Artémis et Athéna m'avaient impressionnée la première fois que je les avais rencontrés. Ou peut-être que j'avais été trop ailleurs pour y faire attention. Mais être entourée de toutes ces divinités dans leurs plus beaux atours me faisait me sentir petite et insignifiante. Et j'ai compris pourquoi les Grecs anciens les avaient vénérés.

Ils étaient la version parfaite des humains. Ou les humains étaient une version imparfaite des dieux. Dans un sens comme dans l'autre, je me sentais presque mal à l'aise de les dévisager d'un air abasourdi. Ils étaient si impressionnants que j'ai pensé que je n'aurais pas dû être autorisée à les regarder aussi longtemps.

Mon pauvre petit esprit humain était submergé par la vue. Comment était-il seulement possible que je me tienne au même endroit que de véritables dieux et déesses ? Comment pouvait-on respirer le même air ? Et comment diable ma vie avait-elle changé à ce point ?

— Ils ont peut-être l'air impressionnants, mais crois-moi : les dieux ont plus en commun avec les mortels que tu ne l'imagines.

La voix grave d'Archer a agi comme un électrochoc, m'arrachant à ma stupéfaction.

— Archer ! Tu ne peux pas dire ça !

Sadie a lancé un regard lourd de sens à Archer, comme s'il aurait dû avoir plus de jugeote. L'Olympe était-il un régime dans lequel les citoyens n'avaient pas le droit de critiquer leurs chefs ?

— Ce n'est pas comme si je criais des blasphèmes à la volée ; tu devrais te calmer, Aska. Je dis simplement que sous les aspects qui importent le plus, les dieux ne sont pas les êtres parfaits dont ils se donnent l'air ici.

J'ai haussé les sourcils, surprise par l'usage qu'avait fait Archer du nom de famille de Sadie. Il ne plaisantait pas. Sadie a secoué la tête, clairement mécontente des paroles d'Archer. Il a haussé un sourcil, la mettant au défi de le contredire. Elle n'en a rien fait, mais lui a lancé un regard qui laissait entendre qu'il aurait dû la fermer. Haussant les épaules, Archer a passé une main sur mes épaules et m'a conduite loin de l'énervement de Sadie.

— Bref, comme je le disais, tout ça n'est qu'une mascarade pour nous intimider avant le Tournoi. Pour nous en mettre plein la vue et nous encourager à nous battre jusqu'à la mort pour intégrer leur monde. (Il murmurait à mon oreille tout en nous faisant passer entre les gens.) Ce n'est que de la manipulation, si tu veux mon avis.

Un serveur est passé près de nous. Archer a attrapé deux flûtes et m'en a donné une.

— Ne bois pas trop vite. Ça aura le goût de ta boisson préférée, alcoolisée ou non. Mais ils mettent souvent de l'alcool dedans, alors tu vas t'enivrer très rapidement.

Bon conseil, pour une fois. Curieuse de cette fameuse boisson, j'ai pris une minuscule gorgée. Immédiatement, un goût de Coca Cola a empli ma bouche. La boisson gazeuse avait toujours été un favori dans la maisonnée Mayfield, et on célébrait les réussites importantes avec une cannette. On n'en avait pas souvent, mais j'avais utilisé mes pourboires plusieurs fois pour acheter un pack de six cannettes. En sentir le goût maintenant m'envahissait de bons souvenirs, et j'ai fermé les yeux pour savourer.

Je comprenais pourquoi l'ambroisie était si convoitée ; elle avait exactement le goût de mes souvenirs préférés.

Les yeux fermés, j'ai pris une seconde pour tout ressentir. Le bras d'Archer sur mes épaules. Le goût du Coca parfaitement frais dans ma bouche. L'odeur entêtante des fleurs qui entouraient la clairière et l'odeur tempêtueuse qui accompagnait toujours Archer. La mélodie qui nous entourait était si belle qu'elle me faisait monter les larmes aux yeux si je me concentrais trop longtemps dessus, comme si la musique pénétrait dans ma poitrine et pressait hors de moi toutes les émotions que je réprimais.

C'était comme vivre la vie de quelqu'un d'autre. Quelqu'un qui allait à des fêtes chic, portait des robes somptueuses et buvait des boissons coûteuses. Quelqu'un qui pouvait marcher avec un bel homme à son bras sans qu'on lui pose de questions. Quelqu'un qui était quelqu'un. Quelqu'un d'important et quelqu'un qui était à sa place.

J'aimais un tout petit peu trop ça.

Parce que je savais que rien de tout ça n'était réel ; du moins, pas pour moi. Je ne serai jamais le genre de fille qui aurait sa place dans une foule de Bronzes, de Dorés et de divinités.

Mais le temps d'une nuit, je pouvais faire semblant.

Chapitre vingt-trois

Le début de la fête s'est bien passé, si bien que j'ai commencé à penser que les inquiétudes qui m'avaient empoisonné l'esprit ces derniers jours étaient totalement infondées.

J'ai bu de l'ambroisie. J'ai mangé de petits amuse-bouche sophistiqués ; je n'ai pu identifier aucun d'entre eux, mais c'était meilleur que tout ce que j'avais mangé jusqu'à présent, comme la nourriture digne des dieux se devait de l'être. J'ai même dansé avec Sadie et Mei sur l'une des musiques les plus entraînantes.

C'était amusant. Plus que tout ce que j'avais connu depuis des semaines, des mois, peut-être des années.

Quand j'ai commencé à me sentir agréablement légère, j'ai oublié tout ce qui avait pu m'inquiéter avant de passer le portail. J'ai oublié les cinq Bronzes qui s'étaient fait tuer quelques jours plus tôt. J'ai presque oublié la première Épreuve qui commençait le lendemain. J'ai oublié que quelqu'un pouvait révéler que j'étais humaine au cours de la fête. J'ai oublié le risque que Mei découvre que je lui avais menti pendant des semaines, de concert avec son petit-copain et ses amis. J'ai oublié avoir frôlé la mort. J'ai oublié Elena, Alexei et Nathan qui m'avaient presque violée et assassinée. J'ai même oublié Makaio et mes inquiétudes à son sujet.

J'ai tout oublié. L'ambroisie me faisait rire bêtement, et c'était merveilleux.

Alors, quand Zeus est monté, aussi majestueux que toujours, sur une plateforme surélevée et a réclamé notre attention, je ne me suis pas inquiétée. J'étais déjà bien au-dessus de tout ça.

— Très chers Olympiens, dieux, déesses, Dorés, résidents Bronzes et, bien sûr, participants du Tournoi, bienvenue à cette nouvelle édition de la Cérémonie d'Ouverture du Tournoi.

La voix de Zeus a tonné dans l'espace comme si on se trouvait dans un amphithéâtre et non au milieu d'une forêt. Des applaudissements polis se sont élevés autour de moi, mais ni moi ni aucun de mes amis ne nous y sommes joints. Ce n'était pas nécessairement parce que je n'en avais pas envie, mais parce que je ne connaissais pas l'étiquette appropriée, et que quand je me suis préparée à suivre le mouvement, Zeus avait déjà repris la parole.

— Merci à tous d'être venus ce soir afin de prendre part à la célébration d'un autre événement communautaire, qui débutera demain. Je tiens également à faire part de ma reconnaissance à Dionysos, dont les soirées ne cessent de nous émerveiller.

Il y a eu davantage d'applaudissements, et même quelques cris d'excitation, mais j'étais trop occupée à regarder le dieu en question pour m'y joindre. Se tenant sur le bord de la scène, il a accepté les remerciements avec une grâce manifeste. Dionysos était un type de taille moyenne (du moins, selon la norme des dieux) avec un look hippie. De longs cheveux bruns, une barbe artistiquement hirsute, des vêtements trop larges incluant une chemise à imprimé floral et des lunettes aux verres jaunes. Il était probablement le moins intimidant des dieux et des déesses que j'avais rencontrés jusqu'ici, mais c'était peut-être parce que je m'attendais à ce qu'il fasse un « peace and love » avec ses doigts d'un instant à l'autre.

— Avant que nous ne reprenions les festivités, j'aimerais adresser quelques sages paroles à nos chers enfants et petits-enfants qui doivent demain prendre part au début de la cent quarante-sixième édition du Tournoi.

Il a fait une pause dramatique, son regard balayant la foule jusqu'à trouver l'endroit où le plus de participants étaient rassemblés.

— Chers Bronzes, souvenez-vous qu'en prouvant votre valeur dans l'arène, vous faites notre fierté et renforcez notre communauté. Que vous soyez ou non choisis pour fouler de vos pieds le sol de notre montagne sacrée, votre dur labeur et vos sacrifices seront honorés pendant des générations.

La foule a applaudi comme si le Tournoi était une compétition sportive. Comme si on n'allait pas risquer nos vies parce que des divinités et des Dorés n'avaient pas été capables de la garder dans leur pantalon.

— Maintenant, j'aimerais inviter ma chère fille, Artémis, en tant que sponsor principale et maîtresse de jeu de l'événement de cette année, à s'avancer et dire quelques mots d'encouragement.

Zeus a reculé d'un pas, sa toge blanche et son écharpe dorée fendant l'air autour de lui et miroitant au fil de ses mouvements. Sous le couvert de nouveaux applaudissements, Artémis a monté les marches pour rejoindre le roi des dieux sur l'estrade.

Tout comme la première fois que je l'avais vue, Artémis était une étude en or ; tout chez elle, de ses cheveux à sa peau, ses yeux et ses vêtements, était de teintes d'or différentes. Même la robe de Mei avait l'air fade en comparaison. Mais ça ne lui donnait pas l'air bizarre. Elle était lumineuse, à la fois en apparence et en puissance. En comparaison de la dernière fois, elle portait dans son dos un énorme arc en bois et un carquois plein de flèches empennées de rouge.

— Bonsoir. Je suis honorée d'être le sponsor de la cent quarante-sixième édition du Tournoi, cette année.

Artémis avait l'air tout sauf honorée, sa voix teintée d'autant d'enthousiasme que celle de quelqu'un qui va se faire arracher les dents de sagesse.

— Je suis sûre que cette édition nous offrira de beaux spectacles, des prouesses de magie, de force, et révélera certains des meilleurs Bronzes que nous ayons vus depuis des générations.

La déesse s'est arrêtée un instant, laissant les gens applaudir. J'étais trop occupée à retenir mon souffle, pleine d'appréhension, tandis que les avertissements d'Hécate tournaient en boucle dans ma tête. Elle m'avait dit qu'Artémis avait révélé la nature totalement humaine de mon hérédité au cours d'une précédente fête plus ou moins privée. J'espérais qu'elle s'était lassée de sa querelle avec Hécate depuis lors.

— Je suis aussi très fière de sponsoriser la première édition du Tournoi totalement inclusive. En effet, cette année, nous avons le plaisir d'accueillir une courageuse humaine qui a décidé de tenter sa chance et de concourir pour une place parmi les dieux et déesses de l'Olympe.

Avec une main tendue dans ma direction et un regard triomphant, elle s'est exclamée :

— Merci d'applaudir bien fort Kalani Mayfield.

Merde.

La foule avait été heureuse d'applaudir sur demande jusqu'ici, mais cette fois, la clairière est restée silencieuse comme la mort. Je sentais des centaines d'yeux sur moi, l'intensité de leurs regards noirs me brûlant la peau. Soudain, l'armure que constituaient ma robe et mon maquillage avait l'air d'une frêle feuille de papier face à leur colère. J'aurais également aimé que mes amis et moi nous soyons trouvés plus loin du reste des Bronzes qui allaient être nos adversaires.

Tandis qu'ils se rendaient pleinement compte des implications de la bombe qu'Artémis venait de lâcher, j'ai senti mes adversaires passer de l'incompréhension à la colère à l'état pur. Je savais ce qu'ils se disaient : si je parvenais à survivre, je volerais la place d'un Bronze censé vivre sur l'Olympe parmi les divinités et leurs descendants. Une simple humaine ne méritait ni d'être envisagée comme participante ni l'honneur de prendre part au Tournoi. J'étais inférieure à eux. De ce fait, je ne méritais que de retourner parmi les miens ou de mourir.

J'avais passé suffisamment de temps à craindre cette annonce pour avoir imaginé des dizaines de scénarios différents. Artémis le révélant directement à tout le monde et me nommant ouvertement n'en faisait pas partie. Là, j'étais totalement prise de court.

— Attends, Lane.

Mei a touché mon épaule pour que je me tourne vers elle. La foule commençait à bavarder et s'insurger à propos du fait que ceci (moi) était inacceptable. Mais tout s'est estompé quand j'ai vu l'air trahi sur le visage de Mei.

— C'est faux, n'est-ce pas ? Tu es une empathe. Tu as même utilisé tes pouvoirs sur moi quelquefois.

Je ne savais pas quoi dire. Je ne savais pas quoi faire pour arranger les choses. Parce que mes « pouvoirs » n'avaient été que de simples analyses de langage corporel et d'expressions faciales. J'avais eu la chance de deviner juste une fois ou deux. J'avais joué mon rôle dans le petit jeu que les jumeaux, Archer et moi avions concocté.

Et j'avais menti, menti et encore menti. Ça durait déjà depuis plus d'un mois quand je me suis finalement sentie capable de faire confiance à Mei. J'avais eu la frousse de lui avouer parce que j'avais peur de sa réaction. Søren avait dû penser la même chose, car il n'avait pas insisté pour qu'on le dise à sa petite-amie. D'une certaine manière, j'avais espéré qu'on pourrait faire semblant jusqu'au bout. Que notre petite comédie ne serait jamais mise au jour.

Nous y voilà, cependant.

La seule humaine au milieu d'une fête pleine de dieux et de leurs descendants. Et maintenant, ils savaient. Tout le monde savait.

Mei y compris.

Je n'avais rien à dire pour ma défense. Parce que c'était vrai. J'avais caché ça du mieux que j'avais pu pendant six semaines, mais mon sang était purement écarlate. Pas une seule goutte d'ichor là-dedans.

J'ai ouvert la bouche pour dire quelque chose, n'importe quoi, mais rien n'est sorti. Ma bouche était aussi sèche qu'un désert, et aucun mot ne voulait se former sur ma langue. Mei l'a vu. Elle a su, sans en entendre la confirmation, que tout était vrai.

Elle s'est tournée vers Søren, qui se tenait à côté d'elle. Il était anormalement raide, sachant parfaitement ce qui allait lui arriver, à lui aussi. Le sentiment de trahison, la colère, le déni.

— Tu étais au courant ?

Sa voix tremblait. C'était à peine un murmure, mais on l'a entendu, même au milieu du nombre croissant de voix sonores qui montaient autour de nous.

— Je… Mei, écoute, on devait le faire, on devait la pro-

— Vous étiez tous au courant ?

Mei n'a même pas laissé son copain finir avant de poser la question à Sadie et Archer. Ils n'ont pas répondu, visiblement mal à l'aise, mais leur silence était une réponse suffisante.

Søren a ouvert la bouche pour dire quelque chose, mais Mei l'a coupé en levant une main. Elle a eu un petit rire, mais il était tout sauf joyeux. C'était un mélange de choc et d'incrédulité, de douleur et de tristesse. De perte de confiance.

— Je veux même pas le savoir, Søren.

Sa voix était tranchante, dénuée de son habituel enthousiasme. Et entendre son vrai prénom, pas les petits surnoms mignons qu'elle lui donnait habituellement, a fait l'effet d'une gifle à Søren.

— Est-ce que tu comptais me le dire, un jour ?

La question m'était adressée. J'aurais aimé que ce ne soit pas le cas. J'étais peut-être lâche, mais j'aurais aimé qu'elle pose la question à n'importe qui d'autre que moi. Cependant, je devais assumer les conséquences de mes actes.

— J'ai failli le faire, je te jure. Mais j'avais peur de te blesser.

J'ai été aussi sincère que je pouvais l'être envers elle. Ça n'a pas aidé.

Mei a eu un rire moqueur. Je n'avais pas besoin d'être empathe pour sentir à quel point son sentiment de trahison et sa déception étaient profonds.

— Je crois que vous vous êtes tous bien assurés que je sois blessée. Bravo.

Puis elle nous a tourné le dos et est partie.

On est restés là quelques secondes, à se demander comment tout avait pu tourner au désastre aussi rapidement. Puis le temps s'est remis en route. Søren est parti avec une petite excuse, courant après sa petite-amie. Puis il n'est plus resté que moi, Sadie et Archer. Et une assemblée pleine de gens qui avaient clairement statué que je n'avais pas ma place parmi eux.

Quelque part dans mon dos, j'ai entendu Hécate (et était-ce Athéna ?) essayer d'apaiser les dieux, les déesses et les Dorés qui faisaient le plus entendre leur voix. Je n'entendais pas bien ce qu'elles disaient au milieu de tout ce brouhaha, mais j'espérais qu'elles parvenaient à calmer le jeu.

Du côté des Bronzes, cependant, c'était très, très tendu. Après tout, c'était l'une de leurs places sur le mont Olympe que je visais. Une chose pour laquelle ils n'avaient pas d'autre choix que se battre. Le truc, c'était que je n'avais pas vraiment le choix non plus. C'était soit combattre dans le Tournoi, soit être exécutée pour l'erreur de quelqu'un d'autre. Et, au-delà du fait que ma famille me manquait, je voulais atteindre l'âge légal de me prendre une cuite aux États-Unis.

Je ne sais pas ce qui a attiré mon attention, mais je me suis légèrement tournée sur la droite pour découvrir Elena, les yeux fixés droit sur moi. Et l'expression de son visage ? C'était celle d'un prédateur qui surprenait sa proie sans défense et mûre pour être dévorée.

Une phrase d'Artémis et j'étais devenue un repas.

— Venez. On devrait retourner au complexe.

La voix d'Archer ne m'a pas fait son effet habituel. J'étais trop épuisée, trop déconnectée de la réalité pour me laisser distraire par lui.

— J'y vais d'abord. Toi, surveille ses arrières, a dit Sadie d'un ton qui était probablement censé être rassurant.

Elle ne trompait personne, cependant. On allait devoir passer devant beaucoup de monde si on voulait atteindre le portail, ce qui faisait autant d'occasions pour que la situation continue à dégénérer.

On a commencé à marcher, et quoique personne n'ait eu de violence physique à mon encontre, on m'a lancé beaucoup d'insultes. Je savais aussi que l'effet de groupe pouvait faire dire et faire aux gens des choses qu'ils n'auraient pas dites ou faites en temps normal. J'ai fait de mon mieux pour les ignorer ; je savais que j'étais la moins-que-rien qu'ils décrivaient. Mais quand même, ça m'a fait mal. Je n'avais pas noué d'amitiés avec ces Bronzes, loin de là, mais je n'avais jamais été méchante avec eux non plus. J'avais toujours essayé d'être cordiale, de leur sourire quand je croisais leur regard, et je ne me suis jamais moquée de leurs pouvoirs ou de leurs aptitudes au combat.

Mais les gens changeaient. Vite.

J'avais perdu le contrôle de la situation. Perdu le contrôle de mon image.

Et tout ça la veille de la première Épreuve.

Passer à travers le portail a été un soulagement. Les larmes me sont presque montées aux yeux quand mes pieds ont atterri sur le sable de la Fosse. Et l'agréable légèreté avait définitivement disparu.

— Ça va aller, Mayfield. On va s'en sortir.

J'ai hoché la tête aux mots d'Archer, même si je n'y croyais pas. Maintenant que tout le monde savait que j'étais humaine, ma position dans le Tournoi était passée d'instable à dangereusement précaire. Je savais très bien que tous les autres participants n'allaient plus hésiter à tenter de me tuer. La colère pure et le dédain qu'ils ressentaient envers moi, la manière dont ils se sentaient tout permis avec nous, simples humains… Ça allait certainement être plus fort que la peur qu'Archer ou les jumeaux leur cassent la gueule.

Je n'étais plus la petite-amie faible d'Archer Vasilias.

J'étais l'humaine qui osait jouer dans la cour des dieux. L'humaine qu'ils devaient écraser et exterminer.

Chapitre vingt-quatre

Tôt ce matin-là, tout était silencieux. Je suis restée dans la chambre jusqu'au tout dernier moment. Je n'avais pas pris de petit-déjeuner, mais mon estomac était tellement noué que je sentais que j'allais vomir si j'essayais d'avaler quoi que ce soit.

Archer n'a pas dit un mot pendant qu'on se préparait. Il n'y avait rien à dire, de toute façon. Les choses avaient mal tourné pendant la fête. Très mal tourné. Comme on s'y attendait. Et maintenant, j'hésitais à rester cachée dans la chambre jusqu'à la fin des temps.

Aucun de nous ne savait ce en quoi allait consister la première Épreuve, alors j'ai opté pour quelque chose de confortable pour combattre mais qui me protégerait quand même contre les éléments. J'avais entendu dire par Søren que, quelques éditions auparavant, l'une des Épreuves avait consisté à survivre dans une toundra glacée sans eau, nourriture ni abri pendant quarante-huit heures. Vu la chance que j'avais, on allait probablement devoir faire quelque chose dans ce goût-là. Alors, pour me préparer au mieux, j'ai enfilé un leggings noir, un t-shirt thermique serré et un sweat gris à fermeture éclair. Je ne possédais rien qui puisse être utilisé comme pièce d'armure, alors j'espérais qu'on allait au moins me donner un bouclier si on devait se battre les uns contre les autres ou contre des animaux mythiques.

— Comment tu te sens ?

La voix d'Archer a brisé le silence après tant de temps que j'ai presque sursauté. J'ai fini de lacer les baskets que Sadie m'avait données (je devais porter deux paires de chaussettes pour qu'elles m'aillent) avant de répondre.

— Je suis prête. Pas de larmes, pas de panique. Ça va devoir suffire.

C'était vrai. Tout bien considéré, j'étais étonnamment calme en cette aube de première Épreuve. On n'était même pas à une demi-heure du début, et même si mon ventre était serré, ma respiration était toujours stable et mon esprit, clair comme de l'eau roche. Soit mon corps n'avait pas encore pris conscience de ce qui l'attendait, soit l'entraînement avait rempli son rôle.

J'ai levé les yeux vers mon camarade de chambre pour la première fois depuis que j'étais allée à la salle de bain après m'être réveillée. Il portait une tenue similaire à celle de la soirée précédente, sans les ceintures dorées et les accessoires chics. On aurait dit qu'il se rendait sur le champ de bataille, tandis que moi, dans ma tenue, j'aurais pu aller à Target. Enfin bon. On ne pouvait pas tout avoir.

Je n'ai pas laissé mes yeux parcourir son corps ; je devais rester concentrée et le regarder trop longtemps aurait été contreproductif. Au lieu de ça, j'ai relevé les yeux pour rencontrer les siens. Le bleu de ses iris était plus foncé qu'à l'ordinaire, presque comme les profondeurs de l'océan sous un ciel de tempête.

— Tu vas très bien t'en sortir, Mayfield.

J'ai haussé un sourcil à ses mots.

— Tu t'es lancé dans les promesses en l'air au cours de la nuit, rayon de soleil ?

— Arrête d'essayer de jouer à la plus maline avec moi.

Il a avancé de quelques pas, jusqu'à être assez près pour poser l'une de ses énormes mains sur mon épaule. Il l'a serrée une fois.

— Les jumeaux et moi, on va faire tout ce qu'on peut pour s'assurer que tu survives. Et tu t'es entraînée plus dur que tous ces idiots. Tu es prête.

C'était étonnamment agréable d'entendre ces mots, venant de lui. Il avait été un bon professeur ces six dernières semaines, mais n'était pas le plus généreux en compliments. Ce simple « Tu es prête » signifiait beaucoup ; il signifiait qu'il avait foi en moi.

Je n'ai pas répondu (il y avait un nœud d'émotion dans ma gorge), mais j'ai hoché la tête en guise de remerciements. Ces remerciements n'étaient pas seulement pour ses mots d'encouragement, mais aussi pour toutes ces semaines pendant lesquelles il avait cru en moi et m'avait entraînée à survivre. J'avais peut-être détesté la plupart de nos séances d'entraînement, mais je savais très bien qu'elles m'avaient changée. Et si j'avais une chance de survivre à cette journée et aux deux prochaines semaines, c'était grâce à eux. Grâce à lui.

Apparemment satisfait de ce qu'il a vu sur mon visage, Archer a décrété qu'il était temps d'y aller. En passant la porte, j'ai jeté un dernier regard à la chambre. Je refusais de penser que c'était la dernière fois que je la voyais. Je devais rester positive, ne pas penser à tout ce qui pouvait mal se passer. Pour cette même raison, je me suis aussi refusée à regarder les photos de Makaio. Je n'avais pas besoin de ces photos, parce que j'allais le revoir. J'allais le revoir. Et aujourd'hui était mon premier pas dans cette direction.

On a traversé le complexe sans trop y penser. Quand on est arrivés dans l'une des salles qui bordaient la Fosse, des dizaines de Bronzes étaient déjà là, à attendre. La plupart étaient silencieux, plongés dans leurs pensées, ou luttaient pour repousser leur anxiété. J'ai entendu deux personnes discuter avec animation d'un sujet lambda (peut-être un débat sur leur film de superhéros préféré), mais je sentais qu'ils essayaient de détourner leurs pensées de ce qui nous attendait.

Sadie et Søren étaient déjà là, nous attendant dans un coin de la salle. Pendant qu'on la traversait, j'ai regardé autour de moi à la recherche d'un signe ou d'un indice sur ce à quoi l'Épreuve allait ressembler. Il n'y avait rien de clair. La salle était assez grande pour nous accueillir à quarante (trente-cinq, maintenant), mais était terriblement nue. Rien que des pierres et l'odeur de la peur.

J'ai senti les regards que les autres participants me lançaient pendant que je marchais à la suite d'Archer. J'ai senti leur hostilité et leur haine. C'était comme des dizaines d'aiguilles qui piquaient et brûlaient ma peau. Mais je ne me suis pas dégonflée. Qu'est-ce que ça faisait, que je sois humaine ? Je n'avais pas plus eu le choix qu'eux, en venant ici. Et j'allais me battre, tout comme eux. Que les meilleurs gagnent.

Les jumeaux avaient l'air trop détendus pour des gens qui allaient devoir se battre pour leur vie dans la prochaine demi-heure. Je n'étais pas surprise : les Aska avaient toujours cette attitude tranquille et assurée qui les rendait ô combien captivants.

— Comment vont les tourtereaux en cette belle matinée ? s'est exclamé Søren avec trop de joie pour l'heure qu'il était et pour le premier jour du Tournoi.

De plus, je n'avais pas envie qu'on me rappelle toute cette histoire de fausse relation qu'on avait jouée ensemble. Nos démonstrations d'affection publiques, à Archer et moi, n'avaient consisté en rien de plus que se tenir la main et quelques petits câlins depuis l'incident du presque-baiser, quelque semaines plus tôt. Quand bien même, je n'avais pas envie qu'on me rappelle que je devais continuer à jouer la comédie. J'avais besoin de me concentrer sur l'épreuve, pas sur la sensation des lèvres d'Archer à côté des miennes.

J'ai roulé des yeux face au sourire autosatisfait de Søren. Du coin de l'œil, j'ai aperçu Archer finir de lancer un regard froid et dur de désapprobation et d'énervement en direction de son ami. Vous voyez ? Même lui, il était agacé par ce rappel qu'on faisait semblant de sortir ensemble.

— Faites pas attention à Søren. Il est toujours surexcité à l'idée d'une bataille. Ça m'inquiète, parfois.

Sadie s'est approchée et m'a serrée contre elle avec un seul bras.

— T'es prête à botter des culs ?

— Je suis née pour ça !

C'était un peu exagéré, mais faire semblant d'être très sûre de moi me paraissait être la meilleure marche à suivre.

Sadie a ri mais n'a pas fait de commentaire sur mon assurance très visiblement feinte. Je tablais sur une stratégie du type « fais semblant jusqu'à ce que tu y arrives » ; si je me répétais suffisamment longtemps que je pouvais réussir, j'allais réussir.

Derrière moi, j'ai entendu très distinctement quelqu'un me lancer un « tu es morte, sale pute ». Je me suis tendue mais ne me suis pas retournée. J'ai reconnu la voix de Nathan, l'ami d'Alexei. Si le groupe de Bronzes haineux voulait me faire trembler de peur et flancher, ils allaient devoir faire mieux qu'une insulte minable ; surtout une que j'avais entendue plus d'une fois en travaillant au bar.

Quand j'ai levé les yeux, j'ai découvert Archer en train de toiser un point derrière ma tête. Je n'ai pas eu à me retourner pour savoir qu'il faisait plier Nathan du regard. Et l'expression d'Archer était absolument glaçante. Meurtrière. Ce regard ne m'était pas destiné, et pourtant j'étais mal à l'aise comme si j'aurais dû m'excuser et détaler de peur.

— Archer, c'est bon, ai-je murmuré en posant une main sur son avant-bras ; je n'avais pas besoin d'un chevalier en armure, du moins pas pour le moment. J'ai connu pire. Ignore-le.

Tandis qu'il serrait les mâchoires, ce petit muscle n'arrêtait pas de ressortir dans la joue de mon faux petit-ami. J'avais pensé qu'il n'allait pas m'écouter ; Archer était parfois devenu bizarrement protecteur, et de plus en plus à mesure que les semaines passaient. Mais il a brisé notre contact visuel et m'a tourné le dos pour parler avec Søren sans m'adresser un mot.

— Il s'inquiète de l'impact que le discours d'Artémis pourrait avoir.

Le ton de Sadie était désolé, comme si elle avait pu sentir le petit craquement de mon cœur quand il ne m'avait prêté aucune attention.

— Ça va. Je sais qu'il veut ce qu'il y a de mieux pour moi. Vous le voulez tous.

Croisant les bras sur ma poitrine, j'ai fait de mon mieux pour montrer que je m'en fichais. Et je m'en fichais. Je m'en fichais vraiment. J'avais des choses bien plus importantes à penser qu'Archer agissant en protecteur et m'ignorant ouvertement.

— Et je suis sûre que ça va aller. Les gens oublieront la couleur de mon sang une fois qu'on sera tous plongés dans l'Épreuve.

Sadie a acquiescé d'un « Hmm », ne voulant probablement pas me dire qu'il était hautement improbable que les autres concurrents ne me prennent pas pour cible. On avait toutes les deux besoin de croire que ça allait bien se passer.

J'étais sur le point de demander à Sadie si elle savait quand ça allait commencer quand un hologramme d'Artémis est apparu au-dessus de nos têtes au centre de la pièce. La déesse portait ses vêtements dorés habituels, mais avait ajouté une petite couronne de feuilles sur ses cheveux tressés. Avec son arc joliment décoré en travers du dos, elle avait bien l'apparence d'une déesse des étendues sauvages.

— Bienvenue à la première Épreuve de la cent quarante-sixième édition du Tournoi !

Sa voix a résonné dans la pièce, mais elle a bientôt été noyée sous le tsunami des applaudissements de la foule. On les entendait à travers le système audio quelconque qui transmettait l'image ainsi que le mur qui nous séparait de la Fosse. Il y avait au moins quarante mille sièges, là-dedans ; étaient-ils tous occupés ? J'ai loupé une respiration à la pensée de tant de personnes me regardant. En effet, tout ça était un spectacle pour les gens de l'Olympe.

— J'ai l'honneur de vous présenter les règles de la première Épreuve.

Elle a fait une pause pour plus de suspens. Elle avait l'art de séduire une foule.

— Ce sera l'une des préférées du public : s'emparer de l'étendard !

À la réaction de la foule, ça avait l'air d'une perspective palpitante. La seule fois que j'avais vu « s'emparer de l'étendard », c'était en regardant ce film à propos du gamin qui découvrait qu'il était le fils de Poséidon. Mais je n'avais aucune idée de quelles étaient les règles ni de jusqu'où pouvaient aller les choses dans cette version du jeu. Sadie n'avait pas l'air très inquiète ; elle avait un air rassuré au visage.

— Bien que je sois sûre que vous connaissez tous très bien ce jeu populaire, laissez-moi vous en rappeler les règles. Les participants ont été aléatoirement répartis dans quatre équipes, chacune ayant un étendard à protéger. Les trois premières équipes à s'emparer de l'étendard d'une autre équipe seront sauvées. L'équipe perdante sera transportée hors du complexe pour être éliminée.

Un frisson m'a parcourue à ces derniers mots. Je savais qu'« élimination » était un euphémisme pour « mort ». « Exécution ».

Huit Bronzes au minimum allaient mourir aujourd'hui.

Des acclamations et des applaudissements ont résonné dans l'arène. Comment ces gens pouvaient-ils applaudir le fait que des enfants allaient mourir ? Aucun de nous n'était âgé de plus de vingt-cinq ans. On avait encore tellement d'années à vivre. Entendre la réaction de la foule m'a donné un haut-le-cœur.

— Pour rappel, toute arme venant de l'extérieur est interdite. Par conséquent, les concurrents combattront uniquement à l'aide de leur magie et de leur force divines. Ce sera pour vous l'occasion parfaite d'être les témoins des capacités de nos jeunes Bronzes et de décider sur qui parier. Bien sûr, tous les combats pouvant survenir dans le cadre du Tournoi n'ont pas à être des combats à mort, mais les coups mortels ne sont pas interdits.

Le sourire qu'Artémis a lancé à la foule (et à nous) m'a donné envie de coller mon poing dans ses dents parfaites.

— En dernier lieu, avant de laisser mon assistante appeler les équipes, je vous rappelle, chers spectateurs, que vous pouvez placer vos paris sur ceux qui selon vous survivront aux quatre Épreuves et gagneront leur place sur le mont Olympe. Si vous gagnez, vous recevrez une récompense monétaire substantielle, et l'opportunité de partir en vacances pendant un mois dans la destination terrestre de votre choix. Bonne chance à tous, et faites la fierté de vos ancêtres divins !

Sur ce, elle a fait signe à la foule et a reculé, permettant à une jeune femme de venir au micro. Elle avait à peu près mon âge, une belle peau marron et des yeux ambrés. Son corps était à la fois svelte et puissant, fait pour chasser aux côtés de sa maîtresse. Je me rappelais vaguement qu'Artémis s'entourait d'un groupe de guerrières nymphes qui lui étaient loyales, alors il s'agissait sûrement de l'une d'entre elles.

Après un bref salut, la nymphe a commencé à annoncer les noms des membres de chaque équipe. Elle a commencé par l'équipe bleue. Elle a nommé chaque Bronze, ainsi que chaque divinité dont il ou elle descendait. Quand leurs noms étaient appelés, les Bronzes s'avançaient dans le couloir qui menait à la Fosse, passant à travers un fin voile de brouillard pailleté qui changeait la couleur de leur haut pour celle de leur équipe.

Bientôt, l'équipe bleue, composée de Nathan et sept autres Bronzes que je ne connaissais pas vraiment, avait quitté la salle. Alors que la nymphe commençait à lister les noms de l'équipe rouge, mon cœur s'est mis à battre plus vite, car j'espérais être dans l'équipe d'au moins un de mes amis.

Balayant la salle des yeux pour voir qui il restait, j'ai croisé le regard de Mei derrière l'hologramme. Elle m'a dévisagée sans expression pendant un moment avant de porter son regard sur Søren, à côté de moi. Il s'est involontairement penché en avant comme pour aller la rejoindre. Il ne l'a pas fait. Elle avait été claire la nuit dernière quant au fait qu'elle ne voulait parler à aucun de nous. Ça me brisait le cœur de voir combien Søren était triste, en particulier parce que j'avais l'impression que c'était ma faute.

— Amara Mendez, descendante de Morphée. Sadie Aska, descendante de Thanatos. Et enfin, Archer Vasilias, descendant de Zeus.

J'ai mis plusieurs secondes à perctuer que deux de mes amis avaient été appelés. Sadie et Archer. Dans l'équipe rouge. Sans moi.

Ça devait être un mouvement inconscient, car soudain, je serrais Sadie dans mes bras. Fort. Ça ressemblait à un au revoir.

— Sois prudente, a murmuré Sadie à mon oreille. On se voit de l'autre côté.

On s'est séparées, et je lui ai souri, espérant avoir l'air confiante.

— Toi aussi, Aska. Amuse-toi bien là-bas.

Parce que je savais qu'elle allait le faire. Elle se moquait de son frère parce qu'il était excité à l'approche d'une bataille, mais elle n'avait pas d'ichor (peu importe combien il était dilué) dans les veines pour rien.

Avec un petit rire et un salut militaire, elle s'est tournée et s'est dirigée vers le couloir à grandes enjambées. Je l'ai suivie des yeux un moment, me demandant si c'était la dernière fois que je la voyais. Mon cœur s'est douloureusement serré à cette pensée. Cette fille était rapidement devenue ma meilleure amie ici. Je n'aurais pas pu imaginer un monde sans Sadie.

— Est-ce que tu vas me dire au revoir ?

— Je sais pas, rayon de soleil. Je pensais qu'on s'ignorait.

Je n'ai pas eu besoin de le regarder pour savoir qu'Archer roulait des yeux. Il a fait quelques pas pour se planter en face de moi. Soupirant parce que je savais très bien que je n'allais pas continuer à l'ignorer (et qu'il le savait aussi), je me suis tournée pour regarder son visage. Ses yeux étaient plongés dans les miens, y cherchant quelque chose.

— Souviens-toi de ton entraînement, OK ? Et ne te lance pas dans des affrontements inutiles.

J'ai pouffé à ses mots ; comme si je cherchais généralement les combats dans lesquels je me retrouvais impliquée.

OK, peut-être que j'avais cherché les ennuis avec Maeve. Mais pour ma défense, elle venait d'assassiner un gosse de quinze ans de sang-froid, et ça m'avait fait un peu perdre la tête.

— C'est vraiment tes derniers mots avant qu'on se sépare pour se lancer dans une bataille mortelle ? « Ne te lance pas dans des affrontements inutiles » ? Tu sais vraiment donner l'impression aux filles qu'elles sont spéciales.

Je me comportais peut-être comme une gamine, mais cette attitude chaud-froid était douloureuse, parfois. Et là, maintenant ? J'avais besoin de sentir que je comptais pour lui et qu'il croyait en ma capacité à survivre à tout ça. Et même si je continuais à essayer de me convaincre que tout allait bien se passer, le voir partir rendait tout trop réel.

Archer a soupiré comme si je l'exaspérais. Je m'attendais à ce qu'il secoue la tête et parte, comme il en avait l'habitude ces jours-ci. Il me faisait l'un de ces sourires secrets, de ces câlins pleins de douceur, et me donnait cette attention sans partage qui me faisait espérer. Et ensuite, juste au moment où mon cœur qui battait la chamade commençait à suggérer à mon cerveau que peut-être, juste peut-être, qu'il me retournait mes sentiments, il partait. Ou m'ignorait. Ou devenait plus froid qu'un iceberg.

C'était devenu un leitmotiv.

Aujourd'hui devait être un jour particulier, car Archer n'a rien fait de tout ça. Au lieu de ça, il m'a attirée contre lui pour me serrer dans ses bras, me soulevant jusqu'à ce que ma tête soit au creux de son cou, mes jambes pendant bizarrement. C'était agréable ; un câlin du corps entier, super serré, et très bien exécuté.

Toute ma colère d'un peu plus tôt a fondu comme neige au soleil. Je n'ai pas pensé aux yeux des autres Bronzes posés sur nous ou à leurs murmures insistants. La seule chose à laquelle je pouvais penser était combien c'était incroyable d'être enlacée par Archer, combien il était chaud, et combien il sentait ridiculement bon. Je ne m'en suis même pas voulu d'en respirer un peu, son odeur de tempête emplissant mes poumons.

— Est-ce que c'est mieux ?

Sa voix grondait dans sa poitrine, et j'en sentais les vibrations dans la mienne.

— Oui. Beaucoup mieux.

Il a ri doucement, et je l'ai senti partout à l'intérieur de moi.

— Bien. Maintenant, mes « derniers mots avant qu'on se sépare » sont que tu ferais mieux de survivre à ça, parce que je me suis attaché à ma camarade de chambre et que j'aimerais qu'elle revienne en un seul morceau.

— OK. (Pourquoi je me sentais timide, tout à coup ? Et est-ce que quelqu'un avait allumé le chauffage ?) T'as intérêt à survivre aussi.

— Bonnes étoiles. Eh bien, merci, Mayfield. Ta considération me réchauffe le cœur.

Une seconde plus tard, j'étais de nouveau sur mes pieds et Archer se dirigeait vers la porte. J'avais froid. Et je me sentais seule, même dans cette pièce pleine de gens.

Quelqu'un a posé la main sur mon épaule. Søren.

— Tout va bien se passer, K. Ils vont s'en sortir. On va tous s'en sortir.

J'appréciais l'intention, même si une part de moi savait qu'il n'y en avait pas la moindre garantie. Un jour, on pouvait être dans sa cuisine à se demander comment on allait réparer sa voiture cabossée et finir quelques minutes plus tard avec sa vie mise en jeu dans un Tournoi aux côtés des petits-enfants des mythiques dieux et déesses grecs. Qui pouvait prédire ce qui allait se passer ? Pas moi.

La nymphe avait déjà commencé à nommer ceux qui faisaient partie de l'équipe verte. J'ai vaguement entendu Elena et Alexei être appelés. J'ignorais qui était la plupart des autres membres de l'équipe. Bientôt, sept autres personnes étaient parties ; plus qu'une. Et j'ai prié n'importe quoi, n'importe qui, pour que ni moi ni Søren ne soyons appelés. Pour qu'on soit dans la même équipe.

Les dieux, les étoiles, le destin… Ils ont dû bien se marrer, car le dernier nom de l'équipe verte a été Søren Aska, descendant de Thanatos.

Mes oreilles se sont mises à bourdonner. J'ai senti les mains de Søren presser mes épaules. Je l'ai entendu me dire que j'allais m'en sortir toute seule, que je ne devais montrer aucune faiblesse. J'ai tout entendu, mais je n'ai pas vraiment enregistré. Tout du long, j'avais espéré avoir au moins l'un de mes amis à mes côtés.

Mais ça allait être comme plonger là où la piscine était la plus profonde sans brassards.

Søren est parti, et il n'est plus resté que neuf d'entre nous. Je suppose qu'ils avaient décidé de me mettre dans la seule équipe de neuf. C'était sans doute plus juste que d'avoir une équipe de neuf Bronzes.

La nymphe a commencé à lister les noms de mes coéquipiers, et j'ai regardé autour de moi pour voir aux côtés de qui j'allais me battre. Je ne connaissais aucun d'eux ; c'était le genre de Bronzes qui faisaient profil bas depuis le début. Qui s'entraînaient et travaillaient dur, mais ne faisaient jamais étalage de leur puissance pour affirmer leur supériorité. J'ai été soulagée de ne voir aucun partisan avéré des idées d'Elena parmi mes coéquipiers. Dieux merci.

Mais ce qui m'a fait me sentir un peu mieux, ça a été de voir le visage de Mei de l'autre côté de la pièce. Elle m'observait déjà quand j'ai regardé dans sa direction. Elle était pensive et non en colère, ce qui était une victoire. D'accord, peut-être qu'on n'était pas dans les meilleurs termes. Elle m'en voulait toujours de lui avoir menti pendant des semaines ; c'était légitime. Mais je voyais bien à l'expression de son visage qu'elle était en train de calculer nos chances et de réfléchir aux meilleurs stratégies de victoire. Mei portait peut-être un masque de fille insouciante et excessivement girly, mais elle n'était pas idiote. Elle savait aussi bien que n'importe qui qu'on allait devoir se serrer les coudes pour survivre.

Nous tous.

Et elle ne me faisait peut-être plus confiance, mais moi, je lui faisais confiance.

Elle a hoché la tête. Rapide, petit et tranchant. Pas un hochement de tête amical. Mais un hochement tête du genre « faisons une trêve ».

J'ai hoché la tête en retour juste au moment où la nymphe a achevé :

— Mei Lee, descendante de Pan. Et enfin, Kalani Mayfield, mortelle.

J'ai respiré profondément.

Je pouvais le faire. Je pouvais. Je m'étais préparée pour cet instant précis pendant six semaines. Je pouvais survivre à tout ce qu'on allait mettre en travers de mon chemin.

Emboîtant le pas à Mei, j'ai franchi le seuil.

Chapitre vingt-cinq

La Fosse ne ressemblait plus en rien à l'arène de sable qu'elle était d'habitude.

On était dans une forêt. Avec des arbres si larges et hauts que je ne pouvais pas voir la foule dans les gradins. Je l'entendais, cependant. Des applaudissements et de l'excitation arrivaient par vagues d'au-dessus de moi. Comment diable était-ce possible ? Je n'en avais aucune idée.

Le portail au bout du petit couloir nous avait débarqués au fin fond de la forêt. Tous les neuf, on était apparemment seuls dans les bois, dans une petite clairière, autour d'un drapeau jaune vif planté dans le sol, bien plus grand que moi. Impossible de cacher un drapeau aussi énorme. Ce qui était probablement le principe. Où serait le plaisir si les équipes pouvaient cacher leur stupide bannière pendant la partie ? Non, regarder des gamins se battre pour protéger ledit drapeau était bien plus divertissant.

Je ne savais pas trop comment on était censés savoir quand ça commençait. Est-ce que l'Épreuve avait déjà débuté ? Est-ce que les membres des autres équipes couraient dans notre direction ? Bons dieux, Artémis aurait pu nous donner un peu plus de détails sur le déroulement de l'Épreuve.

— OK, équipe jaune, on a peu de temps pour s'organiser, alors soyons efficaces.

La fille qui avait pris l'initiative était de taille moyenne, avec une superbe coupe afro, une peau très foncée et les yeux les plus bleus que j'avais jamais vus. Si je me souvenais bien, elle s'appelait Nafula et descendait de Poséidon, alors elle devait avoir un pouvoir lié à l'eau d'une certaine manière, ce qui n'était peut-être pas le plus utile quand on était au milieu d'une forêt.

— Je propose qu'on aille simplement attaquer une autre équipe pour leur prendre leur drapeau, histoire de boucler ça rapidement.

Le gars qui avait l'air d'être dans les starting-blocks pour se jeter dans la bataille était un jeune homme massif à l'air dangereux. Lui et son frère, la version un peu plus petite d'un gladiateur qui se tenait à côté de lui, étaient les petits-fils d'Arès, dieu de la guerre. Cassian et… Rory, peut-être ? Ou bien Ryan. Dans tous les cas, ils étaient tous les deux venus assoiffés de sang et pour chercher la guerre.

— Un bon moyen de s'assurer de ne pas perdre est d'empêcher les autres équipes de s'emparer de notre étendard. On peut pas simplement l'abandonner pour aller chasser celui de quelqu'un d'autre.

Mes mots ont été accueillis par un coup d'œil énervé de Ryan ; Riley ?

— Reste à ta place, mortelle. Je crois pas qu'on t'ait demandé ton avis.

— Elle n'a pas tort. Peut-être que vous devriez réfléchir une seconde ; si on garde notre drapeau, on s'assure de ne pas finir en quatrième place.

Mei a lancé aux frères un regard qui disait « Vous êtes bêtes ou quoi ? » avant de reporter son attention sur Nafula.

— On devrait se séparer en trois équipes. Et la plus importante resterait ici pour garder le drapeau.

Nafula a hoché la tête en signe d'assentiment et nous a jaugés du regard les uns après les autres.

— Je suis d'accord, et je pense qu'on devrait garder nos meilleurs combattants ici, pour protéger le drapeau. Ensuite, on pourra envoyer deux équipes de deux en chasse pour prendre le drapeau d'une autre équipe.

— Mais et si les autres équipes laissent aussi leurs meilleurs combattants sous leurs étendards ?

Le gars qui a parlé était un garçon noueux qui était clairement le plus jeune d'entre nous. Je crois que son nom était Valentin et qu'il était le descendant d'Héphaïstos, le dieu de la métallurgie et des forges. Je me souvenais vaguement de tableaux et de sculptures représentant son grand-père, et le gamin n'avait malheureusement pas hérité de ses muscles.

— On va devoir être plus intelligents qu'eux. On peut facilement tirer parti du fait que d'autres équipes attaquent un drapeau et de la distraction que ça constituera pour le dérober, a dit Mei en haussant les épaules comme si c'était évident.

Je n'avais jamais vu cet aspect de sa personnalité calculateur et méthodique, mais il me plaisait.

— Laisser les autres équipes se battre et se faufiler dans leur dos. Sympa.

Nafula s'est ensuite tournée vers le groupe et a pointé les frères du doigt.

— Vous deux, vous allez rester ici avec moi.

Ensuite, elle a regardé deux filles et un garçon qui étaient restés silencieux.

— Sarah et Aria, vous êtes télépathe et télékinésiste, c'est ça ? Et Alejandro, tu peux changer de forme ?

Les deux filles ont hoché la tête, et le gars a précisé qu'il pouvait se changer en tigre. Impressionnant. J'aurais bien aimé avoir ce genre de pouvoir.

— Très bien. Je pense qu'on devrait envoyer une équipe composée d'Aria et Sarah, et une autre de Mei et Kalani.

Il y a alors eu beaucoup de plaintes, la plupart tournant autour du fait que je n'avais aucun pouvoir, aucune défense, et aucune utilité en combat. Je ne me suis pas concentrée là-dessus, car j'étais intriguée par Valentin. Je n'avais aucune idée de la nature de ses pouvoirs, mais ça devait être mieux que la télékinésie. Ce gamin cachait bien son jeu.

— Rhett, si tu dis un mot de plus, je te jure que je vais t'étrangler !

La voix de Mei a coupé court aux plaintes des deux frères. J'ai supposé que c'était Rhett et non Riley.

— Kalani n'a peut-être pas de pouvoirs, mais elle est loin d'être inutile. On est toutes les deux petites. On va se déplacer comme des ombres et ramener le drapeau rouge.

— Pourquoi le rouge ? a demandé Alejandro.

— Parce qu'Archer Vasilias le gardera, a dit Nafula avec un regard complice pour Mei.

Nafula avait à peine fini de parler qu'un gong a résonné bruyamment dans l'arène. L'Épreuve commençait.

Immédiatement, Sarah et Aria nous ont dit qu'elles allaient chercher le drapeau bleu, et elles étaient parties en courant. Mei m'a regardée dans l'expectative alors que je me tenais là, comme si j'aurais déjà dû être en train de courir.

— Mais comment diable est-ce qu'on est censés savoir dans quelle direction se trouve le drapeau rouge ?

— Les conventions veulent que le drapeau rouge soit à l'est de l'arène. Le bleu est au nord, et le vert au sud.

Et sur ce, Mei s'est élancée.

On a couru en silence pendant un moment. Le temps s'est écoulé, et je n'avais aucune idée de combien de temps on avait passé à courir quand on a entendu les premiers cris au loin. J'ai tressailli, mais Mei a continué comme si rien de spécial ne se passait. Je lui ai presque demandé comment elle pouvait rester aussi impassible dans une situation pareille, mais me suis réfrénée. Premièrement, je voyais bien qu'elle n'avait pas envie de me parler. Et deuxièmement, je ne savais pas à quelle distance on se trouvait des membres des autres équipes ; je ne voulais pas trahir notre position en essayant de lancer la conversation.

On a continué à courir aussi silencieusement que possible, zigzagant entre les troncs d'arbres massifs. Mei avait utilisé son pouvoir aussitôt qu'on était parties pour demander à quelques oiseaux sauvages de partir en éclaireurs. Quand une petite corneille est revenue, Mei s'est arrêtée brusquement. L'oiseau a décrit quelques cercles au-dessus de sa tête, émettant de petits cris et croassements. Je n'avais absolument aucune idée de ce qui se passait, puisque j'avais pris espagnol au lycée, et non langage des oiseaux, mais Mei a eu l'air de comprendre ce que la corneille lui racontait.

— On est à un peu moins de cent mètres du drapeau rouge. Il est sur une petite île entre deux petites rivières. Et il n'y a qu'Archer Vasilias pour le garder. Mais bonne nouvelle, trois membres de l'équipe bleue sont aussi en chemin.

J'ai hoché la tête, tendant l'oreille pour déceler de quelconques signes de l'équipe bleue. On avait pour intention de les utiliser comme distraction, alors on devait s'assurer que ni eux ni Archer ne savaient où on était. Jusqu'au bon moment, tout du moins.

Et je devais vraiment arrêter de m'inquiéter du fait que l'équipe d'Archer puisse perdre si on parvenait à s'emparer de son drapeau. Je ne pouvais pas me permettre de penser à ça. Et je devais me rappeler que Sadie et Archer étaient assez forts pour gagner tout seuls ; ils allaient prendre le drapeau d'une autre équipe. Ils le devaient.

Mei et moi n'avons pas échangé un mot de plus tandis qu'on avançait vers le drapeau rouge. Plus on se rapprochait, mieux on entendait les rivières gargouiller en chœur. Bientôt, on a pu voir un reflet d'eau et une petite île entre les buissons et les arbres. J'ai aperçu Archer en train de patrouiller au pied de l'îlot.

Tandis qu'on faisait le tour d'un tronc si gros qu'il aurait fallu trois personnes pour l'encercler, on a entendu des voix sur notre gauche. J'ai levé une main en l'air et Mei s'est arrêtée net, écoutant les voix. Elles étaient bien trop près pour notre sécurité ; on avait besoin qu'ils engagent le combat avec Archer, pas avec nous.

J'ai fait signe à Mei de s'accroupir dans une petite cavité formée par un buisson à côté de l'arbre. On s'est serrées l'une contre l'autre pour entrer dans le buisson aussi silencieusement que possible. J'ai essayé d'ignorer le fait que je ne savais pas dans quel genre de buisson on essayait de s'installer ; connaissant les dieux, ils pouvaient bien avoir décidé de faire en sorte que la forêt elle-même ajoute au spectacle en étant empoissonnée ou en nous donnant des raches ou un truc du genre. J'ignorais également s'il y avait quelque chose de vivant dans ce buisson ; je n'avais pas envie de m'approcher du terrier d'un quelconque animal tueur.

Cependant, comme les voix se rapprochaient, aucune de nous n'a abandonné l'idée de se cacher. J'avais si peur de bouger ou de faire du bruit que j'ai retenu mon souffle tandis que le groupe de Bronzes passait à côté de nous. Ils n'avaient pas l'air de de soucier d'être discrets ; ils ne faisaient probablement pas attention à là où ils mettaient les pieds, écrasant les branches et shootant dans les cailloux sur leur passage, et parlant ouvertement de leur plan. Apparemment, l'équipe bleue n'avait pas envoyé les plus intelligents de ses membres.

Bientôt, les trois Bronzes nous avaient dépassées et avançaient droit vers Archer. Il a fallu moins d'une minute pour qu'on entende les bruits d'une bataille. Mei et moi avons échangé un regard et nous sommes relevées aussi silencieusement que possible. On a décrit un demi-cercle autour de l'affrontement, essayant de passer dans le dos d'Archer. Je m'inquiétais du fait qu'il puisse se débarrasser de ses trois assaillants avant qu'on ait le temps de s'approcher suffisamment du drapeau, mais il voulait apparemment s'amuser avec eux. Je n'ai pas regardé (je ne pouvais pas me laisser distraire ou m'inquiéter pour lui), mais j'entendais le bruit de la chair frappant la chair et divers grognements de douleur. Si Archer l'avait voulu, il aurait déjà pu les faire se tortiller sur le sol, incapables de se défendre.

Essayant de rester concentrée, j'ai suivi Mei jusqu'à ce qu'on atteigne la lisière de la forêt, de l'autre côté de l'îlot par rapport aux quatre Bronzes en train de se battre. Le seul problème, maintenant, c'était l'eau. La rivière n'avait pas l'air très profonde (Archer et les trois membres de l'équipe bleue se battaient actuellement à mi-cuisse dans l'une des deux rivières), mais la traverser allait nous prendre plus longtemps que nous le voulions et être assez bruyant pour qu'ils remarquent tous les quatre notre présence. Ça allait nous prendre au moins cinq ou six secondes de courir de l'eau jusqu'au drapeau, augmentant ainsi le risque que l'un des quatre Bronzes ait le temps de nous empêcher de l'atteindre.

Mei semblait en être arrivée à la même conclusion, car elle observait nos alentours, essayant de déterminer quelle était la meilleure marche à suivre.

— Est-ce que tu peux utiliser un de tes oiseaux pour prendre le drapeau ?

C'était à peine un murmure, mais Mei l'a entendu.

— Non. J'ai essayé sur notre drapeau avant qu'on parte, et il était planté trop profondément dans le sol pour qu'aucun oiseau soit capable de l'en arracher. Si on arrive à le tirer hors du sol, j'ai un aigle qui peut l'emporter jusqu'à notre camp.

Bien, mais ça ne résolvait pas notre problème actuel. On devait encore atteindre le drapeau. Et assez rapidement, si je me fiais à la raréfaction des bruits du combat sur notre gauche. Cherchant désespérément une solution, j'ai levé la tête, et mon regard a accroché l'arbre à côté de nous. Même si ce n'était pas le plus grand arbre qu'on ait vu dans cette forêt, il était assez vieux et gros pour que ses branches soient d'une taille convenable. Des branches qui allaient assez loin pour passer au-dessus de l'eau. Des branches qui faisaient approximativement la taille d'une poutre.

Je savais marcher sur une poutre.

— Attends ici et soyez prêts avec ton aigle. J'y vais par au-dessus.

J'ai pointé la branche du doigt, et les yeux de Mei ont brillé quand elle a compris.

Je n'ai jamais été une grande grimpeuse. Enfant, j'adorais faire des flips et des cabrioles, mais grimper aux arbres ? Ça n'avait jamais été l'un de mes passe-temps favoris. Cependant, je n'avais pas d'autre choix que de grimper à cet arbre, alors je n'ai pas trop réfléchi et me suis juste lancée.

Ce n'était pas une ascension facile, étant donné que les seules prises que je trouvais étaient glissantes à cause de la mousse qui couvrait l'écorce. J'ai mis plus longtemps que je ne l'aurais voulu à atteindre la branche ridiculement haute que j'allais utiliser. Je n'ai pas eu le temps de souffler après avoir passé mes bras sur la branche ; on avait peu de temps.

Poussant sur mes bras, je me suis hissée sur la branche à la force de mes muscules. Heureusement, l'écorce qui la couvrait n'était pas couverte de mousse ; ça allait être plus facile pour moi de marcher dessus. J'ai à peine entendu les cris de douleur qui venaient d'en-dessous. J'ai pris une longue inspiration, essayant de calmer mon cœur. Je devais me dépêcher, mais je ne pouvais pas non plus me permettre de tomber à mi-chemin ; j'étais si haut qu'une chute incontrôlée aurait été douloureuse. Très douloureuse.

Mes premiers pas ont été hésitants, vérifiant que la branche était aussi solide qu'elle en avait l'air vue du sol. Quand j'ai été à peu près certaine que la branche n'allait pas se casser en deux sous mon poids, j'ai un peu accéléré le pas.

Quelque part en bas, j'ai entendu Archer railler quiconque était encore debout qu'il ou elle devrait abandonner l'idée de s'emparer du drapeau. Le ton suffisant et condescendant qu'il a utilisé était tellement *lui* que j'ai dû retenir un rire. C'était bien plus drôle quand ces remarques étaient destinées à quelqu'un d'autre.

Quelques pas, et j'étais au-dessus de la rivière. Elle glougloutait joyeusement, mais je pouvais aisément imaginer que des pierres pointues se cachaient sous les courants. Évitant de regarder en bas, je suis restée concentrée sur l'îlot. Je devais y arriver.

Quelques pas de plus et la branche s'est mise à trembler légèrement. Merde. J'avais encore au moins deux ou trois mètres à parcourir. Peut-être un peu moins, si j'arrivais à effectuer une sortie passable loin de la branche.

Au moins deux membres de l'équipe bleue avaient dû réussir à se relever, car le combat avait repris. Un mouvement au-dessus de ma tête a attiré mon regard ; l'aigle de Mei tournait dans le ciel, prêt à descendre à tout moment.

Plus qu'un mètre. La branche devenait très étroite, si étroite que j'ai senti mes chevilles travailler très dur pour s'assurer que mes pieds ne glissent pas. Quand j'ai fait un pas de plus, la branche a tremblé, et j'ai senti mon pied gauche glisser. Heureusement, des années d'entraînement intensif sont venues à ma rescousse. J'ai mis tout mon poids sur mon pied droit et ai utilisé mes bras et mes abdos pour me redresser avant de tomber. Tout s'est passé si vite que je n'ai pas tout de suite réalisé que quelque chose avait changé.

La branche était en train de craquer. De complètement se casser, à l'extrémité proximale.

Cependant, le plus alarmant était que le combat s'était arrêté de l'autre côté de la petite île.

Et qu'Archer regardait droit dans ma direction.

Je ne savais pas comment il allait réagir en me voyant là, essayant de voler le drapeau de son équipe. Certes, il m'avait entraînée pendant des semaines, et on s'était rapprochés. Mais être exposé à un danger de mort pouvait changer les gens. De ce fait, je n'ai pas attendu là de savoir s'il allait attaquer. J'ai dressé mes boucliers mentaux, les gardant près de moi pour parer son attaque potentielle. Et j'ai couru.

La branche a cassé pile au moment où je m'élançais de mon pied droit pour sauter. J'avais encore un peu de distance à couvrir pour franchir la rivière, alors j'ai sauté en avant et ai ramassé mon corps en une petite boule, faisant un salto. Mes jambes ont frappé le sol, et j'ai fait quelques pas pour éviter de tomber. Mon genou gauche me faisait mal après cet atterrissage (la vieille blessure était guérie, mais parfois, les atterrissages un peu brutaux pouvaient faire remonter la douleur), mais j'ai continué à avancer.

Du coin de l'œil, j'ai vu qu'Archer courait lui aussi vers l'étendard. J'ai forcé l'allure, poussant sur mes jambes pour monter la côte, mes poumons cherchant désespérément de l'air. L'aigle volait au-dessus de nos têtes, si bas que je sentais l'air battu par ses ailes.

Et puis je suis arrivée, si près que je pouvais presque le toucher.

Archer était presque au drapeau également. Assez près pour que je puisse voir la sueur couler le long de son front et de son cou, et l'anneau bleu foncé qui entourait ses iris. Assez près pour pouvoir m'empêcher d'atteindre cette saleté de drapeau.

J'ai attrapé le mât, le tirant vers le haut, espérant l'arracher du sol avant l'arrivée d'Archer. Des pensées pleines d'espoir, car ce truc était planté si profondément que j'ai eu l'impression de devoir le sortir du centre de la Terre, et Archer était déjà là.

Ses mains se sont refermées sur le mât, assez près des miennes pour que ses pouces effleurent les miens.

Je m'attendais à ce qu'il le tire vers le bas.

Mais il l'a tiré vers le haut.

En quelques secondes, le drapeau était sorti de sa prison de pierre et entre mes mains. L'aigle est descendu en piqué et l'a pris avant de s'envoler à toute vitesse vers notre camp de base. Une nuée d'autres oiseaux l'ont rejoint, et ils ont volé dans une formation compliquée pour protéger le drapeau.

— Beau travail, Mayfield.

Le visage d'Archer était impassible, mais ses yeux souriaient.

— Merci, rayon de soleil. (Et puis, parce que je n'ai pas pu m'empêcher de le taquiner :) Je commençais à croire que tu allais avoir besoin d'aide pour te débarrasser des trois autres, là-bas.

— Dit la fille qui s'est cachée dans les buissons pendant plus de dix minutes.

Touché.

Chapitre vingt-six

Le reste de la journée a été rempli de soulagement, de joie, et de tristesse. J'étais rassurée d'être en vie ; mon équipe avait fini deuxième, après celle de Søren. L'équipe de Sadie et Archer nous avait suivis de près à la troisième place, et les bleus avaient fini derniers. La joie profonde de retrouver tous mes amis et de savoir qu'on allait tous continuer cette aventure ensemble était incroyable. Mais ensuite est survenue la réalisation que huit personnes n'allaient pas dormir une nuit de plus dans le complexe.

La fin de l'Épreuve avait été dingue. Un gong avait résonné et, la seconde suivante, toute la forêt avait disparu. On avait réatterri dans l'arène de sable, un peu désorientés et pris de vertige à cause de l'illusion.

La foule avait applaudi comme si on était aux Jeux Olympiques. La nymphe qui avait appelé nos noms a repris le micro et révélé le classement. Le public s'est levé pour applaudir les équipes verte, jaune et rouge. On a été escortés par des soldats en armure noire vers la grande entrée de la Fosse tandis que des pétales de fleurs et des confettis nous pleuvaient dessus.

Ça avait été grisant.

Pendant une seconde, du moins. Ensuite, j'ai jeté un regard derrière moi pour voir les huit membres de l'équipe bleue se faire passer de force des menottes bleu fluorescent. Certains pleuraient. D'autres se tenaient simplement là, les yeux dans le vague. Deux d'entre eux ont essayé de repousser les soldats qui les maintenaient, mais quelques coups bien placés les ont fait tomber à genoux sur le sol, impuissants.

Je n'avais d'affection particulière pour aucun d'entre eux. Nathan, des larmes silencieuses coulant le long de son visage, faisait même partie de cette équipe. Je l'avais haï pour ce qu'il avait essayé de me faire. Mais quand même. Ces gens avaient eu la malchance d'attraper leur étendard en dernier. Maintenant, ils allaient mourir à cause de ça.

Ça m'avait brisé le cœur.

Je me suis figée pendant une seconde. Je ne sais pas ce que j'aurais bien pu faire. Probablement rien. Mais il m'avait semblé injuste de sortir en héros quand ces huit Bronzes se rendaient à leur exécution.

Sadie avait pris mon bras et m'avait tirée vers la sortie. Son visage disait tout ce qu'il y avait à dire : il n'y avait rien que l'on puisse faire. Alors, je l'ai suivie.

Des heures plus tard, j'en avais encore l'estomac noué.

La seule bonne chose à propos de cette journée, c'était qu'on avait été autorisés à aller voir l'infirmière. Avant le début du Tournoi, l'infirmière n'avait été réservée qu'aux situations d'urgence. En général, c'était quand les gens étaient aux portes de la mort. Mais aujourd'hui, on avait l'opportunité d'aller la voir et de faire soigner nos moindres petits bobos.

L'infirmière était l'une des filles d'Asclépios, le dieu de la médecine et des physiciens. Elle n'avait eu qu'à placer ses mains au-dessus de ma poitrine pour que sa magie de soin s'échappe de ses paumes et envahisse tout mon corps. Ça m'avait fait l'impression de prendre le meilleur bain que j'avais jamais pris, mêlée à la plus longue et reposante nuit de sommeil de ma vie. J'avais quitté son cabinet me sentant rajeunie, et toutes mes coupures, mes bleus et autres blessures étaient totalement guéris. Mon genou gauche se portait même mieux qu'avant ma blessure, quatre ans auparavant.

Incroyable.

Quelques heures plus tard, les effets relaxants de la magie de soin s'étaient dissipés, et je me sentais à nouveau nauséeuse.

— Est-ce que tu vas manger ton gâteau ?

J'ai secoué la tête et Søren s'est saisi de la part de gâteau. Il mangeait sans aucun doute ses émotions, étant donné que Mei ne lui avait pas parlé après l'Épreuve. Le pauvre gars souffrait, et ça ne faisait qu'ajouter à la culpabilité dans laquelle je nageais actuellement.

Je devais être un livre ouvert, car Sadie a posé sa main sur la mienne et l'a gentiment tapotée.

— C'est pas ta faute, K. Tu n'aurais rien pu faire pour les sauver à part sacrifier ton équipe et mourir toi-même. Les dieux et les déesses ont conçu ce Tournoi comme une mesure de régulation de la population des Bronzes ; ils veulent que la majeure partie d'entre nous meure, et il n'est rien qu'on puisse faire contre ça. On ne peut que faire de notre mieux pour survivre, pour pouvoir essayer de changer les choses de l'extérieur.

Je savais qu'elle avait raison. Je le savais, mais une part de moi me répétait que j'aurais dû essayer de faire quelque chose. C'était comme cette métaphore sur les tapis roulants pour décrire le racisme systémique : on devait faire quelque chose contre les inégalités, activement, sinon, si on suivait le mouvement, on finissait au même niveau que ceux qui étaient d'accord avec le racisme, quoique plus lentement. J'avais l'impression d'être sur le tapis roulant et de n'avoir aucune idée de comment me mettre à marcher à contre-courant.

Mes lèvres se sont contractées, mais je ne me sentais pas le cœur à sourire, même pour la remercier de ses mots attentionnés. Je ne savais pas comment exprimer mes sentiments à mes amis, en particulier parce que j'avais parfois l'impression qu'ils n'avaient pas le même seuil de tolérance à l'injustice que moi.

— Je comprends. Vraiment. Mais je n'ai pas à aimer ça.

Sadie n'a rien ajouté, mais je voyais bien qu'elle ne comprenait pas vraiment d'où je partais. Je ne savais pas si c'était le sang divin qui coulait dans leurs veines ou la manière dont ils avaient été élevés, en sachant qu'ils allaient peut-être finir par vivre sur l'Olympe. Cependant, la plupart des Bronzes ici, y compris mes amis, avaient une vision de la justice sociale très différente de la mienne et de celle de toute une génération d'enfants californiens. C'était parfois assez inquiétant. Comme quand personne n'avait l'air de trouver cruel et profondément injuste que la hiérarchie sur l'Olympe soit basée sur la puissance des pouvoirs, l'ascendance et la teneur en or du sang de quelqu'un ; tous des facteurs sur lesquels les gens n'avaient littéralement aucun contrôle.

Je savais que je ne pouvais pas faire évoluer leur façon de penser, là tout de suite. Je n'avais même pas l'énergie d'essayer. Au lieu de ça, je devais me concentrer sur les étapes suivantes. Il y avait toujours un petit garçon de neuf ans qui m'attendait.

— Qu'est-ce qu'on fait maintenant ?

Je n'ai pas développé davantage, mais mes amis ont eu l'air de comprendre précisément de quoi je voulais parler. Ce n'était pas comme si beaucoup de choses se passaient dans nos vies à part le Tournoi.

— Maintenant, on s'entraîne.

J'aurais pu parier tout le contenu de mon compte en banque (qui n'était, je dois l'admettre, pas si énorme) sur le fait que qu'Archer allait dire ça.

— D'abord, on va se détendre et fêter le fait d'être en vie. (Søren s'est levé brusquement.) Et je vais récupérer ma copine.

Et puis il est parti, marchant à grandes enjambées vers la table où Mei était assise avec Nafula et deux autres Bronzes.

Mei a écarquillé les yeux quand Søren l'a fait se retourner de force sur son banc. Je n'ai pas entendu ce qu'il lui a dit, mais ça avait l'air d'être un long monologue sentimental, si je me fiais aux yeux larmoyants de Mei. Ils ont échangé quelques phrases avant de rester silencieux un moment. Søren était à ça de se mettre à genoux et de la supplier (je pouvais voir ses jambes trembler) quand elle a hoché la tête. Il l'a serrée très fort dans ses bras, probablement pas loin de lui briser les os, et puis l'a embrassée comme si c'était la fin du monde.

— Oh, petit frère a enfin trouvé le courage de s'excuser. Je suis tellement fière, s'est extasiée Sadie, une main au cœur.

Elle a fait semblant d'essuyer une larme de son œil, mais je voyais bien qu'elle était fière de lui. En toute honnêteté, je n'aurais pas cru que ce couple allait tenir si longtemps, mais c'était génial de les voir se rapprocher et Søren faire l'effort de la reconquérir. J'étais sûre qu'elle allait quand même le faire ramper un peu, mais c'était bon de les voir se sourire l'un à l'autre comme ça. Ils méritaient de l'amour et du bonheur, en particulier après la journée qu'on venait de passer.

Instinctivement, mon regard a glissé vers la main d'Archer, posée sur la table. Des flashs de ses pouces frôlant les miens quand il avait saisi le mât de l'étendard ont traversé mon esprit. La douceur de son regard quand il l'avait tiré et sorti du sol. Je m'étais attendue à ce qu'il me repousse, les souvenirs du cauchemar que j'avais fait dans lequel il me poignardait dans le dos me revenant en tête. Mais il ne l'avait pas fait. Il m'avait aidée, même si son équipe n'avait pas encore récupéré son drapeau. Il m'avait choisie moi plutôt que la victoire.

Ça comptait beaucoup à mes yeux. Plus que ça n'aurait dû.

Le problème, c'était que maintenant, en plus de la reconnaissance et du soulagement que je ressentais, mon cœur avait également du mal à se rappeler qu'il ne m'avait pas aidée par amour. Du moins, pas le genre d'amour qu'une part de moi espérait encore. J'avais si bien réussi à enfermer à double tour mes sentiments grandissants pour cet homme, et cet unique moment avait fait exploser toutes mes barrières.

Et maintenant, mon cœur palpitait et je rougissais rien qu'à regarder sa main comme une stupide petite écolière régie par ses hormones.

C'était tellement gênant.

Au moins, il était trop occupé à manger son gâteau et n'avait rien remarqué ; il se serait assuré de me le faire savoir, sinon.

J'ai fait de mon mieux pour ignorer la présence d'Archer jusqu'à la fin du repas, qui allait arriver assez rapidement, puisque Søren avait l'air d'être parti pour rester avec sa petite-amie et mes deux compagnons de table en étaient à la moitié de leur dessert. Le gâteau avait l'air délicieux (la version olympienne du cheesecake), mais après notre conversation, j'étais encore trop tendue pour manger un dessert de fête.

Le reste de l'après-midi est passé dans un étrange flou au cours duquel on ne s'est pas vraiment entraînés (Sadie et Søren ont convaincu Archer qu'on avait besoin d'un moment pour reposer nos corps), mais on n'avait jamais traîné en groupe sans s'entraîner. Alors, on est allés faire le tour du complexe à pied, comme si on n'était qu'un groupe d'amis menant une vie normale. On a joué à la balle au prisonnier ; avec une vraie balle, pas l'une des boules de feu de Søren. Et puis on est allés regarder le coucher de soleil sur le toit.

C'était pour le moins une journée étrange.

J'ai presque été soulagée quand on a finalement quitté la table du dîner pour aller dans nos chambres. J'avais besoin d'être seule avec moi-même pendant un moment pour digérer tout ce qui s'était passé au cours de la journée ; et des six semaines précédentes. Tout remontait, et j'avais du mal à faire face. Jusque-là, je m'étais entraînée à fond pour me préparer au Tournoi, sachant pertinemment que j'allais y jouer ma vie. Mais toute cette situation « de vie ou de mort » était restée un genre de concept abstrait. Voir huit personnes aux côtés desquelles j'avais vécu pendant un mois et demi être emmenées enchaînées, ne pas les voir au dîner, et savoir qu'elles allaient être « éliminées »… Ça rendait tout si *réel*.

Ça foutait sacrément les jetons.

Alors non, je n'avais pas spécialement honte d'avouer que j'avais besoin d'un moment pour digérer. Il était temps d'accepter le fait que les dieux et déesses ne plaisantaient pas quand ils disaient que leurs petits-enfants allaient mourir s'ils ne prouvaient pas qu'ils étaient les meilleurs. C'était un tout autre niveau de problèmes familiaux. Ma relation tumultueuse avec ma mère ressemblait à une promenade de santé, en comparaison.

Archer et moi nous sommes préparés l'un après l'autre sans dire grand-chose. Il avait atteint son quota de mots pour la journée après toutes nos discussions de l'après-midi. Vous pouvez donc imaginer mon étonnement quand il m'a demandé :

— Est-ce que tu veux en parler ?

Allongée dans mon lit, j'ai arrêté de faire tourner mon téléphone entre mes mains (j'avais le mal du pays et hésitais à l'allumer pour regarder quelques photos) pour tourner la tête vers lui. Dans la chambre, toutes les lumières étaient éteintes, l'hologramme télé diffusant un épisode d'une série dramatique olympienne (quelques chose à propos des dieux et de la guerre de Troie) que j'avais déjà vu au cours des deux dernières semaines. La lueur bleutée de l'hologramme illuminait partiellement le visage d'Archer, se reflétant dans ses yeux.

— Tu caches un diplôme de thérapeute dans tes tiroirs, rayon de soleil ?

Archer a roulé des yeux d'exaspération face à ma maigre tentative de blague. Il était déjà assis sur son lit, le dos contre le mur pour me faire face, et avait ramené l'un de ses genoux contre lui pour y poser ses bras croisés.

— Je suis sérieux. Je vois bien que tu te sens mal, et je suis là si tu as besoin de parler à quelqu'un.

L'air sérieux sur son visage, ses mots, la manière dont il me connaissait assez pour savoir que je n'étais pas au mieux de ma forme… Ça signifiait tellement plus pour moi que je n'aurais su le dire. Il était facile de me sentir seule et pas à ma place ici, facile de me retrouver submergée et d'oublier une seconde que j'avais des amis qui tenaient à moi autant que je tenais à eux. Entendre la sincérité dans la voix d'Archer m'a réchauffé la poitrine.

J'ai hésité à lui dire que ça allait aller, que j'étais juste fatiguée. Une excuse facile qui avait déjà marché plein de fois auparavant. Mais dans cette chambre sombre, seule avec lui, je voulais être honnête.

Je voulais faire en sorte que ce moment compte.

J'ai mis un long moment à décider de la manière exacte dont j'allais être honnête avec Archer, mais quand les mots ont quitté ma bouche, je me suis sentie plus sincère que je ne l'avais été depuis un bon moment.

— J'ai peur. Avant aujourd'hui, je n'avais pas réalisé que des gens allaient mourir. Je savais que si je n'étais pas à la hauteur, je pouvais mourir, mais je suppose que je n'avais pas vraiment compris que mes actes au cours du Tournoi pourraient coûter la vie à d'autres personnes. C'est comme...

J'ai fait une pause, essayant de trouver les bons mots.

— Je *sais* que ce n'est pas ma faute, mais une part de moi continue à penser que si je n'avais pas tiré le drapeau du sol, alors ces huit personnes seraient encore en vie.

— Et tu serais morte.

C'était la dure et froide vérité, hein ? Qu'il n'y avait aucune alternative où on aurait pu tous sortir gagnants. Que dans tous les cas, huit personnes, ou neuf, seraient mortes. Qu'il n'y avait eu aucun moyen de l'éviter. Quand bien même, ça ne m'ôtait pas l'idée irrationnelle que je les avais tués. Que j'avais été égoïste et décidé que ma vie était plus importante que celle de quelqu'un d'autre. Et, quand je m'étais tenue devant le drapeau rouge, je n'avais même pas hésité. Je n'avais pas pensé à ceux que j'étais sur le point de sacrifier pour la survie des membres de mon équipe. Ça me faisait peur. Ça m'effrayait, à vrai dire, parce que je ne voulais pas être le genre de personne qui pensait qu'elle pouvait décider de qui avait le droit de vivre ou non ; je n'avais aucun droit de déterminer quelle vie avait davantage de valeur que les autres.

— Si ça te fait te sentir mieux, je l'aurais fait pour toi.

J'ai froncé les sourcils, pas sûre de savoir ce qu'Archer voulait dire.

— J'aurais arraché ce stupide drapeau du sol et te l'aurais donné même si tu avais soudain eu des doutes et décidé que tu ne voulais pas vivre à la place de quelqu'un d'autre.

Il a soutenu mon regard pendant un long moment, s'assurant que je sache qu'il était sincère.

— J'aurais sauvé ta vie plutôt que la leur. Sans hésitation.

Ça aurait dû me faire peur, qu'Archer soit si peu effrayé de faire ce genre de choix.

Mais non.

Ça m'a donné chaud et des fourmis dans tout le corps. Et ça m'a fait monter les larmes aux yeux sans aucune raison.

Je me suis accordé quelques secondes pour me reprendre (j'ai même tourné la tête vers l'hologramme, la série tournant toujours sans le son, pour éviter son regard) avant de me retourner vers lui. Il me fixait si intensément qu'on aurait dit qu'un feu brûlait à l'intérieur de lui.

— Comment tu arrives à te sentir en paix avec tout ça ?

— Tu dois penser à la raison qui te pousse à faire ça. C'est comme ça que tu survis avec une santé mentale intacte. (Il a levé le menton vers moi pour m'inviter à me lancer.) Parle-moi de ta raison de survivre.

La réponse est venue automatiquement.

— Mon frère. Makaio.

— Pourquoi ?

— Il est la meilleure chose dans ma vie. Il a tellement de bon en lui, tellement de lumière que parfois je- (J'ai avalé ma salive difficilement.) Parfois, je me demande comment on peut être de la même famille. Il me rend heureuse. Il est dans tous mes meilleurs souvenirs. La plupart de mes pires souvenirs, aussi.

J'ai brièvement pressé mon téléphone contre ma poitrine. J'aurais tant voulu pouvoir voir son visage.

— Ma mère n'a pas eu une vie très facile. Mon père était l'amour de sa vie, ce genre d'amour qu'on ne connaît qu'une fois. Le genre qui change des vies et brise des cœurs.

Archer n'a rien dit mais m'a écoutée attentivement, comme si chacun de mes mots était précieux. Important.

— Il est mort deux mois avant ma naissance. Maman n'a plus jamais été la même. Je sais qu'elle nous aime, à sa façon. Mais je suppose que je lui ressemble beaucoup et que c'est dur pour elle. Ça n'excuse pas certains de ces actes ; je le sais. Et je sais aussi qu'elle s'est trop lourdement reposée sur moi pour éduquer Makaio ; ce n'est pas un rôle que j'aurais dû avoir à jouer. Comprends-moi bien, j'adore m'occuper de Makaio, mais j'aurais dû avoir le droit d'être une enfant aussi.

Je divaguais. Je le savais. Mais maintenant que j'avais commencé à parler de ma famille et de combien ça avait été dur d'avoir la charge d'un enfant alors que je n'étais qu'une ado, je ne pouvais plus m'arrêter.

— Il est ma raison de me battre, parce que j'ignore si ma mère sera capable de prendre soin de lui si je meurs. Il mérite tellement plus qu'une mère qui fait de son mieux, mais dont le mieux est souvent insuffisant. Et je l'aime tellement que je traverserais l'Enfer pour le retrouver.

Un long silence a suivi mes paroles. Une pause éloquente, au cours de laquelle on est simplement restés assis là à méditer ce que je venais de balancer à Archer. Il avait voulu savoir pourquoi je me battais, et au lieu de lui donner une réponse directe, j'avais étalé tous nos problèmes familiaux au grand jour.

J'aurais dû être gênée. Je l'aurais été, d'habitude. Ces pensées étaient intimes, du genre de celles que je gardais pour quand j'étais seule dans ma chambre, allongée dans le noir en me demandant pourquoi je ne pouvais pas avoir une mère qui se souciait un peu plus de nous.

Mais je n'ai pas ressenti de gêne. Je me suis sentie soulagée. Parce que pour la première fois, j'avais exprimé ce que je ressentais. J'aurais pu continuer à parler longuement de ma situation familiale, mais les cinq dernières minutes m'avaient déjà ôté un poids de la poitrine.

— Bien, a dit Archer en hochant la tête. Tu dois tu souvenir de ça à chaque fois qu'on passe une Épreuve. Tu le fais pour lui.

— Et toi ? ai-je demandé avant de pouvoir m'en empêcher. C'est quoi, ta raison ?

Archer est resté silencieux si longtemps que j'ai pensé qu'il n'allait pas répondre du tout. Ça ne m'aurait pas dérangée ; c'était privé, et ce n'était pas parce que moi je m'étais ouverte à lui qu'il devait se sentir obligé d'en faire de même. J'étais déjà sur le point de m'endormir quand il m'a finalement répondu.

— Ma mère. Les jumeaux. (Il s'est interrompu un instant.) Toi.

Chapitre vingt-sept

Les jours suivants sont passés vite. Trop vite. On a recommencé à s'entraîner, plus dur que jamais. Je travaillais si dur sur mes compétences physiques et mes barrières mentales que, quand la nuit tombait, je dormais si profondément que je ne faisais même pas de rêves. Ce qui était une bonne chose, parce que je ne voulais pas imaginer ce que l'équipe bleue avait subi.

Personne ne nous avait dit ce qui leur était arrivé.

On ne savait pas s'ils étaient encore vivants ou s'ils avaient déjà été tués.

Je ne tenais pas particulièrement à le savoir ; comme ça, je pouvais continuer à prétendre qu'ils étaient encore en vie. C'était mon expérience du chat de Schrödinger à moi : du moment que je ne posais pas de questions, ils pouvaient rester entiers dans ma tête.

J'ai passé ces quatre jours à travailler très dur pour me rappeler que je n'étais pas un assassin et qu'il n'y avait rien d'autre à faire que mon mieux pour survivre. Du moment que je la jouais réglo, je n'avais pas à me sentir coupable. J'ai pensé à Makaio, ma raison de me battre, au moins vingt fois par jour. Ça a aidé avec tout ce truc de ne pas me sentir coupable.

J'ai aussi beaucoup pensé aux raisons de se battre d'*Archer*. L'une d'entre elles, du moins. À savoir : moi.

Comme vous pouvez l'imaginer, cet unique mot, « toi », ne m'avait pas aidée à contrôler mon cœur et mes émotions. J'avais fait de mon mieux pour remettre toutes ces pensées et ces sentiments indésirables sous clé, mais plus le temps passait, moins je sentais que ça fonctionnait. Les joints et les fermoirs de mon coffre-fort blindé étaient desserrés. Ce qui était vraiment chiant, parce qu'Archer était de nouveau amical avec moi, agissant comme plus qu'un ami uniquement quand il y avait des gens pour nous voir. Chaque fois qu'il regardait un groupe de Bronzes et prenait ma main dans la sienne avant de la lâcher une fois qu'ils étaient hors de vue… je sentais de minuscules aiguilles transpercer mon cœur. Je devais être masochiste parce que j'ai commencé à tirer parti des moments où on était ensemble en public pour être plus près de lui et le toucher, même si je savais très bien que ce n'était que de la comédie à ses yeux.

La fin du Tournoi n'aurait jamais pu arriver assez vite, afin que je sois libérée de cet endroit et que je puisse mettre de la distance entre Archer et moi, ce dont j'avais bien besoin. Il allait bien falloir un univers entier entre nous, au moins, pour que mon cœur et mon cerveau l'oublient.

Aujourd'hui était, heureusement, l'une de ces journées où je n'avais ni le temps ni l'espace mental pour penser à mon crush impossible et à sens unique sur le petit-fils d'un dieu. Au lieu de ça, j'étais trop occupée à m'inventer des milliers de scénarios sur la prochaine Épreuve pour avoir le temps de penser à quoi que ce soit d'autre.

On était de retour dans la salle au bord de la Fosse, attendant que ce soit notre tour d'entrer dans la deuxième Épreuve. Des chaises avaient été alignées en rangs, et chacun de nous s'était vu assigner un siège dans un ordre a priori aléatoire. Je n'étais près d'aucun de mes amis, mais au moins, je n'étais pas près d'Elena ou d'Alexei non plus ; c'était déjà ça de pris. J'étais entre Nafula et un gars que je ne connaissais pas et qui n'avait pas l'air de vouloir discuter.

Nafula a soupiré bruyamment avant de croiser les bras sur sa poitrine et de s'avachir à moitié sur sa chaise.

— Je déteste quand ils mettent autant de temps. Ça fait au moins une heure qu'on attend ici, et on n'est pas près d'avoir fini.

Elle n'avait pas tort. On nous avait donné des instructions selon lesquelles il nous fallait être ici à neuf heures du matin. Et puis, après qu'on s'était assis aux places qui nous avaient été attribuées, la voix de la nymphe de la dernière fois avait résonné dans la pièce et l'arène, déclarant que cette deuxième Épreuve allait être une épreuve de l'esprit et que chaque participant y serait confronté seul. Depuis, elle avait appelé un nouveau Bronze environ toutes les vingt minutes. Nafula et moi étions au fond de la pièce, au tout dernier rang. S'ils continuaient à suivre à peu près l'ordre de nos places, une vingtaine de personnes pourraient encore avoir à passer avant nous.

Ça faisait un long moment à mariner dans le stress et la peur.

Le pire, ce n'était même pas l'attente ; c'était d'entendre la foule applaudir occasionnellement ou crier sans savoir si le dernier Bronze qui était parti s'en était tiré ou non.

— Ouais, toute cette installation me paraît superflue.

Nafula a soufflé son assentiment et a tourné la tête pour fusiller la porte du regard. Je n'avais pas eu le temps d'y faire vraiment attention pendant la première Épreuve, mais la Bronze valait le coup d'œil. Sa coupe afro était belle, sa peau sombre brillait sous la lumière crue de la salle, et ses yeux ressortaient entre des cils si longs qu'elle devait avoir une réserve de mascara waterproof de super bonne qualité dans sa chambre. Ses lèvres étaient aussi maquillées d'une jolie teinte corail qui illuminait son visage. Elle était belle, et je n'aurais pas été surprise qu'elle ait été top model sur Terre.

Est-ce que les top models étaient apparentés d'une certaine manière aux divinités grecques ? Tous les Bronzes étaient beaux ici, alors la question se posait. J'allais devoir demander à Sadie.

Des applaudissements et des sifflements se sont élevés dans l'arène, et on s'est tous tendus. On savait ce que ça signifiait. Le dernier Bronze avait terminé la deuxième Épreuve, qu'elle se soit bien passée ou non. Et le prochain allait être appelé dans la minute suivante.

Jusqu'ici, la nymphe n'avait pas suivi nos placements à la lettre, mais avait appelé les gens assis dans la moitié avant de la salle. Archer, Mei et les jumeaux étaient assis dans les trois premiers rangs, l'air détendus et presque contents d'être là ; même si Mei tenait la main de Søren, assis derrière elle, un peu serré. J'aurais voulu être aussi détendue, mais plus le temps passait, plus les scénarios que mon cerveau inventait devenaient dingues et terrifiants.

Qu'est-ce que ça voulait dire, « épreuve de l'esprit », d'abord ?

Connaissant les dieux, et en particulier Artémis, ça ne signifiait rien de bon ni d'amusant. Amusant pour nous, du moins. J'étais sûre que la foule sanguinaire s'éclatait.

Quelques participants étaient en train de parler calmement, mais ils se sont tous arrêtés. La pièce est devenue si silencieuse que je me suis demandé si quelqu'un respirait encore.

Quelques instants.

Et puis-

— Merci pour ce merveilleux spectacle, Amara. Il est temps d'accueillir notre prochain joueur !

J'aurais ri si ma poitrine n'avait pas été si serrée par la peur. Elle donnait à tout ça l'air de n'être qu'un jeu stupide dans une émission du soir.

— Veuillez accueillir… Sadie Aska, descendante de Thanatos !

Il y a eu des applaudissements et des acclamations au dehors. Comme si elle était une célébrité. Comme si elle était un divertissement.

Mon regard a filé vers mon amie assez rapidement pour la voir se lever avec grâce dans le troisième rang. Elle a hoché la tête en direction de son frère et d'Archer avant de se retourner vers moi et de m'offrir un sourire rassurant. Elle m'a même fait un clin d'œil. Ensuite, elle est partie vers la porte d'un pas dynamique et enthousiaste.

Et elle a disparu dans l'ombre du couloir.

Les dix minutes suivantes ont mis mes nerfs à rude épreuve. J'ai écouté attentivement tous les sons venant de l'arène, essayant désespérément de récolter des informations sur la manière dont Sadie se débrouillait grâce à la foule. Mais ce que j'obtenais n'était pas d'une grande aide. Je n'avais aucun moyen de savoir si les divers « Oooh » et « Aaah » étaient bon signe ou non. Aucun moyen de savoir si elle était en train de tout déchirer ou de se faire déchirer.

Je n'arrêtais pas de me répéter qu'elle devait sûrement aller bien. C'était Sadie Aska. Il n'y avait pas d'autre option pour elle que de s'en sortir. Facilement.

Rien ne pouvait arrêter Sadie.

Malgré tout, quand le nom suivant a été appelé (Elena Schmidt, descendante d'Arès), j'ai senti comme un poids sur ma poitrine. Ne pas savoir… Ouais, ça n'allait pas très fort. Et plus le temps passait, plus l'incertitude me rongeait.

Vous pouvez imaginer à quel point je me suis sentie mal quand mes autres amis ont été appelés. Mei, ensuite Søren, puis Archer. Je les ai regardés passer la porte, l'air d'être en route pour la plage ou une connerie du genre.

Arrivé au stade où tout le quatrième rang avait été appelé, mon talon tapait le sol si vite que j'étais un peu inquiète à l'idée d'avoir une crampe. Nafula n'était pas mieux. Elle atteignait de nouveaux paliers de mauvaise humeur et fixait la porte si intensément que c'était un miracle qu'il n'y ait pas encore de trou dedans.

Il ne restait plus que sept d'entre nous, tous des gamins que je connaissais à peine. C'était étrange d'avoir vécu ensemble pendant près de sept semaines mais de ne pas se connaître du tout. Un paradoxe bizarre, n'est-ce pas ? On restait dans nos petites bulles, nous entourant d'aussi peu de personnes que possible. Je ne savais pas si c'était la peur de perdre les gens ou la peur d'être trahi qui motivait ces choix. Dans tous les cas, j'aurais aimé en savoir plus sur les Bronzes qui m'entouraient. Pas simplement parce qu'ils étaient mes concurrents, mais parce que je n'arrêtais pas de penser qu'on aurait peut-être pu s'unir au lieu de laisser notre groupe exploser en milliers de morceaux sous la pression de la survie.

Il était trop tard pour ça, maintenant.

Essayant désespérément de penser à quelque chose d'autre que l'Épreuve et le destin de mes amis, j'ai utilisé les Bronzes encore présents pour m'occuper l'esprit. De là où on se trouvait, tout au fond de la pièce, je pouvais scruter discrètement les autres Bronzes d'une manière qui aurait paru bizarre (et constitué une potentielle déclaration de guerre) dans le réfectoire ou la Fosse.

Observer les gens nous avait toujours amusés, avec Makaio. On allait au parc et, entre deux de ses sessions de skate, on s'asseyait sur l'herbe brûlée et on mangeait des sandwichs au beurre de cacahuète et à la confiture en s'imaginant quel genre de vie les autres menaient. C'était amusant et un excellent moyen de nous rapprocher, mon frère et moi. Alors, ça m'est revenu naturellement quand j'ai regardé autour de moi, analysant mes concurrents du coin de l'œil.

Les questions ont surgi : où avaient-ils vécu avant de venir ici ? Comment était leur vie, chez eux ? Avaient-ils un parent Doré qui les attendait ici ? Quel était leur pouvoir ? Regrettaient-ils leur vie sur Terre ? Avaient-ils des passions ? Des frères et sœurs ? Des espoirs ? Des rêves ? Des amours ? Les questions étaient innombrables, et parce que je n'avais souvent aucune idée de qui ils étaient, mon imagination faisait tout le travail. Et imaginer que le Gars Ronchon, à ma droite, avait été élevé dans un cirque, donnant des spectacles en tant que clown et faisant pleurer les enfants, m'a aidée à empêcher mes pensées de vagabonder vers des sujets indésirables.

Cette technique a assez bien fonctionné jusqu'à ce qu'il ne reste plus que moi dans la salle. Je commençais à avoir l'habitude d'être appelée en dernier pour les Épreuves. J'étais sûre qu'Artémis l'avait voulu comme ça, pour s'assurer de garder le meilleur pour la fin ; le grand final avec l'humaine qui avait l'hubris de concourir contre des divinités.

Une fois que je me suis retrouvée seule dans cette grande salle vide et froide, il n'y a plus rien eu pour me distraire. Ma seule option pour rester saine d'esprit et ne pas finir en position fœtale sur le sol en panique totale était la méditation.

Ne vous méprenez pas : je n'étais pas une fan de méditation. Tout comme je n'étais pas une fan de yoga. Ou de toutes ces tendances bobo du genre « videz votre esprit et libérez votre corps ». J'avais toujours trop de sujets d'inquiétude pour pouvoir me vider la tête.

Mais notre entraîneur de gym au lycée était à fond dans la visualisation et la méditation et *être le maître de son propre esprit* ou un truc comme ça. On avait fait ces exercices si souvent que ça a été étonnamment facile de me remettre dedans.

Les yeux fermés, respiration maîtrisée, je me suis concentrée pour imaginer un endroit où je me sentais bien. À l'époque, ça avait été le gymnase. Cependant, beaucoup de choses s'étaient passées depuis, alors cette fois, j'ai choisi l'océan. Le surf était un moyen pour moi de m'évader de la réalité. Je le tenais de mon père. Il était surfeur professionnel et était venu en Californie pour s'entraîner avec un nouveau professeur. C'est là qu'il avait rencontré ma mère. Et, d'une certaine manière, il avait dû me transmettre la prédisposition génétique d'adorer surfer sur les vagues avec ma planche ; sa planche. M'imaginer que j'étais assise sur une planche, les yeux sur l'horizon au-dessus de l'eau, prête à surfer sur une vague fabuleuse et à prendre du plaisir comme jamais, m'a aidée à calmer les battements frénétiques de mon cœur.

Tout ce truc de méditation a si bien fonctionné que j'ai presque raté le moment où la nymphe-présentatrice a appelé mon nom. « Kalani Mayfield, mortelle. »

Je ne ressentais ni hésitation ni peur quand je me suis levée. Ou, du moins, toute appréhension que j'aurais pu encore avoir avait été enfouie sous une couche de calme et d'assurance qui ne cessait de grandir. Je savais que j'avais un désavantage important par rapport aux Bronzes, dans pratiquement tous les domaines. Mais mon esprit ? J'avais foi en lui. Et, bien que ma confiance se soit effondrée après l'invasion d'Alexei, les semaines que j'avais passées à m'entraîner sans relâche avec Archer m'avaient montré que mon esprit était fort.

Je devais simplement y croire assez fort pour survivre à ce qui m'attendait de l'autre côté, quoi que ce soit.

Chapitre vingt-huit

Cette fois encore, ceux qui s'occupaient des illusions de l'arène n'avaient pas chômé, car la Fosse n'avait pas son apparence habituelle. J'étais dans une boîte noire, si sombre que je pouvais à peine voir mes pieds. C'était comme être jeté dans le vide au fin fond de l'espace, loin de toute étoile ou planète. Je n'entendais ni ne sentais rien. Et j'étais seule.

Seule dans le noir.

C'était censé être quoi, cette putain d'Épreuve ?

Le temps est passé, et rien ne s'est produit. Je me tenais simplement là, regardant autour de moi au cas où quelque chose me sauterait dessus hors des ténèbres. Je n'avais pas vraiment peur de l'obscurité, mais elle me mettait souvent mal à l'aise. J'aimais être préparée et cet espace, presque comme une pièce de privation sensorielle, me faisait me sentir vulnérable. Je n'aimais pas ça.

Des secondes ou des minutes auraient pu être passées depuis que j'étais entrée dans l'obscurité que je n'en aurais rien su. J'étais dans un espace hors du temps. Sans cap ni but. Attendant simplement. Attendant de voir ce que j'étais censée faire.

J'allais me mettre à errer au hasard (je devais faire *quelque chose*) quand j'ai entendu une voix. Au début, c'était un murmure faible, si faible que je n'arrivais pas à déterminer d'où il venait ni ce qu'il disait. Je n'ai pu que regarder autour de moi, essayant de me préparer, car je n'avais aucune idée de si cette voix était amie ou ennemie.

Connaissant Artémis, j'aurais parié sur la seconde option.

Les secondes se sont envolées et le murmure est devenu un chuchotis. Puis une voix douce, dont les paroles étaient suffisamment claires pour que je commence à discerner des mots. Ou j'en aurais été capable, si j'en avais connu la langue. Mais la voix ne parlait ni anglais ni espagnol ; pas que je sache encore parler espagnol. Les mots eux-mêmes étaient mélodieux, beaux et légers. Mais les phrases ? Les phrases sonnaient faux, comme si l'arrangement des mots les faisaient s'entrechoquer. Comme si la personne qui parlait (la voix était androgyne, comme si elle était féminine et masculine en même temps) me jetait une malédiction. Cette personne n'avait vraiment pas l'air amicale. Du tout. Et je n'avais aucune idée d'où elle se trouvait.

Génial.

J'adorais savoir qu'il y avait quelqu'un à l'air agressif dans le coin sans pouvoir le voir.

Vraiment génial.

Ne pouvant faire quoi que ce soit d'autre, je me suis assurée que mes défenses mentales étaient fortes et ai continué de tourner doucement sur moi-même, changeant de direction une fois de temps en temps dans l'espoir de voir l'inconnu avant qu'il ou elle ne se jette sur moi.

Sauf que, alors que la voix devenait si forte qu'elle en était presque un cri, tout s'est arrêté. L'espace a été replongé dans un silence de mort, si l'on omettait ma respiration hachée. Immédiatement, j'ai su que quelque chose se préparait ; c'était le calme avant la tempête. Et la tempête allait sans aucun doute être de catégorie cinq sur l'échelle de Saffir-Simpson.

Je m'attendais à ce qu'une créature terrifiante sorte des ténèbres et me saute dessus, mais j'ai cligné des yeux, et tout a changé.

J'étais de retour dans la forêt enchantée, des fées volant au-dessus de ma tête telles des lumières magiques, en chemin vers le belvédère où j'avais rêvé de cette première danse avec Archer. Où le rêve s'était changé en cauchemar.

J'étais seule, cette fois ; pas d'Archer en vue. Pas encore. Parce qu'il semblait que j'allais revivre mon cauchemar. Et il semblait que je ne pouvais pas sortir de l'hallucination comme je le faisais avec celles d'Archer ; aucun indice ne suggérait qu'il s'agissait d'une manipulation mentale. À toutes fins utiles, le monde avait été remodelé autour de moi. Ce n'était pas une hallucination ni une vision, mais plus probablement une illusion.

D'instinct, j'ai su quoi faire. J'ai marché jusqu'au belvédère tout en gardant un œil sur mes environs. Une fois en haut des marches, je n'ai pas pris le temps de regarder autour de moi avec émerveillement comme je l'avais fait dans mon sommeil. Je n'ai pas dansé non plus. Au lieu de ça, je me suis tournée vers l'endroit où je savais que Makaio allait apparaître.

Bientôt, il a été là. Mes yeux se sont posés sur lui au moment exact où il a crié mon nom. Mon cœur s'est brisé en l'entendant ; en entendant son désespoir, sa peur.

— Lani ! Je t'en prie, sauve-moi !

Ses cris étaient puissants dans le calme de la forêt. Et, comme dans mon rêve, une personne sans visage tenait un couteau sous la gorge de Makaio. Du sang rouge rubis a coulé le long de son cou, goutte après goutte.

J'aurais voulu courir vers lui, comme je l'avais fait la dernière fois. Sauf que, cette fois, je me suis figée. Plus précisément, j'étais paralysée, une force invisible qui bloquait tous mes membres m'empêchant de bouger. Je voulais crier, rassurer Makaio, lui dire que j'allais tout arranger. Mais cette force m'empêchait aussi d'émettre le moindre son.

J'étais totalement impuissante. Impuissante à aider mon petit frère.

Des larmes me sont montées aux yeux quand l'attaquant a appuyé le couteau plus fortement sur le petit cou de Makaio. Je les ai chassées en battant des paupières. Soudain, les jumeaux, Mei et Archer étaient là. À genoux sur le sol, enchaînés, d'autres personnes enveloppées d'ombre les tenant sous la menace d'un couteau.

— Tout est ta faute, Kalani Mayfield. Tout ceci est ta faute.

La voix venait de partout autour de moi, la même qu'avant la forêt, mais cette fois-ci, elle parlait anglais.

Je voulais répondre que je n'avais aucune idée de ce qui se passait et que je voulais les aider. Mais ma gorge était figée en un cri silencieux, incapable de dire quoi que ce soit à mes amis ou à mon frère. J'ai essayé de leur montrer combien je voulais les aider et les sauver avec mes yeux.

Sauf qu'ensuite, les personnes dans l'ombre ont commencé à leur infliger des coupures et à les poignarder. Pas assez profondément pour les tuer, mais plus qu'assez pour les faire souffrir et leur faire pousser des cris de douleur. Et à travers les larmes qui coulaient sur leurs joues, ils me regardaient tous comme si c'était moi qui les torturais. Ils me tenaient pour responsable de leur souffrance.

C'était sans fin. Les coups de couteau, le sang coulant le long de leur corps, leurs cris, et les regards qu'ils me lançaient. Des regards qui disaient que je n'en avais pas assez fait. Que je n'en avais pas assez fait pour empêcher que ça arrive. Et que je n'en faisais pas assez pour les sauver. Mais même alors que je me débattais dans mes entraves invisibles, je ne pouvais pas bouger.

J'étais complètement, absolument impuissante.

Mais le pire, c'était la voix. Cette terrible, terrible voix. Elle n'arrêtait pas de murmurer à mes oreilles que j'étais la raison pour laquelle ils souffraient. Que j'étais la cause de leur douleur. Que c'était à cause de moi s'ils se vidaient de leur sang sous mes yeux.

Mei a été la première à s'écrouler sur le sol. Molle. Sans vie. Une flaque de sang cuivré s'étendait autour de son petit corps. Sa peau était si pâle qu'elle en avait presque l'air translucide. Et ses yeux… Ses yeux fixaient le ciel nocturne, vitreux et aveugles.

Je me suis étranglée sur un sanglot. J'aurais voulu courir auprès d'elle. J'aurais voulu faire quelque chose, n'importe quoi, pour la sauver.

— Tout est ta faute, Kalani Mayfield. Tu les tues. Ton démérite vient de la tuer. Elle va tous les tuer.

La voix était insistante, insidieuse, et présente à tout instant. Et les mots se frayaient un chemin dans mon crâne.

Un cri à glacer le sang a résonné dans la clairière alors qu'une personne dans l'ombre poignardait Søren en pleine poitrine. Le temps s'est étiré tandis que je regardais, impuissante, mon ami tomber sur le sol, la respiration sifflante et douloureuse. L'ombre lui a relevé la tête pour que je puisse le voir bien en face. Et j'ai tout vu alors qu'il mourait ; la douleur, la peur, et l'accusation. Le ressentiment, juste avant que la lumière s'éteigne en lui et disparaisse. La voix a dû le voir, elle aussi, car elle m'a narguée à ce propos.

— Même tes amis savent que c'est entièrement ta faute, petite mortelle.

Me débattant contre la force invisible qui immobilisait tout mon corps, j'ai essayé de trouver une solution. Avais-je quelque chose à offrir à ces gens pour qu'ils arrêtent de faire du mal à ceux que j'aimais ? Y avait-il quoi que ce soit que je puisse faire pour arrêter cette folie ?

Il n'y avait rien d'autre à faire que regarder, cependant. Et en le faisant, j'ai croisé le regard brûlant de Sadie. Elle était en colère ; si furieuse et pleine de rancœur que cela masquait la douleur que ses nombreuses blessures devaient lui causer. Même sans la voix pour me le signaler, je savais que ses émotions m'étaient destinées.

Elle m'accusait.

Je ne pouvais pas lui en vouloir. Je commençais moi aussi à me sentir coupable.

— Lani ! S'il te plaît ! J'en peux plus !

La voix de Makaio était cassée et rauque à force de crier et de pleurer. J'ai senti mon cœur se briser et n'ai rien pu faire d'autre que le regarder souffrir. J'avais toujours été là pour protéger mon frère et c'était ma plus grande peur : être la raison pour laquelle il serait blessé jusqu'au point de non-retour.

Je voulais lui répondre. L'assurer que je faisais de mon mieux pour venir le rejoindre. Lui dire qu'il était fort. Lui dire que j'étais désolée. Lui dire que je l'aimais plus que n'importe qui d'autre.

Mais mes cordes vocales étaient aussi figées que le reste de mon corps. Et ne pas être en mesure de consoler mon petit frère était une torture ; mentale, sinon physique.

L'ombre derrière mon frère a tranché sa poitrine, si près de sa gorge que j'ai craint le pire. Cependant, je ne pouvais qu'imaginer la douleur qu'il devait ressentir ; la mort aurait peut-être été une délivrance.

— Regarde son tout petit corps. Qui aurait cru qu'un enfant contenait autant de sang ? Combien de temps penses-tu qu'il va encore pouvoir tenir avant que la perte de sang l'emporte ?

La voix a ri comme s'il s'agissait d'un jeu. Comme si je n'étais pas coincée là, à regarder mon frère mourir sous mes yeux.

Sauf que Makaio n'a pas été le suivant à partir. Ça a été Sadie. L'attaquant d'ombre lui a lentement tranché la gorge, et elle a hurlé jusqu'à ne plus pouvoir. Et j'ai pleuré. Des larmes ont roulé le long de mon visage, me brouillant la vue, mais qui que soit la personne qui me maintenait, elle s'est assurée que je continue à regarder le spectacle en me forçant à battre des paupières rapidement.

Alors, j'ai tout vu. Le sentiment de trahison sur le visage de Sadie. Le regard empli de rage qu'elle m'a lancé tandis qu'elle se vidait de son sang, plein de colère et de dédain. Je ne voyais plus rien de ma meilleure amie. Sa personnalité lumineuse, son amour et sa gentillesse à mon égard avaient été mouchées comme on aurait soufflé une flamme.

— Tu vois la haine sur le visage de ton amie ? C'est parce que tu l'as tuée. Tout comme tu es responsable de ce que traversent ton petit-ami et ton frère.

La voix s'en donnait à cœur joie avec tout ça. Elle se moquait joyeusement de moi, s'assurant d'avoir le contrôle total de la situation et de me laisser impuissante.

Le désespoir était *à ça* de me submerger. Je n'avais pas envie de continuer à regarder, mais impossible de garder les yeux fermés. Je n'avais pas d'autre choix que de continuer à contempler en silence l'horreur qui se déroulait devant moi.

Un regard dans sa direction m'a informée qu'Archer n'allait pas mieux que Makaio. Du sang couleur rouille couvrait tout son corps, s'écoulant par des dizaines de blessures. L'ombre dans son dos le tenait par les cheveux, tirant sa tête en arrière. Ses yeux, habituellement énervés, amusés ou assurés, étaient maintenant vides de toute combativité. Ils brillaient de larmes non versées sous la lumière de la lune, me brisant le cœur encore une fois. Je voyais qu'il était en train d'abandonner. De s'abandonner lui-même. D'abandonner la vie. De m'abandonner, moi.

Il y avait tant de choses que j'aurais voulu dire à Archer. Tant de chose à avouer. À me faire pardonner. Mais aucun son ne sortait. Pas même les cris de désespoir que je sentais enfler en mon sein.

— Lani !

Le cri de Makaio a ramené mon attention sur lui. Il pleurait tant qu'il n'arrivait plus à parler entre ses hoquets frénétiques. J'ai immédiatement compris pourquoi. L'ombre qui le maintenait pressait la pointe de son couteau contre la poitrine de mon frère. Ç'aurait dû être une position inconfortable pour le tortionnaire, devoir à la fois tenir mon frère en place et tendre le bras de l'autre côté, mais Makaio était si petit par rapport à lui que ça ne l'était pas. Et je pouvais imaginer combien il aurait été facile pour l'ombre de plonger le couteau dans la poitrine du petit garçon.

Ça a été facile. Si facile. Le couteau y a pénétré comme dans du beurre.

Il n'y a même pas eu un seul cri. Le couteau avait dû frapper dans le cœur, car ça n'a pris que quelques secondes. Quelques secondes d'agonie pour lui, sa bouche ouverte en un cri silencieux, le regard fixé sur la lame. Une agonie pour moi aussi, car même si je ne ressentais aucune douleur physique, la manière dont ma poitrine s'est déchirée à cette vue en a presque été une.

Makaio a ensuite relevé la tête, ses yeux se fichant dans les miens. Ses lèvres ont dessiné mon nom tandis que des larmes coulaient sur ses joues de bébé. Je savais qu'il appelait à l'aide. *Mon* aide. Je l'avais toujours aidé. J'avais toujours fait de mon mieux pour le protéger. Toujours.

Et maintenant, j'échouais lamentablement.

Au lieu d'empêcher qu'il lui arrive du mal, je l'ai regardé mourir. J'ai vu le moment où son âme joyeuse et lumineuse s'est échappée de son corps. Et même en combattant mes entraves de toutes mes forces, je n'ai rien pu faire.

— Quelle sœur inutile tu es, mortelle. Incapable de sauver une âme aussi pure. Incapable de faire quoi que ce soit, a chuchoté la voix à mon oreille. Tu devrais avoir honte.

J'avais honte. J'avais tellement honte, et j'étais tellement en colère contre moi-même. J'avais perdu Mei, Søren, Sadie, et maintenant Makaio. Archer était le dernier encore debout, et il n'allait plus tenir très longtemps vu la quantité de sang qu'il avait déjà perdue.

Je ne voulais pas le regarder. Je ne voulais pas le voir souffrir. Je ne voulais pas être témoin de plus d'agonie, plus de mort. La voix ne m'a cependant pas laissé le choix. La force qui me contrôlait s'est assurée que je ne puisse rien regarder d'autre qu'Archer. Archer se vidant de son sang. Archer à genoux, à la merci de quelqu'un qui le détruisait à petit feu.

Je ne voulais pas qu'il me regarde comme si je l'avais trahi.

— Ça va aller, bébé, ça va aller.

Sa voix était épuisée, ses yeux, larmoyants. On savait tous les deux que ça n'allait pas aller. Mais s'il pouvait faire semblant pour moi, je pouvais faire semblant pour lui.

J'ai essayé de lui sourire, mais je ne pense pas que la force qui me retenait a laissé passer plus qu'une petite courbure aux coins de mes lèvres. Archer s'est mis à me sourire en retour, doucement, les muscles de son visage tressautant et bougeant par saccades à cause de la douleur.

La voix me chuchotait qu'il avait tort, que tout n'allait pas bien se passer. Mais je n'ai pas écouté. Je me suis concentrée sur les yeux d'Archer, le profond bleu océan de ses iris. J'étais trop loin pour me perdre en eux, mais j'ai tout de même maintenu le contact visuel.

J'ai soutenu son regard alors qu'il frissonnait et vacillait sur ses genoux à cause de la perte de sang.

J'ai soutenu son regard alors que son corps tremblait sous la douleur de ses nombreuses blessures.

J'ai soutenu son regard alors que l'ombre posait ses mains de chaque côté de sa tête.

Et j'ai soutenu sans regard alors que l'ombre lui tordait le cou.

La voix a ri si fort que mes oreilles se sont mises à bourdonner. C'était comme si je ne pouvais plus respirer, fixant les cinq personnes que j'aimais le plus au monde, gisant sans vie sur le sol.

— Qu'est-ce que ça fait d'être la raison pour laquelle tous ceux que tu aimes meurent ? m'a huée la voix, se moquant de moi. Y a-t-il jamais eu une chance que tu aies une vie digne ?

Mes amis et ma famille gisant dans l'herbe froide et leur sang sous les yeux, je devais admettre que peut-être pas. Peut-être que je n'avais jamais eu aucune chance. Peut-être que tous mes efforts n'avaient mené à rien d'autre que mettre tous ceux que j'aimais en danger.

— Il y a un moyen de les sauver. De grands sacrifices peuvent faire des miracles.

Je ne voulais pas écouter la voix, car je savais qu'elle attendait quelque chose de moi. Mais ces mots, « les sauver », ont attisé l'espoir fou que je pouvais arranger tout ça.

Une part de moi savait qu'il y avait un os. Comment quelqu'un aurait-il pu ressusciter cinq personnes après qu'elles étaient mortes ? Mais la voix a continué à me narguer, répétant que c'était entièrement ma faute, que j'allais être seule au monde pour toujours à cause de mon inaction.

J'ignore combien de temps je suis restée regarder les cadavres de ceux que j'aimais, incapable de bouger ou de détourner le regard, avant de craquer.

— Lequel ? Qu'est-ce que je peux faire ?

La voix avait dû savoir que j'allais céder, car je n'ai même pas eu à forcer pour parler.

Il y a eu une seconde de silence et j'ai presque pu sentir la satisfaction de cette ordure invisible.

— C'est facile, petite mortelle.

Il y a eu l'ombre d'un souffle le long de mon cou et de ma joue, comme si la voix était juste à côté de moi. J'ai baissé les yeux pour trouver dans ma main une lame de laquelle s'écoulait du sang cuivré.

— Une vie pour une vie.

La voix a cessé de chuchoter, et la clairière est devenue sinistrement calme. Tous les attaquants voilés d'ombre avaient disparu. Il n'y avait plus que moi, entourée de la présence invisible, et cinq cadavres. Sous le couvert du silence, les mots ont résonné dans ma tête.

Une vie pour une vie.

Je savais ce que ça signifiait. Je pouvais les sauver en sacrifiant ma propre vie. Et peut-être que la voix avait raison : peut-être n'étais-je qu'une plaie dans ce monde et pour les gens que j'aimais. Peut-être serait-il mieux pour tout le monde que je donne ma vie pour celle de quelqu'un d'autre. Peut-être était-ce la meilleure chose que je pourrais jamais faire.

— C'est ça, petite Kalani. C'est le mieux que tu puisses leur offrir. Maintenant, il ne te reste qu'à choisir.

Les murmures étaient incessants, me disant de choisir, choisir, *choisir.* Et je commençais à paniquer, ma poitrine se contractant, car je ne voulais pas choisir. Ou, pour être honnête, je savais que j'allais choisir Makaio, mais je ne voulais pas l'avouer tout haut. Je ne voulais pas abandonner les autres. Je ne voulais pas avoir à décider que je tenais moins à mes amis. Parce que ce n'était pas le cas. Je les aimais différemment de la manière dont j'aimais Makaio. Mais Mei, Sadie, Søren et Archer...

Ça va aller, bébé, ça va aller.

Je pouvais presque le voir me répéter ces mots. L'homme que j'en étais venue à aimer (je ne pouvais plus me mentir à moi-même sur ce sujet) au cours des six dernières semaines. L'homme qui m'avait montré que j'étais forte et compétente, même quand je n'avais pas confiance en moi. Je pouvais presque le voir me dire que je pouvais choisir.

Ça va aller, bébé, ça va aller.

J'aurais voulu lui dire que ça n'allait pas aller. Que je n'aurais pas dû avoir à faire un tel choix. Je ne voulais pas être la raison de sa mort et de pourquoi il n'allait pas revenir. Qu'il méritait plus. Et-

Une minute.

Bébé. Pas Mayfield. Archer ne m'avait jamais appelée « bébé » auparavant. Jamais. Il détestait les surnoms mignons comme « bébé », « chérie » ou « mon amour ». Il n'aurait jamais dit ça, en particulier dans un moment pareil ; un moment où on ne plaisantait pas. Il aurait utilisé mon nom de famille.

Mes yeux sont allés vers son corps, étalé sur le sol à des angles bizarres. Même si mes yeux ne décelaient rien qui ne soit pas Archer, je savais que ce n'était pas lui. Je savais que ce corps n'était pas le sien aussi bien que je connaissais le mien.

Et puis tout s'est effondré comme des dominos.

Je me suis souvenue d'être assise dans une salle d'attente pendant des heures, d'entrer dans la Fosse et d'être dans une pièce où il faisait noir. Que tout ça faisait partie du Tournoi.

C'était le deuxième Épreuve.

Une épreuve de l'esprit.

Rien de tout ça n'était réel. D'une manière ou d'une autre, l'illusion s'était frayé un chemin dans ma tête et m'avait fait oublier que j'étais dans une Épreuve. Mais maintenant, je le savais. J'avais encore du mal à me convaincre que rien de tout ça n'était la réalité, car je pouvais voir leurs corps sur l'herbe. Mais je l'ai répété dans ma tête comme un mantra : « Rien de tout ça n'est réel, rien de tout ça n'est réel. »

— Alors, as-tu fait ton choix, petite mortelle ?

La voix murmurait toujours, essayant de me convaincre que le mieux aurait été de me sacrifier pour sauver l'un d'eux.

— Je ne choisis personne. Ce n'est pas réel. Aucun d'eux n'est vraiment mort. C'est une illusion, et je refuse de continuer à participer.

J'ai laissé tomber le couteau sur le sol. Il a fait un bruit sourd contre le bois du belvédère à mes pieds. Ma voix était dure comme le métal, respirant une assurance que je n'étais pas certaine d'avoir. Je n'allais pas me laisser abuser plus longtemps.

Je n'allais pas laisser gagner la divinité quelconque qui avait orchestré tout ça.

Mes paroles avaient dû suffire à remporter l'Épreuve, car la forêt et toutes les horreurs qu'elle contenait ont disparu comme le brouillard se levant sur la campagne. L'arène de sable est réapparue, avec tous ses bruits : les applaudissements et les sifflements assourdissants de la foule assistant aux Épreuves. Et le poignard, brillant au soleil à mes pieds.

J'ai été désorientée pendant une seconde, me balançant d'un pied sur l'autre en regardant autour de moi, affrontant la lumière éblouissante du soleil pour chercher des yeux le box dans lequel étaient assis les dieux et les déesses. Plus précisément, j'ai cherché Artémis.

Même à cette distance, j'ai vu au froncement de ses sourcils qu'elle était déçue que j'aie réussi. J'ai dû me retenir de lui lancer un énorme doigt d'honneur. Je savais qu'elle était pour ma défaite, que mon échec aurait prouvé qu'elle avait raison dans ses visions élitistes. Elle voulait montrer à tous les Olympiens que les humains n'étaient que de la poussière sous leurs pieds. Qu'on ne pouvait pas combattre les dieux sur leur propre terrain. Qu'on ne devrait même pas avoir le droit de respirer le même air qu'eux.

Je n'allais pas la laisser gagner.

Et, juste parce que je voulais m'assurer qu'elle sache que je n'allais pas m'écraser, je lui ai offert le sourire et la révérence les plus sarcastiques que j'ai pu.

Je venais de survivre à deux des quatre Épreuves. J'étais bien partie pour survivre ; on le savait toutes les deux.

Alors, quand je me suis relevée, j'ai planté mon regard dans le sien et haussé un sourcil en signe de défi. *À nous deux, Artémis.*

Chapitre vingt-neuf

Sortir de la Fosse et trouver mes amis en train de m'attendre dans le couloir a été irréel. Sadie et Archer étaient en grande conversation, assis sur un banc près du mur, et les deux tourtereaux étaient occupés à se câliner à côté d'eux. Pendant une seconde, aucun d'eux ne m'a vue, et j'ai pu savourer le fait qu'ils étaient là. En vie.

Ça n'a duré qu'une seconde, car Mei m'a vue entre deux baisers et a sauté des genoux de Søren. Et puis ils se sont tous levés, et je n'ai pas pu bouger. J'étais figée sur place, car une part de moi était terrifiée ; je venais de les voir mourir d'une manière atroce, et j'avais peur que ce ne soit que la suite de cette torture mentale.

Alors, je suis restée là, mal à l'aise, des larmes me montant aux yeux tandis que j'examinais frénétiquement leurs corps. Cherchant des blessures que je savais absentes. Cherchant du sang que je savais ne pas avoir été versé.

— K, enfin tu es là ! Tu as pris ton temps !

Søren était tout sourire, ses dents blanches et brillantes visibles tandis qu'il se moquait gentiment de moi. Il avait un bras enroulé autour de Mei, la tenant contre lui. Et il avait l'air si tranquille. Ils avaient tous l'air si détendus et si... blasés.

Comment aurais-je pu être blasée après ce que je venais de voir et de vivre ?

— Tu vas bien ?

Sadie a fait quelques pas vers moi, semblant se tendre en voyant que non, je n'allais pas bien. Les choses avaient dégénéré dans l'arène, et même si j'avais joué les dures devant Artémis, j'avais l'impression de tomber en morceaux. Comme si mes émotions étaient trop lourdes pour mon corps.

Les voir là faisait tout (la peur, la tristesse, l'agonie, la terreur) remonter dans ma poitrine, et le vase était à quelques gouttes près de se renverser.

Je n'ai pu que secouer la tête, essayant de contenir mes larmes et de garder la face du mieux que je pouvais. J'ai vu Archer et Mei échanger un regard inquiet, mais ensuite Sadie a été là. Elle m'a prise dans ses bras, une ancre pour mon navire perdu et sans cap. Cette embrassade m'a fait un bien fou, car c'était la meilleure preuve qu'elle était vivante et en bonne santé. Que tout ce qui m'avait terrifiée n'avait été qu'une cruelle illusion.

J'ignore combien de temps je suis restée dans ses bras, mais j'ai mis un bon moment à arrêter de trembler. Mes larmes n'ont pas coulé. J'aurais presque voulu qu'elles le fassent ; ça m'aurait peut-être soulagée. Au lieu de ça, toute l'adrénaline a quitté mon corps dans des tremblements incontrôlables et des respirations hachées, et quand ça s'est enfin arrêté, je me suis sentie complètement épuisée.

Quand Sadie s'est reculée, ses sourcils froncés trahissaient tout le souci qu'elle avait dû se faire. Mais elle n'a pas cherché à savoir ce qui s'était passé. Elle m'a juste demandé si je me sentais mieux. J'ai opiné du chef, et ce n'était pas un mensonge. Le câlin avait aidé, et voir mes amis se tenir à quelques mètres derrière Sadie me faisait me sentir mieux. J'avais juste eu besoin d'un moment pour m'assurer que tout allait bien.

— Eh ben ! Ça a l'air d'avoir été une sacrée Épreuve, hein ? a dit Søren, gaiement, en me donnant une tape sur l'épaule.

Sadie lui a lancé un regard noir d'exaspération, mais je lui ai offert un sourire rassurant ; du moins, j'espérais qu'il était rassurant.

— Ouais, c'était intense, c'est le moins qu'on puisse dire. (Ma voix tremblait un peu plus que je ne l'aurais voulu, mais bon. On ne pouvait pas tout avoir.) Je suis contente de vous voir, tous. J'imagine que vous avez tous réussi ?

Mei a hoché la tête avec emphase, s'appuyant davantage contre le flanc de son petit-ami.

— Oui, c'était pas si facile, mais on a tous réussi !

Je n'ai pas trouvé la force de rendre à Mei son sourire enthousiaste. Je ne savais pas ce qu'elle avait vu là-bas, mais je doutais que ce soit la même chose que ce que moi j'avais vu. Ou alors ils étaient tous beaucoup plus insensibles et froids que je ne l'avais pensé.

Avant que je puisse décider quoi répondre, Sadie nous a proposé d'aller au réfectoire pour dîner tôt. L'Épreuve avait duré si longtemps que toute la journée était passée. Maintenant que Sadie avait fait mention de nourriture, je me rendais compte que je mourais de faim ; le stress et l'attente avaient masqué la faim jusqu'ici, mais tout est revenu en force.

Tout le monde s'est immédiatement mis en route vers le mess. Ils étaient probablement aussi affamés que moi. Sans surprise, Søren a tiré Mei à l'avant du groupe ; cet homme était tout le temps affamé, peu importe les quantités qu'il avalait. Et pourtant, d'une manière ou d'une autre, il ressemblait toujours à une statue grecque antique. Bons dieux, je rêvais d'avoir le métabolisme que leur ascendance divine donnait à ces gamins.

J'ai commencé à marcher derrière les tourtereaux et Sadie quand des doigts se sont entrelacés aux miens. J'ai tout de suite su que c'était Archer ; j'ai reconnu sa main calleuse mais douce, la chaleur qui émanait de sa peau, et la manière dont il serrait ma main assez fort pour que je me sente ancrée. Du coin de l'œil, j'ai regardé autour de nous pour voir qui d'autre était dans le couloir, pour qui on faisait semblant.

Sauf qu'il n'y avait que nous.

Personne n'était là pour nous voir.

Savoir qu'il avait choisi de me tenir la main m'a réchauffée de l'intérieur. Comme un marshmallow fondant dans du chocolat chaud.

Ni moi ni Archer n'avons parlé au cours du trajet. Nous tenir la main comme ça, dans des couloirs presque vides, était déjà suffisamment intime. Alors, évidemment, quand on a atteint le réfectoire, j'avais les joues furieusement rouges.

En entrant dans le réfectoire, j'ai été surprise pour deux raisons. La première, c'était que seule plus d'une douzaine de Bronzes étaient là. Les autres avaient-ils échoué ? Ou y en avait-il certains qui avaient déjà fini de manger ? Combien avaient échoué à la deuxième Épreuve ? Voir tant de tables inoccupées était troublant. Mais ce qui m'a vraiment surprise, c'est qu'Archer a lâché ma main aussitôt qu'on a été en vue des autres concurrents.

Pourquoi la pensée ridicule qu'il tenait à moi (qu'il voulait que ce moment n'appartienne qu'à nous) faisait-elle battre mon cœur si fort ?

J'ai été reconnaissante à la file et au choix de nourriture de me distraire de… eh bien, de trop de choses.

J'ai pris le temps de me servir, choisissant des mets dont je ne connaissais pas les noms mais que j'avais goûtés et bien aimés. En vérité, je ne savais toujours pas comment s'appelaient la plupart des aliments que j'avais découverts sur l'Olympe. Je ne posais plus la question ; je goûtais simplement, et le plus souvent, ils étaient bien meilleurs que la plupart des mets de la Terre. Encore un avantage au fait de vivre sur ce caillou.

Une fois qu'on a tous été assis à notre table habituelle dans un coin de la pièce, j'ai essayé d'ignorer à quel point Archer s'était assis près de moi. Sa présence était comme un champ magnétique à côté de moi, faisant s'aligner mes atomes dans sa direction.

Søren a levé son verre d'eau et s'est exclamé d'une voix forte :

— Skål !

— Qu'est-ce que ça veut dire ? ai-je demandé, confuse car c'était la première fois en huit semaines que quelqu'un avait prononcé un mot que je ne comprenais pas.

— Ça veut dire « Santé ! » en danois, a répondu Sadie en faisant tinter son verre contre celui de son jumeau.

— Et qu'est-ce qu'on fête, exactement ?

Archer fronçait les sourcils, ce qui était sa réaction habituelle face à la plupart des choses potentiellement amusantes.

— Archer, allez ! On fête le fait d'être en vie, enfin ! a ri Mei.

Elle a fait tinter son verre contre celui d'Archer avant de se tourner pour dire des mots doux à Søren. Elle ne l'a pas vu, mais Archer lui a lancé un regard noir. Voir Mei et Archer interagir était toujours marrant : ils étaient souvent le parfait opposé l'un de l'autre, et ses commentaires joyeux, parfois un peu naïfs, énervaient Archer à n'en plus finir.

Même si je ne me sentais pas le cœur à faire la fête et à m'amuser après la journée que je venais de passer, j'ai quand même joué le jeu. Après tout, on avait réussi un truc un peu incroyable aujourd'hui en faisant un pas de plus vers l'obtention de notre place sur l'Olympe. Pourtant, alors que tout le monde commençait à manger et à discuter avec animation, j'ai senti un vide dans ma poitrine, qui refusait de se résorber. Je n'arrivais à me concentrer sur rien d'autre. Combien de temps allais-je mettre avant de me sentir bien à nouveau après une expérience aussi traumatisante ?

— Mayfield ?

La voix d'Archer m'a tirée hors de mes pensées et ramenée à la réalité. Lui et Sadie me regardaient avec des mines inquiètes.

— Est-ce que tu veux nous raconter ton Épreuve ?

— On a déjà commencer à débriefer en t'attendant, mais on aimerait bien savoir ce qui t'est arrivé.

Sadie avait son visage de maman, celui qu'elle revêtait chaque fois qu'elle voulait s'occuper de l'un de nous.

Avais-je envie de parler de ce qui s'était passé ? Pas vraiment. Mais je savais que la psy que j'avais vue pour quelques séances après mon accident de gymnastique au lycée aurait dit qu'il était essentiel d'exprimer mes ressentis et de m'autoriser à être vulnérable avec les personnes en qui j'avais confiance. Alors j'allais le faire, mais avant, je voulais savoir si ce que j'avais vu pendant l'Épreuve était comparable aux expériences des autres.

— Qu'est-ce que vous avez vu pendant l'Épreuve ?

Mes deux amis ont dû remarquer que je cherchais à retarder l'inévitable, mais ils ont eu la bonté d'accepter de se prêter au jeu.

— D'après les infos qu'on a réunies, le but de l'Épreuve était d'affronter nos peurs, de déceler une illusion et de montrer de la force de caractère, a expliqué Sadie tout en coupant sa viande en petits morceaux. On a tous vu une variation de l'une de nos plus grandes peurs. Par exemple, je me suis retrouvée entourée de milliers d'énormes araignées. C'était assez terrifiant.

J'ai été obligée de rire un peu en fait, car je trouvais toujours drôle que Sadie, la fille qui pouvait littéralement relever les morts, soit terrifiée par les araignées.

— Je me suis retrouvée sur le toit d'un gratte-ciel et à devoir sauter sur un autre immeuble pour échapper à quelqu'un qui me poursuivait. Le saut en lui-même n'était pas si grand. Le défi, c'était juste de m'approcher suffisamment du rebord.

Je ne pensais pas que la peur des hauteurs de Mei était si importante que ça. Après tout, on était montés sur le toit du complexe d'entraînement plusieurs fois, et elle n'avait jamais fait de crise. Mais je suppose que le bâtiment n'étant pas si haut, elle avait dû trouver un moyen de convaincre son corps qu'il n'y avait aucune raison de paniquer.

Mes yeux se sont posés sur Søren, puisqu'il était juste à côté de Mei, et il a soupiré d'un air dramatique.

— Bon, ben si on partage nos sales petits secrets… J'ai été jeté dans un désert de glace sans mes pouvoirs. Je n'avais pas super envie de mourir de froid, alors j'ai rapidement brisé cette illusion ridicule.

Nos yeux se sont tournés vers Archer, qui était raide comme un piquet sur le banc, les yeux dans le vague. Il n'a rien dit pendant un moment, et je me suis demandé s'il allait finir par nous raconter ce qui lui était arrivé. J'étais sur le point de commencer à parler de ma propre expérience quand il s'est éclairci la gorge.

— Disons simplement que j'ai passé un moment fort sympathique avec ma belle-mère.

Je ne l'avais encore jamais entendu parler de quelqu'un avec tant de haine ; même pas quand il était furax contre Elena, Alexei et Nathan pour m'avoir acculée dans l'arène. Son ton était si glaçant que je n'ai même pas demandé plus d'informations. Je savais qu'il n'aurait rien dit de plus.

Et maintenant que tout le monde avait partagé son histoire, je n'avais plus aucun moyen de gagner du temps. J'ai ravalé la boule qui avait élu domicile dans ma gorge et me suis éclairci la voix, me sentant étrangement apeurée, entourée de mes amis.

— Je… Je vous ai vu tous les quatre et mon frère vous faire torturer et puis tuer. Tout du long, un psychopathe invisible m'empêchait de bouger et j'étais obligée de regarder sans pouvoir faire quoi que ce soit pour intervenir. Et puis-

J'ai dû m'arrêter une seconde car je sentais à nouveau le poids de la lame dans ma main droite. *Une vie pour une vie.*

— Et puis la voix m'a donné un couteau et a essayé de me convaincre de me sacrifier pour sauver l'un d'entre vous.

D'une manière ou d'une autre, j'ai réussi à arriver au bout de cette tirade sans m'effondrer en plein milieu du réfectoire. Je ne savais pas pourquoi je n'étais pas déjà en train de pleurer. Revivre l'épreuve… Eh bien, j'étais heureuse d'avoir pensé à mettre mes mains sous mes cuisses pour les empêcher de trembler. Et soudain, j'ai été heureuse d'avoir cette capacité à contenir mes émotions ; je ne pouvais pas m'effondrer ici, pas alors que j'étais entourée de requins qui auraient pris du plaisir à me voir saigner.

Il y a eu un long silence. Tous mes amis digéraient la nouvelle. L'Épreuve que j'avais traversée semblaient différente de la leur, bien qu'être responsable de la mort de ceux que j'aimais et finir seule au monde soit effectivement l'une de mes peurs. Potentiellement ma plus grande peur.

— Mais tu ne l'as pas fait, n'est-ce pas ?

La gorge de Sadie était serrée comme si elle réprimait ses émotions pour rester calme.

— Non. Je l'ai presque fait. Mais en fait, Archer m'a sauvée. (Un rire ironique m'a échappé au souvenir du petit détail qui avait trahi toute cette mascarade.) Heureusement que tu m'appelles toujours Mayfield. Le toi de l'illusion m'a appelée « bébé », c'est la seule raison qui m'a poussée à ne pas le faire.

Quand j'ai achevé ma phrase, j'ai jeté un coup d'œil à Archer et l'ai découvert en train de me fixer, ses yeux brillant d'une émotion pour laquelle je ne connaissais pas de nom. Oh, comme j'aurais aimé avoir ces pouvoirs d'empathie à cet instant. J'aurais aimé savoir ce qu'Archer ressentait, mais aussi quelles émotions traversaient les autres. Je me sentais terriblement vulnérable, révélant ma peur la plus viscérale, et j'aurais voulu savoir si la manière dont ils me voyaient avait changé.

Personne n'a soufflé mot pendant un si long moment que ça m'a paru durer une éternité. Sadie et Archer discutaient mentalement grâce aux pouvoirs de ce dernier. C'était terriblement énervant.

— Bon sang, K. C'est beaucoup plus hardcore que ce qu'on a eu. Aucun de nous n'a été mis en danger de mort par son illusion. On a juste dû les supporter pendant un temps imparti.

Søren avait dû dire à voix haute ce qu'ils pensaient, car Sadie a fait la grimace.

— Est-ce que l'arme était réelle ?

Les mots inattendus d'Archer m'ont fait un peu sursauter, me prenant par surprise.

J'ai hoché la tête, me souvenant qu'elle était à mes pieds quand la véritable arène était réapparue autour de moi. C'était la seule chose présente à la fois dans l'illusion et dans la vraie vie. Maintenant que j'y repensais, puisque le poignard était réel, j'aurais probablement véritablement mis fin à ma propre vie.

Quel dommage.

Les implications de ce qu'avait dit Søren tourbillonnaient dans mon esprit. Si aucun d'entre eux n'avait été mis en danger de mort au cours de cette deuxième Épreuve, pourquoi m'avait-on donné une vraie arme et manipulée pour me pousser à me sacrifier pour le bien commun ? Est-ce que ça avait été orchestré contre moi ? Contre mon statut d'humaine ? Ou était-ce parce que j'étais la dernière concurrente à partir, et que les organisateurs avaient voulu pimenter un peu la fin ?

Dans tous les cas, j'étais à la fois effrayée et furieuse face au traitement particulier dont j'avais fait l'objet.

— Mais pourquoi est-ce qu'ils auraient essayé de la faire se suicider comme ça ? a demandé Mei, plus sérieuse qu'elle ne l'avait été depuis des jours.

— Peut-être pour montrer que les humains sont bien plus faibles face au contrôle mental ? Ou peut-être parce que certaines personnes sur l'Olympe méprisent les humains et feraient tout ce qui est en leur pouvoir pour s'assurer qu'aucun d'eux ne gagne sa place parmi eux autrement qu'en étant leur esclave.

— Archer ! a crié Sadie à voix basse, indignée, de la même manière que pendant la Cérémonie d'Ouverture, quand Archer avait là encore fait des commentaires controversés.

— Quoi ? On y pense tous, Sadie. Fais-toi pousser une paire et arrête d'avoir aussi peur de dire autre chose que du bien de ces trous du cul qu'on appelle des dieux.

Le duel de regards entre Archer et Sadie était pour le moins glacial. Bons dieux, ça s'était tendu vachement vite.

— Est-ce que c'est prudent de parler de ça en public ? ai-je demandé, jetant des coups d'œil inquiets autour de moi.

Notre table était relativement loin de celles des autres Bronzes. Mais quand même, on ne pouvait pas toujours savoir qui nous écoutait, ni s'ils avaient des parents qui échangeaient des atouts contre des informations. Ce qu'Archer avait dit était vrai, mais ses mots auraient facilement pu être considérés comme des blasphèmes par les mauvaises personnes.

Si j'en croyais les événements de la journée, j'avais déjà assez d'ennemis comme ça. Pas besoin d'en rajouter.

Cependant, Sadie et Archer n'avaient pas envie d'arrêter de se fusiller du regard. Je ne les avais jamais vus aussi fâchés. Jamais. Les voir ne pas être d'accord comme ça, et ne vouloir céder ni l'un ni l'autre, était inquiétant.

— Rayon de soleil, ai-je murmuré, posant doucement une main sur son biceps.

Son regard s'est brusquement tourné vers moi une longue seconde avant de descendre sur ma main. Je l'ai presque retirée, mais me suis rendu compte que je n'en avais pas envie. Je voulais être celle sur laquelle il pouvait compter pour le ramener, l'ancrer, quand ses émotions le submergeaient.

Je n'ai rien ajouté de plus, mais il a relevé les yeux, et on s'est regardés dans les yeux, dans l'âme, pendant ce qui m'a semblé durer des années. Tout a ralenti, y compris mon rythme cardiaque. J'avais l'impression qu'on était dans notre bulle, hors du monde. Et quand on est revenus à la réalité, les lignes entre les sourcils d'Archer avaient disparu, son visage de nouveau calme et maître de lui-même. Même sa posture s'était détendue.

Retirer ma main de son biceps a été comme quitter une maison chaleureuse au beau milieu d'une journée d'hiver glaciale ; j'avais froid, tout à coup. Je ne me suis pas autorisée à me morfondre, cependant. J'ai rajusté ma position sur le banc et ai reporté mon attention sur la conversation.

— … doit découvrir si c'est une attaque contre Kalani elle-même ou contre l'idée qu'une humaine habite sur l'Olympe.

Mei a acquiescé aux mots de Søren. D'une manière ou d'une autre, elle s'était parfaitement intégrée à notre groupe depuis qu'elle avait été mise au courant de… l'irrégularité de ma situation.

— Je suis d'accord. Je vais faire appel à mes contacts à l'extérieur pour enquêter, a annoncé Sadie comme si rien ne s'était passé.

— C'est qui, ces contacts ?

Je n'avais jamais vraiment demandé qui les jumeaux et Archer allaient voir lors de ces visites occasionnelles. Je savais qu'ils n'étaient pas censés quitter le complexe, mais j'imagine qu'ils étaient assez doués en furetage pour sortir et revenir sans être vus.

— Notre père a un petit faible pour nous, a répondu Søren avec un sourire fier.

— Et Hécate m'aime bien, je ne sais pas pourquoi. (Archer s'est remis à manger, se concentrant sur sa nourriture pour éviter de croiser le regard de Sadie, en face de lui.) On devrait avoir des réponses rapidement.

Et c'en a été fini de cette conversation. Ils ont passé le reste du repas à discuter de sujets lambda, essayant tous d'éviter de faire mention de l'Épreuve et de comment j'avais failli mourir. Et j'ai fait de mon mieux pour sourire et hocher la tête aux moments appropriés. Mais mon esprit était piégé dans une clairière éclairée par la lune où le sang coulait sur la terre mouillée et tachait les délicates fleurs blanches qui parsemaient l'herbe. Je n'arrivais pas à échapper au désespoir que j'avais ressenti quelques heures plus tôt. La deuxième Épreuve avait marqué mon âme au fer rouge, et j'ignorais comment j'allais en guérir.

Quelques heures plus tard, quand je suis sortie de la salle de bain après m'être douchée et préparée à me mettre au lit, je me sentais un petit peu mieux. Pas encore bien à proprement parler (je n'allais probablement plus jamais aller bien, pas comme avant), mais je m'en rapprochais doucement.

— Merci pour tout à l'heure.

J'ai froncé les sourcils, incertaine.

— Pourquoi ?

Il a tourné une autre page, son regard ne quittant jamais le papier.

— Avec Sadie. J'ai perdu le contrôle. Je n'aurais pas dû.

— Tu n'as pas besoin de toujours réprimer tes émotions, tu sais ? Tu peux lâcher prise, quelquefois. Le monde ne va pas s'effondrer.

Cette fois-ci, il a refermé son livre et s'est assis pour me faire face.

— Ah oui ? Et qu'est-ce qui va se passer si quelque chose de terrible arrive à l'un d'entre vous parce que je n'étais pas au top de ma forme ?

— C'est très vaniteux de ta part de penser qu'on est incapables de se débrouiller sans toi, rayon de soleil. (J'ai ri à la manière dont il a plissé les yeux.) Mais si ça peut te rassurer, je serai là pour te soutenir quand tu essaieras de tous nous sauver de la ruine.

— Vraiment ?

Il s'est penché en avant, posant ses coudes sur ses genoux.

J'ai dégluti difficilement, car son regard était devenu intense et je ne savais pas trop si on était toujours en train de parler de lui qui pouvait se montrer vulnérable.

— Je serai toujours de ton côté.

— Bien. Moi aussi, Mayfield. Jusqu'à la fin.

Chapitre trente

Le gâteau était bon à tomber par terre. Encore meilleur que celui que j'avais mangé quelques jours auparavant, si c'était possible. Le chocolat fondait dans ma bouche, et j'avais l'impression d'avoir atteint le paradis culinaire. J'ai dû pousser un gémissement de plaisir parce que Mei a soufflé avec amusement en face de moi. J'aurais pu avoir honte de ma réaction excessive à la nourriture, mais elle vivait elle aussi sa meilleure vie avec ledit gâteau ; tellement qu'elle ne perdait pas une seule seconde pour respirer entre chaque bouchée.

Pendant une seconde, je me suis demandé pourquoi les jumeaux et Archer n'étaient pas encore revenus. Ils nous avaient laissées pour un de leurs trucs secrets et Mei m'avait donné une leçon de yoga. Le gâteau compensait mon après-midi terriblement ennuyeux et malaisant.

J'étais en train de prendre la plus grosse bouchée de gâteau que je pouvais fourrer dans ma bouche plus ou moins sans danger, quand un cri a résonné dans le réfectoire. Il vous glaçait les os, et s'est réverbéré dans la salle silencieuse, faisant se hérisser les poils de ma nuque.

Avant même de me tourner pour voir d'où venait le cri, je savais que ça allait être moche. Ma poitrine s'est serrée de peur et mon cœur a battu la chamade.

Malgré tout, l'appréhension ne m'avait pas préparée à la vision qui m'a accueillie quand je me suis retournée pour faire face à un fantôme. Pas un vrai fantôme, mais un fantôme de mon passé qui vivait dans mes cauchemars depuis des semaines.

Charlie.

Il était étendu là, le corps contorsionné dans un angle douloureux, du sang cuivré tachant le carrelage blanc et les coins de sa bouche. Mais le pire était ses yeux. Vitreux, aveugles, ils ont malgré tout réussi à regarder droit vers moi comme pour me transpercer l'âme.

Et une fois le contact visuel établi, il m'a été impossible de résister à l'attraction.

C'était comme être aspirée par un trou noir ; Charlie a exercé une attraction gravitationnelle si forte sur mon âme que je me suis sentie me rapprocher encore et encore. Et mon corps n'a pas entendu les supplications désespérées qui résonnaient dans ma tête et me demandaient de m'éloigner le plus possible.

Je n'avais plus le contrôle.

Plus du tout.

Mes pieds se sont arrêtés dans une flaque de sang. Des chaussures blanches dans du sang cuivré. J'ai presque senti la force vitale de Charlie s'écouler de son corps et m'entourer. J'avais dû commencer à pleurer car tout était flou hormis ses yeux, regardant droit dans les recoins les plus profonds de mon âme.

J'ai senti son jugement. Il était mort, mais j'ai entendu sa voix m'accuser de ne pas l'avoir aidé. De n'en avoir pas assez fait pour le sauver.

Et je n'avais rien à dire pour ma défense.

Lâche. Humaine bonne à rien. Tu m'as abandonné. Tu m'as laissé mourir.

La voix de Charlie était forte dans ma tête, assez forte pour noyer mes pensées. Mais d'autres voix se sont jointes à la sienne. Au début, c'étaient des murmures, mais elles ont gagné en intensité jusqu'à ce que je reconnaisse la voix de Makaio. Mei. Les jumeaux. Archer.

269

Le regard de Charlie s'est finalement détaché du mien, et j'ai relevé les yeux, voulant désespérément échapper à son attraction, tout ça pour découvrir cinq corps de plus.

On n'était plus dans le réfectoire.

Je me tenais dans une clairière éclairée par la lumière de la lune la plus pure et celle, scintillante, des fées. Et j'étais entourée de tous ceux que j'aimais. Morts.

Maintenant, leurs voix hurlaient dans ma tête, et je ne pouvais pas leur échapper. Je ne pouvais pas échapper à leurs mots. Je ne pouvais pas échapper à leurs yeux sans vie qui m'entouraient, m'accusant d'avoir tué tous ceux que j'aimais. Je ne pouvais pas échapper au mal que leurs cris me faisaient, une douleur physique qui me déchirait l'esprit. Et je ne pouvais surtout pas échapper à la vérité que contenaient leurs paroles.

Tout échappait à mon contrôle. La réalité se déformait et se repliait, et j'avais tellement mal. Des sanglots m'ont secouée. Des larmes ont coulé sur mon visage, mais j'y voyais encore très clair. Je voyais la douleur sur le visage de Sadie. Je voyais la terreur dans les yeux morts de Makaio. Je voyais le jugement dans le corps de Søren, figé dans le temps.

Et c'était trop.

Trop de douleur.

Trop de chagrin.

J'ai crié, voulant désespérément échapper à cette vision, à ces mots, et au monde. J'ai crié jusqu'à ce que ma gorge soit aussi douloureuse que ma tête et mon cœur. J'ai crié jusqu'à manquer d'air.

Je suis tombée au sol, les genoux éclaboussés par le sang de Charlie, qui ne cessait de couler. Je n'avais plus d'air. Je n'avais plus de voix non plus. Mais malgré tout, j'ai continué à crier silencieusement et à crier et à-

Une main a touché mon épaule, et tout s'est arrêté. J'ai battu des cils, et mes yeux se sont ouverts sur l'obscurité la plus totale. Il n'y avait plus de voix dans ma tête (tout était silencieux, trop silencieux), ni aucun corps autour de moi. Mais quelque chose, quelqu'un, me tenait par l'épaule, et je ne savais pas de qui il s'agissait.

Mon premier instinct a été l'attaque. Je devais me défendre contre qui que ça puisse être, même si je ne pouvais pas voir l'assaillant. Je me suis débattue et préparée à crier quand des mains ont agrippé mes poignets et les ont épinglés le long de mon corps.

— Arrête ça, Mayfield. Tu vas te blesser.

La voix d'Archer, douce bien qu'un peu énervée, a tellement détonné que je me suis arrêtée net. Que-

— Tu faisais un cauchemar. Je t'en ai sortie.

Ses mains étaient autour de mes poignets. Assez serrées pour me maintenir en place, mais pas assez pour me faire mal. Sa peau était chaude, et les cals de ses doigts frottaient ma peau dans des gestes apaisants. D'une manière ou d'une autre, ses mots et son contact physique ont suffi à faire faire pause à mon corps pendant une seconde afin que je puisse évaluer la situation.

Archer était là ; bien vivant. J'étais couchée dans mon lit, les couvertures emmêlées autour de mes jambes. Et mes yeux s'habituaient au noir ; je pouvais vaguement discerner la silhouette du corps d'Archer à côté de moi.

C'était un rêve.

Ce n'était qu'un rêve.

Admettre que je n'étais plus coincée dans la clairière et que tout n'avait été qu'un cauchemar m'a aidée. Ma poitrine s'est gonflée au maximum pour la première fois depuis ce qui me semblait être des heures ; c'était comme si on venait de m'ôter un énorme poids des épaules. Mais alors que mon rythme cardiaque revenait lentement à la normale, j'étais toujours déstabilisée. C'était difficile de bannir ce que j'avais vu de mon esprit.

— Je peux te lâcher ? Est-ce que tu vas arrêter de te débattre comme un chat sauvage ?

Je ne voyais pas le visage d'Archer, mais je pouvais imaginer le sourire moqueur sur son visage. D'ordinaire, je lui aurais rétorqué quelque chose (le charrier me donnait toujours le sourire), mais j'étais bien loin de cet état d'esprit. Alors, à la place, j'ai marmonné évasivement et suis restée immobile.

Au bout de quelques secondes, les doigts d'Archer se sont desserrés et éloignés de mes poignets. J'ai tendu les mains vers les siennes en retour ; ma peau était trop froide sans la sienne pour la réchauffer.

— Merci, Archer.

Ma voix était faible et tremblait toujours. Je n'avais pas particulièrement envie qu'il entende les trémolos dans ma voix, mais je devais le remercier, même s'il m'était impossible de lui dire à quel point je lui étais reconnaissante. Ce cauchemar avait été horrible, en particulier après l'Épreuve traumatisante à laquelle j'avais survécu quelques heures plus tôt.

— Pas de souci, Mayfield. Ravi d'avoir été utile.

Ses mots étaient doux, et j'ai presque pu lire l'inquiétude dans ses yeux. Il m'a touchée comme si j'étais de la porcelaine fine qui aurait pu casser à tout moment. Archer n'était pas doux avec moi. Jamais.

Il est resté silencieux un moment, et j'étais comme figée. Le silence et le froid là où ma peau ne touchait plus celle d'Archer ont donné plein de place à mon esprit pour réfléchir. Et mes réflexions touchaient de trop près à la mort de tous ceux que j'aimais.

Toujours dans l'obscurité, j'ai entendu le moment où Archer a commencé à s'écarter de moi. Son short s'est froissé et il a poussé un petit soupir.

— Je vais te laisser dormir.

— Non.

Le mot a jailli hors de mes lèvres. J'étais soudain assise, mon corps cherchant désespérément à atteindre le sien.

— S'il te plaît.

Je détestais mon ton, désespéré et effrayé. En particulier devant Archer. Je ne voulais pas qu'il me croie encore plus incapable qu'il ne le pensait déjà. Mais là, dans le noir, seuls ensemble… eh bien, je ne pouvais pas cacher les émotions qui étaient sur le point de me submerger. Être vulnérable comme ça, ce n'était pas dans mes habitudes. Ça me mettait très mal à l'aise.

— Je veux pas rester seule.

Beaucoup de choses étaient dissimulées dans cette phrase, mais j'ai su d'instinct qu'Archer avait compris les différents sens que cachaient mes mots. Pendant des semaines, j'avais combattu le monde dans lequel j'avais été jetée tout en endurant le calvaire des Épreuves et de la cruauté qui m'entourait. On ne pouvait contenir ses émotions que jusqu'à un certain point avant qu'elles ne débordent.

Aujourd'hui, c'était le point de basculement.

Archer est resté silencieux une seconde et ma poitrine, déjà tendue par le sentiment de vulnérabilité que je ressentais à lui montrer mes peurs, s'est serrée douloureusement. Je ne savais pas comment j'allais réagir à son rejet. J'avais douloureusement besoin d'un ami, à ce moment-là. Quelqu'un pour m'aider à traverser cet épisode de désespoir et de peur. Quelqu'un pour me tenir la main jusqu'à ce que j'aille mieux.

La seule pensée de devoir rester allongée dans mon lit, seule, toute la nuit, sans personne pour m'aider à me rappeler que mon frère et mes amis allaient bien… Mes mains se sont mises à trembler et ma respiration s'est accélérée.

— OK. (Archer s'est éclairci la voix.) Je vais rester avec toi.

J'ai été soulagée. Tellement, tellement soulagée. Je ne pouvais rien dire cependant, car une boule d'émotion était coincée dans ma gorge.

— Décale-toi.

J'ai obéi sans poser de questions et me suis poussée pour qu'Archer puisse venir s'asseoir à côté de moi, avec son dos contre la tête de lit. Pendant une seconde, j'ai été paralysée, me demandant comment j'avais fini assise dans mon lit avec Archer. Mais la pensée n'a été que fugace, à peine consciente. Mon esprit était déjà submergé par la peur et la désespérance que le cauchemar avait fait remonter. Il n'y restait plus vraiment la place de penser à l'homme à côté de moi. Du moins, pas de la manière dont je pensais à lui d'habitude.

— Est-ce que tu comptes rester longtemps dans cette position bizarre, Mayfield ? (Archer a tapoté le matelas à côté de lui.) Viens là. Tu seras plus à l'aise.

Il avait raison. Une fois que je me suis reculée et assise à côté de lui, nos épaules se touchant, je me suis sentie mieux. Ce léger contact physique était pile ce qu'il me fallait pour m'ancrer dans la réalité et empêcher que mon imagination ne reparte là-bas. Dans le réfectoire, avec le regard mourant de Charlie me suppliant de l'aider. Dans la clairière au milieu des bois, avec les appels de Makaio et les cris de mes amis.

La présence d'Archer n'a pas arrêté la vague incontrôlable d'émotions, mais les a fait passer de l'état de tsunami à celui de grosse vague.

Pendant un moment, on n'a rien dit. J'ai essayé de me concentrer sur ma respiration, sur mes membres tremblants. J'ai essayé de ramener mon cœur à un rythme normal. Et la respiration calme et régulière d'Archer a agi comme un métronome dans la tempête, m'aidant à me reprendre.

J'ai quand même eu du mal. Le cauchemar avait fait remonter à la surface de mon esprit beaucoup de choses que j'avais gardées enfouies au cours des dernières semaines. Être enlevée et jetée dans un monde complètement nouveau. Être séparée de ma famille. Me battre et m'entraîner tous les jours jusqu'à ce que mon corps ne puisse plus bouger. Faire en sorte de ne jamais montrer de faiblesse parce que j'étais entourée de Bronzes sans pitié. Voir Charlie mourir sous mes yeux. Être obligée de regarder mes amis et mon petit frère être torturés et exécutés de sang-froid. Ça faisait beaucoup. C'était trop. Et, quand je suis plus ou moins parvenue à maîtriser la panique dans laquelle le cauchemar m'avait fait entrer, la peur s'est doucement transformée en un puits sans fond de tristesse et de deuil.

Le deuil de celle que j'étais autrefois.

Le deuil de la fille qui chantait *Single Ladies* en faisant la vaisselle. De la fille qui avait un plan d'avenir. De la fille qui n'allait plus jamais exister.

J'avais dû me mettre à pleurer, car une larme est tombée sur ma main. Pendant un instant, j'ai été choquée en m'en rendant compte. Je n'avais pas pleuré depuis si longtemps. Bien trop longtemps.

Ç'aurait dû me faire du bien ; en général, pleurer était cathartique, purificateur. Mais les larmes ont continué à couler et ne m'ont pas fait me sentir mieux. Je me sentais juste triste, et tellement, *tellement* seule.

J'ai dû faire un bruit parce que la main d'Archer a pris la mienne. Il a serré ma main, juste assez pour que je puisse *sentir* qu'il était là, en train de me tenir. C'était agréable, mais pas vraiment suffisant. D'une manière ou d'une autre, il a dû le sentir, car l'instant d'après, j'étais blottie contre son torse et ses deux bras m'entouraient.

Le câlin était chaleureux. Les bras d'Archer faisaient comme des bandes de métal autour de moi, une armure pour me protéger du reste du monde. Et là, sentant son odeur et les battements de son cœur contre ma joue, je me suis sentie en sécurité.

Assez en sécurité pour complètement craquer.

Un instant, je pleurais en silence ; le suivant, je sanglotais de manière incontrôlable, mes larmes tachant le t-shirt doux d'Archer. Les barrières mentales que j'avais bâties pour contenir mes émotions et que je n'avais cessé d'étendre s'effondraient. Impossible de les en empêcher. Tout ce que je pouvais faire, c'était me laisser aller à cet accès de chagrin, de colère, de peur et de solitude.

Et d'espoir que j'allais un jour en voir le bout.

Je ne sais pas combien de temps j'ai passé dans cet état, enfouie dans le torse d'Archer, à sangloter, mais Archer est resté avec moi tout du long. Ses bras maintenaient ensemble les morceaux de moi qui s'effondraient. Il a dessiné de petits cercles dans mon dos avec ses pouces pour apaiser mon cœur qui saignait. Et il m'a murmuré des mots de réconfort une fois de temps en temps, juste pour me faire savoir que je n'étais pas seule face à tout ça, qu'il serait toujours là, avec moi.

Après ce qui m'a semblé une éternité, mes larmes se sont taries. Mon corps a arrêté de trembler. Ma respiration est redevenue régulière. Et mon esprit s'est calmé.

Je ne me sentais pas au mieux de ma forme ; je n'étais pas sûre de pouvoir un jour revenir à cet état après tout ce que j'avais traversé. Mais m'autoriser à ressentir mes émotions m'a permis d'évacuer l'anxiété et le chagrin que mon cauchemar et les événements des dernières semaines avaient causés. J'avais toujours peur pour mes amis et mon frère, je m'inquiétais toujours pour moi-même, et j'étais toujours en colère contre l'injustice de ma situation. Mais je n'étais plus terrifiée, ni noyée par la douleur et la tristesse. Mes sentiments étaient comme aplanis, à la manière d'un océan qui se calme après une violente tempête.

— Ça va mieux ?

Entendre la voix d'Archer après tout ce temps m'a fait un choc. J'étais restée dans ses bras pendant un long moment, mais grâce à la pièce plongée dans le noir, à la manière dont elle nous empêchait de nous voir, ça avait été plus facile de me montrer vulnérable. Qu'il me rappelle avoir assisté à ma crise de larmes m'a mise mal à l'aise.

— Oui.

J'ai nerveusement ravalé ma salive et essayé de me décaler, tout ça pour en être empêchée par ses bras se resserrant autour de moi.

— Désolée pour tout ça.

— Ne le sois pas. Ça arrive à tout le monde.

Je ne savais pas trop si c'était censé m'aider ou non. Comment pouvait-on considérer que c'était normal de forcer de jeunes adultes et des gamins à participer à un Tournoi qui les brisait mentalement ? Était-ce censé nous rendre plus forts ? En tout cas, je ne le vivais pas comme ça. Me forcer à regarder mes amis et mon frère être torturés et tués, même si ça n'avait été qu'une illusion, était monstrueux. Tous nous forcer à concourir ici et à survivre par la violence était inhumain. Rien de tout ça n'était acceptable. Rien de tout ça n'était normal.

— Est-ce que tu me fais confiance ?

Les mots d'Archer étaient hésitants, presque timides. Que se passait-il ?

— En théorie.

Ça l'a fait rire, le son me réchauffant la poitrine. J'étais si heureuse qu'il ait été là, même si m'ouvrir autant en sa présence me gênait un peu. J'avais eu besoin que quelqu'un m'aide à passer la nuit, et Archer avait été là. Sans hésiter. Au moins, grâce à ce maudit Tournoi, je m'étais fait de super amis.

— Testons cette théorie, dans ce cas, a-t-il ri.

En un clin d'œil, la chambre avait disparu. J'ai dû cligner des yeux pour chasser les larmes que la lumière aveuglante qui m'entourait m'a fait monter aux yeux. Mais l'odeur… J'aurais reconnu la plage n'importe où.

Bientôt, une fois que j'ai pu ouvrir les yeux sans pleurer, je me suis retrouvée face à un paysage de carte postale. Du sable blanc nous entourait, et il y avait des palmiers dans le fond, derrière Archer. Les seuls sons provenaient des vaguelettes qui ramenaient de l'eau claire sur le sable chaud. Et ça sentait comme à la maison.

— Pourquoi… Pourquoi on est là ? On est où ?

J'étais si désorientée que je ne me suis même pas rendu compte qu'il faisait maintenant très clair autour de nous, et que j'étais à moitié affalée sur le torse d'Archer. Mais dès que j'ai tourné la tête pour le regarder en face, j'ai été frappée par le fait que son visage était dangereusement proche du mien.

Merde.

J'ai presque bondi loin de lui et ai détourné le regard vers l'océan. Je l'avais réveillé en hurlant au milieu de la nuit, puis avais pleuré dans ses bras pendant je ne sais combien de temps, étalée sur son torse. Je n'avais pas particulièrement envie de savoir ce qu'il en pensait maintenant qu'on était tous les deux à peu près calmes et qu'il faisait jour. J'ai fait de mon mieux pour ne pas me sentir gênée, mais c'était difficile.

— J'ai pensé que ça te ferait du bien de t'évader, même si ce n'est pas vraiment réel.

— C'est… attentionné, venant de toi.

Cette version prévenante d'Archer me faisait presque peur.

— Mais pourquoi la plage ?

Archer s'est éclairci la gorge avant de répondre, presque comme s'il était mal à l'aise.

— Tu as mentionné aimer le surf. J'ai supposé que ça voulait dire que tu aimais aller à la plage.

Un sourire s'est lentement étiré sur mon visage, parce que c'était adorable. Je ne me souvenais même plus de cette conversation. Ça devait être un commentaire que j'avais fait en passant, un truc que j'avais dit après que Søren m'avait posé l'une de ses questions sans aucun tact sur ce que pouvaient bien être les loisirs des *petits humains*. Savoir qu'il avait écouté et s'en était souvenu…

— Ça m'étonne que tu nous aies écoutés.

Je ne sais pas trop pourquoi j'ai dit ça, mais il semblait que j'étais lancée dans ce truc du « soyons ouverts et honnêtes » et que je n'avais plus l'énergie de filtrer ce que je disais.

— Qu'est-ce que tu crois que je fais ? Tu t'imagines que je passe chaque seconde de ma vie à penser à combattre et à m'entraîner ?

— En fait oui. Je parie que tes pensées les plus drôles tournent autour de ta prise d'étranglement préférée ou de ce combo d'escrime que tu adores utiliser contre les jumeaux. Des trucs super palpitants.

Il a eu un rire faussement vexé, et le petit rire que j'ai lâché m'a surprise. Il m'a donné un coup d'épaule joueur et, cette fois, le sourire est resté sur mes lèvres. Je me sentais un peu plus légère.

— Est-ce que tu veux en parler ? Je ne te jugerai pas, je te le promets.

Ses mots étaient sérieux et à peine audibles dans le doux bruit des vagues.

Pendant une minute, j'ai fixé l'horizon, là où océan et ciel se rencontraient. J'aurais voulu pouvoir prendre une planche et nager droit vers l'inconnu, assez loin pour ne plus voir aucune terre. L'idée d'être seule, loin de l'Olympe et de sa mer de nuages sans fin, était agréable.

Mais je ne pouvais pas m'échapper. À la place, peut-être que parler à Archer allait m'aider. Et ensuite, au matin, j'allais pouvoir redevenir l'humaine déterminée qui faisait tout ce qui était en son pouvoir pour survivre. Pour le moment, cependant, j'allais m'autoriser à être vulnérable un peu plus longtemps.

— J'ai fini par être rattrapée par tout ce qui m'est arrivé depuis que je suis arrivée sur l'Olympe, j'imagine. Charlie, la deuxième Épreuve… Toutes ces morts, c'est trop à supporter. Je sais pas comment je suis censée vivre avec la terreur que je ressens chaque fois que je ferme les yeux ou que je laisse mon esprit divaguer, parce que toutes les horreurs que j'ai vues me hantent. Est-ce que je suis censée me sentir bien par rapport à tout ça ?

Les mains sur le sable chaud, je me suis concentrée sur le sol et combien il était solide en-dessous de moi. Ensuite, je me suis concentrée sur la brise qui faisait voler quelques cheveux sombres autour de ma tête. Je venais d'ouvrir mon cœur et le monde (peu importe qu'il soit faux et m'ait été offert par les pouvoirs d'Archer) continuait de tourner. Le monde n'avait pas implosé. En parler, faire sortir mes émotions pour que le vent puisse les emporter, était libérateur. Ma vieille psy aurait été fière.

— On n'attend pas de toi que tu ailles bien. *Personne* ne devrait se sentir bien après ce que tu as traversé, surtout après avoir été arraché à sa vie sans rien savoir de ce monde.

Archer s'est interrompu une seconde et son petit doigt a effleuré le mien.

— Je suis content que tu ne baisses pas les bras. Parce que, toutes ces chose que tu ressens ? La manière dont tu regardes le monde et en vois la beauté et les défauts mais décides tout de même de l'aimer ? Ça te rend tellement plus digne de vivre qu'aucun d'entre nous.

Ma poitrine était à nouveau serrée, mais ce n'était plus à cause de l'anxiété. Qu'Archer affirme la légitimité de mes sentiments était libérateur et rassurant, mais aussi douloureux. C'était douloureux de l'entendre reconnaître que les événements auxquels on était forcés de prendre part étaient traumatisants. Mais j'en avais besoin. J'avais besoin de savoir que je n'étais pas folle, que ces choses que je ressentais et traversais n'étaient pas juste de petites indignations futiles.

— J'ai peur de retourner au lit. Je n'arrête pas de vous revoir mourir, et je ne sais pas comment empêcher mon esprit de revenir là-dessus.

Ma voix s'est brisée sur la fin, et j'ai inspiré rapidement pour empêcher les larmes de me monter aux yeux.

— Je sais, Mayfield. Je sais.

Je ne me suis pas tournée, mais je pouvais imaginer les lignes douces du visage d'Archer. Il avait été dans mon cauchemar, à la fin, quand il m'en avait sortie. Combien en avait-il vu ?

— Je te promets que je te tirerai hors de tous les cauchemars que tu feras. Peu importe le nombre de fois que je devrai te ramener à la plage, je serai là.

Je le croyais.

Aucun de nous n'a repris la parole après ça. On est restés assis dans un silence confortable pendant un long moment, à regarder le mouvement de l'océan et à écouter le chant des oiseaux. Nos petits doigts se touchaient toujours, et on n'a pas retiré nos mains.

Quand je me suis finalement endormie, je n'ai pas fait de rêves.

Chapitre trente-et-un

J'avais un goût de métal dans la bouche. Du sang. Ça devait provenir de la coupure à l'intérieur de ma joue, là où je m'étais mordue. Le crochet du droit de Sadie était un poil trop puissant à mon goût.

— Je vais avoir un bleu, me suis-je plainte en crachant de la salive ensanglantée dans le sable.

Sadie a souri et m'a envoyé un coup de poing. J'ai esquivé et lui ai collé un coup de pied à l'arrière du genou gauche, la déséquilibrant et la faisant tomber à genoux. Ensuite, j'ai tendu les bras de chaque côté de sa tête et les ai enroulés autour de son cou pour lui faire une prise d'étranglement. Elle m'a attrapé les avant-bras et a essayé de me faire lâcher prise. Après que j'ai passé quelques secondes à maintenir la prise de toutes mes forces, elle a changé de tactique. Je l'ai vue lever un genou trop tard, et n'ai pas eu le temps de me préparer avant qu'elle effectue une poussée vers le haut, puis l'arrière. Soudain, je me suis retrouvée le dos dans le sable, et l'impact de mon corps contre le sol m'a fait desserrer les bras une seconde. Sadie a tiré profit de cette minuscule faille dans ma défense pour m'écarter les bras et inverser nos positions pour que je sois celle qui était maintenue au sol.

— Bien essayé, m'a narguée Sadie tout en bloquant mes poignets au-dessus de ma tête d'une main et me donnant un coup de poing dans les côtes de l'autre main. L'air a fui mes poumons et j'ai lutté pour reprendre mon souffle avant que

Sadie ne frappe à nouveau. Je devais trouver un moyen de me tirer de cette situation, et vite.

Je ne pouvais pas utiliser mes bras pour me redresser, étant donné qu'ils étaient coincés au-dessus de ma tête, mais Sadie ne s'était pas beaucoup appliquée pour maintenir mes jambes au sol. Ma jambe droite était à peu près libre de tout mouvement. Sadie m'a à nouveau frappée dans les côtes (Pourquoi est-ce qu'elle aimait tant cette cible ?) et j'ai perdu tout mon air. Mais le coup m'a offert une distraction pour rapprocher mon pied droit de mes fesses et les lever afin de faire un pont sur une jambe. Sadie est tombée en avant et sur le côté, me laissant une ouverture pour la repousser complètement et me relever.

Sadie s'est relevée aussi, et on s'est tourné autour, essoufflées et essayant de faire revenir notre respiration à un rythme normal.

— J'arrive pas à croire que l'humaine soit encore debout. Tu perds la main, petite sœur.

— Ferme-la, Søren. (Les yeux de Sadie ne m'ont pas lâchée tandis qu'elle rappelait son frère à l'ordre.) Et je suis née deux minutes après toi. C'est peu pour pouvoir prétendre au titre de grand frère.

J'ai entendu Søren rire en fond, toujours heureux d'embêter sa sœur, puis Mei lui dire de se taire et de nous laisser nous concentrer sur notre combat.

Je ne savais pas trop combien de temps ça faisait qu'on avait commencé, mais ça devait faire plus longtemps que d'habitude parce que je sentais que mes poumons étaient à un coup de l'abandon. C'était bien. Pas la condition pulmonaire en elle-même, mais la durée. Ça voulait dire que je pouvais enfin me débrouiller en combat singulier contre un Bronze qualifié. Mieux valait tard que jamais, pas vrai ?

— Disons que c'est fini pour aujourd'hui ?

L'offre d'Archer était si inattendue (et inhabituelle venant de lui) qu'on s'est tous arrêtés. On l'a dévisagé bêtement.

— Qu'est-ce que tu veux dire ? Tu veux qu'on finisse sur un *match nul* ?

J'étais un peu essoufflée et complètement perdue. Archer m'avait dit une fois qu'il « n'y avait pas de match nul dans la vraie vie, rien que des vainqueurs et des cadavres ». Ce qui était un peu extrême, mais, je devais bien l'admettre, était valable dans notre contexte. Dans tous les cas, j'avais bien envie d'aller le voir pour vérifier s'il avait de la fièvre ou était en train de perdre la tête. Est-ce que les Bronzes pouvaient tomber malades ? Ou leur sang mêlé d'ichor rendait-il leur système immunitaire invincible ? Ç'aurait été vraiment cool et pratique.

— Arrêtez de me regarder comme si je devenais fou. La troisième Épreuve, c'est demain. Ce serait dommage que l'une de vous s'épuise avant ça. Et puis j'aimerais aller prendre une douche.

Il a ensuite entrepris d'ignorer tous nos coups d'œil inquiets et s'est dirigé vers la porte.

— D'a-ccord, dans ce cas, s'est exclamée Sadie, étirant les deux syllabes et tapant dans ses mains. Très beau travail, Kalani. Tu m'as fait peur pendant une seconde avec ta prise d'étranglement.

J'ai ri parce que, soyons honnêtes, elle aurait pu recourir à plein de techniques pour se libérer de ma prise, y compris son pouvoir. En combat réel, mon adversaire en aurait sans doute fait autant sans remords. Mais j'appréciais malgré tout qu'elle soit restée réglo, et je devais admettre que c'était bon pour mon égo de « n'être pas passée loin » de blesser un Bronze.

C'était un super coup de boost en prévision de demain.

— Toi aussi, Sadie ! Beau boulot sur les côtes, là.

J'ai mis une main à l'endroit où elle m'avait frappée plusieurs fois d'affilée. C'était plus douloureux que je ne l'aurais voulu. Mais je m'étais habituée à être courbaturée et contusionnée tout le temps. C'était le lot des combats au quotidien. Je savais que j'allais m'en remettre.

Sadie s'est contentée de sourire et m'a bousculée, joueuse. Ça faisait mal. Mais bon. Une bonne nuit de sommeil allait aider, ça ne faisait aucun doute.

Le pire, c'était de savoir que la peau de Sadie n'allait pas se souvenir des coups que je m'étais tant appliquée à lui infliger comme la mienne allait se souvenir des siens. Comme la majorité des Bronzes, les bleus de Sadie n'avaient même pas le temps d'apparaître totalement avant de se résorber ; elle guérissait des courbatures, des coups et des coupures en quelques minutes. Ah, les avantages d'être le petit-enfant d'une divinité.

Mei et Søren s'étaient déjà mis en route, alors on les a suivis, bien qu'un peu plus lentement. On a dépassé quelques groupes de Bronzes qui s'entraînaient en vue de la prochaine Épreuve. La plupart des gens avaient la mine sombre ; nous n'étions plus que vingt, et on n'avait aucune idée de combien d'entre nous allaient survivre à la prochaine étape. Beaucoup d'alliances avaient été brisées au cours de cette deuxième Épreuve, alors certains avaient dû trouver d'autres personnes avec lesquelles s'entraîner, ou bien choisir de s'entraîner seuls.

— Comment tu te sens par rapport à demain ? m'a demandé Sadie alors qu'on pénétrait dans le couloir principal.

On avait pris soin de ne pas trop parler de l'Épreuve à venir, ces quatre derniers jours. On avait un peu discuté de l'Épreuve passée, en particulier quand Archer était revenu d'une excursion en solo hors du complexe en ramenant des informations fournies par Hécate. La déesse lui avait dit qu'à ce qu'elle savait, Artémis était à la tête d'un groupe de divinités et de Dorés qui ne voulaient pas que la pureté de l'Olympe soit détruite par une humaine. Pour faire simple, le traitement spécial que j'avais eu la chance de subir pendant la deuxième Épreuve avait été un moyen d'éliminer la menace que mon sang rouge représentait pour toute la communauté qui vivait sur cette montagne. De plus, Hécate avait ajouté que comme c'était elle qui avait soutenu mon entrée dans le Tournoi au départ, ça m'avait mis une cible dans le dos : en me tuant, Artémis aurait fait un beau doigt d'honneur à Hécate. Dans l'ensemble, je ne savais pas si je devais être heureuse qu'il n'y ait rien de personnel ou horrifiée que des êtres qui détenaient autant de pouvoir puissent avoir des idées aussi discriminantes et radicales.

En bref, ce que je voulais dire, c'était qu'alors qu'on avait parlé d'à quel point l'Épreuve précédente avait été horrible, on n'avait pas discuté en groupe de celle qui arrivait. Là encore, je ne savais pas trop pourquoi tout le monde avait évité le sujet comme s'il était tabou. Pour ma part, c'était parce que j'avais voulu vivre dans le déni un peu plus longtemps ; je n'avais pas envie d'écouter des statistiques ou quelque autre information concernant la mortalité habituelle de la troisième Épreuve, qui n'auraient été d'aucune aide.

— Franchement, je sais pas comment je me sens. J'ai essayé d'ignorer le fait qu'on avait encore deux autres Épreuves à traverser, alors je ne me suis pas trop autorisée à y réfléchir.

— Hmm.

Sadie a doucement hoché la tête plusieurs fois, hésitant sur ce qu'elle allait dire. On a croisé Elena et Alexei, qui arrivaient d'un autre couloir. J'ai évité de regarder dans leur direction, pas parce que j'avais peur (plus les jours passaient et moins cette nuit dans la Fosse avait d'emprise sur moi), mais parce que je voulais maintenir cette espèce de trêve qu'on faisait. Ils n'avaient rien tenté contre moi depuis que les jumeaux et Archer leur avaient botté le cul et les avaient humiliés devant tout le monde. J'avais suffisamment de problèmes avec les dieux et les Dorés locaux sans avoir à m'inquiéter de ces deux fouines.

— D'habitude, la troisième Épreuve n'est pas aussi... personnelle que la deuxième. C'est censé être quelque chose de sportif, qui éprouve ta force, ton agilité et ta forme physique générale.

Sadie a essuyé la sueur sur son front avec son poignet, soufflant pour faire partir un cheveu coincé dans sa bouche.

— Pouah, je déteste la sueur ; c'est horriblement collant et dégoûtant.

J'ai haussé les sourcils d'une manière interrogative.

— C'est vraiment ça qui t'inquiète le plus, là tout de suite ? La sueur ?

— Je sais, je sais... Il faudrait que je me concentre sur les choses importantes. Bref, ce que je veux dire, c'est que je ne crois pas qu'Artémis et les autres vont avoir autant de marge de manœuvre pour rendre ton Épreuve plus difficile ou dangereuse que la nôtre.

Ça aurait dû me rassurer, mais il n'en restait pas moins que n'importe quel Bronze pouvait me tuer. Je n'avais ni les superpouvoirs, ni les facultés de guérison surnaturelles des Bronzes. Mais au moins, une Épreuve standard pouvait m'offrir une petite chance.

— C'est une super nouvelle.

Mon ton impassible a fait monter un sourire en coin aux lèvres de Sadie. Parfois, elle était capable de lire en moi comme dans un livre ouvert.

— Ravie d'avoir pu aider. Maintenant, va te doucher. Tu as du sang dans le cou. Allez, ouste !

J'ai roulé des yeux à ses bêtises. On savait toutes les deux que ce sang était là à cause du crochet qu'elle m'avait décoché avec amour, me faisant me mordre la joue si fort que ça m'avait salement ouvert la peau. J'allais grimacer en mangeant et en buvant pendant un bout de temps.

Je n'ai pas pris la peine d'ajouter quoi que ce soit à l'intention de Sadie et ai posé la main sur la poignée de porte menant à notre chambre, à Archer et moi, et ai attendu que la magie me reconnaisse avant d'entrer. Sadie a attendu que je sois dans la chambre pour partir vers la sienne.

Quand je suis entrée, Archer était déjà dans la salle de bain, le son distinctif de l'eau en train de couler. Il aimait les longues douches, si chaudes que la vapeur était généralement épaisse quand j'y allais après lui. Le temps qu'il mettait à se préparer me faisait toujours rire ; je ne m'étais pas attendue à ça de la part d'un gars renfrogné et grincheux.

Mais ça me plaisait.

Souriant pour moi-même, j'ai pris mon temps pour choisir des vêtements dans le carton que Sadie avait continué à approvisionner au fil des semaines. Il ne faisait jamais froid ici, mais je voulais porter quelque chose de confortable et agréable. Je fredonnais l'une de mes chansons de Taylor Swift préférées tout en hésitant entre deux joggings quand la porte de la salle de bain s'est ouverte. J'ai tourné la tête, surprise qu'Archer ait déjà fini, pour le découvrir avec une simple serviette autour des hanches. Il se séchait les cheveux avec une autre petite serviette, des perles d'eau coulant le long de son cou et de son torse.

— Tu as un peu de bave, là, Mayfield.

Il a pointé du doigt le côté de ma bouche. Son sourire en coin arrogant et sûr de lui m'a donné envie de l'étrangler.

— Tu aimerais bien que je te porte ce genre d'attention, hein, rayon de soleil.

Je n'ai pas dû être très convaincante, car son sourire s'est élargi. Visiblement, il s'amusait bien.

J'aurais vraiment voulu dire quelque chose qui lui fasse regretter ses mots, mais son torse nu et son allure me déconcentraient trop et, pour ma défense, j'étais fatiguée. Alors, au lieu de risquer de lui donner plus d'armes pour se moquer de moi, j'ai levé les yeux au ciel, attrapé mes vêtements, et presque couru à la salle de bain.

J'espérais que la douche allait me donner l'occasion de me vider la tête et de recouvrer ma contenance. Ça n'a pas été le cas. Ce que la douche a fait, ça a été de nettoyer mon corps et de me faire me sentir bien et rafraîchie. Mais même après m'être brossé et tressé les cheveux, habillée, et avoir traîné autant de temps que possible, je ne pouvais toujours pas me sortir Archer de la tête. C'était chiant et ça m'énervait au plus haut point. J'aurais voulu pouvoir avoir une discussion sévère avec mon cœur rebelle sur le fait d'avoir des crushs sur des hommes hors d'atteinte.

Quand je suis retournée dans la chambre, Archer avait heureusement revêtu un ensemble de jogging gris. On avait tous les deux eu la même idée de s'habiller confortablement pour notre dernier dîner ensemble avant la troisième Épreuve.

Avais-je mentionné à quel point les bas de jogging gris pouvaient être sexy ? Non ? Eh bien j'aurais dû.

Ça m'a demandé beaucoup de concentration de l'ignorer et de marcher droit vers mon armoire. Je pouvais *sentir* son regard sur moi alors que je m'occupais les mains en faisant mon lit et en réarrangeant mon unique oreiller. On savait tous les deux que je gagnais du temps et l'évitais ; je pouvais sentir l'autosatisfaction d'Archer à l'autre bout de la pièce.

— Tu te sens mieux, Mayfield ?

Son ton montrait très clairement qu'il ne m'interrogeait pas sur mon état général mais sur mon trouble d'un peu plus tôt.

Décidant que continuer à regonfler l'oreiller peu épais n'allait que lui donner plus d'arguments pour jouer avec moi, je me suis retournée, l'ai regardé de haut en bas, et ai croisé les bras sur ma poitrine d'un air de défi.

— Un instant de confusion. L'effet du stress et de la fatigue. Mais tout va bien maintenant. Mon corps s'est souvenu qu'il n'y avait absolument rien d'attirant là-dedans.

Archer a ricané avant de se lever et de faire quelques pas vers moi. Les mains dans les poches, il avait l'air détendu, mais la manière dont il s'approchait… C'était comme s'il traquait une proie.

— Ah, vraiment ?

J'ai hoché la tête et lutté pour garder le menton relevé alors qu'il continuait à avancer. Il n'était plus qu'à deux pas de moi, plus proche qu'on ne l'était d'habitude dans cette chambre.

— Oui, je-

Je me suis arrêtée net, car soudain, il était juste là. Assez près pour que je puisse sentir son odeur ; comme une tempête avançant sur l'océan. Assez près pour que je puisse *le* sentir. La chair de poule qui s'est répandue sur mes bras et mes jambes a heureusement été cachée par mes vêtements pour la majeure partie. Mais le rouge qui est monté le long de mon cou et de mon visage ? Oh, Archer l'a vu.

— Qu'y a-t-il, Mayfield ? (Il a levé une main et fait courir ses doigts sur ma joue.) Encore le stress ?

J'ai voulu répondre, mais je n'ai pas pu. Ma gorge était serrée, ma peau, chaude, et je ne pouvais pas détacher mon regard de lui. Il était le soleil et j'étais la planète qui orbitait autour de lui, de plus en plus près, incapable d'échapper à sa force de gravité.

Ses doigts ont couru le long de ma mâchoire, descendant dans mon cou. Des frissons ont parcouru tout mon corps à ce contact, et j'en ai eu le souffle coupé. Je ne sentais plus ni les courbatures, ni le picotement dans ma bouche. Toutes mes sensations s'étaient alignées sur *lui*.

Archer s'est penché un peu plus près pour que je puisse sentir sa respiration sur ma peau. Le bout de ses doigts, un peu calleux à force de tenir des armes et de se battre si souvent, s'est posé sur mon cou, pile sur mon pouls.

— Comment ça se fait que ton cœur batte si vite ?

Il a fait un son approbateur, caressant cette petite surface sur mon cou. Ça paraissait si intime. Et je n'ai pas pu m'empêcher de penser qu'on était seuls. Il n'y avait personne ici. Personne pour qui faire semblant. *Personne d'autre que nous.*

— Ton cœur serait-il un peu submergé, Mayfield ? (Sa voix était rauque.) Serait-ce à cause de moi ?

J'ai voulu dire non. Dire qu'il ne m'attirait pas du tout ; ç'aurait été un mensonge, mais ç'aurait été le plus prudent pour mon cœur. À la place, ma main a agrippé son poignet et pressé toute sa paume contre mon cou et le haut de ma poitrine. J'ai manqué une respiration. Ses yeux ont flamboyé avec quelque chose qui ressemblait fortement à de la faim.

Je ne sais pas si c'est lui qui s'est penché ou moi qui me suis relevée, mais soudain nos bouches étaient si proches qu'on respirait le même air. J'étais perdue dans ses yeux, complètement mystifiée par son aura et par sa présence et par *lui*.

Et je mourais d'envie de me mettre sur la pointe des pieds pour que nos lèvres se touchent. Il a étalé sa main sur ma poitrine, me brûlant presque la peau. Et j'ai senti ce fil qui reliait ma poitrine à la sienne, comme s'il tirait sur une corde à l'intérieur de moi.

On était si proches que je pouvais presque sentir sa petite barbe de trois jours sur ma peau et ses lèvres sur les miennes ; l'ombre d'un baiser. J'avais un peu honte de l'avouer, mais j'avais réfléchi à ce qu'aurait été un vrai baiser avec Archer. Beaucoup. Je savais que ç'aurait été comme un feu d'artifice. C'était obligé, après ce qu'avait été le demi-baiser dans le réfectoire. Mais je voulais en être sûre. Je *devais* en faire l'expérience.

La main d'Archer est descendue de quelques centimètres. Son autre main est allée derrière ma tête, ses doigts se glissant dans mes cheveux à la base de ma tresse. Mes paupières se sont fermées, des picotements se répandant dans mon cuir chevelu. Et puis-

Quelqu'un a frappé à la porte.

— Dépêchez-vous, les gars ! Je meurs de faim !

Archer et moi avons presque bondi loin l'un de l'autre. Il est allé ouvrir la porte à Søren et je me suis retournée, cherchant désespérément quelque chose pour m'occuper les mains ; pour m'occuper, moi. Mon cœur battait la chamade et je sentais la peau de mon visage brûler d'un mélange de gêne, de culpabilité et… et d'un désir si puissant que j'en ai eu honte.

— Est-ce que j'interromps quelque chose ? a demandé Søren.

Je pouvais sentir son regard suspicieux tandis que je cherchais mes baskets.

Ma bouche était désespérément sèche quand je me suis penchée pour prendre mes chaussures. Il interrompait quelque chose. Mais maintenant que le moment s'était brisé comme du verre, je n'étais pas certaine de savoir ce que ce moment avait été. Avait-on vraiment été sur le point de s'embrasser ? Est-ce que ç'aurait été plus qu'un jeu ?

— Non, tout va bien, mec. Allons-y.

Les mots d'Archer étaient nonchalants, et ils ont fait craquer quelque chose en moi. À quoi je m'étais attendue ? À ce qu'il dise qu'il y avait quelque chose entre nous ? Qu'on avait été à une seconde près de s'embrasser ?

Peut-être que ce moment n'avait pas signifié autant pour Archer que pour moi.

Et je devais accepter cette vérité au lieu de me torturer avec des « si ».

Chapitre trente-deux

J'aurais dû emmener l'un des livres d'Archer. Certes, j'étais incapable de lire la plupart d'entre eux puisqu'ils étaient dans des langues anciennes, en général mortes. Mais il aurait pu en avoir dans un anglais simple et ordinaire, et peu importe le sujet, je suis sûre que ç'aurait été plus divertissant que ce que mon cerveau a pu inventer tout seul en deux heures d'attente.

Vous savez ce qu'on dit. Deux fois, c'est une coïncidence ; trois fois, c'est un schéma répétitif. Eh bien, me faire passer en dernier était apparemmentle schéma répétitif de la personne qui choisissait l'ordre dans lequel les concurrents passaient les Épreuves. Quelle joie, n'est-ce pas ?

Quoi qu'il en soit, j'étais de retour dans cette fichue salle, à attendre sur ma chaise inconfortablement dure et à regarder tous les autres concurrents partir les uns après les autres. Je n'avais ni montre ni de téléphone, mais je savais que ça faisait au moins deux heures que j'étais assise. Depuis lors, tout le monde était parti, y compris mes amis.

Je commençais à m'habituer à tout ce truc de « marcher vers une mort possible », je n'ai donc pas eu mal au ventre en voyant mes amis entrer dans la Fosse. J'étais quand même inquiète, mais je savais qu'ils allaient s'en sortir. Je n'avais pas besoin de superpouvoirs pour savoir qu'ils étaient meilleurs que n'importe quels autres Bronzes participant à ce Tournoi.

Amara Mendez, la fille qui avait le don doux et réconfortant de donner vie aux plus grandes peurs des gens dans leur esprit, avait été la dernière à quitter la salle. J'étais seule depuis un petit moment, probablement plus de dix minutes. La nymphe allait appeler mon nom d'une seconde à l'autre. J'étais à la fois effrayée et enthousiaste.

Enthousiaste à l'idée d'enfin pouvoir évacuer ma frustration.

Archer et moi avions consciencieusement ignoré l'incident du presque-baiser d'avant le dîner. Toute la nuit, et même ce matin avant de venir ici, on avait évité le sujet, faisant semblant que tout allait bien et qu'on ne s'était pas quasiment embrassés dans une chambre déserte.

Alors, globalement, j'étais furieuse. Et fâchée. Contre lui pour avoir été l'instigateur de ce qui s'était passé hier soir, et contre moi pour ne pas avoir su mieux contrôler mes émotions.

D'après ce que j'avais vu jusqu'ici, beaucoup de divinités ainsi que leurs descendants avaient une conception des relations très différente de celle des humains. L'engagement n'était souvent qu'un concept vague. Peut-être qu'être immortel faisait ça aux gens ; on se fatiguait des relations monogames conventionnelles. Peut-être qu'Archer avait été élevé dans cette idée et voulait s'amuser un peu.

Dans tous les cas, j'étais énervée et je faisais de mon mieux pour l'oublier. La troisième Épreuve allait sans doute m'aider à me sortir ces émotions indésirables de la tête.

J'étais presque impatiente.

La foule avait réagi par intermittence toute la matinée, et j'ai su qu'Amara avait terminé quand une vague d'applaudissements a résonné plus fort que les précédentes. L'attente décuplait mes sens, et je me suis levée avant même que la nymphe ne commence à parler.

En effet, quelques secondes plus tard, la douce voix de la nymphe a empli la salle.

— À quel merveilleux spectacle nous avons eu droit jusqu'ici ! La récolte de cette année est extraordinairement bonne, ne trouvez-vous pas ?

Elle s'est interrompue une seconde pour permettre aux spectateurs de pousser des acclamations, d'applaudir et de réagir comme s'ils assistaient à un match de basket plutôt qu'à une version tordue des Jeux Olympiques.

— Et maintenant, pour conclure cette belle journée, accueillons Kalani Mayfield, notre toute première mortelle !

J'ai essayé de ne pas être blessée par la manière dont une moitié de la foule m'a huée tandis que l'autre m'acclamait. Je n'allais pas gagner de concours de popularité de sitôt, ça, c'était sûr.

J'ai pris mon temps pour marcher jusqu'à la porte, préparant mes nerfs et mon corps à ce qui promettait d'être une Épreuve intéressante. Au début, ce matin, la nymphe, dont je ne connaissais toujours pas le nom, avait expliqué que l'Épreuve d'aujourd'hui était un parcours d'obstacles et que tous ceux qui en viendraient à bout se qualifieraient pour la suite. Ç'aurait dû être une bonne nouvelle, sauf que ça impliquait que le parcours était suffisamment difficile pour qu'un nombre suffisant d'entre nous ne le terminent pas. Je me consolais en sachant que grâce aux compétences et à la force que j'avais acquises en faisant de la gymnastique, je ne me débrouillais pas si mal aux trucs du genre Ninja Warrior.

Quand je suis entrée dans la Fosse, j'ai encore une fois été impressionnée par le travail de la personne chargée de transformer l'arène pour ces Épreuves. Mei m'avait dit que certains Dorés pouvaient générer des illusions si puissantes que leurs créations restaient tangibles aussi longtemps qu'ils les alimentaient avec leur pouvoir. À mes yeux, c'était l'un des pouvoirs les plus cools et les plus utiles que j'avais découverts jusqu'ici. Et ces Dorés étaient plutôt créatifs, car leur version de Ninja Warrior était assez différente de ce que j'avais vu à la télé ou essayé une fois au gymnase à côté de ma fac. Il n'y avait jamais eu de sol enflammé sous les volants d'inertie ou de... est-ce que c'étaient des crocodiles ? dans le bassin qu'on devait franchir sur ce qui ressemblait à un pont instable.

Ravalant ma nervosité (je devais paraître forte et déterminée, ce qui voulait dire que je ne pouvais pas montrer combien ce parcours d'obstacles m'effrayait), je me suis avancée jusqu'à une ligne noire tracée dans le sable. J'ai fait de mon mieux pour ignorer la foule qui me regardait, mais c'était dur. Lors des deux Épreuves précédentes, on n'avait pas pu voir les gradins. Il n'y avait eu que nous et ce qu'on devait affronter. Mais aujourd'hui ? Oh, aujourd'hui, j'avais le plaisir de voir chacune des personnes qui était venue au Tournoi pour assister au spectacle avec du popcorn et du soda gratuit à volonté. Et il y en avait beaucoup. Je ne savais pas trop combien de personnes la Fosse pouvait accueillir, mais j'avais l'impression d'être toute seule au milieu du terrain d'un grand stade de foot. Et d'accord, j'avais participé à des compétitions de gym auxquelles il y avait eu beaucoup de spectateurs, mais c'était très loin de rivaliser avec ça.

Me forçant à me reconcentrer sur le plus important (le parcours lui-même), j'ai regardé autour de moi pour trouver des indices ou des informations qui auraient pu m'aider m'en sortir. De là où je me trouvais, je pouvais voir énormément de sang et des membres solitaires, j'ai donc deviné que seuls autant de participants s'en étaient sortis.

Le parcours était grand, comprenant quatre, non, cinq différentes parties. Et, bien entendu, chaque section était plus longue et périlleuse que dans un parcours d'obstacles normal. Ça n'aurait pas été drôle, sinon.

Makaio était un grand fan de Ninja Warrior, alors j'avais regardé l'émission assez souvent pour reconnaître la plupart des obstacles dans la Fosse. Le premier obstacle était l'un de ces ponts instables qui passent au-dessus d'un bassin ; bassin qui accueillait ce qui, en y regardant de plus près, ressemblait à un croisement entre un rhinocéros et un crocodile. Très amusant. Ensuite, on entrait directement dans toute la section des volants d'inertie au-dessus du feu. Il y avait huit roues, espacées de quelques dizaines de centimètres les unes des autres et suspendues à au moins deux mètres cinquante au-dessus du sol, ce qui était agréablement haut, car les flammes au-dessous avaient l'air très agressives.

Je ne voyais pas bien ce qu'il y avait au-delà de ces deux premiers obstacles, mais j'entrevoyais un énorme mur courbe tout au fond. De quoi finir ce super parcours en beauté : avec un mur plus haut qu'un putain d'immeuble.

J'ai dû mettre un peu trop longtemps à m'avancer sur la ligne de départ, car quelqu'un s'est éclairci la voix au micro. Je n'ai pas eu besoin de lever les yeux pour savoir qu'il s'agissait d'Artémis ; cette femme irradiait la prétention par tous les pores. Malgré tout, j'ai jeté un regard au balcon après quelques secondes, et mon regard s'est posé sur Hécate, assise sur le côté auprès de quelques divinités que je ne connaissais pas. Elle avait un regard intense, me dévisageant de ces yeux violet foncé. J'ignorais ce que ça voulait dire, mais j'espérais qu'elle était toujours de mon côté.

Aussitôt que le bout de mes chaussures a touché la ligne noire, un décompte a commencé à résonner dans l'arène. Un hologramme géant est apparu au-dessus du parcours au milieu de la Fosse, comptant à partir de dix. Comme c'était théâtral.

Mon rythme cardiaque a tout de même accéléré à mesure que les chiffres se rapprochaient de zéro. J'ai respiré profondément, essayant de maîtriser ma nervosité. Et quand l'hologramme a atteint zéro, j'ai couru. J'ai couru vite et puissamment, parce que je refusais de me laisser aller à penser trop longtemps aux risques et à combien c'était de la folie. Je devais me lancer.

Un peu trop rapidement à mon goût, j'ai atteint la plateforme au départ du bassin rempli d'hybrides bizarres. Je savais pour avoir regardé tous ces épisodes avec Makaio que le meilleur moyen d'aborder le pont instable était de se lancer et de ne jamais ralentir avant d'en atteindre le bout. Aussi longtemps que je garderais mes pieds perpendiculaires à la longueur du cylindre, j'aurais assez de d'adhérence pour garder l'équilibre. Avec un peu de chance.

Suivant cette moitié de plan d'action, j'ai ralenti ma course pour une marche rapide, mais ne me suis pas arrêtée quand je suis arrivée au départ du cylindre. Je n'ai pas regardé les hybrides qui s'étaient rassemblés autour du pont. Je n'ai pas écouté la foule qui poussait des cris pour m'encourager à tomber. Je n'ai même pas accordé d'attention à mes propres doutes. J'ai simplement commencé à marcher rapidement sur le pont.

Sans surprise, le pont a pivoté sur son axe, traîtreusement. Cependant, ça avait son avantage d'avoir des années d'entraînement à l'équilibre à son actif. Je savais marcher sur une poutre comme si c'était le sol normal. Bien sûr, le pont tournait, ce qui rendait l'exercice plus complexe que sur une poutre. Mais mon corps savait retrouver l'équilibre sous la pression et dans des circonstances inattendues, des capacités qui allaient sûrement me sauver la vie aujourd'hui.

Je ne sais pas trop combien de temps j'ai passé sur ce cylindre. Ça m'a paru durer une éternité. Une éternité à avoir l'impression que j'allais tomber d'une seconde à l'autre. J'ai failli tomber plusieurs fois, sauvant ma propre vie de justesse. Quand mon pied gauche a atteint un sol stable, j'avais l'impression d'avoir vieilli de dix ans. Pendant la traversée, je n'avais pas eu le temps de sentir la pression que l'exercice mettait sur mon corps, mais maintenant que je me tenais là sans être sous la menace d'une chute dans un bassin rempli de monstres ? Ouais, je sentais très bien à quel point je tremblais, à la fois à cause de l'épuisement et de l'adrénaline.

— Putain de merde, ai-je haleté, les mains sur les hanches pour essayer de reprendre mon souffle.

Ce truc allait me tuer ; uniquement dans un sens métaphorique, avec un peu de chance.

Je suis restée là pendant une seconde, les crocodiles-rhinos me regardant comme si je les avais déçus. Je ne me suis pas sentie coupable du tout. J'étais sûre qu'ils avaient déjà eu à déjeuner avec au moins une personne avant que j'arrive.

Une fois que j'ai eu à peu près repris mon souffle, j'ai tourné les talons et fait face à l'obstacle suivant. Il y avait une petite étendue de sable avant que le sol ne cède et que les flammes n'apparaissent. Même de là où je me tenais, je pouvais sentir leur chaleur et les entendre rugir et crépiter. Ces flammes étaient tout à fait réelles ; ou du moins, elles en avaient vraiment l'air. J'étais certaine qu'elles brûlaient comme du vrai feu, aussi.

Levant les yeux, j'ai analysé les volants d'inertie. Ils étaient trop loin les uns des autres pour que je puisse tendre les bras et attraper le suivant ; j'allais devoir me jeter de roue en roue. À ce que je pouvais voir, le rebord auquel j'allais devoir me tenir était petit, mesurant à peu près la taille de mes deux premières phalanges. Il n'allait y avoir aucune marge d'erreur.

J'ai pris une grande inspiration, serrant et desserrant les doigts plusieurs fois. Je devais croire en moi. Je devais croire au fait que j'allais réussir. J'ai fermé les yeux. Inspiré. Profondément. De manière contrôlée. Et puis j'ai expiré, expulsant tous mes doutes en même temps que mon air.

Puis j'ai couru, prenant autant d'élan que possible. Mon pied droit a frappé le rebord même du trou et je me suis élancée, sautant plus haut que jamais auparavant. J'ai tendu les bras en l'air, plus haut, toujours plus haut. J'ai désespérément essayé d'atteindre les roues. Je sentais la chaleur des flammes lécher la plante de mes pieds et le bas de mes mollets. Et puis, juste au moment où je commençais à craindre de ne pas avoir sauté assez haut, mes doigts se sont refermés sur le rebord de la première roue.

Mon soulagement n'a été que de courte durée, car je n'avais pas de temps à perdre. La gravité s'est fait sentir aussitôt que j'ai attrapé la roue, et la tension sur mes épaules et mes doigts s'est accentuée. Mon entraînement sur les barres asymétriques m'avait conféré une grande force d'accroche, mais ce n'était pas la position dans laquelle j'étais habituellement ; les deux mains tournées vers l'intérieur, tenant un disque fin. Je sentais de la sueur ruisseler le long de mon front, de mon cou et de mon dos, à cause de l'effort, de la chaleur et du stress. Je devais me dépêcher avant que mes doigts ne deviennent trop glissants pour se retenir à quoi que ce soit.

Aussitôt ma prise sur les rebords affermie, j'ai commencé à balancer mon corps d'avant en arrière, prenant de l'élan pour sauter. En avant, en arrière ; en avant, en arrière. Quatre fois. Et puis je me suis lancée. C'était un saut de la foi. Qui s'est avéré payant. Mes doigts ont agrippé la roue suivante, mes épaules mises sous tension alors que mon corps retombait. Je n'ai pas eu le temps de me détendre, car je n'en étais qu'à la deuxième roue sur huit ; six de plus à passer avant d'atteindre la terre ferme.

Le reste de la section a été une répétition des mêmes gestes. Me balancer, sauter, m'accrocher pour ma vie, recommencer. Quand j'ai atteint la dernière roue, mes bras me brûlaient, et j'avais des crampes aux doigts à force de me tenir aussi fort et de lutter contre la sueur qui les rendait de plus en plus glissants. Je devais arriver au bout. Il ne me restait plus qu'un saut. Un seul.

Me servant de mes muscles abdominaux et dorsaux, j'ai fait un dernier mouvement de balancier. Il m'a fallu me balancer plus longtemps pour retrouver l'élan que j'avais accumulé si vite au départ. Mais je n'ai pas abandonné. Je me suis balancée, et puis j'ai lâché la roue. C'était le pire saut que j'avais fait jusqu'ici, mais par quelque miracle, j'ai atterri brutalement sur le sol. Après avoir trébuché une ou deux fois, j'ai atterri sur le dos, fixant le ciel bleu et clair.

Merci, bonnes étoiles.

Et pas « merci, bons dieux » parce qu'ils étaient la raison pour laquelle j'étais coincée ici.

Je suis restée là presque une minute, essayant de reprendre mon souffle et me demandant si mes bras allaient tenir le reste du parcours. Je m'étais musclée de manière substantielle à force de m'entraîner constamment au cours des semaines précédentes, et j'étais déjà forte auparavant. Mais ce parcours allait représenter un plus grand défi que tout ce que j'avais affronté jusque-là, et je n'allais pas avoir droit à une seconde chance. Dans tous les cas, je n'avais pas vraiment le choix.

Résignée à continuer, je me suis lentement redressée et ai soupiré quand mes épaules ont protesté contre le mouvement. Ça promettait d'être amusant.

De là où j'étais assise par terre, je voyais très bien la section suivante. C'était un mélange de deux obstacles : un bassin couvert de glace avec ce que j'imaginais être des obstacles sous-marins, suivi d'une paroi verticale avec… étaient-ce des prises d'escalade cylindriques ? Si c'était le cas, j'allais devoir enfoncer ces piquets dans des trous dans le mur pour créer les prises qui allaient me permettre de grimper. Et j'allais être trempée pour le faire, ce qui impliquait des doigts glissants. Très glissants.

Le bassin n'était pas très large, ne mesurant qu'une vingtaine de mètres, mais je n'avais aucune idée du nombres d'obstacles que j'allais avoir à passer une fois sous l'eau. Je pouvais retenir ma respiration passablement longtemps, mais j'allais devoir faire en sorte de ne pas gaspiller mon oxygène, là-dessous ; j'allais devoir être aussi efficace que possible.

Je ne me suis pas autorisée à paniquer. Je n'avais pas le loisir d'hyperventiler et de me laisser à la panique ; je devais me préparer à jouer à retenir ma respiration pour ce qui allait potentiellement être ma partie de ce jeu la plus longue et la plus importante.

Analysant l'obstacle aussi minutieusement que possible depuis là-haut, j'ai commencé à respirer doucement et profondément. Plus je respirais, plus mon inspiration s'allongeait, augmentant la capacité de mes poumons à contenir de l'air. Une fois que j'ai senti que j'avais autant de contrôle sur mes poumons que possible, je me suis doucement avancée vers le bord du bassin. La surface de l'eau était à quelques mètres du rebord, totalement gelée à l'exception de deux trous, un pour chaque extrémité du bassin.

Inspire. Expire. Inspire. Expire. Inspire.
Saute.

L'eau était si froide que tout mon corps s'est immédiatement contracté. Le froid était un étau douloureux autour de ma tête. J'ai dû activement ordonner à mes muscles de se détendre pour pouvoir bouger. En regardant devant moi (l'eau était étonnamment claire et j'avais une très bonne visibilité), j'ai vu un mur transparent avec un petit trou, juste assez large pour qu'un corps y passe, tout au bout sur le côté droit du bassin. Immédiatement, j'ai effectué une poussée sur le fond de la piscine et ai nagé vers le trou, faisant de mon mieux pour glisser dans l'eau et dépenser le moins d'énergie possible. Sans surprise, quand je suis passée par le trou, je me suis retrouvée face à un autre mur avec un trou de l'autre côté du bassin.

Pendant une petite seconde, j'ai regardé en l'air, vers la petite lumière qui filtrait à travers l'épaisse couche de glace. C'était presque féérique, comme quelque chose qu'on verrait dans un documentaire à propos des merveilles de l'océan. C'était beau, la lumière bougeant et évoluant dans l'eau. J'aurais pu rester contempler ce spectacle pendant des heures. Mais je ne me suis pas laissé distraire. Mes poumons ne me brûlaient pas encore, mais ça allait bientôt être le cas.

La minute suivante a à la fois été la plus rapide et la plus longue de toute ma vie. J'ai nagé de trou en trou, faisant de mon mieux pour maîtriser mes poumons brûlants. Au bout d'un moment, j'ai commencé à expulser des petites bulles d'air une fois de temps en temps, donnant l'illusion à mon corps que tout allait bien et que je respirais normalement. Ça a marché, au début. Mais quand j'ai atteint le cinquième mur, mes muscles respiratoires étaient pris de spasmes. Douloureux.

En atteignant le sixième mur, j'ai vu le trou dans la glace. À moins de trois mètres. Si proche, et en même temps si loin. Mais je devais y parvenir. Je le devais.

Rassemblant mes forces et ignorant de mon mieux la manière dont ma vue se brouillait sur les bords, j'ai effectué une poussée sur le dernier mur avec autant de force que possible. J'avais essayé d'utiliser mes jambes le moins possible (les muscles des jambes étaient les plus grands du corps humain, après tout, alors c'étaient eux qui utilisaient le plus d'oxygène), mais maintenant que j'étais si près, j'ai battu des jambes aussi fort que j'ai pu. C'était un combat pour ma survie. Un combat que je devais remporter.

La nage m'a paru infinie, comme si je patouillais dans de la gelée plutôt que dans de l'eau. J'étais à mi-chemin quand je n'ai plus eu d'air à expirer, et ma vue était si sombre que je pouvais à peine voir le puits de lumière venant du trou.

J'avais presque perdu espoir quand mes mains ont touché le bord de la glace ; tranché net et si froid qu'il m'a fait mal. Mon visage a percé la surface de l'eau.

Puis l'air a été partout. Sur mon visage. Dans mes poumons.

Et j'avais les larmes aux yeux. De soulagement. De douleur, si intense que j'ai eu peur que mon corps craque et casse et explose en tout petits morceaux.

Pendant une seconde, je n'ai pas été sûre d'être capable de sortir de l'eau. Mes muscles avaient été tellement privés d'oxygène et mon corps si plein de dioxyde de carbone que je n'étais pas certaine d'être dans la capacité physique de ramper hors de l'eau glaciale et sur la glace.

Pendant un court instant, si rapide qu'il a à peine existé, je me suis imaginé combien il aurait été facile de laisser tomber. D'arrêter de griffer la glace pour me maintenir à la surface. D'arrêter de me battre. De simplement me laisser aller et flotter dans le néant. Ç'aurait été si facile. Tellement plus facile que de continuer à me battre.

Mais je ne pouvais pas. Le visage rond de Makaio était gravé dans mon esprit, me suppliant de revenir et d'être avec lui. J'ai aussi vu Archer, son visage si proche, ses lèvres embrassant presque les miennes, ses mains sur ma peau. J'ai vu Sadie m'enlacer quand j'étais sur le point de craquer, être la meilleure amie que j'avais jamais eue. J'ai vu Søren faire des blagues et illuminer la plupart de nos journées. J'ai même vu Mei et son humour ironique.

Je ne pouvais pas les abandonner. Ni m'abandonner moi.

Alors, j'ai tiré. Fort. Si fort que mes doigts m'ont fait mal et que j'ai eu peur que mes ongles cassent. Mais ils ne l'ont pas fait. Et après de longues et atroces secondes à me battre contre la glace et mon propre corps, j'ai été hors de l'eau. Je devais encore ramper un peu, mais j'étais allongée sur la glace, les yeux levés vers le ciel.

C'était presque ironique, vraiment. Allais-je finir dans cette position après chaque obstacle de ce parcours ?

J'ai hyperventilé pendant un long moment, toujours allongée, avant de reprendre suffisamment conscience de mon corps et comprendre qu'il fallait que je bouge. Pas parce que je voulais finir ce parcours. Non, je n'avais pas pas particulièrement envie de continuer ce Ninja Warrior sous stéroïdes. Mais je venais de passer du temps dans de l'eau glaciale et étais maintenant allongée sur de la glace. Mon corps avait frissonné tout du long. Si je restais plus longtemps sur la glace sans bouger, je craignais que mon corps n'entre en hypothermie et de ne pas y survivre.

Je devais bouger. Bouger allait me réchauffer. Bouger allait me donner une chance.

Chapitre trente-trois

Me lever a été pratiquement impossible. Faire le premier pas vers le mur a été terriblement dur. Le deuxième pas a été difficile. Quand j'ai atteint la paroi, j'avais toujours mal, mais je n'avais plus l'impression que mes articulations allaient se briser et que mon cœur allait lâcher.

Une victoire était une victoire.

Il y avait deux piquets d'escalade sur le sol. Ils étaient composés d'un mélange de bois et de métal, assez épais pour que je puisse enrouler mes mains autour d'eux en toute sécurité. Le seul problème, c'était que mes doigts étaient à moitié gelés et complètement trempés. Il faisait chaud aujourd'hui, mais l'air autour du bassin gelé avait dû être placé sous un sort pour rester froid. Suffisamment froid pour que mon corps ne se réchauffe pas, et que l'eau sur ma peau ne sèche pas avant que j'aie fini cette section du parcours.

Respirer était plus simple maintenant que j'avais ramené mon corps sous contrôle après l'hypoxie prolongée. J'ai commencé à remuer les doigts pour m'échauffer les muscles tout en levant les yeux vers le haut du mur. Il faisait un peu moins de cinq mètres de haut ; pas super haut, mais pas facile non plus après ce truc sous l'eau glacée.

Autour de moi, j'ai entendu la frustration des spectateurs quant au fait que je prenais tout mon temps. Personne n'avait dit qu'on devait se presser pour finir le parcours, cependant. Courir à travers les sections ne m'aurait conduite qu'à faire des erreurs et à mourir d'une mort très certainement horrible.

Toutefois, je savais qu'il fallait que je parvienne rapidement en haut de ce mur, afin que mon corps arrête de trembler et de se raidir en réaction au froid. Respirant profondément une dernière fois, j'ai attrapé les piquets et les ai plantés dans les prises du bas. Ils s'y inséraient parfaitement, glissant à l'intérieur mais restant fermement plantés dans la roche. J'ai brièvement éprouvé leur résistance pendant une seconde avant de me forcer à tirer sur mes bras pour m'élever.

Au cas où vous vous le seriez demandé, l'escalade sur corde n'avait pas été ma partie préférée de l'entraînement. Je maîtrisais bien, mais c'était une souffrance. Alors avais-je continué à m'entraîner régulièrement une fois que je m'étais retrouvée en autonomie ? Non. Pas du tout. J'ai donc dépoussiéré mes souvenirs en espérant que ma mémoire musculaire allait se manifester.

Ça a pris quelques secondes, mais étonnamment, mon corps avait effectivement l'air de se rappeler la méthode pour escalader des choses en ne se servant que de ses bras. Bientôt, j'avais atteint la moitié de la paroi, mes bras tremblant légèrement sous l'effort. Je connaissais cette séquence de gestes répétitifs par cœur. Assurer la prise. Mettre mon poids sur mon bras le plus haut. Rester suspendue à ce bras suffisamment longtemps pour que mon bras libre plante le piquet dans une prise plus haute. Utiliser ce nouveau duo de prises pour faire remonter mon corps le long de la paroi. Recommencer.

J'ai grimpé si rapidement que c'en était plutôt décevant. J'aurais cru que mes bras ou mes doigts gelés auraient cédé au milieu de l'ascension, mais ils n'en ont rien fait. Je ne sais pas comment j'ai fait, mais je suis parvenue jusqu'en haut du mur. Atteindre le sommet m'a donné l'impression de me tenir en haut de l'Everest, comme si j'avais réussi l'exploit d'escalader la plus haute montagne du monde.

Comme je m'y attendais, le froid s'est dissipé dès que j'ai atteint le sommet de la paroi. Soudainement, il faisait à nouveau bon et chaud. J'avais la sensation d'être un glaçon qui fondait au soleil. C'était merveilleux.

Le sommet du mur était long d'au moins dix mètres. La surface rocheuse était plane, parfaite pour courir. Et j'allais devoir courir, car au-delà du mur se trouvait un grand trou qui me séparait de la paroi suivante. Il faisait quelques mètres de large. Pas si large que ça, me suis-je dit. Il l'était quand même plus que je ne l'aurais souhaité. Je savais que j'étais capable de sauter cette distance, d'habitude. Mais ça, c'était quand j'étais dans une bonne condition physique, et non à moitié gelée et complètement épuisée.

Mais bon. On allait bien voir.

Tremblant toujours un peu à cause du calvaire que je venais de vivre, j'ai doucement marché jusqu'au bord du mur. Je savais que j'aurais dû m'en empêcher, mais j'ai quand même été regarder ce qu'il y avait au fond de la tranchée. Des pics, acérés et mortels. Très amusant. J'étais sûre que ce serait super agréable si j'échouais et que je tombais dessus.

— Bon sang, Kalani, tu sais très bien qu'il faut pas faire ça, me suis-je réprimandée tout en reculant de quelques pas, jusqu'à ne plus pouvoir voir les pics.

C'était la règle numéro un de l'escalade extrême, pas vrai ? Ne jamais regarder en bas.

Ravalant ma peur, j'ai fait de mon mieux pour effacer de mon esprit l'image de ce qui m'attendait en bas. J'ai reculé à pas lents jusqu'à atteindre l'autre extrémité du mur. Je savais que mon corps était capable de faire ce saut. Je devais simplement croire au fait que j'en étais capable dans ma situation.

— Je peux le faire. Je peux le faire. Je peux le faire.

Mes murmures étaient un mantra pour me donner l'assurance dont j'avais besoin pour y arriver. Le meilleur discours d'encouragement que je pouvais m'offrir sous le stress et l'épuisement de la journée.

J'entendais des sifflements en fond. Combien de temps les autres avaient-ils mis à franchir tout ça ? Si la pause que j'avais prise après avoir failli me noyer et mourir de froid ennuyait la foule, est-ce que ça voulait dire que les autres concurrents avaient simplement couru à travers tout le parcours ? J'ai soudain imaginé Archer se propulsant à travers les obstacles, l'air aussi détendu que d'habitude, et je n'ai pas pu réprimer un petit sourire à cette pensée.

Secouant la tête comme si ça allait m'aider à en chasser toute pensée indésirable, j'ai respiré profondément une dernière fois pour me calmer. *Je pouvais le faire.*

Et puis j'ai couru.

Je n'avais la place de faire que quelques enjambées, ce qui était suffisant pour prendre de la vitesse et de l'élan. Je n'ai pas hésité quand j'ai sauté. J'ai poussé plus fort que jamais sur ma jambe gauche, élançant mon corps en avant. Le saut m'a paru sans fin, les secondes s'étirant à l'infini, mon corps en apesanteur et libéré de la gravité. C'était exaltant et ça m'a fait comprendre pourquoi les gens pratiquaient des sports extrêmes.

Ensuite, pendant une seconde sans fin supplémentaire, j'ai eu peur de ne pas y arriver. La gravité s'est emparée de mon corps et j'ai commencé à descendre, descendre, descendre. Mon cœur s'est mis à battre comme un fou tandis que la peur de tomber s'installait. Et puis, pile au moment où j'ai senti l'espoir m'abandonner, mon corps s'est écrasé contre le mur. Seule une moitié de mon corps avait atterri sur le dessus, le reste pendant au-dessus du vide. Les secondes suivantes ont été une lutte effrénée pour hisser mon corps loin du danger.

J'ai réussi à monter, mais dans mon combat désespéré pour éviter de tomber et de mourir, je me suis écorché l'avant-bras gauche sur la pierre, du sang s'écoulant le long de ma peau. Rouge rubis, brillant sous la lumière du soleil, mon sang a coulé le long de mes doigts, goutte après goutte.

Génial, pile ce dont j'avais besoin. Avec un peu de chance, je n'allais pas avoir à échapper à des requins ou à d'autres prédateurs qui traquaient leurs proies au sang qu'elles perdaient. Ça n'aurait été vraiment pas de chance pour moi. Pas surprenant, compte tenu d'à quel point ce Tournoi se passait bien pour moi jusqu'ici, mais vraiment pas de chance tout de même.

Grimaçant face à la douleur cinglante de la blessure, je me suis levée et ai tourné mon regard vers la dernière partie du parcours. Je pouvais voir la ligne d'arrivée de là où j'étais ; si proche et en même temps si loin. Je n'ai pas pu me retenir d'inspirer un grand coup en la voyant. Je devais l'atteindre.

Il y avait une dernière section à traverser. Et elle avait l'air, oserais-je le dire, facile. D'abord, je devais descendre du mur sur lequel je me trouvais. Le sol n'était pas aussi bas que dans le trou aux pics ou le bassin, cependant ; tous deux avaient été des renfoncements dans le sol, plus bas que le reste de l'arène. C'était une bonne nouvelle : je n'allais pas me casser quoi que ce soit en me laissant tomber au bas du mur. Ensuite, j'allais devoir courir la moitié d'un stade de foot avant d'escalader un mur courbe.

Un classique.

J'avais testé plusieurs fois ce genre d'obstacle et tout reposait sur le fait de prendre assez de vitesse, de ne pas décélérer, et de garder autant que possible la plante des pieds collée au mur. C'était loin d'être l'obstacle le plus compliqué que les divinités sanguinaires qui étaient aux commandes auraient pu inventer. Surtout pour finir tout cette débâcle de parcours de d'obstacles.

Ça m'a rendue méfiante. Suspicieuse.

C'était la même impression que quand j'étais face à une question à choix qui me paraissait beaucoup trop évidente pendant un examen. Vous savez, ce sentiment qui vous fait tellement vous remettre en question qu'au bout d'un moment, vous n'êtes même plus sûr de savoir sur quoi la question portait ? C'est comme ça que je me suis sentie en regardant l'étendue de sable vide.

Comme si quelqu'un me jouait un mauvais tour.

Je savais que je devais me mettre en route ; je n'étais plus gelée, mais mon corps se vidait lentement de ses forces et de son sang. Cependant, avant de sauter, j'ai jeté un œil au balcon. La plupart des dieux et des déesses assis là-haut avaient l'air de s'ennuyer à mourir, mais deux d'entre eux me regardaient avec grand intérêt. Hécate était penchée en avant, les coudes sur ses genoux. Je ne voyais pas bien l'expression de son visage, mais j'espérais qu'elle signifiait qu'elle avait confiance en mes capacités. Et, sans surprise, Artémis me fusillait du regard. Nul besoin d'être télépathe pour savoir qu'elle souhaitait que je meure *enfin* et que j'arrête d'être une épine dans son pied d'élitiste.

Après lui avoir rapidement lancé un sourire (je n'arrivais pas à m'empêcher de la défier parce que, bon sang, je n'étais pas près de me laisser discriminer sans rien faire), je me suis retournée pour faire face à la toute dernière partie du parcours. J'ai secoué mes bras et mes jambes une dernière fois, en espérant que ça aiderait à les réveiller après ce froid paralysant, et puis j'ai sauté. J'avais appris à tomber à la gym, alors je me suis instinctivement recroquevillée sur moi-même et ai roulé sur le sol, absorbant le choc en douceur. J'étais assez fière d'avoir aussi bien exécuté ce saut et me suis presque donné une tape sur l'épaule.

Grimaçant à cause de mes muscles en compote, j'ai fait quelques pas en avant, balayant les environs du regard à la recherche d'obstacles que je n'aurais pas vus d'en haut. Mais je ne voyais rien, pas de reflets bizarres ni de changement subtil dans la lumière sur le sol ou-

Un grondement s'est élevé derrière moi, me glaçant le sang et me donnant des frissons. Je me suis figée pendant une seconde, ma réaction de combat ou de fuite confuse quant à ce que la situation requérait. Mon corps, lui, n'est pas resté confus très longtemps, car la *chose* derrière moi a bougé juste assez pour que je puisse la voir du coin de l'œil. De la fourrure noire, des yeux rouge sang, un aperçu de dents longues et pointues.

Merde.

Je savais que c'était trop beau pour être vrai.

Je n'ai pas attendu que la bête bouge pour me mettre à courir. Si je pensais avoir couru rapidement auparavant, là, j'ai utilisé jusqu'à la dernière goutte de mon énergie pour activer mes jambes et courir vite, vite, plus vite. Je savais que la bête me poursuivait ; j'entendais son souffle haletant, ses grognements. Je la sentais derrière moi, qui se rapprochait. J'aurais voulu avoir quelque chose, n'importe quoi, pour ralentir la bête. Une pierre, un pouvoir divin, n'importe quoi aurait été mieux que le rien dont je disposais actuellement.

Je n'ai pas vraiment eu le temps de m'apitoyer sur ma malchance, car j'avais à peine le temps de respirer ou de penser à quoi que ce soit d'autre que la manière dont j'allais m'y prendre pour atteindre le mur courbe avant la bête.

J'ai vaguement entendu les cris de la foule ; était-ce moi ou la bête qu'ils encourageaient ? Je l'ignorais et n'avais pas particulièrement envie de le savoir. Dans tous les cas, les bruits que faisaient les spectateurs et la bête ont fait pulser mon sang plus fort, rempli d'adrénaline. Ça m'a aidée dans ma course à pleine vitesse ; je n'avais jamais couru aussi vite aussi longtemps.

Les grondements se rapprochaient. Je ne me suis pas retournée pour voir à quelle distance se trouvait la bête. Je savais qu'elle était proche, et que je n'avais pas de temps à perdre. Mes pieds battaient le sol compact et rejetaient du sable derrière moi. Mes bras avançaient puis reculaient, d'avant en arrière, m'aidant à prendre de la vitesse. Et le mur courbe arrivait. Je me rapprochais ; je n'étais plus qu'à quelques dizaines de mètres.

Si près.

Et toujours si loin.

La bête a aboyé avec agressivité et j'ai dû retenir un gémissement en l'entendant. J'étais terrifiée. Je n'avais aucune raison de le nier : j'étais terrifiée par cette bête enragée qui se pressait sur mes talons et était déterminée à me déchiqueter, à me dévorer et à me faire mal. Je ne voulais pas mourir, et après tout ce que j'avais traversé au cours de ces sept dernières semaines et dans tout ce parcours d'obstacles, je n'arrivais pas à comprendre comment je pouvais être si près de tout perdre parce qu'un putain de monstre me poursuivait comme s'il n'avait rien mangé depuis des mois et que j'étais un savoureux dîner.

Je ne voulais être le dîner de personne.

Alors, j'ai continué à courir. Je n'avais pas le choix. Je ne pouvais rien faire d'autre que courir en espérant que j'allais arriver en haut et que la bête n'allait pas me suivre.

Le début de la pente se rapprochait ; il n'était maintenant plus qu'à quelques mètres. Un bon point à propos de toute cette course-poursuite, c'était qu'elle m'obligeait à ne pas ralentir en atteignant le mur courbe. Cependant, je n'allais pas avoir de seconde chance pour arriver là-haut ; si je tombais au cours de l'ascension, la bête allait sans aucun doute m'attaquer.

Je n'allais pas tomber. Il n'y avait pas d'autre option.

Je n'allais *pas* tomber.

Quand mon pied s'est posé sur l'entame de la pente, j'ai ressenti une pointe de soulagement. Cependant, la terreur et la profonde concentration ont évité que le soulagement ne prenne racine. Il restait encore beaucoup à faire.

La bête était si proche que je pouvais entendre chaque respiration, chaque grognement, et chaque coussinet qui frappait le sol. Je pouvais même la sentir ; le soufre, la fumée et le sang.

Je pouvais sentir sa faim.

Me concentrer sur ce que j'avais à faire était difficile, mais j'ai fait de mon mieux pour me recentrer. Au moins, être pourchassée avait l'immense avantage de ne pas me faire ralentir. En commençant à grimper au mur, je me suis consciencieusement rappelé de plaquer tout mon pied contre la pente. Mes mollets et mes cuisses tremblaient sous l'effort, mais je ne me suis pas autorisée à ralentir. J'ai continué à monter, encore et encore.

Jusqu'à ce que la pente devienne si raide que je n'ai plus pu faire un pas de plus.

J'ai sauté. La bête était juste là, au bas de la pente, grognant et prête à bondir.

Mon cœur battait si fort que j'étais sûre qu'il allait sortir de ma poitrine.

Mes doigts ont atteint le rebord de justesse, mais ça a suffi. Je m'y suis tenue de toutes mes fortes, avec une conscience aiguë de la présence de la bête qui rôdait en-dessous de moi. Mon bras me faisait mal, ma blessure m'élançait. Ma prise faiblissait petit à petit, comme le sable qui coule dans un sablier.

Je devais grimper au sommet. *Je le devais.*

S'est ensuivie la plus longue et la plus difficile traction que j'avais jamais faite. Centimètre par centimètre, j'ai combattu la gravité, mon corps épuisé et les doutes qui envahissaient mon esprit pour hisser mon corps. J'étais en larmes quand mon corps a finalement été en sécurité au sommet du mur.

Des larmes ont coulé sur mes joues dans le silence, la douleur se répercutant dans tout mon corps, et le soulagement d'être en vie mêlé à l'épuisement total. Je n'avais plus la force de bouger, pas même de me retourner sur mon dos ou de ramener mes chevilles et mes pieds contre la surface solide.

L'adrénaline qui avait envahi mon corps est retombée, et il n'est plus rien resté. Mes membres étaient aussi pesants que du plomb, si lourds que j'étais incapable de les bouger. Le monde autour de moi est doucement devenu flou et trouble jusqu'à ce que tout soit loin, très loin. Bientôt, la clameur de la foule n'a plus été qu'un léger murmure, inintelligible et évanescent. Et puis ma vision s'est assombrie jusqu'à ce que tout disparaisse.

Chapitre trente-quatre

Le monde est réapparu petit à petit. Tout d'abord, j'ai entendu de faibles chuchotements. Il y avait plusieurs voix ; je n'ai pu me souvenir d'aucune d'entre elles, ni les identifier. Je ne comprenais pas ce qu'elles disaient. Les mots étaient encore brouillés, tourbillonnant dans ma tête mais ne s'arrêtant jamais assez longtemps pour que je puisse les analyser.

Ensuite, après ce qui m'a semblé une éternité, j'ai senti l'odeur des tempêtes qui enflent au-dessus des vagues. Elle était très près de moi ; elle appartenait à la voix la plus grave et la plus proche. Je connaissais cette odeur, elle venait de quelqu'un que j'aimais. C'était quoi, son nom ? Je ne m'en souvenais plus ; mon corps et mon cerveau étaient plongés dans un océan très, très profond.

Au bout d'un moment, j'ai pris conscience d'un matériau doux contre la quasi-totalité de mon corps. Doux et chaud. Et j'étais allongée sur une surface confortable. Un lit. J'étais dans un lit. Mon lit, vu comme il m'était familier. Comment m'étais-je retrouvée dans mon lit ?

La dernière chose dont je me souvenais, c'était d'un monstre terrifiant qui me pourchassait et de courir, courir et encore courir pour lui échapper. Et puis d'être suspendue par les doigts, haut dans les airs. Le reste était flou et désordonné. Alors comment avais-je atterri dans mon lit ?

Que s'était-il passé ?

Mes pensées devenaient plus claires et les voix de plus en plus sonores jusqu'à ce qu'enfin, je puisse reconnaître les locuteurs.

Sadie et Archer. Ça paraissait logique, puisqu'on devait être dans la chambre que je partageais avec Archer. Je ne comprenais toujours pas ce qu'ils disaient.

Doucement, j'ai recommencé à pouvoir bouger les doigts et les orteils. Au vu des souvenirs qui me revenaient progressivement, je me serais attendue à ce que tout mon corps soit endolori. Mais il ne l'était pas. Je me sentais bizarre, un peu raide, mais je n'avais mal nulle part.

— Je sais que tu es réveillée, Mayfield. Ouvre les yeux.

Le matelas s'est enfoncé quand Archer a parlé, juste à côté de mon oreille, si près que je n'avais pas d'autre choix que de l'entendre. Pas d'autre choix que d'obéir.

La lumière était si aveuglante que j'ai dû fermer les yeux quelques secondes avant de pouvoir les rouvrir. Pendant que mes yeux s'habituaient à la luminosité, j'ai entendu des pas s'approcher de mon lit.

Une fois que j'ai enfin pu garder les yeux ouverts plus de quelques secondes, je me suis retrouvée face à mes amis. Ils étaient tous les deux à côté du lit ; Archer assis sur une chaise, les coudes sur le matelas, et Sadie debout à côté de lui. Ils avaient tous deux la même mine inquiète.

— Comment se sent la Belle au bois dormant ?

Sadie a essayé de m'offrir son sourire rassurant habituel, mais je savais que ce n'était qu'une façade. Elle s'était inquiétée pour moi. Et la voir, elle qui était l'optimiste du groupe et aux petits soins avec nous, être si clairement anxieuse était inquiétant.

— Étrangement… bien. Je n'ai pas du tout de courbatures et (J'ai regardé mon avant-bras gauche.) je ne suis plus blessée. J'imagine que l'infirmière s'en est occupée ? (Ma voix était tout enrouée, et je me suis éclairci la gorge pour arranger ça.) Combien de temps j'ai dormi ?

Mes deux amis ont échangé un regard qui en disait long et ne m'ont pas répondu tout de suite. Haussant un sourcil surpris, je leur ai jeté un regard interrogateur.

— Un peu plus d'un jour.

Archer s'est interrompu une seconde avant d'ajouter :

— Trente heures, pour être précis.

Putain de merde. Je suis restée stupéfaite quelques secondes, sans savoir comment réagir. J'avais toujours aimé dormir, mais trente heures ? Comment était-ce possible ?

— Qu'est-ce qui s'est passé ?

Sadie s'est penchée un peu pour poser sa main sur la mienne.

— Tu as perdu connaissance après avoir franchi la ligne d'arrivée. Archer a dû aller te chercher. L'infirmière est venue et t'a soignée, mais apparemment, le corps humain ne supporte pas l'hypothermie, la perte de sang et les efforts aussi intenses de la même manière que le nôtre. Elle a dû te plonger dans un sommeil curatif pour que tu survives sans séquelles.

Sans blague. L'ichor, même dilué, avait dû être sacrément utile pour surmonter tous ces obstacles mortels. Mon corps humain, avec ses globules rouges basiques, ne pouvait supporter ni l'eau glacée ni la perte de sang en plus d'une activité physique si intense que même des athlètes de haut niveau en auraient souffert. Malgré tout, l'entendre de la bouche de Sadie m'a fait prendre pleinement conscience du fait que j'avais failli mourir.

C'était passé si près que même une magicienne guérisseuse avait eu du mal à me sauver.

C'était plus effrayant que ça n'en avait l'air.

Sadie a dû attribuer mon silence à de la fatigue, car elle m'a serré la main et a légèrement penché la tête en avant.

— J'attendais que tu te réveilles, mais maintenant que c'est bon, je vais te laisser te reposer. Je suis contente que tu ailles bien. Et je vais aller prévenir Søren ; il a dû partir plus tôt parce qu'il voulait passer voir comment Mei allait. Elle aussi a été blessée au cours de l'Épreuve, mais elle va mieux maintenant.

Ensuite, sans me laisser le temps de répondre, elle s'est retournée et est partie. Et puis il n'est plus resté qu'Archer et moi. Sans mon accord, mon cerveau a fait ressurgir des flashs de nous en train de nous enlacer, si proches que nos lèvres se frôlaient presque. Je n'avais aucune raison de penser à ça ; je devais me préoccuper de choses bien plus importantes que mon attirance pour cet homme. Mais la manière dont ses yeux ont plongé dans les miens alors qu'il était assis là, attendant à mon chevet… Bonnes étoiles, ça me faisait battre le cœur.

Je me suis éclairci la gorge nerveusement et ai rompu le contact visuel ; mes yeux ont atterri sur sa pilosité faciale, plus longue que d'habitude. Ce n'était pas encore tout à fait une barbe, mais c'était plus qu'une barbe de fin de journée.

— Merci d'être venu me chercher.

Il a laissé une seconde passer, l'un des muscles de sa mâchoire se contractant et se détendant plusieurs fois d'affilée.

— Tu m'as fait peur.

— Vraiment ?

Je ne savais pas trop pourquoi j'étais essoufflée comme ça.

Ses yeux ont retrouvé les miens, et cette fois-ci, je n'ai pas pu échapper à son aura magnétique. Je n'arrivais pas vraiment à décrypter son expression ; ça ressemblait à de la peur mêlée à un genre d'envie. Mais ça ne pouvait pas être ça.

— Te regarder traverser le parcours a été une torture. J'ai failli intervenir plusieurs fois. (Il s'est interrompu un moment.) J'aurais dû.

— On a tous dû passer l'Épreuve seuls. Tu n'aurais rien pu faire.

Ce que je voulais demander, cependant, c'était s'il m'avait vraiment regardée. Et pourquoi.

— Je sais. Ça ne veut pas dire que je n'ai pas eu envie de courir te rejoindre et de te tirer de sous la glace pour autant. Ou de tuer ce monstre hybride. Même si ça aurait impliqué de devoir tuer tous les gardes qui se seraient dressés sur mon chemin.

J'ai frissonné, mais pas à cause de la peur que ces mots auraient dû éveiller en moi. J'ai frissonné à cause de l'intensité de son regard, de la manière dont son visage s'est ouvert pour révéler sa sincérité, et de son attention et de son affection sincères envers moi. Et de la rage qu'il avait ressentie pendant l'Épreuve. La rage qu'il avait ressentie pour moi. Parce qu'il tenait à moi.

Et ça me donnait trop d'espoir.

— Tu es là, maintenant. C'est tout ce qui compte.

Mes mots étaient presque un murmure, révélant un trop grand nombre des émotions déroutantes que je ressentais.

Je m'attendais à ce qu'il hoche la tête et recule, comme il le faisait habituellement. On était tous les deux des pros pour tourner autour du pot, et il n'était pas du genre à se montrer vulnérable et à exprimer ouvertement ce qu'il ressentait. Mais il ne s'est pas détourné, et n'a pas non plus fait l'une de ses remarques arrogantes caractéristiques. Au lieu de ça, il a baissé les yeux, et il a serré ses mains l'une contre l'autre si fort que ses doigts en sont devenus blancs.

— Je-

Il s'est interrompu pour déglutir ; ses sourcils étaient froncés comme s'il souffrait.

— J'aurais dû faire plus. Te voir t'évanouir et ne pas savoir si tu étais encore en vie... (Il a secoué la tête.) J'ai eu si peur.

J'ignorais comment répondre à ça. C'était la première fois que je le voyais s'ouvrir de cette manière. C'était incroyablement déstabilisant.

Au lieu de dire quoi que ce soit, ma main s'est posée sur les siennes. Elles étaient chaudes et solides sous mes doigts, m'aidant à me recentrer. Il a brusquement relevé les yeux vers moi. Il a ouvert la bouche pour dire quelque chose, mais aucun son n'est sorti. On était hors du temps, les yeux dans les yeux, ma main sur les siennes.

Et puis, soudain, il s'est déplacé à la vitesse de la lumière et ses lèvres se sont posées sur les miennes.

Ma première réaction a été la surprise. Le choc total. Mais je ne rêvais pas. Ses lèvres étaient là, elles étaient réelles, et elles touchaient les miennes. Elles étaient étonnamment douces et chaudes, et fermes, et tendres. Et il m'embrassait. Et il avait fait le premier pas.

J'ai senti le moment où il a commencé à se détacher de moi ; il avait dû sentir que j'étais complètement immobile. Mais je me suis tout de suite réveillée de mon état de choc et l'ai poursuivi. Mes yeux s'étaient fermés d'eux-mêmes, mais je n'ai pas eu besoin de le voir pour savoir à quel moment on s'est tous les deux rendu compte qu'on avait envie de ce baiser. Il s'est à nouveau pressé contre moi, ses mains venant autour de ma tête et de mon cou, les miennes s'agrippant à l'avant de son t-shirt.

Les secondes suivantes nous ont vus passer d'un doux baiser à essayer frénétiquement d'être plus près l'un de l'autre, plus, plus, plus. Assez près pour que rien ne puisse venir se mettre entre nous. Ce baiser contenait toute la passion réprimée et la frustration refoulée de ces sept dernières semaines à vivre ensemble dans cet espace confiné sans s'autoriser à explorer cette attirance.

Ce n'était pas un joli baiser, pas le genre qu'on aurait vu dans des films à l'eau de rose quand les deux personnages se déclarent leur amour et s'embrassent sous la pluie. Non, nos lèvres apprenaient la forme de celles de l'autre, se confrontant et dansant ensemble dans une harmonie parfaite. Ce baiser était anarchique et brut et empli de tant d'émotions différentes. Et il nous ressemblait. Comme si on entrait en collision et qu'on explosait pour devenir des étoiles. C'était l'expérience la plus intense de tous les temps. Comme s'il n'y avait pas de lendemain et qu'on devait profiter au maximum de chaque seconde. Je ne ressentais pas le besoin de respirer ; les lèvres d'Archer sur les miennes, ses mains dans mes cheveux et sur ma hanche, et la passion que je ressentais à son égard étaient tout ce dont j'avais besoin.

À part qu'après ce qui m'a semblé une éternité, j'ai vraiment, physiquement, eu besoin de respirer. Reculant légèrement, j'ai appuyé mon front contre le sien, nos respirations hachées se mêlant l'une à l'autre. Il a pris ma mâchoire en coupe de sa main gauche, son pouce caressant ma peau et me donnant des frissons. Et la raideur de mon corps avait disparu, remplacée par un feu qui brûlait dans ma poitrine et refusait de s'éteindre.

Mes mains avaient fermement empoigné le tissu doux de son t-shirt, s'accrochant à lui comme s'il était mon roc dans la tempête et que j'avais besoin qu'il soit toujours plus près de moi. Je sentais le faible écho des battements de son cœur sous mes mains ; boum, boum, boum. Un tambour de guerre jouant à un rythme effréné.

— Kalani.

Sa voix était rauque et ô combien sexy. Elle a fait picoter mon cerveau en même temps que mes lèvres gonflées.

Je ne lui ai pas répondu avec des mots, me penchant plutôt en avant pour l'embrasser à nouveau. Et il n'a pas protesté ; ses lèvres étaient affamées et passionnées, luttant avec les miennes dans un ballet complexe que je n'avais jamais connu avant lui. Je ne savais pas qu'embrasser quelqu'un, ça pouvait ressembler à ça. Je ne pensais pas que ça pouvait être comme la fusion de deux âmes, comme boire l'élixir de vie éternelle et entrer en communion avec quelque chose de plus grand que moi. Embrasser Archer était tout ça à la fois, et plus encore. Et je ne m'en lassais pas.

J'ignore combien de temps on est restés là, mais j'ai eu à la fois l'impression que ça faisait une éternité et trop peu de temps quand on a finalement arrêté de s'embrasser pendant plus d'une seconde. On avait fini allongés sur mon lit, sur le côté, à se faire face. On s'est regardés dans les yeux pendant un long moment, nos mains toujours l'une sur l'autre comme si on avait peur de couper le contact physique.

— Est-ce que tu regrettes ?

— Non.

Le mot a quitté mes lèvres avant même que j'aie eu le temps de réfléchir, mais c'était la vérité. Une part de moi avait peur d'être rejetée, ou qu'on joue avec elle. Mais aucune part de moi ne regrettait d'avoir embrassé Archer comme si ma vie en dépendait. J'avais failli mourir plusieurs fois. Il y avait toujours une possibilité que je ne passe pas la semaine. Et j'en avais assez de jouer la sécurité et d'espérer le meilleur sans prendre de risques inutiles. J'en avais assez d'être la fille responsable qui réfléchissait à toutes les issues possibles et ne prenait que des décisions censées.

Je voulais être téméraire et courageuse et… et aimée. Je voulais être aimée plus que tout au monde.

— Et toi ?

J'ai dû m'arracher les mots de la gorge, car la réponse me terrifiait. Qu'allait-il se passer s'il disait oui ? Comment allais-je bien pouvoir continuer à vivre avec lui après ça ? Mais je devais savoir. Je devais savoir si ce n'était qu'une passade, ou si c'était quelque chose de plus.

J'ai attendu en retenant mon souffle qu'il dise ou fasse quelque chose. Il n'a dû rester silencieux que quelques secondes, mais ça m'a semblé si long que j'ai commencé à craindre le pire. J'ai fermé les yeux, incapable de regarder mes espoirs et mes rêves être foulés aux pieds. Je ne pouvais pas voir le désastre qui allait certainement se produire. Je n'allais pas être assez forte pour cacher la douleur que ses mots allaient m'infliger.

Le pouce d'Archer a glissé le long de mon cou et de ma joue jusqu'à me caresser juste en-dessous de l'œil, effaçant une larme que je ne m'étais pas rendu compte avoir versée.

— Je rêve de ce moment depuis des semaines. Je ne pourrais jamais regretter d'être avec toi, Mayfield. Jamais.

Sa voix a été un baume apaisant sur mon âme usée. Cette fois, les larmes qui ont coulé n'étaient pas des larmes de douleur.

Quand j'ai rouvert les yeux, Archer avait rapproché nos visages l'un de l'autre. Son regard était doux et chaleureux. Il a posé un baiser doux et léger sur mes lèvres. Ce n'était pas un baiser passionné, et il a à peine duré une seconde, mais il a consolidé ses mots dans mon esprit. Il ne le regrettait pas. Il ne me regrettait pas.

C'était une sensation incroyable.

— Je t'apprécie, Mayfield. Un peu trop pour mon propre bien, vu la façon que tu as d'attirer les problèmes comme un aimant.

Et le voilà, son sourire moqueur. Cette fois-ci, cependant, je savais au plus profond de mon âme qu'il tenait à moi et qu'il voulait me faire rire. Ça a fonctionné. Je n'ai pas pu retenir un petit rire et un sourire idiot.

— Je t'apprécie beaucoup, moi aussi, rayon de soleil.

— Je sais.

Le demi-sourire suffisant est immédiatement apparu.

Je lui ai donné une petite tape sur le torse, et il a ri. Je ne l'avais jamais vu aussi détendu. En fait, je n'avais jamais été aussi détendue moi-même ; ou du moins, c'était il y a si longtemps que je ne m'en souvenais pas. Un nœud qui s'était installé dans ma poitrine il y a des années s'est doucement défait. Et je me suis sentie légère. Plus légère que jamais. Comme si je pouvais tout à coup flotter dans les airs et voler au-dessus des nuages.

Une partie de mon cerveau s'est mise à me ronger l'esprit, cependant, me rappelant qu'une relation entre nous était interdite. Les dieux avaient édicté une loi des décennies plus tôt selon laquelle les Dorés et les Bronzes n'avaient plus le doit d'avoir des enfants avec les humains pour éviter que l'Olympe soit surpeuplé. La différence de couleur entre nos sangs était la représentation visuelle parfaite de tout ce qui nous séparait.

— Ne t'en fais pas pour ça. Personne ici ne se souciera qu'on soit ensemble. On a fait semblant d'être ensemble pendant des semaines, et personne ne s'en est inquiété.

— Est-ce que tu viens de lire dans mes pensées ?

Archer avait promis qu'il n'utiliserait pas son pouvoir sur moi sans mon consentement, et je lui faisais confiance, mais c'était étrangement proche de ce à quoi je venais de penser.

Il a haussé un sourcil et m'a tapée sur le bout du nez avec son index.

— Je n'en ai pas besoin. Ton visage est un livre ouvert. Et j'étais sérieux ; ça va aller.

— Tant qu'on est là, d'accord. Mais je crois pas que les dieux le verront de cet œil quand on sortira d'ici. Je pense pas qu'ils laisseront une humaine au sang aussi rouge que moi vivre sur l'Olympe et être avec leur Bronze le plus puissant.

Il n'a pas nié. On savait tous les deux que le fait que je participe au Tournoi causait déjà des problèmes. Qu'allait-il arriver quand la partie de l'Olympe qui pensait que les humains étaient de la poussière sous leurs pieds allait découvrir que j'avais eu l'hubris de penser que je pourrais être assez bien pour quelqu'un dont le sang contenait de l'ichor ? L'or dans les veines d'Archer était une barrière entre nous tout autant que les sorts qui nous maintenaient confinés dans le complexe et sur l'Olympe.

— Et qu'est-ce qui va se passer d'ici là ?

Archer s'est redressé, s'appuyant sur son coude, et a penché la tête pour que ses lèvres puissent effleurer mon cou. Une fois. Deux fois. Jusqu'à ce que des frissons me parcourent tout le corps. Ma main est allée dans son dos, et j'aurais voulu pouvoir sentir sa peau plutôt que son t-shirt.

— Je ne veux plus faire semblant.

— Moi non plus, ai-je répondu dans un souffle, mes yeux se fermant. Je veux être avec toi.

Un rire rauque lui a échappé, sa poitrine vibrant contre la mienne.

— Pour une fois qu'on est d'accord, Mayfield.

Les trois jours suivants sont passés dans un tourbillon d'Archer. J'avais l'impression qu'on était de retour au lycée, se cachant ici et là pour être ensemble dès qu'une occasion se présentait. On était deux jeunes qui traversaient la vie en volant très haut sur les ailes de notre relation nouvellement établie. Chaque fois qu'on était seuls, on finissait collés l'un à l'autre, recherchant sans arrêt le contact physique ; même s'il s'agissait de se tenir la main ou de s'asseoir l'un contre l'autre. Nos lits avaient d'une manière ou d'une autre finis par être poussés l'un contre l'autre, et on dormait serrés, cherchant du réconfort même dans nos rêves.

Ces trois jours ont été incroyables. J'ai aimé chacune des secondes que j'ai passées avec Archer à être plus que des amis. On s'est embrassés et enlacés et on a parlé jusque tard dans la nuit. Il ne m'a pas dit grand-chose sur son père ou sa belle-mère, mais il m'a raconté beaucoup d'histoires à propos de sa mère et de son enfance. Je pouvais maintenant me l'imaginer de manière très vive, sa mère travaillant comme styliste et fabriquant à bébé Archer les vêtements les plus mignons (et les moins pratiques ; c'est lui qui le disait, pas moi) du monde. Je pouvais l'imaginer courir d'un bout à l'autre de leur maison en jouant au basket ou lire des thrillers et des romans à énigme. Quand il m'a raconté la fois où sa mère lui avait acheté un kit pour résoudre une fausse enquête de meurtre pour qu'il puisse faire comme ses personnages de romans préférés, je l'ai vu, un enfant avec des fossettes et des cheveux assez longs pour lui tomber dans les yeux, jouant le rôle d'un grand détective et prenant des photos du faux meurtre dans tout leur salon.

Avec chaque jour, chaque heure qu'on passait ensemble, je pouvais placer une nouvelle pièce dans le puzzle complexe qu'était Archer. J'adorais ça. Apprendre quels étaient ses hobbies, ses rêves et qui était sa famille était comme découvrir une nouvelle facette de lui, me le faisant apprécier encore plus.

On profitait l'un de l'autre comme si nos jours étaient comptés ; ce qui était probablement le cas. Et même ni nos amis avaient rapidement découvert notre relation, on était tous les deux parvenus à la conclusion tacite qu'on ne devait pas changer notre comportement face aux autres concurrents. Il en restait peu (on était douze survivants après la troisième Épreuve) et ils se seraient sans doute fiché du fait qu'on commence à s'embrasser en public. Mais, outre le fait qu'aucun de nous n'était très versé dans les démonstrations d'affection publiques, je me disais qu'on voulait tous les deux marquer une séparation entre notre précédente comédie de fausse relation et ce qu'on avait maintenant. Pendant des semaines, on avait fait semblant et s'était donnés en spectacle. Mais ce qu'on avait maintenant ? C'était réel, et je ne voulais pas que ça ait l'air du jeu auquel on jouait auparavant.

Globalement, ces trois jours auraient été comme de super vacances s'il n'y avait pas eu le nuage noir visible à l'horizon. La quatrième et dernière Épreuve. La dernière haie qu'on avait à franchir avant de pouvoir se détendre et enfin se laisser vivre.

La dernière Épreuve était la raison pour laquelle on était là, allongés sur notre double lit dans le noir, repoussant l'envie de dormir. On devait être au beau milieu de la nuit, mais aucun de nous ne voulait encore fermer les yeux. L'Épreuve allait avoir lieu aux aurores. Cette nuit pouvait bien être la dernière qu'on passait ensemble. Je ne voulais pas en perdre une seconde.

— Qu'est-ce qui s'est passé, là ?

Je n'ai pas pu retenir un rire aux mots horrifiés d'Archer.

— Makaio peut être imprudent quand il fait du skate. Ce jour-là, il a essayé une nouvelle figure et est tombé par terre tellement fort qu'il s'est ouvert les deux genoux et a perdu trois dents de lait de devant. Ses sourires étaient horribles pendant des semaines après ça.

Me souvenir de ces moments était cathartique.

— Bon sang. On dirait que cet enfant a hérité de tous les bons gènes pour l'amusement et le courage.

Dans la lueur projetée par l'écran du téléphone, j'ai pu voir le demi-sourire d'Archer, faisant ressortir une fossette et se moquant gentiment de moi. On savait tous les deux que j'étais du genre à suivre les règles, le contrepoids parfait de Makaio, qui adorait semer le chaos.

On s'était passé des dizaines de photos de Makaio et moi, même quelques-unes que j'avais de nous trois, avec maman. J'avais décidé d'utiliser les dix-huit pour cent de batterie qu'il me restait pour les montrer à Archer avant… avant ce qui nous attendait au matin, de quoi qu'il s'agisse. Je n'avais pas réalisé à quel point j'avais besoin de parler d'eux et de lui montrer ces photos avant d'avoir commencé. Parler de mon frère et de ma vie avant d'atterrir sur l'Olympe à Archer était ce qui se rapprochait le plus de le présenter à la personne que j'aimais le plus au monde. Et il était très investi, me posant des questions comme s'il n'avait jamais vu le monde dans lequel je vivais. Il m'avait dit qu'il avait vécu au milieu de nulle part au Canada, ce qui avait dû être, je l'admets, très différent de la vie dans une grande ville en Californie du Nord.

Un coup d'œil rapide vers l'écran m'a informée qu'il ne me restait que deux pour cent de batterie. Ça ne représentait que quelques minutes, au mieux. Ce téléphone n'était pas neuf ; la plupart du temps, ces deux derniers pour cent disparaissaient en un battement de cils.

J'ai balayé l'écran pour afficher une autre photo de nous faisant des grimaces à la caméra. Je tirais la langue, et il avait les doigts dans la bouche, déformant ses lèvres pour faire ce qui était probablement censé être une tête effrayante.

— J'aimerais que tu puisses le rencontrer.

— Je vais le rencontrer. Tu me présenteras, et il va m'adorer.

C'était certain. Makaio allait adorer Archer. Je n'avais aucun doute là-dessus.

Et puis mon téléphone s'est éteint.

Chapitre trente-cinq

Pour une fois, on n'attendait pas dans une salle froide et vide. Au lieu de ça, on nous avait fait asseoir sur des sièges élégants sur une plateforme surélevée, pratiquement au centre de la Fosse. Je ne savais pas trop quoi en penser. Je n'aimais pas l'idée d'être observée par plus de quarante mille personnes comme un singe dans sa cage, ça c'était certain. Ils attendaient tous qu'on fasse nos tours et qu'on se donne en spectacle pour les amuser ; ça me faisait me sentir vraiment désolée pour les animaux des zoos.

Je n'étais pas la seule à être mal à l'aise face à toute cette mise en scène. Assise à ma droite, Mei battait la mesure avec sa jambe à la vitesse d'un cheval au grand galop. Elle s'était cassé le poignet droit et quelques côtes au cours de l'Épreuve précédente, et après avoir vu l'infirmière, elle avait encore eu besoin d'un peu de temps pour se remettre mentalement d'un combat qui lui avait presque été fatal contre l'hybride quelconque qui nous avait poursuivi. Mei avait été bizarre ces derniers jours, s'éloignant de nous petit à petit. Je reconnaissais ce comportement : j'avais vécu la même chose après avoir perdu tout ce qui se rapportait à la gymnastique. J'avais vu les signes s'accumuler au fil des jours. Elle s'était isolée dans sa chambre ; elle avait commencé à parler et à rire moins souvent ; ses sourires étaient devenus faux, comme ceux qu'on utilise pour faire semblant que tout va bien et s'assurer que personne ne pose de questions. Je m'inquiétais un peu pour elle, mais je savais aussi que chacun avait sa propre manière de réagir face à un choc. Et elle était assise à côté de moi, ce qui signifiait qu'elle n'avait pas totalement baissé les bras.

J'étais contente qu'elle soit toujours là. Et Søren, assis à côté d'elle, était lui aussi soulagé qu'elle s'en soit tirée. Il avait quand même eu peur, alors il ne l'avait pas quittée au cours de ces quatre derniers jours. Même maintenant, il tenait discrètement sa main entre leurs sièges.

J'étais contente d'avoir pu m'asseoir où je voulais aujourd'hui. Pas seulement parce que je pouvais me prélasser dans l'assurance calme d'Archer, qui était assis à ma gauche, même si c'était un avantage plutôt sympa. Non, j'étais ravie qu'on ne soit pas placés au hasard parce qu'avec le peu de concurrents qu'il restait, il y aurait eu de fortes chances que je me retrouve à côté d'Elena ou d'Alexei. Dire que je n'étais pas contente qu'ils soient toujours là était un euphémisme.

Des quarante concurrents qui avaient commencé ce Tournoi, seuls douze d'entre nous étaient parvenus jusqu'à la dernière Épreuve. Et, si j'en croyais ce que Søren avait cru nécessaire de partager au dîner deux jours plus tôt, la dernière Épreuve était habituellement un combat en un contre un avec un seul vainqueur par combat. Par conséquent, six d'entre nous étaient supposés s'en sortir. Globalement, nos chances étaient plutôt mauvaises.

De là où elle était assise, de l'autre côté d'Archer, Sadie a marmonné quelque chose, mais la foule l'a couvert en applaudissant l'apparition des dieux et des déesses sur leur petit balcon privé super luxueux. Je me suis sentie nauséeuse quand ils sont arrivés et ont gracieusement adressé des signes de la main à la foule comme les dirigeants bons et bienveillants qu'ils n'étaient pas. J'avais envie de les faire tomber de leur piédestal, en particulier Artémis, qui voulait clairement nous écraser sous son talon, moi et mes semblables humains.

— Détends-toi, Mayfield, la meilleure vengeance que tu puisses exercer est de remporter ce Tournoi.

Archer avait dû s'approcher vraiment très près de mon oreille, car je l'ai entendu haut et fort. On s'était mis d'accord pour ne pas donner l'impression d'être trop proches l'un de l'autre pendant l'Épreuve, alors je lui ai lancé un avertissement du regard. Comme à son habitude, il n'a pas eu l'air intimidé par mon regard noir et a souri comme si tout ça n'était qu'un jeu. Tant mieux pour lui s'il trouvait ça amusant.

La présentatrice nymphe a attendu que la foule se calme avant d'entamer son petit discours de bienvenue.

— Bonjour l'Olympe, et bienvenue à l'ultime Épreuve de cette cent quarante-sixième édition du Tournoi !

Des applaudissements ont retenti sur commande quand la nymphe a penché la tête en avant. Je me suis presque demandé s'ils répétaient pour s'assurer que les spectateurs applaudiraient au bon moment. Leur timing était meilleur que celui des spectateurs de nos émissions télévisées.

— J'ai le plaisir de vous annoncer que l'Épreuve d'aujourd'hui est la quintessence du Tournoi, celle où les meilleurs de nos concurrents vont s'affronter afin de déterminer lesquels méritent de vivre sur notre très estimé mont Olympe.

Elle s'est interrompue quelques secondes, laissant l'émotion monter.

— Aujourd'hui, nos concurrents vont s'affronter dans un combat à mort, et seuls les plus forts et les plus déterminés d'entre eux survivront.

Une seconde. Jusqu'à la mort ? Pardon ? C'était devenu très chaud, très vite. J'ai dû me tendre de manière assez visible, car les doigts d'Archer ont effleuré le côté de ma jambe ; il m'a à peine touchée, mais ça a suffi à me faire savoir qu'il était là. Que ça allait aller. Je m'étais entraînée pour ça, après tout. Je ne m'étais pas fait botter le cul jour après jour pendant huit semaines pour commencer à douter de moi avant même que le vrai combat ne commence.

— Les concurrents ont été répartis en duos qui, nous le pensons, assureront des combats équitables et divertissants. Les affrontements se dérouleront dans le ring au centre de l'arène.

Au moment où elle l'a annoncé, un ring ressemblant beaucoup à une cage de MMA, mais deux fois plus grande, est apparue sous nos yeux, pile au milieu de la Fosse.

— Aucune arme ou aide extérieure n'est autorisée. Bien sûr, les concurrents auront le droit de déclarer forfait s'ils en font le choix, bien qu'une décision aussi lâche ne puisse être récompensée que par une élimination.

Super. Ça avait le mérite d'être clair. Et, pendant que mon estomac se tordait à ces mots, la foule avait l'air très enthousiasmée par l'idée. Ça me dégoûtait.

— N'oubliez pas qu'aujourd'hui est le dernier jour pour parier sur les vainqueurs potentiels du Tournoi. Si vous avez placé vos paris plus tôt au cours de cette compétition et que vos Bronzes sont toujours en lice, vos gains potentiels seront toujours calculés en fonction de leurs chances au départ. Pour ceux d'entre vous qui voudraient placer leur mise aujourd'hui…

Et elle a continué à parler des paris comme si on était des chevaux de course dans un hippodrome.

J'ai cessé d'écouter un moment, me concentrant plutôt sur les concurrents restants. Hormis moi et mes quatre amis, il y avait, bien sûr, mes deux ennemis jurés, Elena et Alexei. Quand j'avais vu ce dernier avant d'entrer dans la Fosse un peu plus tôt, il m'avait regardée, fait un geste obscène, et avait fini avec des haut-le-cœur au-dessus d'un pot de fleurs dans un couloir. Ça avait été particulièrement satisfaisant.

Nafula, qui avait fait partie de mon équipe pendant la première Épreuve, ainsi qu'Amara Mendez, qui pouvait donner vie aux plus grandes peurs des gens dans leur esprit et les paralyser littéralement de peur, s'en était aussi tirée. Étonnamment, Cassian, le descendant d'Arès qui n'avait été mon coéquipier qu'à contrecœur lors de la première Épreuve, s'en était tiré également ; il ne m'avait pas paru être le couteau le plus aiguisé du tiroir, mais je suppose qu'il avait un don puissant et qu'il était fort physiquement, ce qui avait dû compenser le reste. Les deux autres survivants étaient Ibrahim Khan, un descendant d'Apollon qui pouvait manipuler la lumière, et Binh Nguyen, l'un des petits-enfants d'Hermès, qui possédait un genre de don de téléportation.

Tout le monde ici était puissant ; les Bronzes les plus puissants parmi ceux qui avaient commencé le Tournoi avec nous. Il ne faisait aucun doute que les combats allaient être impressionnants, en particulier au vu des enjeux. Personne n'allait reculer. Pas même moi. Je n'avais pas de pouvoir particulier, mais je n'abandonnais pas si facilement.

Cependant, quelque chose me taraudait : la peur qu'on me mette contre l'un de mes amis. Je voulais croire qu'on aurait tous les deux refusé le combat. Qu'on se serait soulevés contre le système et qu'on aurait trouvé un autre moyen. Mais je n'étais pas sûre que ça allait vraiment se passer comme ça. La peur et l'instinct de survie changeaient les gens. Ils pouvaient leur faire faire des choses qu'ils n'auraient jamais faites d'habitude.

Y compris tuer un ami si ça pouvait leur sauver la vie.

Heureusement, le premier tandem à être appelé a été Nafula et Ibrahim. Depuis cette première Épreuve, j'avais appris que Nafula avait hérité de son grand-père, Poséidon, la capacité à manipuler l'eau, y compris pour la faire sortir de là où elle était contenue. Cool, n'est-ce pas ? Pouvoir entraîner la déshydratation soudaine de ses ennemis au point que leurs tissus rétrécissaient et qu'ils mouraient lentement avait été plutôt pratique au cours du Tournoi. Je ne savais pas trop ce qu'Ibrahim pouvait faire (Aveugler les gens, peut-être ? Ou créer des illusions d'optique ?), mais je n'étais pas certaine qu'il allait être capable d'empêcher Nafula d'essorer son corps jusqu'à la dernière goutte.

Les deux Bronzes se sont levés avec raideur sous le tonnerre d'applaudissements des spectateurs. Aucun de nous, en bas, sur l'estrade, n'a applaudi. Aucun de nous n'a ressenti de joie ou d'excitation à les voir entrer dans la cage. Quoique, Alexei avait une expression démente au visage, comme si regarder des gens se battre à mort le remplissait de joie. Ce gars avait probablement torturé des animaux pour s'amuser quand il était petit. Bons dieux, je le haïssais.

Aussitôt après que les deux Bronzes sont entrés sur le ring, la porte par laquelle ils étaient passés s'est refermée dans un bruit métallique, et une faible lumière bleuâtre a émané du métal. Je n'ai pas eu besoin qu'on me l'explique pour comprendre instinctivement que cette lumière venait d'un sort qui empêchait les combattants de s'échapper de la cage. C'était la version magique du fil barbelé.

Un gong a retenti très fort, le son venant de partout à la fois. Il ne s'est rien passé pendant une longue seconde. Et puis les deux Bronzes ont couru l'un vers l'autre. Tout s'est passé très vite. Ils ont échangé quelques coups puissants avec leurs poings et leurs pieds. Mais ensuite, quelque chose d'inattendu s'est produit : Nafula a lancé un crochet qui paraissait très puissant vers la tête d'Ibrahim, mais il avait disparu avant que le coup ne puisse l'atteindre. Littéralement. Si je me basais sur les hoquets surpris qui se sont élevés autour de l'arène, aucun de nous ne pouvait plus le voir.

Nafula non plus.

Elle tournait doucement sur ses talons, gardant une posture défensive et attendant qu'Ibrahim attaque. Parce qu'il allait le faire. Et comme il avait utilisé son pouvoir pour distordre la lumière autour de lui jusqu'à ce qu'elle ne le touche plus et qu'il devienne virtuellement invisible, elle ne pouvait pas se préparer à son attaque. Quoique… elle n'avait peut-être pas besoin de ses yeux.

On avait dû arriver à la même conclusion au même moment, car elle a tout à coup arrêté de bouger et fermé les yeux. Ses mains se sont mises à émettre une légère lueur bleue, si sombre qu'elle en était presque noire. J'ai vu la réticence sur son visage ; elle n'avait pas envie d'utiliser ses pouvoirs d'une manière aussi meurtrière. Elle n'était pas comme Alexei. Faire du mal aux autres, les tuer, ne l'excitait pas. Mais elle savait qu'elle devait le faire.

Un cri mêlé de gargouillis s'est élevé derrière elle. Ibrahim a relâché sa prise sur la lumière, et en un clin d'œil, il est redevenu visible. Il était à genoux sur le sol, se tenant la gorge et la poitrine, se griffant désespérément la peau. Qu'est-ce que-

La réponse m'est venue comme une bombe.

Elle était en train de le noyer. Elle avait dû rassembler assez d'eau dans son corps et la déplacer dans ses poumons. Le noyer alors même qu'il se tenait sur une étendue aride de sable et de terre desséchée.

Quelle ironie.

Ça a duré une éternité. Ou du moins, c'est l'impression que j'ai eue. Ibrahim s'est battu et débattu, convulsant sur le sol et se griffant la poitrine jusqu'à ce que sa peau soit couverte d'entailles sanguinolentes.

Il n'a pas tapé sur le sol pour déclarer forfait.

Quand il est enfin mort, l'arène est restée silencieuse pendant un long moment. Nafula avait les larmes aux yeux, mais ne les a pas versées. Au lieu de ça, elle s'est tenue droite et fière tandis que la foule se levait pour l'applaudir. Mais je voyais bien que ses mains tremblaient et qu'elle devait battre des cils rapidement pour empêcher ses larmes de couler.

L'une d'elles était tombée sur ma joue. Penchant la tête pour me cacher, je l'ai rapidement essuyée.

— Quel merveilleux combat ! s'est exclamée la nymphe avec un ton joyeux qui aurait mieux convenu à une présentatrice de boxe. Nafula Mwangi, tu as prouvé ta valeur et tu es invitée à prendre la place qui t'est due sur l'estrade sous les dieux et déesses de l'Olympe.

Je ne m'en étais pas rendu compte, mais six chaises ornementées étaient apparues sur une grande scène sous le balcon où les divinités se prélassaient au soleil. Nafula a marché hors de la cage (la porte était réapparue) et vers sa chaise. Ses pas étaient raides mais rapides, comme si elle avait voulu quitter le feu des projecteurs aussi vite que possible. Je la comprenais. J'avais envie de courir me cacher dans le trou le plus profond du monde, et je n'avais pas encore eu à entrer dans la cage.

Personne n'est venu s'occuper du corps d'Ibrahim. Il a tout simplement disparu. Une seconde, il était là ; la suivante, plus rien. Comme s'il n'avait jamais existé.

Je n'ai pas eu le temps de m'attarder sur combien ça semblait injuste ; qu'Ibrahim n'ait reçu aucune considération, pas même un mot, qu'aucun de ses proches ne soit venu pour être auprès de lui, qu'il ait été traité comme un jouet jetable dont on se débarrassait quand il devenait inutile. Parce que la nymphe avait repris. Søren a été appelé, suivi de Cassian.

Mei a poussé un petit gémissement quand son petit-ami a été appelé. Il a serré sa main très fort, lui a donné un baiser digne d'un film, et est parti vers la cage d'un pas assuré. On savait tous que Søren était fort ; il l'avait montré en humiliant Elena quelques semaines plus tôt. Mais malgré ça, ce n'était pas facile de voir quelqu'un qu'on aimait entrer dans cette cage de mort.

La dernière fois que j'avais vu Søren se battre, il avait joué avec Elena, la blessant lentement et s'assurant qu'elle ait tout le temps de savoir, au plus profond de son âme, qu'elle allait perdre. Aujourd'hui, cependant, il n'a pas joué. Il a abattu Cassian (qui était confiant au départ, avec son pouvoir centré sur le combat) d'une manière parfaitement clinique. Cassian n'a pas eu l'ombre d'une chance.

Søren a utilisé plusieurs lianes de feu pour saisir ses quatre membres et le plaquer au sol. Les lianes étaient serrées, et l'autre Bronze, criant de douleur sous ses brûlures, ne pouvait absolument pas bouger malgré tous ses efforts. Søren lui a demandé trois fois s'il voulait arrêter. Quand Cassian a secoué la tête pour la troisième fois, le Bronze blond lui a brisé la nuque.

Tout ça n'a pris qu'une minute. Les spectateurs étaient clairement déçus (ils avaient dû s'attendre à plus de spectacle), car ils n'ont pas applaudi aussi fort qu'ils l'avaient fait pour Nafula. Même la nymphe avait l'air moins enthousiaste quand elle a remercié Søren et l'a invité à rejoindre Nafula sur l'estrade des vainqueurs.

Ont suivi Archer et mon cher ami, Alexei. On aurait presque dit que celui-ci allait se pisser dessus quand la nymphe a appelé son nom après celui d'Archer. C'était satisfaisant ; ou ça aurait dû l'être. Mais savoir qu'il allait mourir n'a pas rendu ma vengeance plus douce.

Avant qu'il se lève, je me suis tournée pour regarder Archer, et son petit doigt a attrapé le mien. Je pouvais tout lire dans ses yeux ; combien il tenait à moi, et la promesse qu'il allait s'en sortir. Je savais qu'il allait s'en sortir. Cet homme était le Bronze le plus fort et le plus puissant du Tournoi ; peut-être du monde. Mais malgré tout, ça m'a fait du bien de voir la détermination, la confiance et l'affection dans ses yeux.

Quand ils sont tous les deux entrés dans la cage, Archer a dit quelque chose à Alexei. J'ai vu ses lèvres bouger mais n'ai pas pu entendre les mots dans le brouhaha ambiant. Si j'en jugeais par la manière dont son visage est devenu encore plus pâle qu'il ne l'était déjà auparavant, Alexei n'a pas dû apprécier le commentaire.

J'ai arrêté de respirer quand le gong a résonné dans l'arène. Alexei a essayé de charger Archer, pensant probablement qu'il aurait plus de chance en combat au corps à corps qu'avec la magie. Sauf qu'Archer non plus n'avait pas envie de jouer. Ses yeux ont lui une seconde, et Alexei s'est arrêté net, écarquillant les yeux et fixant une chose que lui seul pouvait voir. Quelques secondes se sont écoulées, et il a commencé à trembler de peur, laissant échapper quelques gémissements. Pendant un moment, je me suis demandé si Archer allait faire durer le plaisir.

Mais ensuite, Alexei est tombé sur le sol comme une pierre, hurlant de douleur, si fort que j'en ai grimacé. Son corps convulsait sur le sable, incapable de faire quoi que ce soit d'autre que subir. Archer lui a demandé quelque chose, froidement, sans doute si cette ordure voulait abandonner. Pour être honnête, je ne sais pas s'il aurait pu taper le sol même s'il l'avait voulu. Archer n'a pas répété sa question ; il s'est dressé là, au-dessus du Bronze se noyant dans la douleur, et a fermé les poings. La poitrine d'Alexei s'est décollée du sol, son cri mourant dans un son étranglé, et puis son corps est retombé, flasque et sans vie.

La nausée que j'ai ressentie a presque réussi à me faire vomir. Je venais de voir trois personnes mourir sans rien faire pour l'empêcher. Ça me donnait à la fois envie de dégobiller, de pleurer et de m'enfuir. Si je survivais aujourd'hui, comment serai-je censée vivre avec moi-même ? Comment serai-je censée être capable de me regarder dans une glace ?

Mon regard n'arrêtait pas de revenir sur le corps d'Alexei. Ses membres étaient tordus à des angles bizarres ; pas cassés, mais pas dans une position dans laquelle quelqu'un se mettrait volontairement. Son visage était tourné vers nous, ses yeux brillants aveugles. J'avais haï, méprisé et craint ce type à parts égales. Mais le voir comme ça ? Ça ne me procurait aucune satisfaction, ni aucun réconfort.

Voir son corps disparaître comme s'il n'avait jamais existé a été un soulagement. Je voulais l'oublier (Ibrahim et Cassian aussi), mais son corps sans vie s'était gravé dans mon esprit. Comme un tatouage permanent que j'aurais voulu pouvoir me faire enlever.

Une main a pris la mienne, me faisant sursauter. Tournant la tête, j'ai croisé le regard de Mei. Elle avait peur ; c'était clair comme le jour. Elle avait eu tellement confiance en ses capacités pendant les trois premières Épreuves. Elle avait été Mei la badass, montrant à quel point elle était forte et compétente ; elle méritait amplement sa place ici. Mais maintenant qu'on était confrontés à une Épreuve où nos actes allaient directement causer la mort de quelqu'un ou la nôtre… Eh bien, c'était très différent de s'emparer de l'étendard d'une autre équipe ou de franchir un parcours d'obstacles.

J'avais le même sentiment. Cette Épreuve était d'un tout autre niveau, et je ne comprenais pas comment qui que ce soit aurait pu la traverser sans être terrifié.

Søren et Archer l'avaient fait, cependant. Ils avaient tous les deux effectué leurs mouvements comme s'ils avaient fait ça des centaines de fois. C'était effrayant, car le Søren et l'Archer que je connaissais n'étaient pas des psychopathes tueurs. En même temps, j'étais heureuse qu'ils soient en vie. Heureuse que ce ne soient pas eux les victimes.

Est-ce que ça faisait de moi une personne horrible ?

— On va s'en sortir, Mei.

Les mots se sont échappés de ma bouche sans mon accord. Je savais que je ne pouvais pas faire cette promesse ; on n'avait aucun moyen de savoir si aucune de nous allait s'en sortir. Elle le savait aussi bien que moi. Mais elle a hoché la tête et souri. Ce n'était pas son sourire radieux habituel, celui qu'elle donnait à ses amis sans compter. Mais c'était un sourire quand même, qui contenait trop d'émotions pour que je puisse les analyser.

Et je n'ai pas eu le temps d'y réfléchir davantage, car la nymphe a annoncé qui seraient les deux combattants suivants.

— Nos deux prochains adversaires seront Binh Nguyen et Amara Mendez !

La foule a applaudi, mais je ne les ai pas entendus. Un bourdonnement a résonné dans ma tête à cause du choc. Si Binh et Amara se battaient maintenant, alors… alors ça laissait quatre d'entre nous et, hormis Elena, les deux autres étaient mes amies.

Sadie et Mei ont dû s'en rendre compte au même moment que moi car la main de Mei s'est resserrée autour de la mienne, et Sadie s'est tournée pour nous regarder avec de grands yeux. Nous savions toutes les trois ce qui allait se passer. L'une d'entre nous, au moins, n'allait pas s'en tirer. Il n'y avait pas d'alternative.

Sadie a changé de chaise pour pouvoir être assise à côté de moi, et on s'est dévisagées un instant, sans voix et terrifiées.

— Ce n'était pas censé arriver. (Sa voix s'est brisée à la fin de sa phrase.) Archer et moi avons parlé à Hécate. Elle avait dit qu'aucun de nous n'aurait à se battre contre un autre. Je ne-

Elle a été interrompue par le gong.

À l'autre bout de l'arène, là où étaient assis les vainqueurs, Archer et Søren s'étaient tous les deux levés et criaient quelque chose aux dieux sur le balcon au-dessus d'eux. Je ne comprenais pas ce qu'ils disaient. Mais je m'en fichais pas mal. J'étais en train de sombrer dans une spirale infernale de panique, me demandant ce que j'allais faire si je me retrouvais contre Sadie ou Mei.

— Je ne comprends pas.

Sadie s'étouffait avec ses larmes, ses mots lourds, et Mei s'était totalement figée à côté de moi.

Aucune d'entre nous n'a regardé le combat. Il a dû durer un moment, plus longtemps que les autres, car les spectateurs avaient l'air de bien s'amuser. Mais je n'arrivais pas à intégrer la réalité de la situation. La pire situation possible.

On était arrivés jusqu'ici en groupe, en s'entraidant, et ça allait prendre fin aujourd'hui. On n'allait plus être cinq.

Quand j'ai redirigé mon regard vers les garçons, j'ai brièvement croisé celui d'Elena. Elle avait un sourire en coin satisfait, me faisant comprendre sans aucun doute possible qu'elle avait sa part de responsabilité là-dedans. Peut-être était-ce là sa revanche pour avoir été maudite par Hécate et humiliée par Søren après avoir essayé de s'en prendre à moi. Peut-être que ce n'était que parce qu'elle haïssait les humains et étendait sa haine à mes amis. Dans tous les cas, elle appréciait qu'on soit toutes figées d'incompréhension et de panique à peine contenue.

Ma tête était toujours comme dans du coton, mes yeux regardant dans le vide et larmoyant alors que les cris s'arrêtaient dans la cage et que les applaudissements tonnaient dans l'arène. Je tremblais encore un peu, mes mains agrippant si fort celles de mes amies que c'en était douloureux, quand la nymphe a remercié Amara.

J'ai retenu mon souffle quand le silence s'est épaissi. Le monde avait arrêté de tourner, et on a tous attendu que le couperet tombe.

— Et maintenant, pour notre avant-dernier combat, veuillez accueillir Mei Lee, descendante de Pan, qui affrontera Sadie Aska, descendante de Thanatos.

Chapitre trente-six

Tout s'est arrêté pendant un moment. C'était comme si mon corps et mon esprit avaient mis la vie sur pause. Comme si le monde avait besoin d'une seconde pour se remettre du cataclysme que ces mots avaient causé. Je me suis simplement tenue assise là, un poids si grand m'écrasant la poitrine que j'étais incapable de respirer ou de bouger. Je n'ai pas pu traiter le sens des mots pendant un moment, espérant avoir mal entendu. Peut-être que ce n'était qu'un malentendu.

Sauf que ce n'en était pas un.

Ce n'était pas possible.

Le Tournoi était censé être difficile, cruel et injuste. On avait eu de la chance jusqu'ici, mes amis et moi. On avait vaincu les probabilités, et il semblait qu'il était finalement temps de payer pour cette chance.

Ma conscience du monde m'est revenue avec une vision des garçons au loin. Archer s'était effondré sur sa chaise, l'air à la fois anxieux et rassuré. Et Søren ? Søren était debout, une main plaquée sur sa bouche, l'air d'être sur le point de fondre en larmes ou de détruire toute l'arène, dieux et spectateurs compris. Je pouvais le comprendre : soit sa sœur jumelle, soit sa petite-amie allait mourir. Cette perspective aurait suffi à briser n'importe qui.

Ensuite, j'ai senti la poigne de Mei sur ma main, serrée à m'en briser les os. Elle s'était figée et fixait la cage, la peur inscrite dans ses traits. À mon autre côté, Sadie murmurait « non » dans un mantra sans fin, secouant doucement la tête.

Je ne savais pas trop ce que j'étais censée faire. Qu'étais-je censée dire quand mes deux amies étaient forcées à entrer dans une cage et à se livrer un combat à mort ? Y avait-il de quelconques mots qui auraient pu les aider ? Je n'étais pas sûre qu'il en existe.

— Je ne peux pas.

La voix de Mei était à peine assez forte pour qu'on l'entende par-dessus l'énervement des spectateurs, qui montait face à notre inaction.

— Je savais en venant ici que ce serait dur pour moi de me battre. Mais contre toi ?

Elle a lancé à Sadie le regard le plus triste et le plus résigné que je lui avais jamais vu.

— Non, Mei. On peut pas refuser le combat. On peut les forcer à faire autre chose. On peut-

— Il faut que ce soit toi, Sadie. On sait toutes les deux que si on n'avait pas été amies, si on avait dû se battre pour de vrai, tu m'aurais laminée. L'identité de la gagnante ne fait aucun doute.

C'était vrai. On le savait toutes les trois. Le don de Mei avec les oiseaux était pratique dans de nombreuses situations, y compris pour la première et la troisième Épreuve, mais il était inutile dans une cage où aucun oiseau ne pouvait lui venir en aide. Et même sans ça, Sadie était aussi forte que Søren, les deux jumeaux n'étant dépassés que par Archer en termes de force. En temps normal, ça n'aurait pas été un combat équitable.

— Quand bien même, je ne peux pas te faire ça. Je ne peux pas- (Sadie s'est interrompue et a dégluti, des larmes lui montant aux yeux, sur le point de couler.) Je ne peux pas faire ça à Søren.

Je savais que Sadie et Mei étaient proches mais loin d'être meilleures amies. Mais ce n'était pas ça, l'important. Elle faisait quand même partie de la famille. Aucun d'entre nous n'avait cru que la relation entre elle et Søren allait devenir un tant soit peu forte. Ni Sadie ni moi ne la supportions au départ. Mais le truc avec Mei, c'était que quand elle avait décidé que vous étiez digne de son attention et de son amitié, elle s'ouvrait, et votre affection pour elle grandissait comme la plus résiliente et prolifique des plantes envahissantes au monde. Un jour, son attitude m'exaspérait ; le suivant, on rigolait ensemble et on tissait des liens grâce à notre amour des chansons pop. Et je savais que l'affection de Sadie pour Mei avait grandi aussi.

Et c'était sans parler de combien Søren tenait maintenant à Mei. Je ne pense pas qu'ils auraient appelé ça de l'amour ou quoi que ce soit de sérieux ; aucun d'eux n'était du genre à mettre des mots importants sur un truc comme ça. Mais c'était clair comme le jour, dans la manière qu'ils avaient de s'enlacer et de se regarder. On ne pouvait appeler ça autrement que de l'amour.

— On sait toutes les deux que tu vas faire de grandes choses sur l'Olympe, Sadie. Je n'ai pas le niveau de pouvoir ni le réseau de relations pour faire un dixième des changements et du bien que tu vas apporter à cette montagne.

Sadie a secoué la tête avec véhémence. Comment était-elle censée être d'accord ça ? Comment était-elle censée dire qu'elle condamnait à mort la petite-amie de son frère jumeau ? Comment était-elle censée accepter ce plan quand son frère tournait comme un lion en cage à cinquante mètres de nous ? J'étais certaine qu'il nous aurait rejointes si une douzaine de gardes n'était pas apparue pour empêcher les quatre gagnants de venir vers nous.

Et qu'étais-je censée faire ? J'étais toujours au milieu de cette horrible conversation, ne sachant pas quoi dire pour aider. Je ne voulais pas que Mei se sacrifie. Mais je ne voulais pas non plus que Sadie meure. En décider à l'avance me paraissait cruel. Mais je savais que ç'aurait été encore plus destructeur si elles s'étaient vraiment battues.

— Je ne peux pas te tuer, Mei. Je ne vais pas te tuer. Tu es mon amie. Tu ne peux pas me demander de faire ça.

— Alors laisse-moi déclarer forfait.

La nymphe a annoncé que Mei et Sadie devaient entrer dans la cage dans la minute à moins d'être toutes les deux disqualifiées. On savait tous ce qu'être « disqualifié » signifiait.

Les deux filles se regardaient toujours dans les yeux, ne bougeant pas d'un centimètre malgré cette annonce. Et puis Sadie a lentement hoché la tête.

— On va se battre pour toi. On va faire tout ce qu'on peut pour changer ça.

C'était le mieux qu'elle puisse lui offrir et non une promesse de la sauver, mais je savais qu'elle était sincère. Sadie et Søren allaient sans aucun doute se battre pour que les dieux révisent leurs règles. Il y avait peu d'espoir que ça arrive, mais un peu suffisait.

Des larmes coulaient sur les joues de Mei quand elle m'a serrée dans ses bras. Je devais pleurer moi aussi, car mes joues étaient mouillées. On s'est serrées l'une contre l'autre un moment, et j'ai détesté que ça ait l'air d'un adieu. Mei m'a murmuré à l'oreille qu'elle avait adoré apprendre à me connaître et qu'elle espérait que j'allais avoir la vie que je souhaitais une fois que tout ça serait fini. Je ne sais même pas ce que j'ai répondu. J'avais l'impression que tout ça se passait dans un rêve. Je voulais crier et tailler quelqu'un en pièces ; n'importe quoi pour faire payer à n'importe qui ce qui allait se passer. Mais je n'ai rien fait. Je suis restée plantée là comme une lâche et ai regardé mon amie marcher vers sa mort.

Sadie ne l'a pas suivie tout de suite. Elle m'a prise dans ses bras, elle aussi, et m'a serrée contre elle. Je l'ai serrée en retour, aussi fort que j'ai pu. Je savais qu'elle avait besoin que quelqu'un l'aide à affermir sa volonté et lui rappelle qu'elle ne faisait que ce qu'elle avait à faire. Si je ne pouvais rien faire d'autre, je pouvais au moins être ce quelqu'un.

— S'il te plaît, Kalani, s'il te plaît, survis. Tu dois survivre. Je ne peux pas vous perdre toutes les deux.

J'étais physiquement incapable de lui répondre ; il y avait une énorme boule dans ma gorge qui refusait de partir et m'interdisait de parler. Mais j'ai opiné du chef, et puis je l'ai regardée entrer dans la cage. J'ai dû me forcer à les regarder, là-dedans. Dû me forcer à ne *pas* détourner les yeux.

J'ai regardé la porte disparaître et le métal se mettre à briller d'un bleu vif.

J'ai regardé alors qu'aucune d'entre elles ne bougeait.

J'ai regardé Mei déclarer forfait, sa voix résonnant comme un coup de tonnerre dans la Fosse.

J'ai regardé Søren tomber à genoux, en larmes, retenu par deux gardes.

Et j'ai regardé davantage de gardes venir et passer des menottes magiques autour des poignets délicats de Mei.

Quand elle est sortie de la Fosse et que Sadie est arrivée dans l'espace réservé aux vainqueurs, où Søren a refusé de la regarder, je pleurais des larmes silencieuses. Et mon cœur était brisé en deux, une douleur lancinante irradiant dans ma poitrine.

Mais la puissance de la colère que je ressentais a doucement surpassé celle de la douleur et de la tristesse dévastatrice. Mes larmes se sont taries, et mon corps s'est engourdi. J'étais en colère contre les gens dans les gradins, applaudissant comme si on ne méritait pas le minimum de décence humaine, comme s'ils regardaient un spectacle et non de vraies personnes, de vrais *enfants*, être obligés de se battre et de mourir dans l'espoir de gagner une place sur l'Olympe. J'étais en colère contre les dieux et les déesses parce que c'étaient eux, les responsables de tout ça. C'étaient eux qui étaient allés sur Terre s'amuser avec les humains. C'étaient eux qui avaient donné naissance à tant d'enfants que leurs petits-enfants étaient trop nombreux pour pouvoir tenir sur cette stupide montagne. Et c'étaient eux qui avaient décidé que mettre en place ce Tournoi était le seul moyen de régler ce problème.

Et ensuite, ils avaient l'audace de nous regarder nous battre, saigner et mourir depuis les hauteurs de leur balcon. Tout ça pour des raisons sur lesquelles nous n'avions aucun contrôle.

La colère bouillonnait dans ma poitrine, grandissant et s'autoalimentant. Bientôt, ça allait être la seule chose que je ressentais. Cette rage tourbillonnait et montait. Elle était un tsunami, gonflant encore et encore, jusqu'au moment où il allait devenir si grand que la vague détruirait tout sur son passage.

Je savais que la colère n'était pas la solution à mes problèmes actuels. Mais elle m'a bien sûr permis de masquer la moindre peur que j'aurais pu ressentir, sachant que j'allais devoir entrer dans la cage avec Elena dans une minute. Elle m'avait battue une fois auparavant, mais la rage effaçait tous les doutes que j'aurais normalement eus.

Quand la nymphe a appelé nos noms, je n'ai pas hésité à me lever. J'avais besoin de frapper quelque chose. Elena allait faire un parfait punching-ball.

Je n'ai pas jeté un regard en direction de mes amis. Je n'ai pas jeté un regard au balcon des dieux non plus. Mes pas m'ont menée à la porte de la cage, et je suis entrée, mes yeux fixés sur l'arrière de la tête d'Elena.

Mayfield, ne laisse pas tes émotions te contrôler. J'ai sursauté, déboussolée, ma colère retombant une seconde. La voix ressemblait comme deux gouttes d'eau à celle d'Archer, mais elle était dans ma tête. Un rapide coup d'œil m'a informée qu'il était toujours assis sur sa chaise, penché en avant et les coudes sur les genoux, l'air anxieux. Comment-

Oh, j'allais l'étrangler.

Il avait osé utiliser son foutu pouvoir intrusif contre moi. Après lui avoir répété que je voulais qu'il (lui ou quiconque) ne s'introduise jamais dans mon esprit. Je n'avais aucune idée de comment lui répondre parce qu'il était trop loin, et que je ne savais pas comment ce truc de télépathie fonctionnait. Mais j'aurais bien voulu. J'aurais voulu lui crier dessus que ce n'était pas correct de sa part de franchir mes limites juste parce qu'on était plus que des amis.

Archer a dû sentir que ma colère était maintenant dirigée contre lui, probablement en utilisant le pouvoir qu'il n'aurait pas dû utiliser de base, car sa voix a à nouveau résonné dans ma tête.

Je sais que je t'avais promis de ne jamais utiliser mon pouvoir sur toi, et je suis désolé. Mais je vois bien que tu es hors de toi, et il faut que tu te calmes un peu. Tu peux canaliser ta colère pendant le combat, mais tu ne peux pas la laisser te contrôler. Si tu la laisses faire, elle va profiter de l'occasion, et tu… tu ne vas pas en sortir vivante.

On avait fait mieux, comme excuses. Mais je n'étais pas assez imprudente pour ne pas écouter Archer quand il me donnait des conseils en matière de combat. Après tout, il pouvait se défendre contre les jumeaux et les vaincre tous les deux en même temps, et n'avait même pas eu à bouger pour vaincre Alexei. Il savait de quoi il parlait, et j'aurais été très stupide de choisir de ne pas l'écouter et de ne pas tenir compte de son conseil.

Malgré tout, je n'ai pas aimé devoir remettre mes émotions en question. Après avoir respiré profondément plusieurs fois, j'ai à contrecœur vu ce qu'il voulait dire. La vague de ma colère et de ma rage était à ça de déborder et de me submerger. Et je savais que cette colère nous faisait faire des choses stupides.

Mais je n'allais pas avoir le droit de commettre la moindre erreur stupide. Elena allait me l'interdire.

Archer a haussé un sourcil en me regardant, et j'ai dû faire un gros effort sur moi-même pour empêcher la colère de me faire perdre pied. Bons dieux, je détestais quand il me servait l'un de ces regards assurés et quasi prétentieux. Mais je ne me suis pas laissé énerver par son attitude et me suis contentée de lui répondre d'un hochement de tête sec.

Bien. Maintenant, montre à Elena et à tout le monde à quel point ma petite-amie est incroyable.

Sa confiance en mes capacités était rassurante et a déteint sur moi. Savoir qu'il croyait que je pouvais réussir… eh bien, ça a renforcé ma propre confiance et ma détermination.

Elena se tenait à environ trois mètres de moi, les pieds écartés de la largeur des épaules, les genoux légèrement fléchis, et les poings à moitié fermés. Elle était prête à bondir. Après une profonde respiration de plus pour mieux maîtriser mes émotions débordantes, je me suis mise en position de combat. Ça m'a paru naturel, presque aussi facile que de respirer.

— Prête à te faire écraser, petite humaine ?

— Est-ce qu'on se fait du trash-talk, maintenant ? Je savais pas qu'on en était arrivées à ce stade de notre relation.

Elena m'a jeté un regard méprisant, apparemment contrariée que je ne tremble pas devant elle. Pour être honnête, la dernière fois qu'on s'étaient affrontées, elle m'avait démolie. Mais depuis lors, je m'étais entraînée, entraînée et encore entraînée avec les meilleurs combattants du Tournoi. J'avais saigné et pleuré et transpiré pour devenir la meilleure combattante possible. Et peut-être qu'il n'y avait toujours aucun espoir que je gagne contre Archer ou les jumeaux à leur pleine puissance. Mais Elena ? Oh, je n'allais pas perdre contre elle. Elle m'avait pris beaucoup au cours des huit semaines passées ; ma confiance en moi, pendant un temps, mon sentiment de sécurité parmi les autres concurrents. Mais elle n'allait pas prendre ma vie.

— Tu n'as pas tes gardes du corps pour te protéger, cette fois, hein ? Qu'est-ce que ça te fait ?

Sa technique d'intimidation était bien piètre. Je m'étais entraînée pendant des semaines, tout spécialement pour être capable de me défendre sans l'aide de quiconque.

Je ne lui ai pas répondu avec des mots. Au lieu de ça, je lui ai lancé un regard amusé et un haussement de sourcil, car je savais que lui montrer que je n'avais pas peur d'elle allait la faire enrager. Et tandis que je faisais de mon mieux pour contrôler mes émotions, ça ne m'aurait pas dérangée qu'elle perdre le contrôle des siennes.

Elena n'a pas apprécié mon assurance, et elle l'a montré à travers ses yeux plissés et ses poings serrés. Elle voulait me faire souffrir, et c'était réciproque. Je ne voulais pas réfléchir à quel genre de personne ça faisait de moi, et à quel point j'étais devenue différente de l'ancienne Kalani.

— Alors que cette merveilleuse édition du Tournoi touche à sa fin, les organisateurs ont décidé de rendre ce combat plus mémorable. (J'ai senti l'excitation s'élever dans l'arène aux mots de la nymphe.) Afin que ce combat soit plus palpitant pour nous tous, aucun usage de pouvoir divin ne sera autorisé.

Je n'ai pas pu m'empêcher de sourire à ces mots. J'avais essayé d'ignorer le fait qu'Elena pouvait se transformer en un ours polaire de deux mètres cinquante. Je savais qu'elle ne se serait pas transformée tout de suite ; elle aurait voulu prouver qu'elle était plus forte et meilleure que moi en m'humiliant avec ses poings avant de m'achever avec des griffes de trente centimètres de long. Je savais donc que j'aurais eu un créneau très court pour agir et me défendre.

Mais maintenant, les cartes avaient été rebattues et redistribuées. Malheureusement pour Elena, sa main était devenue significativement moins bonne, tandis que mes chances avaient augmenté. Je le savais, et elle aussi.

À en juger par les bavardages venus des gradins (on aurait dit une immense ruche), la plupart des spectateurs ne savaient pas quoi penser de cette annonce. Interdire à Elena d'utiliser son pouvoir impliquait que le combat allait être moins impressionnant et spectaculaire. Mais ça impliquait aussi qu'il allait durer plus longtemps, ce qui allait les changer après le combat précédent lors duquel Sadie et Mei n'avaient pas échangé un seul coup. Dans tous les cas, pour une fois, l'une des décisions des dieux m'était favorable, et je n'en étais pas mécontente.

Le gong a résonné dans l'arène. Mon cœur a raté un battement. On y était.

Elena n'a pas attendu une seconde pour se jeter sur moi. Elle avait dû s'attendre à ce que je la laisse faire ce qu'elle voulait de moi, comme la dernière fois. Mais non. L'esquivant d'un pas de côté, j'ai décrit un demi-cercle autour d'elle tandis qu'elle essayait avec difficulté de s'arrêter et se retourner ; l'un des désavantages quand on était grand et très imposant était l'élan, je suppose.

Elle n'était pas mauvaise combattante, cependant, alors il n'a pas fallu longtemps avant qu'elle ne m'attaque à nouveau, son poing visant ma tête. J'ai baissé la tête sous son bras et lui ai collé un crochet dans les côtes. Elle a grogné, mais n'a pas cédé et m'a envoyé son genou dans le ventre. L'air a été chassé hors de mes poumons, et j'ai reculé de quelques pas pour reprendre mon souffle.

— Tu abandonnes déjà, petite humaine ? s'est moquée Elena alors qu'on se tournait autour.

— Dans tes rêves, Schmidt.

Je lui ai lancé ce que j'espérais être un sourire froid et intimidant. Avoir l'air intimidante quand on était une petite femme était difficile, mais je faisais de mon mieux.

Il n'y avait rien à redire à la détermination d'Elena. Elle m'a chargée à nouveau, et cette fois, je n'ai réussi à esquiver son coup que de justesse. Le plan que j'avais conçu avec les jumeaux et Archer était que je passe les deux premières minutes à fatiguer mon adversaire. Je devais prétendre avoir trop peur de passer à l'offensive et laisser l'autre Bronze gaspiller son énergie. La clé était d'éviter de me prendre des coups pendant ces deux premières minutes. Cependant, Elena était très déterminée à me faire du mal, et rapidement. Elle n'allait pas me faciliter la tâche.

Essayant de me déstabiliser après avoir concentré ses coups sur le haut de mon corps pendant un moment, Elena a balayé sa jambe sous mes pieds. J'ai sauté, mais le bas de mes pieds a tout de même effleuré sa jambe, me faisant partiellement perdre l'équilibre. J'ai réussi à atterrir sur mes pieds, mais la seconde que j'ai mise à utiliser mes abdos pour retrouver l'équilibre a suffi pour qu'Elena prenne l'avantage. Elle a fait une fente en avant et son poing droit m'a frappée en pleine mâchoire. La douleur a explosé, et j'ai goûté au fer de mon sang. Merde.

Relevant ma garde, j'ai feinté sur la gauche avant de faire un pas de l'autre côté pour éviter Elena. Pendant la fraction de seconde qu'il lui a fallu pour s'adapter, je l'ai frappée à l'arrière du genou suffisamment fort pour faire céder sa jambe. Il y a eu un craquement sonore et elle a crié de douleur. Sans attendre qu'elle récupère, je l'ai frappée dans les côtes par derrière.

Elena ne m'a pas laissé plus de temps pour la rouer de coups, car elle s'est redressée, même si la majeure partie de son poids s'était portée sur son pied droit, et elle s'est rapidement éloignée de moi en traînant du pied. Sa retraite m'a donné quelques instants pour scanner mon corps. Les articulations de ma main droite étaient ouvertes et en sang. Ma mâchoire me faisait très mal, et j'avais peur d'avoir une dent délogée, mais je pouvais passer outre. Perdre une dent, ça faisait chier, mais ça aurait voulu dire que je m'en étais sortie vivante.

— Je suppose que les rumeurs selon lesquelles tu t'es entraînée étaient exactes, alors, a dit Elena en crachant par terre.

— Ça te fait peur ?

Elle a reniflé comme si c'était l'idée la plus ridicule au monde.

— Une mortelle comme toi ne pourrait jamais se hisser à mon niveau.

Je n'ai même pas daigné lui répondre, car je ne savais que trop bien que les gens qui pensaient qu'un autre groupe de gens leur était inférieur ne pouvaient pas être raisonnés. Au lieu de ça, j'ai avancé vers elle, décidant qu'il était temps pour moi de prendre les choses en main.

Elena m'a vue arriver, mais n'a pas reculé. Elle a gardé sa garde levée et paré mon premier direct. Mon deuxième direct l'a atteinte à la mâchoire, mais elle s'est servie de mon attaque pour me donner un coup de poing dans la poitrine, heureusement un peu à l'écart de ma gorge. Une fois de plus, l'air a été expulsé hors de mes poumons, mais je n'ai pas battu en retraite parce que je l'ai vue. Une véritable ouverture.

Comme Elena s'amusait à essayer de me frapper au visage, elle avait laissé son côté droit légèrement exposé. Et, comme j'étais beaucoup plus petite qu'elle, j'avais l'angle parfait pour la frapper au foie.

Je n'allais pas avoir d'autres occasions comme celle-là, et je savais que je devais faire en sorte qu'elle compte. Alors, j'ai attendu que l'attention d'Elena soit distraite par un crochet que j'ai feinté avant de mettre toute ma force dans un direct, droit dans son foie. Immédiatement, la Bronze s'est pliée en deux sous la douleur, et j'ai eu l'idée folle de faire l'une des prises d'étranglement de jiu-jitsu brésilien que Søren m'avait apprises juste pour le plaisir.

Le truc, c'était, je le savais, qu'avec sa taille et sa force, Elena allait me détruire si on en venait à lutter au sol. Par conséquent, j'avais bien fait de rester debout. Mais elle était tellement en souffrance que ça m'a laissé la bride sur le cou pendant quelques secondes. Et la technique de Søren, qui m'avait parue impossible à utiliser quand il me l'avait montrée un semaine plus tôt, était le genre de mouvement au sol qui pouvait marcher. Peut-être. Si je m'en souvenais correctement et que je ne foirais pas.

Déterminée à faire en sorte que ça marche, j'ai poussé Elena assez fort pour la faire tomber sur le côté. Ensuite, je me suis laissé glisser jusqu'au sol, et pile au moment où elle recommençait à respirer avec plus de facilité, j'ai passé ma jambe gauche autour de son cou, empoigné son bras droit au-dessus de sa tête, et joint mon pied gauche autour de ma jambe droite. Puis j'ai serré.

Au début, Elena n'a pas réagi. Mais passé quelques secondes, la douleur à sa gorge et à ses poumons est devenue pire que celle du coup que je lui avais mis au foie, et elle a commencé à se débattre. Elle a essayé d'agripper mes jambes pour les écarter, mais je l'ai maintenue aussi fort que j'ai pu. La manière dont j'avais immobilisé son bras par-dessus sa tête l'empêchait également de s'asseoir ou d'avoir une grande amplitude de mouvement. Elle était coincée.

J'ai senti sa résistance diminuer lentement, mais je n'ai pas desserré ma prise. Je devais m'assurer qu'elle ne jouait pas avec moi ni ne faisait semblant d'être vaincue. Mais je ne voulais pas la tuer. Même après tout ce qu'elle m'avait fait, à moi, mais aussi aux Bronzes les plus faibles pendant les semaines qui avaient précédé le Tournoi, et même si je la tenais à ma merci, je ne voulais pas faire ça. Je ne pouvais pas.

Je n'étais pas une meurtrière.

— Elena, ai-je grogné, restant immobile pour l'empêcher de m'échapper. Déclare forfait. Tu dois déclarer forfait.

Elle ne l'a pas fait, cependant. Elle a continué à essayer de délier mes jambes, et j'ai utilisé tous les muscles de mon corps pour résister à ses tentatives. Ensuite, sa main n'a plus qu'à peine tiré sur ma jambe. Et au bout de quelques secondes, elle n'a plus fait aucun effort.

— Elena !

Je la suppliais de ne pas faire ça. J'étais peut-être lâche ou hypocrite, mais je ne voulais pas mettre fin à sa vie. Je ne voulais pas faire partie du problème, et je ne voulais pas devenir le genre de personne capable de tuer un autre être humain ; ou un être aussi humain qu'un Bronze pouvait l'être. Mais je n'allais pas non plus la laisser me tuer.

Alors, j'ai continué à serrer, la panique enflant à l'intérieur de moi, sans pour autant m'autoriser à desserrer ma prise. Et j'ai commencé à perdre espoir : Elena n'allait pas se rendre. Je ne comprenais pas exactement comment ces Bronzes avaient été élevés, mais on avait apparemment enseigné à beaucoup d'entre eux que mourir au combat pendant le Tournoi était plus honorable que se soumettre face à quelqu'un. Ça me rendait malade, mais je ne pouvais pas y faire grand-chose, là, tout de suite.

Je perdais espoir. Je perdais espoir qu'Elena dise ce mot que j'attendais. Jusqu'à ce que je sente deux tapes contre ma cuisse. Un signe universel pour signifier l'abandon. Un signe qui clamait haut et fort que je pouvais la relâcher.

J'avais gagné.

J'avais réussi.

J'allais vivre.

Sous une immense vague d'acclamations, la première que je recevais depuis que ce terrible Tournoi avait commencé, j'ai détendu mes jambes et mes bras. Soudain, des larmes coulaient sur mes joues, je tremblais, et je n'étais pas sûre de pouvoir bouger. L'adrénaline qui avait coulé dans mes veines pendant dix minutes retombait comme un soufflé, et j'étais glacée, tremblante et secouée au plus profond de mon être.

La nymphe a annoncé ma victoire à contrecœur et je suis restée étendue là, peu sûre que mes jambes allaient réussir à supporter mon poids. Elena a roulé loin de moi, et j'ai vu s'estomper la lumière bleue qui émanait du métal de la cage.

Je n'arrivais pas à croire que c'était fini.

Le choc de tout ça, d'être toujours en vie malgré les probabilités, était si immense que j'ai failli faire un craquage total. J'étais heureuse, aux anges, et soulagée, mais aussi triste et un peu effrayée par l'*après*. Qu'allais-je faire ? Allais-je pouvoir simplement retourner à ma vie d'avant ? Est-ce que les dieux allaient inverser l'enchantement qui avait effacé mon existence de la mémoire de ma famille et de mes amis ? Et s'ils le faisaient, serais-je même capable de reprendre mon ancienne vie ? Je n'étais pas sûre que la nouvelle moi serait capable de se reglisser dans le moule de l'ancienne Kalani. Néanmoins, j'allais devoir essayer.

Du coin de l'œil, j'ai vu deux gardes s'avancer vers la cage ; ils venaient pour Elena, qui était toujours étendue près de moi sur le sol. Soudain, j'ai ressenti le besoin de quitter cette cage ; ça me brûlait le corps et me démangeait les entrailles.

J'ai presque sauté sur mes pieds. J'ai dû m'arrêter une seconde parce que la tête me tournait, et j'ai pris ce temps pour jeter un regard vers la plateforme des gagnants. Mes trois amis étaient debout, et le visage Archer affichait le plus grand sourire que je lui avais jamais vu. Sans même m'en rendre compte, je lui ai rendu son sourire, et j'ai eu l'impression qu'on était seuls au monde.

— Eh !

Surprise, je me suis retournée. Elena se tenait là, juste à côté de moi, les yeux pleins du désir de vengeance et brûlants de haine. J'ai ouvert la bouche pour lui dire quelque chose, mais je n'en ai pas eu le temps.

Elle a bougé, et j'ai vu le poignard dans sa main. Pendant un instant, j'ai été déroutée : on n'avait pas le droit de se servir d'armes. Mais ensuite, avant que je puisse comprendre ce qui se passait, sa main a bougé vers mon corps.

Un bruit sourd.

Le poignard s'est enfoncé dans mon ventre. Au début, je n'ai rien senti. Rien que le choc de voir le poignard enfoncé dans ma chair jusqu'à la garde mêlé à de l'incrédulité parce que, après tout ce qui s'était passé au cours des huit dernières semaines, après avoir survécu à tant de choses dont je n'aurais pas dû réchapper, après tout ça… c'était la fin.

J'allais mourir. Là. Au milieu de l'arène.

Ensuite, la douleur est arrivée. C'était comme un tsunami, explosant depuis ma poitrine et dévastant tout sur son passage. Je me noyais et je brûlais vive en même temps.

Après la douleur, j'ai ressenti un engourdissement et une faiblesse dans mes jambes ; je suis tombée par terre sans pouvoir m'en empêcher. Ma poitrine me faisait atrocement mal, et mon cœur battait vite et de manière irrégulière, comme s'il n'arrivait plus à suivre. Mon cerveau était assourdi, comme si je nageais dans du coton, mais je savais que quelque chose n'allait pas ; si ce n'était le très évident poignard dans mon abdomen.

Entre la douleur débilitante, les cris étouffés et les hurlements en fond, ainsi que mon corps qui luttait désespérément pour respirer, pour vivre, la pensée très claire que le poignard était empoisonné m'a traversé l'esprit. Pourquoi mon corps aurait-il réagi aussi violemment à un coup de poignard, autrement ?

De seconde en seconde, le reste du monde a lentement disparu, ne laissant que moi et le feu qui brûlait dans mon abdomen et ma poitrine. J'ai entendu mon nom au loin. Au départ, on aurait dit la voix d'Archer, mais elle s'est transformée en celle de mon père. Ce qui était bizarre puisque mon père n'était pas là. Ou bien l'était-il ?

Tout s'est brouillé, et mes pensées étaient trop épaisses pour que je m'y déplace. Quelque part, j'ai eu l'impression que quelqu'un me prenait dans ses bras. Ça sentait comme au début d'une tempête, comme des nuages d'orage au-dessus de l'océan. Archer.

— Il faut que tu te battes, Kalani. Tu ne peux pas m'abandonner comme ça. Bas-toi, mon amour. Je t'en prie, reste avec moi. Garde les yeux ouverts. De l'aide arrive. Je te le promets, tout va bien se passer. Je t'aime, Kalani. Reste avec moi.

Et ensuite, il y a eu une légère pression sur mes lèvres. Est-ce qu'Archer m'embrassait ? Ça sonnait faux, cependant. C'était toujours Mayfield, pour lui. On ne se donnait pas de petits surnoms.

Je perdais la tête. C'était la seule explication logique.

Mes joues étaient mouillées. Est-ce que je pleurais ?

Tout est devenu noir. Et j'ai été aspirée par cette obscurité comme une météorite au-delà de l'horizon d'un trou noir. Comme si je n'étais rien. Nulle part. Seule.

Et étonnamment, la dernière chose dont je me suis souvenue avant que tout ne disparaisse a été la voix de maman :

— Les grandes filles ne pleurent pas, Kalani.

Chapitre trente-sept

Archer

Certains moments dans une vie changent notre perception du monde pour toujours. J'avais vécu beaucoup de moments comme ceux-là. Ou, du moins, c'était ce que je croyais.

Ma vie avait été une succession de malheureuses expériences, la plupart causées par les choix d'autres personnes. Plus précisément, ceux de mon père et de sa charmante femme. Ils étaient une épine dans mon pied depuis le jour de ma naissance. Je ne pouvais pas leur en vouloir, cependant. J'avais moi aussi fait de mauvais choix, et ils m'avaient mené ici, en tant que participant de cette tradition archaïque que les dieux aiment appeler le Tournoi. Comme si les Bronzes devaient être honorés de se battre pour quelque chose qui aurait dû leur revenir de droit. Personne ne demandait à venir au monde. Pour une raison quelconque, cependant, les conséquences d'une naissance retombaient toujours sur les enfants.

Ce que je voulais dire, c'était qu'au cours de mes vingt-cinq longues années de vie, j'avais de nombreuses fois vécu des choses qui avaient modifié pour toujours le tracé de ma vie. Je n'avais pas réalisé qu'il pouvait y avoir quelque chose de pire que de découvrir l'identité de mon père ou d'être envoyé au Tournoi deux fois.

Vivre sur l'Olympe aurait dû m'apprendre qu'il y avait pire.

Il y avait toujours pire.

Et ça, regarder Kalani Mayfield fermer les yeux et se vider de son sang ? Eh bien c'était pire que tout ce que j'avais vécu auparavant. La regarder tomber avait provoqué en moi un cataclysme tel que mon corps, mon âme et tout l'univers s'en trouvaient altérés.

— Non, Mayfield, tu ne peux pas m'abandonner. Tu ne peux pas m'abandonner.

Mes mains se pressaient contre sa blessure, autour du poignard, essayant d'empêcher le sang de s'échapper de son corps. C'était inutile. Son sang rouge tachait le sol en-dessous de nous, s'infiltrant dans le sable. Malgré ça, je ne l'ai pas abandonnée.

— S'il te plaît, ouvre les yeux. S'il te plaît, Mayfield.

Mon cœur battait à mes tempes, mais j'ai quand même senti la main sur mon épaule et entendu quelqu'un me demander de reculer. Je ne pouvais pas reculer. Je devais être là et regarder les mouvements de sa poitrine ralentir encore et encore. Alors, j'ai continué à comprimer la plaie et à la supplier d'ouvrir ses beaux yeux verts, qui brillaient de mouchetures dorées quand la lumière y entrait avec le bon angle. Ces yeux qui se plissaient légèrement quand elle me souriait. Ces yeux qui contenaient tout un univers d'émotions et d'amour.

— Archer, arrête.

Cette fois, c'était Sadie. Elle a agrippé mes épaules et m'a tiré en arrière.

— Ne fais pas l'idiot, Arch. L'infirmière est là.

Ôter mes mains du corps de Kalani a été comme m'arracher à une partie de moi. Qui aurait cru que je me serais tant attaché à cette petite soupe au lait ? J'avais renoncé aux humaines aussitôt que j'avais appris qui j'étais, mais elle avait enfoncé jusqu'à la dernière de mes barrières. Et maintenant que mon cœur était totalement à nu et vulnérable pour elle, elle me quittait. Quelle justice y avait-il là-dedans ?

Malgré tout, j'ai reculé et laissé l'infirmière s'approcher de Kalani, qui gisait sur le ventre. Elle était tellement, tellement immobile, maintenant. Elle était d'ordinaire si pleine de vie, toujours en train de bouger, de se battre, de m'embêter, que la voir sans vie me brisait le cœur.

J'aurais dû être là. J'aurais dû courir auprès d'elle aussitôt qu'elle avait gagné. Si je l'avais fait, rien ne serait arrivé. Mayfield m'avait fait confiance, et je l'avais trahie.

L'infirmière s'est mise au travail, mais je ne lui faisais pas confiance ; elle avait la même attitude paresseuse que la plupart des Dorés et des dieux sur ce maudit caillou. J'avais aussi l'impression persistante que tout cet état d'esprit selon lequel « ceux qui me sont inférieurs sont indignes de moi » était ancré en elle.

Il nous fallait mieux. Il nous fallait Asclépios.

Me relevant et essuyant mes mains ensanglantées sur mon pantalon, j'ai levé les yeux et cherché le vieil homme sur le balcon. La plupart des dieux, ainsi que la plupart des spectateurs, étaient toujours assis sur leurs chaises, regardant Mayfield se battre pour rester en vie comme s'il s'agissait d'un foutu spectacle. Mais le dieu de la médecine ne se prélassait pas là-haut. À vrai dire, je n'étais même pas sûr de l'avoir vu, ce qui n'aurait pas été étonnant puisqu'il passait son temps à bricoler dans son laboratoire et à dormir. L'âge avait cet effet sur les gens.

Merde. Qu'étais-je censé faire, sans Asclépios ?

Il y avait de l'agitation à ma gauche, et mon regard s'est posé sur Elena, emmenée par trois gardes, deux autres retenant Søren de se jeter sur elle. J'aurais voulu la détruire moi-même ; j'aurais fait ça lentement et rigoureusement, la faisant souffrir jusqu'à ce qu'elle supplie la douce, si douce délivrance de la mort. Elle méritait ça, et bien plus encore, pour avoir attaqué Kalani après qu'elle avait gagné à la loyale. La poignarder avec une dague qu'elle n'était pas censée avoir, et qui plus est après avoir perdu son combat, était plus lâche et méprisable que tout. Mes poings mouraient d'envie de briser chacun de ses os pour la faire payer. Mais je devais rester auprès de Mayfield. Je devais être là. Juste au cas où elle aurait eu besoin de moi.

— Pouvez-vous la soigner ?

Ma voix était faible et s'est même brisée sur la fin. Je ne la reconnaissais plus, ni ne me reconnaissais, moi. L'infirmière ne m'a pas répondu tout de suite, ses mains s'activant frénétiquement au-dessus du corps de ma petite-amie. Je ne l'avais jamais vue si... incertaine. Cela ne me rassurait pas du tout quant à ses capacités.

J'ai répété ma question, plus fort que la fois précédente. Le dos de l'infirmière s'est tendu, mais elle a continué son travail sans se retourner.

— La lame était empoisonnée. Probablement de l'aconit.

Mon sang s'est figé dans mes veines. De l'aconit. Même sans avoir été élevé avec toutes les histoires de la mythologie grecque, j'aurais su que ces fleurs violettes étaient mortelles. Et si Elena avait enduit sa lame de poison, ça signifiait qu'elle avait prévu de s'en servir. Le coup n'avait initialement peut-être pas été explicitement destiné à Kalani, mais ça sentait tout de même la préméditation, le désespoir et la malveillance à plein nez. Le poison était l'arme des lâches. Elle convenait bien à Elena.

— Et ? Qu'est-ce que ça signifie ?

Cette fois, c'est Sadie qui a demandé, son ton incertain et contenu.

L'infirmière ne s'est toujours pas tournée vers nous, mais je n'avais pas besoin de me servir de mes pouvoirs pour savoir qu'elle était mal à l'aise d'être prise en défaut.

— Je n'ai pas de don pour les poisons. Le mieux que je puisse faire est de stopper l'hémorragie, réparer les tissus et la plonger dans un sommeil curatif.

— Est-ce que ça va neutraliser le poison ?

L'infirmière a ignoré la question de Sadie pendant une petite seconde tout en s'activant autour du corps immobile de Kalani. Mais elle a ensuite répondu, et j'aurais préféré qu'elle n'en fasse rien.

— Pas vraiment. Ça va ralentir la progression du poison dans son organisme, mais pas empêcher que les symptômes empirent. Ça va retarder sa mort et vous permettre de lui faire vos adieux en privé.

Ses mots m'ont glacé le sang. J'ai entendu Sadie hoqueter à côté de moi, puis un sanglot. Je ne pouvais pas détacher mon regard du visage de Kalani. Elle était plus pâle que d'habitude, avec un vilain hématome sur sa mâchoire et des taches de sang aux coins de sa bouche. Elle avait l'air en paix, cependant, presque comme si elle s'était endormie. Sa tresse s'était défaite et ses cheveux chocolat étaient répandus autour de son visage, comme sur un tableau. J'aurais tout fait pour qu'elle se réveille et me crie dessus que je n'étais qu'un connard arrogant. J'aurais tout donné pour qu'elle m'appelle « rayon de soleil » et m'embrasse encore une fois.

Elle ne pouvait pas mourir. Elle venait de gagner. Elle avait vaincu toutes les probabilités et prouvé qu'elle était bien plus méritante que ces divinités élitistes ne le pensaient.

Pendant une longue minute, je suis resté là, incapable de faire quoi que ce soit, même pas capable d'arrêter la tornade sans fin de réflexions que je me faisais sur elle, à propos de toutes ces fois où j'aurais pu faire mieux, de tous ces moments que j'aurais pu passer avec elle sans ma peur irrationnelle de la perte et de l'attachement. Et maintenant, il était trop tard. Maintenant, elle gisait dans une mare de son propre sang, et je regrettais tellement.

Je suis resté là alors que les mouvements de la poitrine de Kalani ralentissaient tellement que je parvenais à peine à distinguer ses respirations. J'ai regardé la dague être retirée et la blessure de son abdomen être refermée. J'ai regardé deux hommes apporter un brancard et la déposer dessus. Et alors qu'ils l'emmenaient loin des regards indiscrets des habitants de l'Olympe, quelque chose s'est éveillé en moi.

Je n'étais pas du genre à me coucher et à subir. Je n'avais jamais accepté mon destin avec un hochement de tête et un sourire résigné. Jamais.

Aujourd'hui n'allait pas être la première fois que je le faisais.

Un instant plus tard, je courais vers la sortie, dépassant le brancard et tous les autres. Je ne me suis pas permis de regarder

Kalani, car je devais continuer. Je devais faire quelque chose. Alors, j'ai couru même quand les jumeaux ont appelé mon nom.

Je savais où aller ; c'était l'avantage d'avoir séjourné dans ce maudit complexe d'entraînement deux fois. Tournant après tournant, je me suis dirigé vers la sortie est du complexe, celle qui était d'ordinaire la moins bien gardée ; bien que je n'aie techniquement plus besoin de me cacher étant donné que j'avais *gagné* mon droit de vivre. Mais les vieilles habitudes avaient la vie dure.

Il n'y avait aucun garde près de l'entrée, exactement comme je l'espérais. Je n'avais pas de temps à perdre en bavardages. Le chemin vers le jardin était si profondément enraciné dans mon cerveau que je n'ai eu aucun besoin de réfléchir : mes pieds savaient où aller. Cinq minutes plus tard, après avoir slalomé à travers le jardin joliment aménagé (une excellente manière de montrer combien le mont Olympe était incroyable et de donner aux concurrents une raison de se battre), j'ai atteint la clôture qui entourait tout le périmètre du complexe. J'avais toujours trouvé amusant que cette clôture et le Doré qui la gardait ne soient pas visibles depuis le bâtiment principal du complexe. Ça donnait aux nouveaux Bronzes l'impression d'être au Paradis. Le Paradis ne pouvait pas être entouré d'une clôture électrifiée de magie, n'est-ce pas ?

Tom, un Doré d'âge moyen qui aimait plus l'alcool que son travail, m'a adressé un hochement de tête depuis son poste près de la porte est. Nous ne nous sommes rien dit (il savait que j'allais lui apporter son whisky favori dans les prochains jours), mais il n'avait pas besoin que je lui dise quoi faire. Il a déverrouillé la porte et je l'ai franchie sans ralentir le pas.

J'ai ensuite passé quinze autres minutes à escalader cette foutue montagne comme si j'avais le feu au train. Je n'avais jamais escaladé l'Olympe aussi vite, mais je n'avais jamais eu de motivation aussi forte pour me pousser à en atteindre le sommet non plus. En temps normal, rendre visite à mon donneur de sperme était le fléau de mon existence. Aujourd'hui, j'espérais qu'il allait agir comme un père pour une fois dans sa vie et m'apporter l'aide dont j'avais si désespérément besoin.

Je n'allais pas lui laisser le choix que de m'aider. Même si je savais que le lui demander allait me faire l'effet d'avaler un millier d'éclats de verre.

Maintenant, vous pourriez vous demander pourquoi j'avais décidé d'aller voir mon cher papa plutôt que le dieu de la médecine. Bonne question. Le truc, c'était que la maison d'Asclépios était très loin, sur l'autre versant de la montagne, et que ça m'aurait pris au moins une heure de courir jusque là-bas. Le manoir royal était plus proche, en particulier pour moi, qui connaissais toutes les entrées de service du jardin royal. Et après tout ce qui s'était passé ces douze dernières années, mon géniteur me devait bien ça.

Quand j'ai atteint l'entrée du manoir que je haïssais de toute mon âme, les gardes ont essayé de m'empêcher d'entrer. Je ne les ai même pas laissés parler. D'un souffle et d'un regard dans leur direction, j'étais dans leur tête, déclenchant des connexions neuronales et envoyant des messages neuraux jusqu'à ce qu'ils se décalent et me laissent passer. Je suis entré et ai serré les dents face au mal de tête qui commençait à monter ; contrôler les esprits d'une manière aussi pointue était toujours douloureux.

Les halls du palais étaient presque entièrement vides, la plupart des gens étant sur le chemin du retour au sortir de l'arène. Ça rendait le bâtiment encore plus froid que d'ordinaire ; ce qui était un exploit, croyez-moi. Je détestais ces grands couloirs aux plafonds hauts et décorés, ces sols de marbre blanc et ces colonnes géantes à l'effigie de mon père et des membres de sa famille alignées le long du mur extérieur. Je détestais que tout soit immaculé, luxueux et pur ; tout le contraire de moi, le bâtard de la famille que tout le monde gardait à l'abri des regards.

Mon pas était assuré tandis que je me dirigeais à grandes enjambées vers le bureau de mon père. Il était toujours là, en partie parce qu'il avait des choses à faire et en partie parce que c'était la seule pièce dans laquelle ma belle-mère refusait d'entrer.

Elle disait qu'elle n'en aimait pas l'atmosphère. Quoi que ça ait signifié.

Une fois que je suis arrivé devant la porte (en bois massif incrusté de bas-reliefs sophistiqués en or massif, juste au cas où les gens ne se seraient pas vraiment rendu compte qu'il était important), j'ai respiré profondément pour me calmer. J'avais toujours fait de mon mieux pour ne pas venir dans ce palais, ni dans cette pièce. Être là contre ma volonté n'était pas agréable. J'aurais voulu pouvoir me retourner et trouver un autre moyen de sauver Kalani, mais je savais qu'il était mon meilleur espoir. Malheureusement.

Frapper à la porte a été plus facile que d'habitude. Je n'ai pas attendu qu'il me réponde pour entrer. Il pouvait bien déclarer que j'étais le plus impoli de ses enfants ; au point où j'en étais, ça m'aurait été égal.

Mon père était assis là, sur son siège ornementé digne d'un roi, derrière son bureau sophistiqué, un crayon encore plus sophistiqué en main. Incarnant parfaitement le chef magnanime et saint qu'il était censé être.

— Mon fils, j'aimerais dire que c'est une surprise, mais ce serait mentir.

Sa voix a retenti dans la pièce comme le tonnerre. Comme il convenait au roi du ciel.

— Passons les politesses et venons-en au fait. Je veux que tu sauves Kalani Mayfield.

Zeus a haussé un sourcil avec cet air que je haïssais, celui qui signifiait qu'il trouvait mes mots immatures et dénués de ce qu'il voulait voir chez un fils.

— Et pourquoi le ferais-je ? Tu sais que je n'interviens pas dans les affaires qui concernent le Tournoi.

J'ai eu un rire railleur, car ironiquement, c'était lui qui avait édicté la loi selon laquelle les Bronzes devaient se battre pour leur vie. Il était la raison pour laquelle le Tournoi avait été institué, à la base. Comme c'était ironique qu'il affirmait maintenant être incapable de réguler ledit Tournoi.

— Sauf qu'elle a gagné. Selon les règles du Tournoi, elle a réussi les quatre Épreuves et gagné son droit de résidence sur l'Olympe. Corrige-moi si je me trompe, mais n'es-tu pas censé protéger et diriger tous les habitants de l'Olympe ?

Mon père s'est penché en arrière et a croisé les bras sur son torse. Je pouvais presque voir les rouages tourner dans sa tête. Je savais qu'il était mis sous pression de plusieurs côtés. Artémis ainsi que toutes les divinités et les Dorés qui adhéraient à ses idées racistes faisaient sans doute pression pour qu'il s'assure que Mayfield ne gagne pas sa place sur le mont. Et, bien que ma relation avec mon père ne soit pas des plus simples, je savais qu'il respectait les règles ; même quand ces règles étaient injustes. Pour une fois dans ma vie, j'avais les règles de mon côté.

— Elle est humaine.

— Oui, et ? Tu as accepté qu'elle participe au Tournoi après que l'un de tes Chasseurs a fait une erreur. Elle a passé toutes les Épreuves et gagné. La couleur de son sang ne change rien à ce fait.

Je sentais la pression du temps me peser sur les épaules et la poitrine. Je devais faire vite. Kalani ne pouvait pas attendre indéfiniment. Et je ne *pouvais pas* échouer.

— Elena l'a attaquée avec une arme irrégulière après l'annonce officielle de la victoire de Mayfield. Selon tes propres lois, utiliser du poison d'aconit sur un citoyen de l'Olympe est un crime. Tu as toutes les raisons d'intervenir.

Zeus m'a jaugé du regard avec un froncement de sourcil grave et pensif. Je savais qu'il s'agissait de l'instant déterminant dans notre débat. Le moment où il décidait de passer outre les traditions et les pressions extérieures pour prendre la bonne décision. Ça a pris plus longtemps que je ne l'espérais, au point que j'ai commencé à réfléchir à combien de temps il m'aurait fallu pour atteindre la maison d'Asclépios. Peut-être aurais-je pu m'arrêter chez Hermès en chemin et le supplier de m'ouvrir un portail. Ce gars m'avait toujours apprécié, alors peut-être-

— Je ne peux rien faire pour elle directement. D'après ce que j'ai entendu dire, elle est déjà trop mal en point pour que je puisse faire quoi que ce soit. Asclépios est parti faire une retraite spirituelle, et je pourrais l'envoyer chercher, mais elle serait morte bien avant qu'il puisse être auprès d'elle. Mais si tu convaincs la Mort de faire une exception, je ferai comme si je n'avais rien vu.

C'était le mieux qu'il pouvait me donner. Ça allait devoir suffire. Maintenant, je devais simplement trouver la Mort. Heureusement qu'il tenait plus à ses enfants que mon père.

J'étais en train de franchir le pas de la porte quand Zeus a appelé mon nom.

— As-tu reconsidéré mon offre ?

J'ai serré la mâchoire si fort que j'en ai eu mal.

— Ma réponse n'a pas changé. Je ne veux pas travailler pour toi en tant qu'exécuteur et ne le ferai jamais. Je me fiche de tes desseins politiques. Tu peux m'obliger à concourir dans cette maudite compétition une troisième fois, je te donnerai exactement la même réponse.

Je n'ai pas attendu sa réponse et suis parti. Quelqu'un comptait sur moi. Mayfield m'avait montré ce à quoi l'amour et une famille devaient ressembler. Ça m'avait fait prendre conscience (si j'en avais encore besoin) de combien l'affection auto-proclamée de mon père avait été toxique.

J'ai couru plus vite dans la descente, volant presque au bas de la montagne pour atteindre le complexe d'entraînement plus rapidement.

Je n'avais qu'une seule pensée en tête : je devais rejoindre Kalani avant qu'un drame ne se produise.

Tom était à moitié endormi sur sa chaise quand j'ai pénétré dans le jardin du complexe, et je ne lui ai même pas accordé un mot. Au lieu de ça, j'ai continué à courir, mes jambes douloureuses et courbaturées à cause de l'effort. Je ne pouvais pas ralentir, cependant. Je n'en savais pas assez sur l'empoisonnement à l'aconit pour savoir de combien de temps disposait Mayfield avant de… avant qu'il ne soit trop tard.

Couloir après couloir, j'ai filé à travers le complexe, me frayant un chemin dans la foule de gens lambda qui visitaient le complexe d'entraînement comme s'il s'agissait d'un musée. Si je n'avais pas été aussi pris par des questions de vie ou de mort, j'aurais probablement dû me retenir de coller mon poing dans la figure de ces idiots.

La panique grandissait dans ma poitrine à chaque seconde qui me séparait encore de l'infirmerie. Je n'arrêtais pas de me demander si j'avais été trop long et si Kalani était déjà-

Non. Elle ne pouvait pas encore être morte. Elle ne pouvait pas. J'aurais littéralement été la chercher au fin fond de l'Enfer. Nous avions eu trop peu de temps ensemble et je ne pouvais accepter que nous n'en ayons pas plus.

— Archer !

Mon cœur a raté un battement au son de la voix de ma mère. Elle était au bout du couloir, à côté de la porte de l'infirmerie.

Voir ma mère ici m'a fait me sentir beaucoup mieux. Je savais qu'elle allait m'aider à sauver Mayfield, tout comme je savais qu'elle comprenait la manière dont mon monde avait été bouleversé après que j'avais rencontré cette impétueuse humaine. J'aimais ma mère. Elle avait toujours été là pour moi, m'aimant et m'élevant afin que je devienne la meilleure version de moi-même. Elle était tout ce que mon père n'était pas, et j'ignorais comment j'aurais fait pour survivre à tout ce qui m'était arrivé ces douze dernières années et rester sain d'esprit sans son soutien. Et en la revoyant devant moi après des mois et des mois de séparation, une part de moi mourait d'envie de la serrer dans mes bras et de lui demander de tout arranger.

— Oh, mon bébé, s'est-elle exclamée alors que je m'approchais d'elle. C'est si bon de te voir !

Elle avait les larmes aux yeux, et même si le besoin de voir Mayfield était comme une chose vivante qui respirait à l'intérieur de moi, j'ai dû m'arrêter et enlacer ma mère. Elle le méritait, et bien plus encore.

La tenir dans mes bras, même pendant quelques secondes, a été comme prendre une goulée d'air frais. Sa présence douce et aimante était un baume apaisant sur mon âme. Ça n'a pas fait ralentir mon rythme cardiaque effréné ni disparaître la panique dans ma tête, mais ça m'a donné le sentiment d'être soutenu. Je savais qu'elle assurait mes arrières. Elle l'avait toujours fait, et le ferait toujours.

— Merci d'être là, maman.

Je ne sais pas pourquoi ma voix était si étranglée.

— Je serai toujours là.

Elle a reculé et m'a tenu à bout de bras, son regard perçant examinant mon corps à la recherche de blessures avant de remonter vers mon visage.

— Les jumeaux m'ont raconté, pour elle. Elle est là-dedans, en train de se battre. Va auprès d'elle.

J'ai ouvert la bouche pour lui dire que je devais encore trouver quelqu'un qui pouvait la sauver. Mais elle m'a fait taire et a levé un index. Priya Vasilias avait le genre de charisme qui faisait s'arrêter les gens (moi y compris) et attendre qu'elle parle en retenant leur souffle.

— Dis-moi quoi faire et va lui tenir la main. Elle a besoin de toi, et tu as besoin d'elle.

Je l'ai presque contredite ; je n'avais jamais été le genre de gars à avoir *besoin* d'une fille. Je n'avais jamais eu besoin de personne en dehors de ma mère. Mais elle avait raison. Mayfield s'était fait une place dans mon cœur comme un insecte dans une pomme, et maintenant qu'elle s'y était installée, je n'allais jamais être capable de l'en faire sortir. Il était grand temps que j'arrête de prétendre le contraire.

— D'accord. (J'ai dégluti nerveusement.) J'ai besoin que tu ailles trouver la Mort.

Elle a hoché la tête et, avec une dernière pression sur ma main, elle est partie. Et puis je n'ai plus rien eu pour m'occuper. Je ressentais un besoin physique de voir Mayfield, de vérifier qu'elle respirait encore et qu'elle était toujours vivante. Mais en même temps, j'étais terrifié de savoir dans quel état j'allais la trouver en pénétrant dans l'infirmerie. J'étais terrifiée à l'idée de la voir allongée sur un lit, immobile, pâle, inerte et vide.

J'ignorais comment j'allais réagir si elle mourait et que tout ce que je pouvais faire était de lui tenir la main.

Mais ne pas être là si quelque chose arrivait aurait été encore pire.

Alors, j'ai ouvert la porte et me suis forcé à entrer. La pièce était petite, car l'infirmière n'avait jamais de patients. Les Bronzes pouvaient généralement se soigner d'eux-mêmes assez rapidement et l'infirmière n'intervenait qu'après les Épreuves. C'était un stratagème pour voir quels Bronzes étaient capables d'endurer la douleur et les blessures sans baisser les bras.

La pièce était petite, ne contenant que deux lits, séparés l'un de l'autre par un écran. Les jumeaux étaient assis sur des chaises à côté du lit de droite, les épaules basses et tendues, les traits tirés. Je sentais la tension émaner d'eux par vagues, pas seulement parce qu'ils devaient regarder Kalani s'éteindre, mais à cause de tout ce qui s'était passé dans l'arène avant ça. Je ne les avais jamais vus être fâchés l'un contre l'autre ; pas comme ça, pas pour de vrai.

Je ne suis pas resté longtemps à me demander si Søren allait pardonner à sa sœur d'avoir condamné sa petite-amie à mort, car mes yeux se sont posés d'eux-mêmes sur Mayfield.

Elle avait toujours cette apparence angélique, d'autant plus avec sa blessure à l'abdomen refermée et les draps blancs étendus sur son corps. Elle avait l'air plus calme et en paix que je ne l'avais jamais vue. Mais comme ses lèvres avaient pris une teinte bleuâtre, de petites perles de sueur se formant à la naissance de ses cheveux, sa peau d'ordinaire bronzée par le soleil devenue blanc porcelaine... il ne faisait aucun doute qu'elle n'allait pas bien.

— Comment va-t-elle ?

J'ai à peine reconnu ma propre voix. Ce n'était qu'un murmure rauque qui trahissait combien j'avais peur de la réponse à cette question.

— Son état est à peu près stable. Elle respire toujours. (Søren m'a parlé sans me regarder. Il fixait ses mains serrées avec intensité.) Mais sa peau refroidit.

— L'infirmière est partie il y a un moment et n'est pas revenue.

Søren s'est visiblement tendu aux paroles de Sadie et, en le voyant, elle s'est tassée sur elle-même.

On était abasourdis. Participer à ce Tournoi était censé être terriblement ennuyeux. Ça (notre groupe d'amis éclaté, distant, et regardant l'une des nôtres mourir quand une autre attendait d'être exécutée) n'avait pas fait partie du plan.

J'ai hoché la tête et suis allé au chevet de Kalani. J'ai hésité un instant avant de prendre sa main dans la mienne. Elle était froide et moite, contrairement à son habituelle poigne chaleureuse. Mes doigts se sont resserrés autour des siens et, sans surprise, elle n'a pas serré les miens en retour. Elle n'a pas ouvert les yeux, ne m'a pas souri, ne m'a pas taquiné sur mon air trop sérieux. Ça a brisé quelque chose en moi. Quelque chose que j'ignorais avoir mais qui prenait maintenant toute la place dans mon âme.

À la voir ainsi, j'avais l'horrible sentiment d'avoir perdu énormément de temps. Pendant des semaines, j'avais su que je l'attirais ; je n'avais même pas eu besoin d'utiliser mon pouvoir pour m'en rendre compte. Kalani Mayfield était un livre ouvert quand il s'agissait d'émotions, surtout avec moi. Elle rougissait dès que je la touchais ou que je mon regard s'attardait sur elle un peu trop longtemps. Elle ne pouvait pas s'empêcher de me taquiner et de me tourner autour même en pensant très visiblement qu'elle n'aurait pas dû.

Je savais qu'elle m'appréciait. Et je savais que je l'appréciais. Je ne pouvais rien faire d'autre que l'apprécier. Je m'étais servi de notre mascarade de fausse relation comme excuse pour la toucher et faire comme si nous étions plus que des amis. Mais je m'étais dit que je ne pouvais rien faire de plus, car ç'aurait été trop dangereux pour elle. L'or qui coulait dans mes veines était la représentation visuelle parfaite de tout ce qui nous séparait ; mes pouvoirs, nos deux mondes différents, sa famille toujours sur Terre, et ceux qui méprisaient les humains ici. On ne pouvait pas nier ça, mais j'avais décidé d'être lâche et de ne pas me battre pour elle.

Jusqu'à cette nuit, quand je n'avais pas pu me retenir plus longtemps et l'avais embrassée.

Ça avait été incroyable. Ça avait été la meilleure décision que j'aie jamais prise. Le sourire sur son visage, ses yeux brillants de joie… Douces étoiles, la rendre heureuse valait bien tous les obstacles que nous aurions à surmonter ensemble.

Nous avions eu trois jours. Trois. Putains. De jours.

Et maintenant, elle était là, se mourant lentement d'un empoisonnement à l'aconit. Et je n'ai pas pu m'empêcher de me demander si elle aurait été plus en sécurité si je m'étais montré plus courageux.

— Qu'est-ce que Zeus a dit ?

Les mots de Søren m'ont tiré hors de mes pensées.

J'ai battu des cils pour chasser une montée de larmes et ai levé les yeux vers son regard rougi.

— Il a dit que si la Mort acceptait de faire une exception et de la sauver, il ferait comme s'il n'avait rien vu.

La mâchoire de Søren s'est contractée. J'ai instantanément compris mon erreur. Sa petite-amie était sur le point d'être exécutée, et la mienne s'était vue graciée. Il n'a cependant pas ouvert la bouche, et je ne savais pas quoi dire pour lui remonter le moral. À ce moment-là, je me sentais tellement impuissant. Impuissant à aider Kalani. Impuissant à aider Søren. Impuissant à sauver Mei. Impuissant à réparer la relation de Sadie et Søren.

Je détestais me sentir impuissant.

La porte s'est ouverte à la volée et j'ai bondi, me retournant, prêt à défendre Kalani face au danger. Sauf que ce n'était pas une menace, mais ma mère, avec Thanatos, dieu de la mort, sur ses talons.

— Papa !

Sadie a sauté de sa chaise et couru dans les bras de son père. Ils avaient toujours été proches. Ils ne se sont enlacés que quelques secondes, mais elle avait déjà l'air d'aller mieux après ça.

Thanatos portait sa robe noire habituelle, l'incarnation parfaite du faucheur qu'il était censé être. C'était ironique parce que cet homme était le plus gentil et le plus protecteur que j'avais jamais rencontré.

— Mon fils. (Il a adressé un hochement de tête et un sourire chaleureux à Søren.) Archer. Ta mère m'a informé que tu avais besoin de mon aide.

Chapitre trente-huit

Kalani

Tout avait été sombre pendant si longtemps que je ne me souvenais même plus ce qu'était la lumière. Tout ce dont je me souvenais, c'était du néant autour de moi et de l'engourdissement que je ressentais ; d'un lieu très loin de ce qu'il pouvait bien rester de ma conscience.

C'était bizarre, parce que je savais que quelque chose n'allait pas. Je ne me rappelais pas quoi, mais je le savais. L'obscurité était paisible et agréablement froide, le genre de froid qui faisait du bien quand on était emballé dans trois couvertures juste avant de s'endormir. Je n'avais jamais rien connu d'aussi reposant. J'ignore comment, mais je savais que ce n'était pas bon.

Pendant un temps, l'obscurité avait commencé à m'entraîner au loin. Je l'avais sentie glisser sur moi et m'attirer dans son étreinte. Ça ne m'avait pas fait peur. Pas vraiment. Je ne savais pas trop s'il y avait même moyen de ressentir des émotions fortes comme la peur, dans cet endroit. Tout ce que je sentais, c'était une douce embrassade, et puis mon esprit a commencé à s'éloigner. Tout s'était écroulé, et j'avais l'impression de tomber dans un sommeil très, très profond.

Et puis quelque chose s'était passé, comme si quelqu'un avait coupé le lien qui me rattachait à la force qui m'attirait. J'étais revenue dans l'obscurité normale, et mon cerveau s'est réveillé. Dès lors, j'avais eu l'impression de m'éloigner du vide, de flotter vers… Je ne savais pas trop où j'allais exactement. Je savais juste qu'une destination m'attendait quelque part.

Je n'avais plus aucune conscience du temps, alors une petite éternité avait pu passer quand j'ai commencé à me réchauffer. Ça n'avait rien à voir avec un bon bain chaud, mais j'avais la vague impression que mes membres se dégelaient lentement. Une autre éternité est passée avant que l'obscurité ne commence à s'estomper et laisser passer de petits rayons de lumière. C'était comme ce moment où les toutes premières lueurs de l'aube apparaissaient et défaisaient la poigne de la nuit sur le monde. Et tandis que la lumière repoussait le néant, mon esprit a commencé à se réveiller.

Au point que j'ai entendu des voix.

OK, elle était bizarre, cette phrase. Je n'étais pas en train d'halluciner (du moins, je ne pense pas), mais j'entendais des chuchotements, comme si des gens parlaient dans le fond, très loin de moi.

Pendant une autre éternité, les chuchotements ont été si lointains que je n'ai pas pu les comprendre ou reconnaître les voix. Mais, quand mes membres m'ont paru assez dégelés pour essayer de bouger, j'avais suffisamment conscience de mes environs pour discerner la voix d'une femme et celle d'un homme, un peu plus loin. Une lourde couche de silence est tombée. La seule chose que j'entendais était les battements de mon cœur, martelant dans ma poitrine comme un tambour de guerre et me rappelant que je pouvais à nouveau sentir mon corps.

Remuer les doigts m'a demandé une dose d'énergie inconcevable. À un moment, j'ai eu l'impression de sentir bouger mon index droit et mes majeurs. Je ne savais pas si ça avait vraiment marché, mais ensuite j'ai senti quelque chose, *quelqu'un*, bouger.

— Ouvre les yeux, Kalani Mayfield.

L'ordre m'avait été donné droit dans l'oreille, assez fort pour que mon cerveau embrumé l'entende. Il m'a fait l'impression d'un fer chauffé à blanc sur mon âme.

Mes yeux se sont ouverts sans mon consentement, la lumière m'aveuglant tant que des larmes ont coulé sur mes joues. Battant des paupières pour chasser ce torrent de larmes, j'ai mis presque une minute avant de pouvoir y voir clair. Et la première chose que j'ai vue a été une déesse.

Hécate.

La déesse de la magie était penchée si bas au-dessus de moi que son visage était pile au-dessus du mien. Si j'avais pu, j'aurais sursauté de surprise à cette vision.

— Bonjour, petite humaine. Tu as pris tout ton temps.

J'ai ouvert la bouche pour répondre, mais ma gorge était aussi sèche qu'un désert. Le seul son qui est sorti a été un grognement étouffé. Super.

— Qu'est-ce qui s'est passé ? Tu t'es dit que la dernière Épreuve était trop fade et tu as ressenti le besoin de pimenter un peu les choses ?

Hécate avait un sourire satisfait, comme si elle s'éclatait comme jamais. Peut-être qu'une vie d'immortelle sur l'Olympe était ennuyeusement monotone.

— En tout cas, tu as fait forte impression, ça c'est sûr.

Je ne savais pas trop comment la déesse en était arrivée à la conclusion que c'était moi qui avais décidé de « pimenter les choses » quand c'était Elena qui avait manié le couteau. Peut-être qu'on n'avait pas la même vue depuis leur balcon divin.

Hécate m'a offert un verre d'eau, et après que j'ai suffisamment rassemblé mes forces pour lever la tête, elle l'a penché, laissant l'eau s'écouler dans ma gorge. Ça m'a fait un bien fou, hydratant ma bouche desséchée et ramenant tout mon corps à la vie. Après quelques gorgées, la déesse a repris le verre, et je me sentais déjà mieux.

— Qu'est- (Je me suis interrompue une seconde, déglutissant, avant de recommencer.) Qu'est-ce que vous faites là ?

Hécate a porté une main à sa poitrine d'un geste théâtral, ses yeux violets brillant de malice.

— Pourquoi ? N'es-tu pas heureuse de me voir, chère enfant ?

J'étais complètement perdue. La dernière chose dont je me souvenais était Elena me poignardant dans l'abdomen et puis… et puis tout était flou. Alors, vraiment, personne ne pouvait me reprocher d'être surprise de me réveiller après avoir été attaquée et de trouver une déesse à mes côtés. Tout le monde aurait été surpris dans une situation pareille.

— Je suis juste- (J'ai secoué la tête, espérant que ça allait disperser les derniers nuages qui voilaient mon esprit.) Je ne comprends pas trop ce qui s'est passé. Comment… Comment ça se fait que je sois encore en vie ? Où est-ce que je suis ? Et où sont mes amis ?

— Ce qui s'est passé, c'est que tu es une humaine sacrément chanceuse. Ton jeune amant a convaincu le grand bonhomme de faire une exception pour toi, et il a pu demander à la Mort de ramener ton âme dans ton corps.

La déesse a hoché la tête comme si j'aurais dû en être super reconnaissante, et je voulais l'être, mais sincèrement ? Je n'avais aucune idée de ce que la moitié de ses mots signifiaient. Je suppose que mon « jeune amant » était Archer. Mais qui diable était « le grand bonhomme » ? Et est-ce que cette histoire d'attraper mon âme au lasso pour la remettre dans mon corps était à prendre au sens littéral ? Soit elle n'a pas vu ma confusion, soit elle a décidé qu'elle n'en avait rien à faire, car elle a continué sur sa lancée comme si de rien n'était.

— Tu as eu de la chance que ce soit arrivé, parce que le poison d'aconit ? Eh bien, c'est une vilaine chose que peu de gens savent soigner, et aucun d'eux ne se trouvait dans les parages.

— D'aconit ? Genre, la fleur violette ?

— Oui, celle-là même. J'ai pris part à sa création, mais j'ai dû utiliser un peu trop de magie, et elle est devenue l'un des poisons les plus mortels au monde. Ton amie devait vraiment vouloir te faire du mal si elle a bravé les tisichtes pour aller la chercher sur l'île en bas de la colline.

Je me souvenais à peine de Sadie en train de me parler de cette île, des gens dangereux qui vivaient dans le lac qui l'entourait, et de la fleur violette mortelle. Je ne savais pas trop si savoir ces choses m'auraient été d'une aide quelconque, mais c'était encore un autre exemple d'à quel point j'étais mal préparée à cette vie et à ce monde.

— Mais pour répondre à tes questions, tu es à l'infirmerie du complexe d'entraînement, et tes amis sont partis il y a un petit moment. Archer est resté ici toute la journée hier, et j'ai dû le chasser à coups de pied pour qu'il aille prendre une douche il y a une demi-heure. Crois-moi, c'était nécessaire.

Elle m'a souri comme si c'était une blague d'initiés. Ces dieux étaient vraiment, vraiment très étranges.

Je m'apprêtais à lui demander pourquoi elle était à l'infirmerie quand la porte s'est ouverte, et Archer est entré. Son visage s'est éclairé comme un sapin de Noël quand il a vu que j'étais réveillée. Son sourire était tellement grand, et ses yeux ont brillé comme des étoiles. Ça m'a donné l'impression que ma poitrine était remplie de champagne, les bulles éclatant sous mes côtes. Était-ce du bonheur ?

— Mayfield !

En un instant, il a été à mes côtés, ses deux mains autour des miennes.

— Tu vas bien ? Tu as mal quelque part ? Est-ce que tu veux que j'appelle l'infirmière ?

C'était étonnamment mignon de le voir si inquiet.

— Je vais bien, rayon de soleil.

Et ce n'était pas un mensonge. Je me sentais plutôt bien, bien mieux que je ne l'aurais dû après avoir été poignardée et failli mourir empoisonnée. Et plus les secondes passaient, mieux je me sentais. Mais j'ai rougi sous son regard, surtout parce que je me souvenais l'avoir entendu dire qu'il m'aimait avant que je ne m'évanouisse. Cependant, je n'ai pas mis ce sujet sur le tapis, car je l'avais peut-être rêvé, et même si c'était vraiment arrivé, on avait été à fleur de peau, à ce moment-là ; je n'étais pas sûre qu'il ressente encore ça.

Archer a hoché la tête, mais j'ai vu que ses yeux continuaient à parcourir mon corps nerveusement à la recherche d'une blessure.

— Bien, a dit Hécate avec une voix traînante et un sourire trop grand. Je vais vous laisser vous retrouver, les tourtereaux. Je suis heureuse de voir que ma chère protégée va bien.

Elle s'est dirigée vers la porte, ses talons hauts claquant bruyamment sur le sol carrelé. Elle s'est arrêtée juste devant les portes et a tourné la tête vers nous.

— Oh, et Kalani, merci d'avoir donné tort à Artémis. C'était un régal de te voir gagner.

Et puis elle est partie.

Les paroles de la déesse m'ont rappelée qu'elle était bien plus gentille avec moi que les autres divinités, mais que c'était en grande partie parce que je servais ses intérêts personnels. Elle m'avait utilisée comme pion dans la rivalité mesquine qui l'opposait à Artémis. Ma victoire avait été la sienne également ; c'était la preuve qu'Hécate avait eu raison en affirmant que moi, une humaine, je pouvais survivre.

— Je suis tellement soulagé que tu sois réveillée.

La voix d'Archer était un peu râpeuse, comme s'il avait beaucoup crié et pleuré ces derniers temps.

— Merci à toi de m'avoir sauvée. Hécate m'a raconté que tu avais convaincu un certain « grand bonhomme » de permettre à « la Mort », Thanatos ?, d'épargner ma vie.

Un étrange mélange d'émotions est passé sur son visage. Je n'ai pas pu toutes les distinguer clairement, mais y ai vu de la gêne et de l'inquiétude. Pourquoi aurait-il dû en ressentir ? Est-ce que quelque chose n'allait pas ? Est-ce que quelque chose s'était passé pendant que j'étais endormie ? Combien de temps étais-je restée endormie, d'ailleurs ?

Ma réaction était sans doute excessive, mais quand même, je commençais à être tendue et mal à l'aise. D'autant plus quand Archer a doucement reposé ma main sur le lit et reculé d'un pas. *Qu'est-ce qui se passait ?*

— Écoute, Mayfield. Il y a quelque chose qu'il faut que je te dise. Je- (Il s'est interrompu et a fait craquer ses doigts nerveusement.) Je n'ai pas été totalement honnête avec toi.

Oh bons dieux. Il allait rompre avec moi. Ça allait sans doute battre la fois où Brad m'avait larguée en plein milieu de la cafétéria de l'université et m'avait crié dessus parce que je ne pleurais pas. Cette fois-ci, j'allais sûrement pleurer. Je ne connaissais Archer que depuis huit semaines, mais le temps et les relations fonctionnaient différemment ici. Tout ce qu'on avait traversé ensemble nous avait rendus plus proches que je n'aurais pu espérer le devenir avec quiconque ces dernières années.

Mais peut-être qu'il ne voulait pas se retrouver enchaîné à une humaine, surtout maintenant que le Tournoi était terminé. Ou peut-être que quelqu'un l'attendait dehors, et que j'avais été une petite entracte sympa.

— Je ne suis pas un Bronze.

C'était si différent de ce que je m'attendais à attendre que je suis restée le dévisager, sidérée, le cerveau court-circuité. Archer avait toujours la tête basse, se balançant nerveusement d'une jambe sur l'autre.

— Ma mère est une Dorée. Elle est née après qu'Athéna est allée observer les combats pendant la Première Guerre mondiale. Et mon père… eh bien, mon père, c'est Zeus.

— Zeus, comme le roi des dieux ? Genre, *le* Zeus ? Le dieu du tonnerre et du ciel et tout ça ?

Archer a opiné du chef, la mine sombre.

— Et je suppose que c'est lui que tu as convaincu de m'aider ?

— Oui. Je ne suis pas particulièrement proche de lui, mais j'ai réussi à faire appel de son jugement, et il a permis que Thanatos te vienne en aide.

J'ai mis quelques secondes à digérer tout ça. Ça expliquait beaucoup de choses. Archer était bien plus fort que tous les Bronzes qui participaient à ce Tournoi. Ils n'avaient absolument pas fait le poids face à lui ; il aurait pu les écraser dans son sommeil. Être le fils de Zeus lui conférait certainement des pouvoirs exceptionnellement puissants. Et maintenant que j'y pensais, l'une des quelques fois où on avait été blessés, Archer avait toujours pris soin de cacher son sang, probablement pour s'assurer que personne ne voie à quel point il était différent en comparaison du sang d'un Bronze. Archer devait saigner de l'ichor quasi pur. Presque aussi pur que celui d'un dieu.

— Est-ce que les jumeaux sont au courant ?

Archer a remué nerveusement une nouvelle fois, le regard bas.

— Ce ne sont pas des Bronzes non plus. Ce sont des Dorés. Les enfants de Thanatos.

Ah. D'accord. Wow. Je ne savais pas trop comment je devais réagir à ça. Mes trois amis avaient tout simplement omis de me dire qu'ils n'étaient pas des Bronzes pendant des semaines. Et je comprenais qu'on mente pour protéger quelqu'un (évidemment, je l'avais fait avec Mei), mais ça faisait beaucoup.

— Comment ça se fait que vous ayez participé au Tournoi, dans ce cas ? Je pensais que seuls les Bronzes devaient prouver leur valeur.

— Tu as raison. Techniquement, seuls les Bronzes doivent concourir. Mais j'ai été forcé à participer deux fois. Ma mère a gardé secret le fait que j'étais le fils de Zeus pendant des années, jusqu'au jour où j'ai utilisé mes pouvoirs face à la mauvaise personne. Héra est entrée dans une colère noire en découvrant cette énième preuve de l'infidélité de son mari et m'a forcé à participer au Tournoi. Je m'en suis sorti et puis, il y a six mois, j'ai refusé d'obéir à mon père, qui voulait que je travaille pour lui en tant qu'exécuteur. J'aurais dû me servir de mes pouvoirs pour torturer et soutirer des informations à ceux qui avaient le malheur de menacer son règne et j'ai refusé de participer à ça. Sauf qu'il me l'a demandé au cours d'une fête, en présence des dieux les plus influents, et que mon refus est devenu une attaque contre son égo et son statut politique.

Archer s'est interrompu une seconde, sa mâchoire se contractant. Je voyais bien qu'il ne tenait pas particulièrement à revivre ses instants.

— Zeus a essayé de se servir des jumeaux contre moi pour m'obliger à accepter son offre. Ils ont refusé et m'ont soutenu ; ce qui était idiot de leur part. On ne s'oppose pas comme ça au roi des dieux. Dans tous les cas, je suis sûre que sa charmante femme l'a convaincu que ce serait un excellent moyen de me faire changer d'avis que de nous forcer à participer au Tournoi tous les trois.

Bon sang. Je ne m'attendais pas du tout à ça. Et maintenant, je comprenais pourquoi Archer avait été réticent à me le dire. Il avait été trahi et blessé après avoir révélé son secret, alors c'était logique qu'il soit hésitant à le partager avec moi. Certes, ça m'a un peu blessée, mais je comprenais.

Je détestais le voir aussi mal à l'aise et inquiet, alors j'ai pris sa main et l'ai attiré vers le lit. Les rides de stress sur son visage se sont détendues, et il s'est assis au bord du matelas, face à moi. Le contact physique m'a fait me sentir mieux, et je sentais que ça le réconfortait, lui aussi ; son pouce, caressant ma peau en gestes apaisants, trahissait ses sentiments.

— J'imagine que c'est parce que vous n'êtes pas des Bronzes que vous avez été autorisés à quitter le complexe d'entraînement avant le début du Tournoi.

Je m'étais souvent demandé quelles étaient ces « affaires de famille » qui imposaient à deux d'entre eux de partir pendant quelques heures tandis que le dernier me gardait comme un babysitteur.

— « Autorisés » est un mot un peu fort, mais oui. Les jumeaux et moi avons vu ma mère et leur père aussi souvent que possible pour continuer à suivre le cours des événements sur la montagne. Ils ont essayé de nous aider du mieux qu'ils pouvaient.

J'ai hoché la tête, pensive, essayant de rattraper tous les petits détails qui prenaient soudain sens. Leur comportement parfois étrange. Pourquoi aucun d'eux n'avait l'air de connaître les dernières nouvelles de la Terre. Leur supériorité évidente sur les Bronzes en termes d'aptitudes au combat et de puissance magique. Les références au fait d'être « en probation » qu'ils avaient faites plus d'une fois. Tant de choses prenaient soudain sens.

— Quel âge tu avais la première fois que tu as participé ?

Ma voix était douce, car j'ai instinctivement su qu'il avait été jeune. Trop jeune.

— Presque treize ans.

J'en ai eu le souffle coupé. Je n'arrivais même pas à m'imaginer un bébé Archer, effrayé et impressionnable, entouré de jeunes adultes prêts à se battre jusqu'à la mort. Me redressant avec une étonnante facilité, je me suis rapprochée de lui et me suis appuyée contre son flanc, ma tête atterrissant dans ce creux entre son épaule et son cou.

— Est-ce que tes cicatrices viennent de là ?

Je ne l'avais pas encore interrogé à leur sujet, ne voulant pas remuer des souvenirs douloureux. Mais je savais qu'elles avaient un lien avec tout ça, et au point où on en était, je me suis dit que je pouvais tout aussi bien demander.

— Oui. (Il a dégluti difficilement.) Cette année-là, pendant le quatrième Tournoi, les armes étaient autorisées. J'ai réussi à contraindre mon opposant à abandonner, mais pas avant qu'il ait pu faire de la gravure sur mon dos. Héra était la maîtresse de jeu cette année-là, et a maintenu que je n'avais pas besoin d'un guérisseur.

Son ton était égal, sa poitrine grondant doucement, mais je sentais bien que sous son apparente désinvolture, il n'allait pas bien.

Comment est-ce qu'on pouvait tolérer que des dieux agissent ainsi envers des enfants ?

— Je suis désolée que tu aies eu à vivre ça.

Et je l'étais. Le mont Olympe était peut-être un bel endroit rempli de richesses et de magie, mais il avait également beaucoup de points négatifs. Le manque d'humanité en faisait partie.

Je lui étais reconnaissante de partager ça avec moi. Le voir si vulnérable et sincère, ça rendait tout ça vraiment très intime.

— C'était il y a longtemps. Je vais bien aujourd'hui. Je comprendrais que tout ça change ton regard sur moi ou sur nous. Cet endroit n'a pas été tendre avec toi, et je suis peut-être trop étroitement apparenté aux dieux pour toi.

J'ai eu un rire moqueur, car que son sang soit doré ou irisé n'avait pas d'importance à mes yeux. Et je savais qu'il était un homme bien, qui se souciait beaucoup des autres. Sa parenté n'y changeait rien.

Me redressant, j'ai posé ma main sur son menton et lui ai fait tourner la tête pour qu'il me regarde dans les yeux. Ensuite, je l'ai regardé d'un air sévère.

— Ne sois pas stupide, rayon de soleil. Je te garde.

Après m'être réveillée, je n'ai pas eu le temps de me reposer ni d'explorer le mont Olympe. J'avais dormi un peu plus d'une journée, et malheureusement, beaucoup de choses s'étaient passées dans ce laps de temps.

Pendant qu'Archer se démenait pour me guérir, les jumeaux avaient également supplié pour qu'une autre vie soit sauvée : celle de Mei. Selon Archer, ils avaient plaidé sur le fait qu'elle avait dû combattre Sadie, qui n'était pas une Bronze. Comme Sadie avait déjà le droit de vivre sur le mont Olympe (tous les Dorés en avaient le droit), ils avaient soutenu qu'il n'aurait été que justice que Mei puisse vivre, elle aussi. Les divinités et le comité de la maîtresse de jeu avaient décrété que les règles existaient pour une bonne raison. Mei avait déclaré forfait, elle ne méritait donc pas d'être épargnée.

Elle avait été exécutée quelques heures avant mon réveil.

Je n'avais pas pu lui dire au revoir. Elle avait dû être terrifiée. Mon cœur se serrait chaque fois que j'essayais de l'imaginer regarder la mort dans les yeux.

Et maintenant j'étais là, me tenant à côté d'Archer et Søren, regardant la tombe en silence. Sadie était un peu plus loin, des larmes coulant silencieusement sur ses joues. Elle ne s'est pas approchée davantage de son frère. Je n'étais pas sûre qu'il lui ait adressé un seul mot depuis l'Épreuve.

Thanatos, portant une robe noire et un air coupable, se tenait à la lisière de la forêt, aussi loin de ses enfants que possible. Avant que la cérémonie ne commence, il avait essayé d'aller parler à Søren. Je n'avais pas pu entendre les mots qu'ils avaient échangés, mais ça ne s'était pas bien passé, vu l'attitude coléreuse de Søren et la mine sombre de Thanatos. Pas bien du tout. En vérité, je n'étais pas certaine qu'il y ait eu une bonne manière pour Thanatos d'expliquer à son fils qu'il n'avait pas pu sauver sa petite-amie ; surtout quand moi, l'humaine qui avait été ressuscitée, je me tenais juste là.

Une femme pleurait à ma droite ; la mère de Mei. Elle aussi était petite et avait l'air frêle. Elles se ressemblaient tellement que j'ai marqué un temps d'arrêt quand je l'ai vue pour la première fois. Sa peine et sa souffrance étaient presque physiques, des vagues s'abattant sur moi à chacun de ses sanglots.

Le nom de Mei était gravé sur la pierre. Elle avait insisté pour être incinérée, pour que ses cendres soient enterrées avec une pièce d'or sous la terre ; c'était pour payer Charon et s'assurer que son âme soit bien menée jusqu'aux Enfers. J'aurais tant voulu pouvoir la voir avant… avant son exécution.

Un homme chantait un air doux et envoûtant sur le côté, faisant remonter à la surface et déborder toutes mes émotions. J'étais incapable de stopper le flot de mes larmes ou celui des souvenirs d'elle qui défilaient comme un film dans ma tête. Je n'arrêtais pas de penser à toute la vie qu'elle avait encore eue à vivre. À combien on lui avait volé.

C'était tellement injuste. Elle n'avait que vingt-et-un ans. Sa vie avait à peine commencé. Et parce qu'un peu d'ichor coulait dans ses veines, elle avait été écourtée.

Et nous avions tous été détruits dans son sillage.

Les jumeaux ne s'adressaient même pas un regard. Sadie avait tellement honte de ce qui s'était passé qu'elle s'isolait. Søren faisait en sorte de ne pas me regarder trop longtemps, probablement parce que j'avais été sauvée et pas Mei. Archer était resté collé à moi comme de la glue depuis qu'on était entrés dans la clairière et qu'on avait découvert la tombe de Mei. Et moi ? Eh bien, je ne savais pas comment j'allais faire pour arrêter de pleurer.

Pendant la quatrième Épreuve, j'avais ressenti une colère dévastatrice à l'idée que Mei ait été forcée de se rendre. Mais là ? Regardant la pierre tombale et ce qui restait de l'une de mes amies ? La colère s'est envolée, et après elle, il n'est plus resté que le deuil. Un chagrin écrasant et inarrêtable. Une vague de désespoir si haute et si rude que j'ignorais comment j'allais faire pour arrêter de tomber dans l'eau et remonter respirer.

Le soleil est passé sous la mer de nuages et les belles teintes orange et rose ont disparu. L'homme a arrêté de chanter quand les derniers rayons du soleil se sont évanouis, et le silence est devenu une présence oppressante. C'était une ombre qui me rappelait tout ce qu'on avait perdu et tout ce qu'on n'avait pas réussi à accomplir. Mei était tout en haut de la longue liste de mes regrets. Et l'obscurité a offert à mon esprit beaucoup de place pour se souvenir de chaque seconde que j'avais partagée avec elle, de nos débuts difficiles jusqu'à notre câlin désespéré, juste avant qu'elle n'entre dans la cage. J'aurais voulu pouvoir lui dire combien je tenais à elle et combien j'étais désolée que ça n'ait pas été moi ou qui que ce soit d'autre qui était entré dans la cage à sa place.

Plus tard ce soir-là, alors qu'Archer et moi étions étendus dans nos lits jumeaux poussés l'un contre l'autre, je n'arrivais toujours pas à m'ôter de la tête l'image du visage souriant de Mei tandis qu'on se préparait pour la Cérémonie d'Ouverture en chantant une des meilleures chansons de Taylor Swift. Comment est-ce que tout avait pu dérailler à ce point entre-temps ?

— Qu'est-ce qui va se passer, maintenant ?

Je savais qu'Archer ne dormait pas, mais j'ai quand même chuchoté parce que c'était comme si on se cachait du monde dans notre chambre. Sadie dormait toujours dans son vieux lit cette nuit, mais tous les autres, y compris Søren, étaient partis. Et là, blottis l'un contre l'autre dans le noir, c'était comme si on était seuls, et que le monde s'était arrêté de tourner un moment.

— Je ne sais pas, Mayfield. Je suppose qu'on va apprendre à vivre avec.

Je savais ce qu'il voulait dire. Ce avec quoi on allait apprendre à vivre, ce n'était pas seulement le traumatisme émotionnel et physique qu'on avait subi ces dernières semaines, en se battant pour nos vies, mais aussi les cicatrices laissées dans nos âmes après avoir vu tant de gens tomber autour de nous, assisté à la mort d'une amie, et maintenant à l'implosion du système qui nous aidait à endurer tout ça.

— Ça va prendre un moment, mais ça va passer. Je te le promets.

Archer m'a embrassée sur le front et j'ai senti une larme solitaire couler sur ma joue. J'espérais que ça allait passer. Alors, j'ai repoussé mes doutes quant à l'avenir dans un coin de mon cerveau et me suis blottie plus près de l'homme qui avait déplacé des montagnes pour me sauver. Il aurait dit qu'on s'était sauvés l'un l'autre, et c'était peut-être vrai. En tout cas, le Tournoi m'avait certes apporté beaucoup de souffrance, mais il m'avait aussi permis de rencontrer des personnes incroyables que j'avais aujourd'hui la chance de pouvoir appeler « ma famille ».

— Je t'aime, Mayfield. (Archer a embrassé mon front avec tant de tendresse que j'en ai eu les larmes aux yeux.) On va trouver un moyen de s'en sortir. Ensemble.

Ma poitrine s'est réchauffée. Je lui ai murmuré ces mots en retour (« Je t'aime. ») contre son torse et ai écouté les battements calmes de son cœur.

On allait revenir de tout ça. On allait réparer notre famille et la reformer. Je savais qu'on allait réussir. Et j'allais tenir la main d'Archer pendant qu'on le ferait.

Chapitre trente-neuf

Pour une raison quelconque, le monde a continué à tourner. Après avoir failli mourir et assisté aux funérailles de Mei, j'aurais pensé que tout se serait arrêté. Comment la vie pouvait-elle continuer comme si de rien n'était ?

Mais elle a continué normalement. Je me suis réveillée après une nuit remplie de cauchemars, et c'était le matin. Le soleil avait continué sa course. Le temps avait continué à s'écouler comme du sable entre mes doigts.

Mais je ne savais pas comment moi, j'allais faire pour continuer.

Pendant plus de deux mois, j'avais eu un objectif pour m'aider à tenir, à m'entraîner et à me battre, chaque seconde de chaque jour. Ça n'avait pas été facile. Non, ça avait été horrible, et j'avais souhaité que les circonstances soient différentes de nombreuses fois. Mais cet objectif, survivre quoi qu'il arrive, m'avait aidée à supporter tout ce que j'avais vu et été obligée de faire.

Maintenant que j'avais survécu, les choses avaient changé.

Tout ce que j'avais enduré pendant des mois me revenait en pleine figure comme un boomerang de trois tonnes, et je n'avais aucun moyen d'arrêter le naufrage qui s'annonçait.

J'étais monté dans un train à sens unique vers un craquage émotionnel complet deux mois auparavant et on approchait rapidement du terminus.

J'aurais voulu que le temps s'arrête et me laisse prendre une pause. Oh, comme j'aurais aimé être une Bronze et avoir des pouvoirs en cet instant. Tant de choses auraient été beaucoup plus simples si je n'avais pas été une humaine ridiculement faible au sang rouge rubis.

Peut-être que me rendormir était la solution. Ça allait m'offrir un répit face aux souvenirs de la mort de Mei qui me hantaient. Ceux de la mort de Charlie. De ma mort. Tant de gens étaient morts pour que si peu d'entre nous survivent. Où était la justice dans tout ça ? Comment allais-je pouvoir me regarder dans la glace, maintenant ?

Des larmes de colère me sont montées aux yeux alors que mon dégoût de moi-même grandissait. Le sommeil allait également m'offrir un répit face à la culpabilité et la honte.

Sauf que le sommeil allait me donner des cauchemars. Et trop souvent, mes cauchemars étaient aussi terribles que la réalité, sinon pires.

La frustration montait et j'ai pressé la paume de mes mains sur mes yeux, priant pour être délivrée des pensées sans fin qui m'empoisonnaient l'esprit. Y avait-il un moyen d'arrêter de penser ? Peut-être que méditer allait m'aider.

— Mayfield ?

J'ai ouvert les yeux pour découvrir Archer sur le pas de la porte de la salle de bain. De la vapeur sortait de la douche et ses cheveux étaient trempés. Il ne s'était pas rasé, alors une petite barbe de trois jours couvrait ses joues et sa mâchoire. Il s'est arrêté dans l'encadrement de la porte et a passé sa serviette dans ses cheveux noirs.

— Depuis combien de temps tu es levé ?

Ma voix était rauque, probablement à cause des larmes que j'avais versées dans la nuit et des cris du cauchemar numéro trois. La nuit n'avait pas été facile.

— Quelques heures.

Il a fait quelques pas vers moi, me regardant comme si je risquais m'enfuir. J'aurais peut-être pu.

— Comment tu te sens ?

Décidant qu'il était trop tard pour essayer de me cacher du monde, j'ai soupiré et me suis redressée en m'appuyant sur un coude.

— Pas très bien.

Je n'ai rien ajouté, mais Archer avait assisté à mes nuits blanches et séché mes larmes. Il savait. Il comprenait.

Archer a hoché la tête à mes paroles et s'est rapproché jusqu'à se tenir juste au-dessus de moi. Il s'est penché et m'a gentiment embrassée sur le front, sa main tenant ma mâchoire en coupe.

— Ça va s'arranger. Je te le promets.

Je n'étais pas sûre que ce soit vrai. Ou du moins, ce n'était pas près de s'arranger. En toute honnêteté, je ne voulais pas que les choses s'arrangent. Je ne voulais pas aller mieux parce que ça aurait voulu dire oublier Mei, Charlie et tous les gamins qui avaient été tués à cause des erreurs de leurs parents. La douleur dans mon cœur était le moins que je pouvais faire pour honorer leur mémoire.

Malgré tout, je ne l'ai pas contredit. Je savais qu'Archer voulait me rassurer, et je ne voulais pas l'inquiéter. À la place, je l'ai regardé enfiler ses bottes de combat par-dessus son pantalon cargo noir. Il avait porté des vêtements décontractés hier, et je ne l'avais vu porter cette tenue de combat noire que pendant les entraînements. Est-ce que j'avais loupé une info ?

— Où est-ce que tu vas ?

— Je dois aller faire mon rapport à mon patron. J'ai pris quelques jours de repos après la fin du Tournoi, mais je dois aller le voir pour lui demander quelques jours de congés en plus. Simplement jusqu'à ce que tu sois mieux installée.

Il ne s'est pas retourné pendant son explication, occupé à fermer ses bottes.

— Ton patron ?

— Oui. Les jumeaux et moi, on entraîne les jeunes Dorés sur la montagne. On leur enseigne les arts martiaux, on s'assure qu'ils développent une bonne forme physique, et on leur apprend la discipline. Ça va faire cinq ans qu'on travaille là-bas. Et notre patron est un Doré, l'un des fils d'Arès.

Comment ça se faisait que je n'étais pas au courant ? Comment pouvais-je ignorer quel était le métier de mon petit-ami ? J'ai ressenti un petit malaise dans ma poitrine, et j'ai dû empoigner les draps pour m'empêcher de remuer nerveusement. Pourquoi est-ce que ça me perturbait autant, bon sang ?

— Je reviens aussi vite que je peux, OK ?

Archer a accompagné ses mots d'un petit sourire rassurant et d'un regard hésitant. C'était tellement bizarre, comme si aucun de nous ne savait comment interagir avec l'autre maintenant que tout était fini.

Je n'étais pas sûre de savoir comment lui répondre, alors je me suis contentée de hocher la tête. Un regard et j'ai su qu'Archer m'avait immédiatement percée à jour, mais il n'a pas relevé. Au lieu de ça, il a ouvert la porte et s'en est allé.

Longtemps après que la porte s'était fermée dans son dos, j'étais toujours étourdie par cette interaction. C'était vraiment stupide. D'accord, j'avais ignoré qu'Archer donnait des cours à des enfants Dorés. Mais je savais tant de choses à propos de lui. Je savais qu'il adorait lire des thrillers et des romans à énigme. Je savais qu'il préférait dormir du côté du mur parce que ça lui donnait un sentiment de sécurité, comme si personne ne pouvait le prendre par surprise. Je savais que le faucon tatoué sur son pectoral gauche représentait son rêve d'être libéré du joug de son père. Je savais qu'il préférait le combat à mains nues parce qu'il voulait que son corps soit une arme et ne pas dépendre d'une autre chose qui aurait pu être retournée contre lui. Je savais comment ses yeux s'illuminaient quand il réussissait à me faire sourire. Je savais comment son corps bougeait pour se mouler parfaitement avec le mien.

Je le connaissais.

N'est-ce pas ?

Est-ce que je me prenais trop la tête avec tout ça ? C'était impossible de connaître tout d'une personne après seulement deux mois. Il ne savait pas tout de moi. Mais dans ce cas, comment pouvais-je être sûre qu'on était faits l'un pour l'autre ? Est-ce qu'on s'était rapprochés à cause du Tournoi et des émotions fortes qu'il avait entraînées ? Est-ce que le traumatisme était la seule chose qui nous unissait ?

Arrête, Kalani. Tu sais que ce n'est pas vrai.

Mais même en le sachant, ces pensées intrusives ne me quittaient pas. Elle se mêlaient aux souvenirs du Tournoi qui me hantaient, formant une tempête dans mon esprit.

J'aurais voulu pouvoir parler de tout ça avec Sadie ; elle aurait su comment me rassurer. Elle avait toujours les bons mots.

Malheureusement, Sadie avait disparu après la cérémonie, la veille au soir. Je comprenais qu'elle ait besoin d'espace après tout ce qu'elle avait traversé. Mais j'aurais quand même aimé que ma meilleure amie soit là. Je mourais d'envie qu'elle me prenne dans ses bras comme elle savait si bien le faire.

D'une manière ou d'une autre, à travers le brouillard de mes pensées, j'ai réussi à me lever et à me doucher. Chaque étape était douloureuse, mais je savais que si je m'autorisais à rester allongée dans mon lit une seconde de plus, j'allais tomber dans un puits sans fond de désespoir.

La douche m'a aidée à nettoyer mon corps, sinon mon âme. Je n'avais pas envie de me sentir rafraîchie en en sortant (c'était comme si je trahissais Mei et Charlie en m'autorisant à me sentir autrement que très mal), mais je l'étais. Et enfiler des vêtements propres m'a aidée à me donner l'impression que tout était normal. Comme si je me préparais à une nouvelle séance d'entraînement avec les jumeaux, Archer et Mei. Comme si j'allais entrer dans la Fosse et qu'ils seraient tous là, entiers et bien vivants, plaisantant et riant ensemble.

Arrête. Ne t'aventure pas là-dedans.

Au lieu de ça, je me suis affairée à emballer mes vêtements et mes quelques possessions, me préparant à déménager. Je ne savais pas exactement où j'allais vivre, mais je savais que ni moi ni Archer n'avions envie de rester ici plus longtemps que nécessaire. Les murs, les meubles, l'air lui-même, tout ici nous rappelait tout ce qu'on avait perdu.

J'étais en train de plier et de ranger mes vêtements de sport quand on a frappé à la porte. Archer n'aurait pas frappé ; c'était sa chambre. Søren faisait d'ordinaire beaucoup plus de bruit quand il frappait à la porte ; même si je doutais fort qu'il vienne dans cette chambre, vu qu'il n'arrivait pas me regarder en face la veille. Pendant un instant, j'ai espéré trouver Sadie derrière la porte. Cependant, quand j'ai ouvert, ce n'était pas ma meilleure amie qui m'attendait, mais son père.

Thanatos.

Quelle surprise.

— Bonjour Kalani. Puis-je entrer ?

La voix du dieu était grave et douce, exactement comme je m'étais imaginé la voix de la mort.

— Salut. Oui, bien sûr, ai-je bégayé, surprise, avant de me décaler pour le laisser entrer. Archer n'est pas là si c'est à lui que vous vouliez parler.

— Non, en fait, c'est toi que je suis venu voir.

Ses mots m'ont laissée sans voix et mon esprit a immédiatement monté tous les scénarios catastrophe possibles et imaginables. Y avait-il eu un problème avec la magie que le dieu de la mort avait utilisée pour me sauver la vie ? Est-ce que Zeus avait changé d'avis et décidé que je n'étais pas digne de vivre sur l'Olympe ?

Il y a eu un long silence, pendant lequel le dieu a détaillé la chambre des yeux avant de pointer le lit, m'invitant à m'asseoir. Il avait un sourire doux, mais ça n'a pas apaisé mes craintes. Après tout, quelles conversations agréables nécessitaient que les gens s'assoient ?

— Pour commencer, comment te sens-tu ? Je n'ai pas eu l'occasion de te voir pour m'enquérir de ton état de santé depuis que je t'ai donné un coup de main.

« Donné un coup de main » voulait dire « ressusciter », et j'ai pris conscience d'à quel point c'était dingue que je sois assise à côté du dieu de la mort. Ce genre de choses incroyables et fantastiques n'étaient censées arriver que dans les films et les livres, pas dans la vraie vie.

— Ça va. Je suis vivante et en aussi bonne santé que possible, je suppose. Merci pour ça.

— Bien.

Thanatos a marqué une pause et ses yeux gentils ont fouillé les miens quelques secondes. Je pouvais voir un peu de sa fille en lui, dans la manière dont ses yeux s'adoucissaient et dont il offrait des sourires rassurants.

— Je voulais parler avec toi de quelque chose que j'ai senti quand j'ai touché ton âme.

— Quand vous avez touché mon âme ?

— Oui. Le poison t'avait déjà tuée quand on a fait appel à moi. Ton cœur venait d'arrêter de battre. J'ai dû aller chercher ton âme et la forcer à réintégrer ton corps avant qu'elle ne parte pour les Enfers. Ce n'est pas quelque chose que je fais souvent, loin de là, mais j'ai senti quelque chose… d'étrange.

— Quelque chose d'étrange ?

Bons dieux, j'avais l'impression d'être un perroquet, mais j'étais trop abasourdie pour quoi que ce soit de plus élaboré.

Thanatos a croisé les mains sur ses cuisses d'une manière très bien élevée. Un bon rappel du fait qu'il était vieux (Après tout, la Mort existait depuis l'apparition de la vie, n'est-ce pas ?) et pas du tout humain. Et ça m'a inquiétée, parce que qu'est-ce qui aurait bien pu paraître étrange à quelqu'un comme lui ?

— Je ne sais pas vraiment comment aborder ce sujet, mais… (Il s'est éclairci la gorge, mal à l'aise.) Que sais-tu de ton lignage ?

— De mes parents ? Eh bien, ma mère est parfaitement humaine et travaille comme serveuse. Mon père est mort deux mois avant ma naissance. Accident de voiture.

Thanatos a marmonné pensivement et a eu l'air de soupeser ses prochains mots avec prudence.

— Que sais-tu des origines de ton père ?

— Eh bien… Je sais qu'il a grandi à Hawaï avant de déménager en Californie. Je ne crois pas qu'il avait beaucoup de famille là-bas. En tout cas, ma mère n'a jamais mentionné personne. Je ne sais pas grand-chose de plus. Ma mère n'aimait pas parler de lui après l'accident.

— Intéressant.

Il y a eu une autre pause, et j'ai résisté à l'envie de me mettre à remuer nerveusement. Où allait-on en venir ? Et pourquoi diable le dieu de la mort était-il si évasif ? J'avais besoin de réponses claires, et assez rapidement, pour que mon cerveau arrête de s'imaginer des scénarios catastrophe.

Enfin, Thanatos a repris la parole.

— Comme je l'ai mentionné précédemment, j'ai dû toucher ton âme pour te sauver la vie. Quand je l'ai fait, j'ai senti une petite vague d'énergie ; c'est la meilleure façon dont je puisse le décrire. Je n'ai pas souvent effectué cette manœuvre, mais je l'ai fait suffisamment de fois pour savoir que les âmes humaines ne réagissent pas à mon contact de cette manière.

— Que voulez-vous dire ?

— Ça signifie que tu n'es pas totalement humaine.

Ces mots m'ont fait l'effet d'une bombe. Comme si quelque chose avait explosé dans ma tête, et que rien n'allait plus jamais être pareil.

— Mais- Mais c'est impossible. Mon sang est rouge. Complètement rouge. Il n'y a pas une seule goutte d'ichor dedans.

J'avais l'air dans tous mes états et je m'en fichais complètement. Cette conversation ne pouvait pas être réelle. Ou bien le dieu se trompait. C'était obligé.

— Je suis d'accord avec toi ; tu ne descends pas des divinités de l'Olympe. Cependant, il y a quelque chose en toi qui n'est pas vraiment humain. Ce quelque chose a peut-être été enfermé quelque part, et ta mort lui aura permis de se manifester. Je ne sais pas.

— Ça voudrait dire que quelqu'un a voulu le cacher ?

— Peut-être. Ou peut-être que ton héritage était naturellement enfermé quand tu étais entourée d'humains. Dans tous les cas, si je puis te donner un conseil, fouille dans le passé de ton père. Et tu pourrais vivre… des événements inattendus.

— Est-ce que je vais me réveiller la semaine prochaine avec une fuite incontrôlable de magie ? Est-ce que je vais exploser de magie ? Qu'est-ce qui va m'arriver, bon sang ?

J'avais peut-être commencé à hyperventiler. C'était trop.

Thanatos était amusé par ma panique à peine dissimulée, mais s'est retenu de réagir davantage que par un sourire en coin.

— Non, mon enfant, tes pouvoirs, quelle que soit leur nature, ne vont pas tout à coup exploser hors de toi. Cependant, tu verras peut-être de petits signes que tu as de nouvelles capacités au fil des prochaines semaines et des prochains mois. De ce que j'ai senti, je pense que ces capacités cachées ne seront pas extrêmement puissantes. Ça devrait te laisser le choix entre explorer ton héritage magique ou décider de ne rien en faire. Dans tous les cas, je te conseille fortement de garder cette information pour toi.

Toute cette conversation était une avalanche d'informations, mais le regard insistant de Thanatos a ajouté de l'emphase à sa dernière phrase.

— Pourquoi ?

— De nombreux jeux de pouvoir sont à l'œuvre sur l'Olympe. Certaines divinités sont toujours réticentes quant au fait que tu intègres notre communauté. Je ne pense pas qu'ils se montreront très accueillants envers une humaine avec un héritage magique n'étant pas originaire de l'Olympe. C'est pourquoi je t'encourage à choisir avec la plus grande prudence les personnes à qui tu révéleras ta nature. Sois sûre que, pour ma part, tu es la seule personne avec laquelle j'ai partagé ces informations, et que je n'aborderai pas le sujet avec qui que ce soit d'autre, pas même mes enfants.

Ensuite, après un rapide au revoir, le dieu de la mort est parti.

Toujours abasourdie, j'ai regardé par la fenêtre pendant un long moment, perdue dans mes pensées. Qui aurait cru que mon cher père avait pu me transmettre une pincée de magie à mon insu ? Pas moi, en tout cas.

C'en a été fini de mes espoirs que la vie soit plus facile à partir de maintenant.

Épilogue

L'air avait l'odeur que j'avais associée à chez moi pendant très longtemps. Pendant vingt ans, pour être précise. Je n'étais plus sûre que ce soit le seul endroit que je puisse appeler « chez moi », désormais. Beaucoup de choses s'étaient passées depuis que j'avais quitté la Terre.

Marcher dans les rues de la ville m'a semblé irréel. Les voitures, les deux-roues, les conversations, les enfants qui jouaient et les sirènes de police quelque part dans le lointain étaient une mélodie dont j'avais eu l'habitude, pendant un temps. Après presque neuf semaines dans le paradis calme qu'était le mont Olympe, mes sens étaient un peu submergés.

La main d'Archer dans la mienne m'aidait à m'ancrer, et j'étais si heureuse qu'il m'ait proposé de m'accompagner. Il s'était avéré que retourner sur Terre et auprès de ma famille n'était pas aussi simple que je me l'étais imaginé. Tout d'abord, Hécate était venue me voir dans l'après-midi suivant les funérailles de Mei pour me parler de l'enchantement placé sur la mémoire des membres de ma famille et de mes amis après que le Chasseur-machin-truc avait foiré et m'avait emmenée sur l'Olympe. Après ma conversation avec Thanatos, je m'attendais au pire ; j'avais raison.

Elle m'avait expliqué que le sort de mémoire n'était pas censé être levé. Elle pouvait essayer, mais pas me promettre que ça allait fonctionner, ni que ça n'aurait pas d'effets secondaires comme un retour uniquement partiel des souvenirs, une distorsion, ou même le développement de troubles mentaux chez les individus qui avaient été soumis au sort. Ça m'avait fait un choc. J'avais survécu au Tournoi en me raccrochant à la croyance que j'allais pouvoir revenir auprès de mon frère, et on ne m'avait pas vraiment informée des risques qu'impliquait de lever un sort d'effacement de mémoire.

Mais outre cet obstacle déjà important, je me suis rendu compte que j'étais terrifiée à l'idée de rentrer chez moi. Beaucoup de choses s'étaient passées au cours des deux mois précédents, et pour survivre, j'avais été obligée de m'adapter. La Kalani Mayfield qui dansait sur du Beyoncé en cette matinée fatidique n'avait rien à voir avec la Kalani que j'étais aujourd'hui. Et ça m'effrayait. Même si ma famille pouvait se souvenir de moi, j'étais terrifiée à l'idée qu'ils auraient pu ne plus me reconnaître. Makaio m'aurait-il encore aimée en sachant que j'avais tué des gens ? Je n'en étais pas certaine.

Et ensuite, pour encore ajouter des informations au tas de merde qui était déjà bien haut, on m'avait dit que le temps s'écoulait différemment sur Terre et sur l'Olympe. J'avais passé près de neuf semaines sur l'Olympe, mais huit mois étaient déjà passés pour mon frère et ma mère. Huit mois.

J'avais mis trois jours à rassembler le courage de finalement faire le voyage sur Terre. J'avais demandé à Archer s'il allait venir, parce que j'avais besoin que quelqu'un soit à mes côtés s'il se passait quelque chose. Ce qui était complètement irrationnel. Après tout, Hécate n'avait pas encore essayé d'inverser le sort mémoriel. Non, j'étais venue aujourd'hui pour prendre la mesure de la situation. Pour voir à quoi ressemblait la nouvelle vie de ma famille sans moi.

Alors, nous y voilà. Descendant la rue que j'avais prise presque tous les jours pendant des années pour aller au lycée. À deux rues de notre (leur) complexe résidentiel.

La main d'Archer dans la mienne était la seule chose qui m'empêchait de paniquer en plein milieu de la rue.

La mémoire musculaire me guidait vers ma destination, ce qui était pratique, parce que mon esprit courait d'un scénario catastrophe à l'autre qui aurait pu se produire quand j'allais enfin revoir ma mère et mon frère. Plongée dans ce brouillard, j'ai à peine remarqué les décorations de Noël accrochées çà et là, ou même l'intérêt à peine dissimulé d'Archer pour la Terre ; c'était probablement décevant après avoir vécu pratiquement toute sa vie sur l'Olympe.

On a traversé un passage piéton de plus, près du skate-park à côté de notre immeuble d'appartements. Je ne sais pas trop ce qui m'a fait me retourner (je n'avais pas fait attention à grand-chose depuis qu'on était arrivés), mais il était là.

Makaio.

À moins de trente mètres de nous.

Il avait pris au moins deux ou trois centimètres, ses cheveux étaient significativement plus longs et lui tombaient devant les yeux, et il portait ses vêtements d'hiver, mais je l'aurais reconnu n'importe où.

J'étais ébahie, sans voix, tandis que je le regardais s'amuser avec un enfant que je ne connaissais pas avant de monter sur son skate et de s'avancer pour faire une figure sur une rampe qu'il n'avait jamais réussie. J'ai eu le réflexe de vouloir aller vers lui (il allait beaucoup trop vite pour faire quelque chose qu'il ne maîtrisait pas), mais il a parfaitement exécuté la figure.

Ça a été le premier coup de couteau dans mon cœur.

J'étais partie depuis si longtemps qu'il avait sûrement appris plein de nouvelles figures. Des figures avec lesquelles je ne l'avais pas aidé. Des figures qu'il avait perfectionnées sans que je lui donne de conseils ou que je lui mette de pansements.

Ça m'a fait plus mal que ça n'aurait dû.

— Est-ce que c'est lui ?

La voix d'Archer était douce et juste assez sonore pour que je l'entende au-dessus de l'incessant bruit de fond.

J'étais incapable de parler, car beaucoup trop d'émotions étaient coincées dans ma gorge, mais j'ai hoché la tête. C'était lui. Mon petit frère. L'enfant qui avait été la lumière de ma vie pendant neuf ans. Il n'avait plus neuf ans. Son anniversaire était passé sans que je sois là.

Un deuxième coup de couteau dans mon cœur.

Makaio a fait une autre figure, un saut compliqué que je ne connaissais pas, et je me suis tendue en le voyant vaciller à l'atterrissage et à peine réussir à s'en sortir sans tomber. J'avais envie d'aller le voir et lui dire d'être plus prudent quand il faisait des figures qu'il ne maîtrisait pas encore, mais je n'ai pas bougé. Je suis restée plantée là, au milieu du trottoir, incapable de détourner mon regard de lui ne serait-ce qu'une seconde.

Il n'avait pas l'air malheureux.

La pensée m'est venue, et je ne voulais pas l'entendre. Mais je ne pouvais pas nier la vérité. Il avait toujours ses joues potelées et portait des vêtements neufs ; pas du genre chic, mais en assez bon état pour que je sache qu'ils étaient soit du vintage de qualité, soit neufs. Maman avait dû s'occuper de lui. Et il s'était aussi occupé de lui-même.

Je refusais de croire qu'il s'en était sorti sans moi pendant des mois alors que moi, privée de lui, j'avais pleuré pendant des jours avant de m'endormir. Honnêtement, j'avais espéré qu'il aille bien sans moi, mais maintenant que je le voyais heureux et en bonne santé, je me suis rendu compte que je nourrissais encore l'espoir égoïste que ne pas m'avoir auprès de lui aurait fait une grande différence.

Et maintenant que ces pensées avaient commencé à germer, elles n'allaient pas partir. Et c'était complètement ridicule. Toute mon existence avait été effacée de sa mémoire, alors il n'y avait pas de raison que je lui manque. Il n'y avait pas de raison que je sois triste qu'il aille bien sans sa grande sœur pour l'aider. J'aurais dû être folle de joie en le voyant aller aussi bien.

Pourtant, les larmes me sont montées aux yeux alors que son ami, un nouvel ami que je n'avais jamais rencontré, lui faisait du trash-talk, auquel il a répondu avec une assurance qu'il n'avait pas huit mois plus tôt.

— Est-ce que tu veux t'approcher ? On pourrait s'asseoir sur le banc ; ça aura peut-être l'air moins suspect.

Les mots d'Archer m'ont fait sursauter. Bien sûr. On était là à regarder des gamins jouer dans le skate-park comme des gens douteux. On aurait mieux fait de ne pas se faire remarquer.

J'ai à nouveau hoché la tête, et Archer m'a tirée vers le vieux banc bancal à côté du parc. On s'est assis près l'un de l'autre, son bras venant entourer mes épaules. Comme deux amoureux qui profitaient d'un beau dimanche après-midi d'hiver. Et j'aurais voulu que ce soit le cas. Oh, comme j'aurais voulu avoir rencontré Archer et les jumeaux tout en restant la Kalani que Makaio connaissait et aimait.

On est restés assis là un long moment. Il y avait beaucoup d'enfants et d'adolescents qui s'amusaient dans le coin, mais mon regard est resté rivé sur Makaio. Et je n'arrivais pas à décider de si j'allais aller lui parler ou non. Je voulais entendre sa voix et le prendre dans mes bras comme un homme affamé aurait voulu à manger. Mais je ne savais même pas comment j'aurais pu me présenter. Je n'allais juste aller le voir et m'exclamer « Eh, salut ! Je suis ta sœur, Kalani ! »

Et si je pensais que c'était déjà assez douloureux de voir mon frère jouer sans me reconnaître, c'est devenu pire. Parce que maman est arrivée. Elle n'était jamais venue voir Makaio faire du skate auparavant. Elle était toujours occupée à travailler ou à dormir et n'avait jamais pris un moment pour ça. Mais elle était là. Elle portait toujours son uniforme de travail après son service chez Mikey's Dinner, mais elle n'avait pas son habituel air brisé. Elle a souri en voyant Makaio, et il lui a souri en retour. Il était à l'âge où les enfants ne voulaient plus témoigner d'affection à leurs parents, alors il ne lui pas fait de câlin ni quoi que ce soit d'autre, mais ils ont discuté, et elle lui a ébouriffé les cheveux en riant. Ensuite, elle a ouvert son sac à main et lui a donné un petit paquet de bonbons. Ses préférés.

J'ai serré les poings sur mes genoux si fort que j'ai ressenti une douleur aiguë là où mes ongles ont mordu dans ma paume. Ça, une mère qui tenait à son fils et qui faisait de son mieux pour être là pour lui, c'était dur à regarder.

À nouveau, dès que la pensée a surgi, j'ai voulu pouvoir la chasser. Parce que c'était bien. C'était génial que maman ait été capable de se reprendre et de devenir le parent que Makaio méritait. Peut-être que mon absence l'avait obligée à arrêter de se reposer sur quelqu'un d'autre pour élever son fils. Ou peut-être que ne plus avoir un rappel constant de la perte de l'amour de sa vie sous les yeux était bon pour sa santé mentale. Dans tous les cas, c'était bien. C'était sûrement bien. Et je n'avais pas le droit de me fâcher pour ça, car Makaio méritait qu'on l'aime, qu'on s'occupe de lui et qu'on le soutienne. Il méritait ce qu'il y avait de mieux, et je n'avais pas le droit de lui en vouloir, à elle, de ne pas avoir été aussi généreuse avec moi.

Archer m'a pris la main et m'a gentiment incitée à me détendre. Des demi-cercles de sang rouge rubis étaient peints sur mes paumes après que j'avais serré les poings. Il a ensuite posé un doigt sur ma mâchoire et m'a tourné la tête vers lui. Il était inquiet, et je voyais qu'il ne savait pas trop comment m'aider.

— Qu'est-ce que tu veux faire ?

— Je ne sais pas.

Je ne savais pas. J'étais dans cette position horrible où j'avais désespérément envie de retrouver ma famille, sauf qu'elle avait l'air de pouvoir se passer de moi. Makaio et maman avaient l'air heureux, dans leur nouvelle vie à deux. Avais-je le droit de risquer leurs facultés et leur santé mentales pour quelque chose qui ne leur manquait pas ? Est-ce que le profond sentiment de perte que je ressentais était plus important que leur bonheur ?

Allais-je pouvoir vivre avec moi-même si je détruisais tout ce qu'ils avaient bâti ensemble et que les choses déraillaient ? Makaio avait une mère, maintenant. Je ne pouvais pas la lui enlever.

Peut-être que faire ce qui était le mieux pour eux aujourd'hui pouvait partiellement racheter toutes les décisions égoïstes que j'avais prises pour rester en vie.

— Allons-nous-en.

J'ai dû physiquement arracher les mots à mon corps. C'était la décision la plus difficile que j'avais jamais prise. Mais, en voyant maman, debout aux limites du parc, applaudir Makaio alors qu'il retentait sa nouvelle figure, j'ai su que c'était la bonne décision.

— Tu es sûre ?

Je me suis levée et ai essuyé mes paumes ensanglantées sur mon jeans sombre. Le rouge n'allait pas se voir dessus. Le noir absorbait mon sang et rendait les deux taches rouges presque invisibles. Peut-être que c'était une bonne métaphore du reste de ma vie. Maintenant que j'avais décidé de ne pas retourner vivre avec Makaio et maman, il n'y avait plus rien pour moi sur Terre. La seule chose que j'avais était mes amis, peu importe qu'on se soit séparés, et une place sur une montagne que j'avais obtenue au prix de mon sang, de ma sueur et de mes larmes. Peut-être que ça allait être bien, de vivre sur l'Olympe. Peut-être que j'allais guérir des blessures qui jonchaient mon cœur et mon âme. Et peut-être que vivre au sein d'un peuple avec de l'or dans les veines ne serait pas si terrible. Peut-être qu'on allait réussir à apprendre à s'accepter les uns et les autres, même avec toutes les différences qui nous opposaient.

Et j'allais continuer à garder un œil sur Makaio, une fois de temps en temps. Pour m'assurer qu'il allait bien. Juste au cas où, un jour, il aurait besoin de moi.

Je me suis retournée et ai pris la main d'Archer dans la mienne. Elle me paraissait toujours si petite en comparaison de la sienne. Je l'ai tiré pour qu'il se lève, et bien que je sois incapable de porter son grand corps à moi toute seule, il a obéi et s'est levé.

Je lui ai fait un sourire pincé ; c'était le mieux que je pouvais lui offrir en cet instant. Mais j'ai essayé de lui montrer à quel point j'étais reconnaissante qu'il soit là à travers mes yeux. Il était mon roc, et tout l'or entre nous n'allait pas nous empêcher de tout arranger.

— Rentrons à la maison.

Remerciements

Donner vie à cette histoire et la partager avec le reste du monde a été l'une des aventures les plus excitantes et épanouissantes que j'ai jamais eu. À chaque étape, j'ai été chanceuse d'avoir des personnes incroyables autour de moi pour m'aider et me soutenir dans ce projet.

Tout d'abord, cette histoire ne serait pas dans vos mains si mes parents et mon frère ne m'avaient pas poussée à croire en moi-même et à publier mon livre. Donc merci beaucoup à vous, papa, maman, et Noah, pour votre soutien sans faille durant tous ces mois et pour m'avoir supportée quand j'avais besoin de parler de mon histoire. Et plus que ça, merci de m'avoir appris dès l'enfance que les livres sont magiques. (Et merci Tampa, notre chien adoré, pour m'apporter de la joie tous les jours.)

Merci à ma traductrice, Emma, pour avoir passé de nombreuses heures à traduire l'histoire de Kalani en français. Ce livre ne serait pas là sans toi, et je suis vraiment reconnaissante de ton travail !

Merci à Laura, mon amie de nombreuses d'années, pour m'avoir montré qu'il était possible d'être une autrice autoéditée. Te voir partager ton histoire personnelle avec le reste du monde m'a inspirée et c'était le coup de pouce dont j'avais besoin pour suivre tes pas. Merci aussi pour avoir été une beta-lectrice incroyable pour cette traduction, et pour continuer de me soutenir même quand je doute de moi-même.

Un grand merci à mes lectrices bêta : Anneke, Emma, Georgie, Margaret, Sophie, Elsa, et Macy. À vous toutes, vos retours et les heures que nous avons passé à échanger des idées ensemble étaient essentiels au développement de cette histoire. Vous avez été géniales. Merci d'être mes amies et premières lectrices.

Merci à Alice Power et Pauline Gallois pour avoir donné vie à la couverture de *Tout l'or entre nous*. Alice, ton illustration est incroyable, et tu as réussi à représenter Kalani de la façon dont je l'avais imaginée. Pauline, merci d'avoir accepté ce projet de dernière minute et merci d'avoir apporté de la magie à cette couverture.

Et, pour terminer, merci à vous tous lecteurs et lectrices. J'ai rêvé de pouvoir publier un livre depuis que j'avais dix ans. Toutes les personnes mentionnées plus haut étaient intégrales à la publication de ce livre. Mais vous, lecteurs et lectrices, êtes ceux et celles avec qui j'ai la chance de pouvoir partager cette histoire. Merci d'avoir donné sa chance à *Tout l'or entre nous* et j'espère vous revoir pour de prochains livres.

Mot de l'autrice

Merci beaucoup d'avoir lu *Tout l'or entre nous*. Écrire ce livre a été une aventure incroyable du début à la fin et je suis heureuse qu'il soit arrivé dans vos bibliothèques.

Le deuxième livre de la série *Revendiquer l'Olympe* sera disponible fin 2024 ou début 2025.

Si vous avez aimé l'histoire de Kalani, j'apprécierais énormément si vous pouviez laisser un avis sur Amazon ou Goodreads. Les avis sont particulièrement importants pour les auteurs et autrices.

Si vous voulez être informés de mes nouvelles publications ou autres nouveautés, vous pouvez vous abonner à ma newsletter à jadelebrisauthor.com et me suivre sur Instagram et Tiktok @jadelebrisauthor.

À propos de l'autrice

Jade Le Bris est une autrice fantasy qui écrit des romans inspirés de la mythologie grecque. *Tout l'or entre nous* est son premier roman. Elle suit un double cursus en médecine et doctorat en microbiologie à l'Université d'État du Michigan. Ayant grandi en France, Jade a passé douze années à écrire des histoires avant de finalement publier son premier livre. Sur son temps libre, elle aime lire des livres de fantasy et de romance et regarder des séries policières.